DROEMER

DONALD NOLET

# KRY
# PTO
# GRA
# MM

Roman

Aus dem Niederländischen
von Simone Schroth

DROEMER

Die niederländische Originalausgabe erschien 2016 unter dem Titel
»Handschrift van de duivel« bei Cargo, Amsterdam.

**Besuchen Sie uns im Internet:**
**www.droemer.de**

FSC
www.fsc.org
MIX
Papier aus verantwortungsvollen Quellen
FSC® C083411

Deutsche Erstausgabe November 2017
Droemer Taschenbuch

Redaktion: Antje Steinhäuser
Covergestaltung: NETWORK! Werbeagentur, München
Coverabbildung: NETWORK! Werbeagentur, München
Innenteilabbildungen: Mauritius Images / Art Collection 2 / Alamy
Satz: Adobe InDesign im Verlag
Druck und Bindung: CPI books GmbH, Leck
ISBN 978-3-426-30621-5

2 4 5 3 1

*Für Rowena*

# I

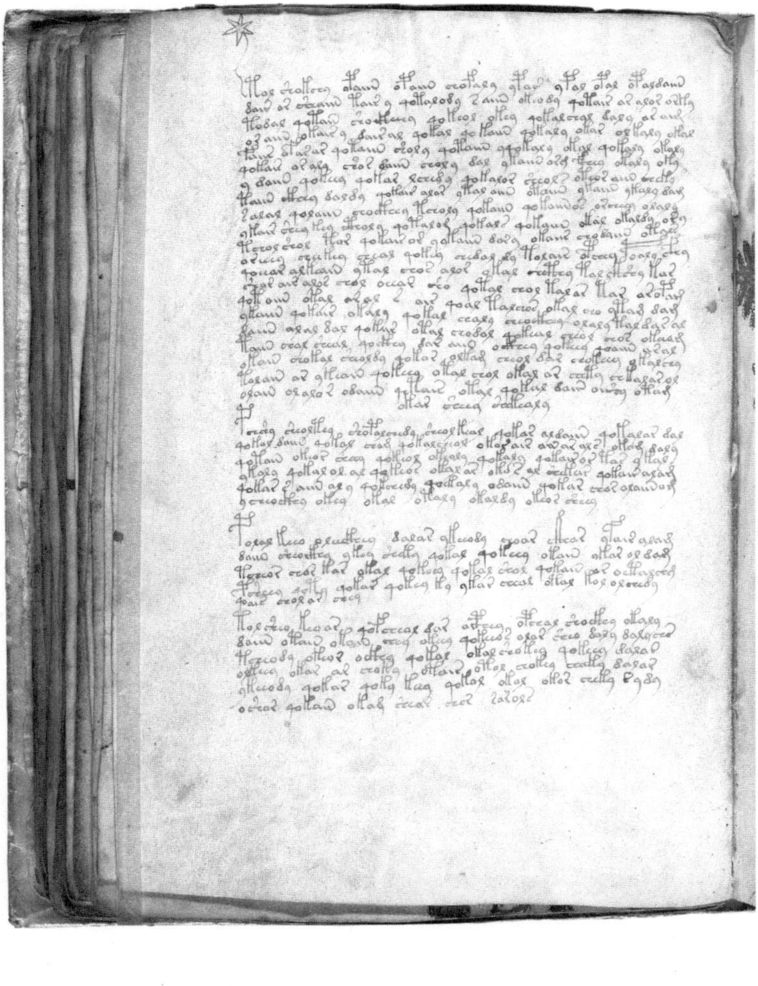

# Prag, November 1610

Es war eine Stadt der Höhen und Tiefen. Türme streckten sich dem Himmel entgegen. Mit Zinnen übersäte Brücken bogen sich über die Moldau. Zugleich verfügte jedes sichtbare Bauwerk über Wurzeln, die Hunderte von Jahre in die Vergangenheit zurückreichten. In den stattlichen, allen Widrigkeiten trotzenden Häusern von Prag waren Dynastien entstanden, hatten sich selbst überlebt, waren ausgestorben und bisweilen aus der eigenen Asche wiederauferstanden. Was für die Stadt galt, traf auch auf die fünf Männer zu, die sich an diesem Nachmittag in den Gärten nördlich des kaiserlichen Palastes zusammengefunden hatten. Schon ihr ganzes Leben lang griffen sie nach den Sternen, angetrieben von einem Drang, der Teil ihres Wesens war. Der Gastgeber des heutigen Treffens führte die Gesellschaft an einem Beet entlang und wies dabei auf die Stellen, an denen er für das kommende Frühjahr Heilkräuter gepflanzt hatte. Er blieb stehen, sah sich um. Das Wetter war an diesem Nachmittag unwirtlich, und außer der kleinen Gruppe befand sich niemand in den Anlagen.

»Eure Anwesenheit stimmt mich trübsinnig.«

Mit aufmerksamem Blick nahm Jakub de Tepenec die Reaktionen der vier Männer in sich auf. Er sah weder Erschrecken noch Angst oder Misstrauen. Das erstaunte ihn nicht. Die Neugierde war Teil ihrer Persönlichkeit. Der Grund dafür, dass sie nun hier waren, in dieser Stadt, an diesem Ort. Aus ihren geräumigen Behausungen hatten sie sich hierher begeben, und jetzt, da sie schon einmal hier waren, konnten sie nicht mehr zurück.

»Warum betrübt Euch unsere Anwesenheit, Herr de Tepenec?«, erkundigte sich ein junger Mann mit fleischigen Wangen. »Ist Euch unsere Gesellschaft so wenig angenehm?«

Die vier waren füreinander keine Fremden. Einige von ihnen arbeiteten beinahe jeden Tag zusammen. Und jeder wusste vom anderen, welches Ansehen dieser genoss.

»Ich empfinde so, weil Ihr freiwillig gekommen seid. Damit habt Ihr Euch allerdings selbst eine Pflicht aufgebürdet, ohne es zu wissen.«

Ein etwa vierzigjähriger Mann mit messerscharfen Gesichtszügen trat einen Schritt nach vorne.

»Erklärt Euch. Ich nehme an, Ihr sprecht im Namen von ...«

»Seinen Namen wollen wir nicht nennen«, fiel ihm de Tepenec ins Wort, »doch ich begreife Eure Frage, und die Antwort lautet Ja.«

»Das wollte ich nur wissen. Eure Vorgehensweise ist ungewöhnlich.«

»Wir sind nicht hier, damit Ihr Aufklärung erhaltet. Was Ihr nun erfahren werdet, dürft Ihr untereinander nicht besprechen. Auch nicht mit jenen, die Euch lieb und teuer sind. Ihr werdet nicht darüber schreiben, obwohl Euch jeder Eurer Instinkte dazu drängen wird, das zu tun. Tun werdet Ihr nur das, was ich Euch auftrage. Und das wird Euren mannigfaltigen Talenten das Äußerste abverlangen.«

Für einen kurzen Augenblick herrschte Stille in der Gruppe.

»Wurden wir darum an diesen Ort beordert?«, wollte einer der beiden Anwesenden wissen, die noch nicht das Wort ergriffen hatten. Er kratzte sich den Bart, der ebenso ungepflegt war wie die wilden Haarsträhnen auf seinem Kopf. »Die Wände haben Ohren. Die Luft vernimmt alles, erzählt jedoch nichts weiter.«

De Tepenec nickte zustimmend.

»In der Tat, sehr gewitzt von Euch«, fuhr der Mann fort.

»Ich bin erst seit Kurzem in dieser wunderschönen Stadt, doch schon jetzt versetzen mich jeden Tag viele Dinge in Erstaunen.« Er zwinkerte seinem neben ihm stehenden Landesgenossen zu. Dieser reagierte nicht. Mit seinen breiten Schultern nahm er genügend Platz für zwei Männer ein.

»Eure Worte sind faszinierend«, erklärte er, wobei seine Stimme die dunkle Färbung seines Körpers annahm. »Dennoch gibt es in Euren Worten etwas, das mir nicht zusagt. Ich bin ein freier Mann. Was Ihr sagt, klingt so, als würdet Ihr daran etwas ändern wollen.«

»Niemand ist frei, Herr Spranger«, erwiderte de Tepenec. »Alle sind wir gebunden durch die Vergangenheit, die Gegenwart und die Zukunft.«

»Und an die Person, deren Namen Ihr nicht nennen wollt.«

»Auch an sie.«

De Tepenec wies auf den höher gelegenen Teil der Stadt, wo er schon sein ganzes Leben wohnte.

»In den vergangenen Jahren hat sich die Stadt zu einem Ort entwickelt, an dem sich Menschen Eurer Art frei bewegen können. Künstler, Wissenschaftler, Alchemisten. Freidenker. Was ein Mann auch glaubt, hier kann er es glauben. Prag ist das Licht. Aber ich brauche Euch nicht daran zu erinnern, dass es viele gibt, die dem ein Ende machen wollen. Dunkle Wolken des Fanatismus und des Unfriedens sammeln sich über unseren Häuptern.«

»Ich denke, wir alle begreifen, worauf Ihr hinauswollt«, meinte der Jüngste der Anwesenden. Für ihn und die anderen war dies der wichtigste Grund dafür gewesen, ihr Heimatland und ihre Familie hinter sich zu lassen.

»Dass Ihr es begreift, ist nicht genug«, erwiderte de Tepenec. »Ich bitte Euch, nein, ich verlange von Euch, dass Ihr auch demgemäß handelt. Von heute an werden Eure Tage sich gestalten, wie Ihr das gewohnt seid. Eure Tage gehören Euch. Eure Nächte gehören mir.«

Er nahm seine Wanderung über einen der vielen Pfade im Garten wieder auf, und nach einigem Zögern folgten ihm die anderen.

»Ich wünsche nicht, dass man auf diese Weise mit mir spricht!«, rief der Mann mit dem scharf geschnittenen Gesicht aus, der nun neben de Tepenec ging. »Ich bin im Begriff, die Mysterien des Lebens zu ergründen. Das ist sowohl meine Berufung als auch meine Aufgabe. Es erlaubt mir keine anderen Beschäftigungen. Ich wünsche Euch allen einen guten Tag und viel Erfolg bei Eurem Unterfangen, worin es auch bestehen möge.«

Der Mann schickte sich an, sich von der Gruppe zu entfernen.

»Kepler. Ihr bleibt hier.«

»Wollt Ihr mich etwa zwingen?«

»Wenn Ihr der Ansicht seid, ich hätte mich nicht deutlich genug ausgedrückt«, sprach de Tepenec eindringlich, »so werde ich dieses Versäumnis hiermit wiedergutmachen. Jeder, der sich nun entfernt, so großes Ansehen er auch genießen mag, jeder, der das, was ich nun enthüllen werde, weitererzählt, unterzeichnet auf diese Weise sein eigenes Todesurteil. Ein Schicksal, das Ihr mit all den Unglücklichen teilen werdet, die Ihr ins Vertrauen gezogen habt.«

Die vier Männer waren solche Drohungen gewohnt. Ihre Arbeit, ihre Gedanken lösten Widerstand aus. Diesmal sorgte das Erschrecken jedoch dafür, dass ihnen jede Form des Protests auf den Lippen erstarb. De Tepenec begriff ihr Erstaunen. Sie kannten ihn als feinsinnigen Botaniker und Kunstliebhaber. Als Bundesgenossen auf ihrer Suche nach Schönheit und Wahrheit.

»Es dauert mich, dass ich auf diese Weise dafür habe sorgen müssen, dass Ihr mir Eure volle Aufmerksamkeit schenkt«, fuhr er leise fort. »Aber es freut mich, dass mir diese nun zuteilwird.«

Der Mann mit den fleischigen Wangen schaute in die ängstlichen Gesichter der anderen um sich herum.

»Was verlangt Ihr von uns?«, erkundigte er sich zaghaft.

»Eure Leistungen sind Euch vorausgeeilt. Das ist es, was Euch hergebracht hat, ins Herz des Reiches. In den Mittelpunkt der Zivilisation. Fürwahr kein geringes Unterfangen. Aber all das verblasst vor dem, was wir werden tun müssen. Ihr erinnert Euch, dass ich vorhin von dunklen Wolken sprach?«

Die Anwesenden nickten. Mit einem Lächeln sah de Tepenec zum grauen Himmel auf.

»Euch obliegt die Aufgabe, diese mit einem ewigen Sonnenstrahl zu durchpflügen.«

# 1

## Rotterdam, Gegenwart

Drei Monate, fünf Tage und auch diese letzte, durchwachte Nacht hat Zina Welter kein einziges Mal das Haus verlassen. Hier hat sie gegessen, geschlafen, geschrien und geweint. Hier hat sie sich selbst verloren und dafür etwas anderes gefunden. Aus einigen Metern Abstand schaut sie auf die zweihundertdreiundvierzig Blätter, die die Wände ihres Wohnzimmers bedecken.

Handschriftlicher Text auf jeder Seite, ergänzt durch Illustrationen. Zina geht auf eine Wand zu. Erst so wird erkennbar, dass die Texte in keinem gewöhnlichen Alphabet aufgezeichnet wurden. Auch nicht mit arabischen, kyrillischen, chinesischen oder anderen bekannten Schriftzeichen. Dieses jahrhundertealte Manuskript besteht aus Hunderten von Seiten in einer gleichmäßigen, flüssigen Schrift, und niemand auf dieser Welt hat jemals irgendetwas davon entziffern können. Zina nimmt die Blätter von der Wand, eines nach dem anderen, und fügt sie zu einem Stapel zusammen. Auf der obersten Seite gibt es einen Stempel mit einem Wappen. *Lux et veritas*. Darunter steht *Yale University Library. Gift of Hans P. Knaus*. Mit Bleistift hat jemand links oben in die Ecke noch etwas auf die abgebildete Karteikarte geschrieben. *Beinecke Library MS 408*. Dort, in der Universitätsbibliothek von Yale, wird das Original aufbewahrt. Es ist noch nicht lange her, dass das Studium solcher einzigartigen Manuskripte einer Handvoll Gelehrter vorbehalten war. Im digitalen Zeitalter hingegen braucht man nur eine PDF-Datei herunterzuladen und auszudrucken. Der Stapel Papier verschwindet in

Zinas Koffer. Fertig. An der Wand hängt nur noch der Ausdruck eines Schwarz-Weiß-Fotos, das einen Mann mit einem scharfen Profil und einem Bärtchen zeigt. Durch kleine runde Brillengläser blickt er sie spöttisch an, wie er das schon seit Monaten tut. Sie winkt ihm zu.

»Bis in ein paar Tagen, Wilfrid.«

Sie schaut zu den Vorhängen aus lichtundurchlässigem Material hinüber. Wann hat sie die zuletzt geöffnet? Ihr Gedächtnis, das in vielen Bereichen so tadellos funktioniert, lässt Zina hier im Stich. Vorhänge. Wände. Sie haben ihren Zweck erfüllt. Vielleicht etwas zu vollkommen. Ein schleichender Prozess, in dem etwas, das einen beschützt, sich in etwas verwandelt, das einen zurückhält. Mit einem Ruck zieht sie den Vorhang auf, und das Geräusch der über die Stange gleitenden Ringe klingt ihr fremd in den Ohren.

Draußen ist es schon hell. Zina kneift die Augen zusammen, weil die aufgehende Sonne sie blendet. Sie nimmt ihren Koffer und geht in den Flur. Eine leicht zitternde Hand auf der Türklinke. Ein letzter Augenblick des Zweifelns.

Sie öffnet die Tür. Schritt für Schritt läuft sie über den Weg im Garten. Auf dem Display ihres Handys sieht sie, dass sich ihr ein roter Punkt nähert – ein Taxi. Sie schaut auf. Ein Schlachtschiff von einem Volkswagen kommt auf sie zu. Der Chauffeur heißt Jussuf, jedenfalls behauptet das die App. Er stellt sich als freundlich aussehender, klapperdürrer Mann heraus, der ohne ein Wort ihren Koffer nimmt und ihn im Kofferraum verstaut. Von der Rückbank aus sieht sie das wahre Leben an sich vorbeiziehen. Einen Spaziergänger mit seinem Hund. Ein Fahrrad, das jemand an einen Laternenpfahl angeschlossen hat. Das Normale vermittelt Zina ein überwältigendes Gefühl der Fremdheit, als würde sie alles zum ersten Mal sehen und hören. Es war eine gute Entscheidung, für die erste Teilstrecke ihrer Reise ein Taxi zu nehmen. Durch die Fensterscheibe dringt die Außenwelt gefiltert zu ihr, sodass Zina sich langsam wieder an sie gewöhnen kann.

Als der Wagen Kralingen verlässt, weichen die Häuser aus den Dreißigerjahren Straßen voller Arbeiterhäuschen vom Beginn des zwanzigsten Jahrhunderts, die die deutschen Bombenangriffe überstanden haben. Danach kommen die Bürogebäude aus Glas. Der Verkehr wird langsam dichter. Autos und Busse. Fahrradfahrer auf dem Weg zum Bahnhof. Die imposante Fassade des Bahnhofsgebäudes von Rotterdam erscheint am Horizont. Am Taxistand steigt Zina aus.

Eine hallende Stimme sagt eine Gleisänderung an. Unbekannte Gesichter. Wohin sie auch schaut, alles befindet sich in Bewegung. Ihr ist leicht schwindlig, als sie an einen Schalter tritt und eine Karte kauft.

Das Reisedatum ist der 16. Juli. Die Abfahrtszeit 6.05 Uhr. Wagen 8, Platz 12 B. Sie starrt auf diese Informationen. Buchstaben verschieben sich ineinander. Zahlen multiplizieren sich, teilen und addieren sich dann. Der Fluch der Wissenschaftlerin, die ewige Suche nach Mustern. Sie kauft eine Flasche frischen Fruchtsaft, ein verpacktes Sandwich und einen Apfel. Genug für die kommenden Stunden.

Sie nimmt die Rolltreppe nach oben. Ein stromlinienförmiger Zug in gedämpftem Rot und Grau steht schon bereit. Sie findet ihren Wagen und den für sie reservierten Sitzplatz. Nach und nach kommen auch andere Passagiere herein. Ein junges Pärchen. Eine Gruppe Geschäftsleute. In dem Moment, als sich der Zug in Bewegung setzt, verziehen sich Zinas Mundwinkel zu einem Lächeln. Der erste Schritt ist getan.

Während Zina aus dem Fenster schaut, denkt sie über die vergangenen Monate nach – und darüber, wie die kommenden Stunden und Tage ablaufen werden. Ehe sie es sich versieht, verkündet eine Stimme, dass sie den Bahnhof von Brüssel erreicht haben. Der Eurostar steht bereits auf dem Bahnsteig gegenüber bereit. Er ist voller als der Zug aus Rotterdam.

Auf dem Platz ihr gegenüber sitzt noch niemand, aber kurz vor Abfahrt des Zuges betritt ein Geschäftsreisender das Abteil. Zina dreht den Kopf zum Fenster und schaut zu, wie der Bahnhof sich von ihr wegschiebt, bis er verschwindet. Während sie ihr Sandwich aufisst, ziehen die grauen Dörfer in der Umgebung von Brüssel an ihr vorüber und machen für das Industriegebiet rund um Lille Platz. Sie versucht zu schlafen, aber ihre Gedanken lassen ihr keine Ruhe. Schließlich erreicht der Zug den Hafen von Calais. Danach wird es dunkel. Sie holt ihren Laptop heraus und geht noch ein paar Mal die Präsentation für den Abend durch. Dann verkündet eine Stimme, dass der Zug sein Ziel erreicht hat.

Zina folgt den anderen Reisenden in Richtung Ausgang. Der Londoner Bahnhof St Pancras erweist sich als Vielfaches des Rotterdamer Hauptbahnhofs am Morgen. Dort gab es Geräusche, hier empfängt sie eine Kakofonie. Dort waren Menschen, hier umgibt sie eine Menschenmenge. Draußen wird es etwas besser. Eine breite Straße, die mehr Luft zum Atmen bietet. Als sie auf der gegenüberliegenden Seite angekommen ist, wagt sie einen Blick zurück über die Schulter. Von hier sieht das Bahnhofsgebäude eher aus wie ein Königspalast, ein Königspalast aus rotem Backstein. Mit Hunderten von Fenstern, spitzen Türmen und kantigen Erkern.

Zina bleibt stehen, während Fußgänger wie ein Fluss um sie herum und an ihr vorbeiströmen. Davor hat sie sich gefürchtet, vor dem Umgewöhnungsprozess nach all den Monaten zu Hause. Die Sonne scheint ihr ins Gesicht. Eine angenehme Spannung durchzieht ihren Körper. Der Lockruf von etwas Neuem, Hoffnungsvollem. Sie geht schneller. Die vergangenen Jahre hat sie an der Wall Street und in deren Umgebung verbracht, wo ein Spaziergang von ein paar Hundert Metern ausreicht, um einen zu verunsichern. Die Bürgersteige quollen vor lauter Herrschern über das Universum geradezu über. Selbstbewussten Schrittes liefen sie dort entlang, ganz offensichtlich mit einem Ziel vor Augen und auf der Suche nach der effizientesten Methode, es zu erreichen. Gleichzeitig telefonierten sie hektisch, wodurch bei Zina immer der Eindruck entstand, das Schicksal der gesamten westlichen Zivilisation müsse von dem gerade geführten Gespräch abhängen. Diese Getriebenheit erfüllte jede Faser ihres Daseins.

Hier bewegt sich Zina mitten in einer bunten, fröhlichen Menge. Geschäftsleute im Anzug stellen nur eine der vielen Facetten dar. Studenten, Schüler in Uniform und Touristen, alles wimmelt durcheinander. Andere Menschen. Andere Gebäude. Andere Impulse. Sie biegt rechts in eine Straße ein. Dann bei der ersten Gelegenheit links. Nach kurzer Zeit erreicht sie ihr erstes Ziel.

*Civilian* ist eine neue Hotelkette, die ihren Gästen Luxus zu erschwinglichen Preisen bietet. Statt an einer Rezeption checkt man an einer Reihe Computerterminals ein. Ein muskulöser junger Mann in einem schwarzen Shirt steht bereit, um digitalen Analphabeten zu helfen. Zina gibt ihren Reservierungscode ein, nimmt sich eine Schlüsselkarte vom Stapel und hält sie vor den Sensor. Ihre Zimmernummer erscheint, dann ein grüner Haken. Alles in Ordnung.

Zina geht am Restaurant vorbei, das laut der Hotelwebseite rund um die Uhr geöffnet hat. An langen Holztischen sitzen ein Dutzend Gäste beim Lunch. Die ganze Rückwand wird von einer Kühlvitrine und einem Buffet in Beschlag genommen. Hinter der Bar produzieren zwei junge Männer mit einer teuer aussehenden italienischen Espressomaschine Caffè Latte. Zina zwängt sich zusammen mit einem älteren Paar in den engen Lift. Im dritten Stock öffnen sich die Türen. Direkt auf der rechten Seite ist ihr Zimmer. Sie hält ihre Schlüsselkarte vor das Schloss und hört ein Klicken.

Was die Größe betrifft, erinnert das Zimmer an ein Studentenwohnheim. Aus dem einzigen Fenster schaut man auf einen Bürogebäudekomplex. Die Einrichtung ist glücklicherweise alles andere als studentisch. Ein Doppelbett erstreckt sich von einer Wand zur anderen. In der Mitte des Zimmers schwebt eine einzelne runde Duschkabine mit zwei geschwungenen Glastüren. Daneben eine nach demselben Prinzip gestaltete Toilette. Mit zitternden Knien geht Zina zum Bett. Seufzend streift sie sich die Schuhe von den Füßen und setzt sich hin. Auf dem winzigen Nachttisch liegt ein iPad bereit, der als Fernbedienung fungiert. Mit einem leisen Summen lässt Zina das Rollo herabgleiten. Auf dem Bildschirm an der Wand steht ein Willkommensgruß. *Hello Civilian Welter. Welcome to London.*

Als hätte sie sich durch die Buchung dieses Hotelzimmers einer exklusiven Gesellschaft angeschlossen. Mit einer kurzen Berührung stellt sie den Fernseher aus und kriecht unter die Decke. Sie begreift, warum das so ist. Dahinter steht der Wunsch, dass sich das eigene Hotel von den Tausenden anderer Hotels unterscheidet, weil es etwas Besonderes hat. Wie viele Gäste würden das wohl tatsächlich als eine Art Mitgliedschaft empfinden? Einige, vermutet Zina. Von der Gesellschaft, in der sie heute Abend erwartet wird, erhofft sie sich mehr. Diese Gruppe hat tatsächlich etwas gemeinsam. Eine geteilte Passion mit demselben Endziel. Das mysteriöse Manuskript, das Zina seit einigen Monaten fest in seinem Griff hat, ist für viele dieser Menschen zu einer Obsession geworden. Seine Entschlüsselung zu ihrem allerhöchsten Ziel. Dieser Mission haben sie ihr Leben geweiht. Noch ein paar Stunden. Dann wird Zina auf sie treffen, an ein Rednerpult treten und ihren Zuhörern mitteilen, dass die Suche, die ein Jahrhundert zuvor ihren Anfang genommen hat, sich dem Ende zuneigt.

# 2

Meine Damen und Herren, willkommen auf dem Ball der Chancenlosen. Willkommen auf dem Voynich-Wochenende.«

Im Raum sind etwa vierzig Personen anwesend, überwiegend weiße Männer. Die meisten mittleren Alters, mit zurückweichendem Haaransatz und Schlabberhosen, die die üblichen überzähligen Kilos verhüllen. Dazwischen auch Einzelne, die nicht dieser Norm entsprechen. Ein hoch aufgeschossener, bleicher Mann in einem gut sitzenden Anzug. Eine Frau mit blauen Haaren und großflächigen Tattoos auf beiden Armen. Der Mann neben ihr trägt ein hellbeiges T-Shirt, auf dem eine Kombination von Buchstaben und Zahlen zu lesen ist. NTF131755.

Bei »NT« handelt es sich möglicherweise um eine Abkürzung. Steht hinter der Zahlenfolge eine innere Logik? 1-3-1-7-5-5. Nicht die Fibonacci-Folge. Aber was dann?

»Mein Name ist Simon Walcott«, fährt der Sprecher fort. Zina schätzt ihn auf Ende dreißig. Er hebt die rechte Hand und fährt sich ein paar Mal durch die leicht angegrauten Locken.

»Sie werden bemerken, dass ich zu schlechten Witzen neige, wenn ich nervös bin. Dafür möchte ich mich schon jetzt entschuldigen. Ich funktioniere am besten, wenn ich die Nase in ein Buch stecke. Als Organisator scheint es jedoch meine Pflicht zu sein, Sie hier willkommen zu heißen. Wie Sie wahrscheinlich wissen, bin ich der Initiator von voynichvoices.com. Einer Webseite, oder soll ich sagen, einer Online-Plattform, die sich ganz und gar dem Voynich-Manuskript widmet. Und weltweit der größte Platz ist für Diskussionen über das Mysterium, das in unserem Leben einen so wichtigen

Platz einnimmt. Also stehe ich auch als Moderator des Forums vor Ihnen.«

Er hält einen Augenblick inne, schiebt die Ärmel seines Hemdes zurück und gibt so den Blick auf ein paar muskulöse Unterarme frei.

»Unsere Suche hat vor mehr als hundert Jahren begonnen, als der polnische Buchhändler Wilfrid Voynich der Überlieferung zufolge das Manuskript in einem italienischen Kloster ausgrub. Damit wurde er zum Entdecker und Namensgeber des größten Rätsels aller Zeiten. Mehr als zweihundert unlesbare Seiten voller Rätsel, Enigmen und Mysterien. Was die Außenwelt auch denken mag, es bleibt eine Tatsache, dass wir es hier mit dem Mount Everest der Kryptologie zu tun haben. Und wir sind die Bergsteiger. Es ist keine leichte Tour. Seit Voynichs Entdeckung befassen sich die besten Kryptografen der Welt damit. Alle haben vergeblich versucht, das Manuskript zu entziffern. Wir können ihnen das nicht zum Vorwurf machen. Es ist, als wäre das Voynich-Manuskript vom Himmel gefallen. Ein einzigartiges Dokument. Noch nie hat man irgendwo ein anderes in derselben Schrift gefunden. Wir haben keinen Stein von Rosetta. Wir wissen nicht, ob sich die Symbole ins Lateinische, ins mittelalterliche Italienisch oder in irgendeine andere Sprache übertragen lassen. Die Illustrationen sind genauso mysteriös. Hunderte von Pflanzen, aber welche? Niemand weiß es. Gegenstände, bei denen unklar ist, was genau sie darstellen, rätselhafte astrologische Tabellen, und ich könnte noch einiges mehr aufzählen.«

Walcott schaut auf und lässt den Blick über seine Zuhörer schweifen.

»Wie Sie um sich herum sehen können, ist das Voynich-Manuskript etwas für geborene Verlierer. Für Masochisten, für hoffnungslose Romantiker. Für die Leute, die Genugtuung daraus ziehen, Schmerzen und Demütigungen zu erleben, die zu keinem Ergebnis führen. Wir sind der Abschaum, verehrte Gäste. Beschäftigt mit einer chancenlosen Mission. Ohne jede Aussicht auf Erfolg. Der Spott der wissenschaftlichen Welt. Geben Sie zu, dass es sich dann angenehm anfühlt, hin und wieder von Menschen umgeben zu sein, die genauso gestört sind wie wir selbst. Für kurze Zeit den Platz hinter unseren Monitoren zu verlassen und uns unter Gleichgesinnte zu begeben. Deswegen bin ich vor einigen Jahren auf die Idee gekommen, ein solches Voynich-Wochenende zu organisieren. Seitdem ermögliche ich uns einmal pro Jahr dieses fantastische Ereignis an diesem traumhaften Ort.«

Hier und da erklingt Gelächter. Als das Taxi an der Adresse im Stadtteil Brixton hielt, glaubte Zina kurz an einen Irrtum des Taxifahrers. Ein graues Kulturzentrum mit einer feinen Staubschicht und schmutzigen Fenstern. Zögernd war sie hineingegangen. Im Flur stand ein Flipchart mit einem laminierten Poster darauf. In verschnörkelter Schrift wurden die Gäste auf dem Voynich-Wochenende willkommen geheißen, und darunter befand sich ein Pfeil, der Zina den Weg zu einem der Säle im hinteren Teil des Gebäudes wies.

»Wir haben heute Abend drei Sprecher«, fährt Walcott fort. »Morgen finden dann die Workshops statt, bei denen wir unter der Leitung unserer Fachleute verschiedene Aspekte des Manuskripts unter die Lupe nehmen werden. Dann gibt es zum Abschluss einen Umtrunk. Ein abenteuerliches Wochenende, meine Damen und Herren. Danach können Sie wieder in Ihre unbedeutenden Leben zurückkehren.« Er streckt den Arm einladend in Richtung einer Person in der ersten Reihe aus.

»Unser erster Vortragender bedarf eigentlich keiner Vorstellung. Ich bitte Sie um einen herzlichen Applaus für die Koryphäe unter den Voynichologen, den *Primus inter Pares*, Professor Svoboda.«

Unter höflichem Beifall erhebt sich ein Mann von seinem

Stuhl. Er trägt einen dichten dunklen Bart. Sein gedrungener Oberkörper ist in klassischen Tweedstoff gehüllt. Svoboda. Zina kennt den Namen aus dem Online-Forum. Unter jedem seiner Kommentare stehen sein vollständiger Name und seine Funktionen. Das ist also Professor Jan Svoboda, Dozent für Mittelalterliche Geschichte an der Masaryk-Universität in Brünn, Tschechische Republik. Plötzlich schnürt Nervosität Zina die Kehle zu. Gleich wird sie auch da vorne stehen. Sie hat viel zu sagen, aber weil sie so lange ein digitales Leben geführt hat, wird sie ihre Geschichte mit ungeübten Stimmbändern erzählen müssen. Mehr als ein paar Sätze hat sie während dieser ganzen Zeit nicht hintereinander gesprochen. Der Austausch von Höflichkeiten mit den Nachbarn. Ein paar Worte für die Jungs vom Supermarkt, die ihr die Einkäufe nach Hause lieferten. Zu mehr gab es keine Gelegenheit.

Von Svobodas Vortrag bekommt Zina nur vereinzelte Teile mit. Mit eindringlicher Baritonstimme lässt er sich über seinen neuesten Plan aus: Er will auf die Suche nach Textblöcken gehen, die möglicherweise im Voynich-Manuskript vorkommen. Auf dem Bildschirm hinter ihm erscheint ein Ausschnitt, der wie ein Gedicht aussieht. In siegessicherem Tonfall berichtet der Mann von bekannten Renaissance-Gedichten, die er mit dem Text abgleichen wird, um Übereinstimmungen zu finden. Der Professor kommt zum Schluss seines Vortrages und schaut sich stolz im Saal um. Höflicher Beifall erklingt.

Simon Walcott verkündet, dass es jetzt eine kurze Kaffeepause gibt. Hinten im Saal hat man ein paar Tische an die Wand geschoben. Zwei große Thermoskannen mit Kaffee und Tee stehen bereit. Verunsichert blickt sich Zina in der Gruppe um, in der sich die Hälfte der Leute ganz offensichtlich kennt. Einige wenige befinden sich in derselben Situation wie sie. Kleine Inseln im Ozean, die eifersüchtig die plaudernden Kontinente neben sich beobachten.

*Das Voynich-Manuskript ist echt.*

Diesen Satz wiederholt Zina immer wieder wie ein Mantra. Das Manuskript ist kein Produkt ihrer Einbildung. Es existiert. Und Zina ist nicht die Einzige, auf die das Mysterium dahinter eine unwiderstehliche Anziehungskraft ausübt. Das wusste sie bereits, hat diese Bestätigung aber offensichtlich trotzdem gebraucht.

*Das Voynich-Manuskript ist echt.*

»Pardon? Zina?«

Sie dreht sich um und starrt in zwei freundliche blaugraue Augen. Simon Walcott.

»Hallo. Ich bin Simon.« Er streckt ihr die Hand hin.

»Hi … Hallo«, stammelt Zina und schüttelt ihm die Hand. »Wie haben Sie mich erkannt?«

Simon deutet auf den Aufkleber mit ihrem Namen darauf, den sie sich wie die anderen auf die Brust geklebt hat, als sie den Raum betrat.

»Oh.«

»Im Forum haben Sie kein Profilfoto, darum musste ich auf diesen Trick zurückgreifen.« Er grinst.

»Es sei Ihnen verziehen.«

»Ich habe mich schon gefragt, ob Sie überhaupt kommen würden. Ich kenne Sie ja nur aus dem Forum. Und natürlich von den E-Mails. Ich habe sogar versucht, Sie anzurufen.«

»Ich gehe schon seit einiger Zeit nicht mehr ans Telefon.«

»Ah.«

Ihr erstes richtiges Gespräch. Eigentlich läuft es ganz gut.

»Simon, darf ich Sie etwas fragen?«

»Natürlich!«

»Der Mann, der neben mir sitzt, trägt ein T-Shirt mit der Aufschrift ›NT‹ und danach ›131755‹. Wissen Sie, was das bedeutet?«

Simon lächelt. »Das ist Chester. Der trägt dieses T-Shirt fast immer. Da geht es um Yamamoto.«

»Yamamoto? Was ist das?«

»Yamamoto war ein japanischer General. Das Gehirn hinter dem Überraschungsangriff auf Pearl Harbor. Die Amerikaner haben einen japanischen Code geknackt und konnten auf diese Weise herausfinden, wann Yamamoto auf Inspektionsbesuch im besetzten Neuguinea sein würde. Die Nummer ist die der abgefangenen Nachricht, der man es verdankt, dass man sein Flugzeug vom Himmel holen konnte.«

»Interessant.«

»Auf diesem Gebiet ist Chester ein richtiger Freak. *Privacy* und solche Dinge. Sehr misstrauisch, was unsere geliebte Regierung betrifft. Selbst halte ich nicht viel von diesem paranoiden Gehabe, aber in einem hat er tatsächlich recht. Codes haben im Laufe der Geschichte genauso viele Leben gekostet wie gerettet. Ich bin gespannt, was der Voynich-Code für uns bedeuten wird.«

»Ich auch.«

Walcott schaut sich kurz um und beugt sich dann zu ihr hin.

»Glauben Sie, Ihr Plan wird funktionieren?«, fragt er leise.

»Das erkläre ich gleich.«

Zina kann selbst hören, wie wenig überzeugend sie klingt.

»Ich freue mich darauf«, sagt er voller Herzlichkeit. Mit einem Nicken wendet er sich ab und geht weiter, schüttelt Hände, winkt Bekannten zu. Hastig trinkt Zina ihren Kaffee, der irgendwie nach Schlammwasser schmeckt. Danach geht sie über den Flur. Das ist der einzige Vorteil einer typischen Männerversammlung: Vor der Damentoilette gibt es keine Schlange.

Drinnen wird sie von dunkelbraunen Fliesen aus den Siebzigerjahren begrüßt. Vor dem einzigen Waschbecken, über dem ein Spiegel hängt, steht eine blonde Frau in einem bunten Outfit und bringt ihr Make-up in Ordnung. Sie dreht sich zu Zina um und lacht ihr zu. Dabei strahlt sie über das ganze Gesicht.

»Da ist ja tatsächlich noch ein Wesen mit Brüsten«, sagt die Frau mit melodischer Stimme.

»Hallo.«

»Hallo. Wenn ich mich nicht irre, haben wir uns noch nie gesehen. Kann das sein?«

Zina nickt.

»Das dachte ich mir. Wie Sie wahrscheinlich schon festgestellt haben, ist der Frauenanteil hier betrüblich niedrig. Ich heiße übrigens Perenelle.«

Auch ihren Namen erkennt Zina aus dem Forum wieder.

Perenelle ist dort eines der aktivsten Mitglieder. Eine Expertin für den Teil des Voynich-Manuskripts, in dem es um Kräuterkunde geht. Zina hat immer geglaubt, »Perenelle« wäre nur ein Username für das Forum.

»Zina Welter.«

»Zina! Dann halten Sie also gleich einen Vortrag. Ich bin schon sehr gespannt.«

»Danke.«

»Jetzt bin ich fast fertig, einen Moment noch. In meinem Alter muss man sich ganz schön anstrengen, damit alles ein bisschen nach was aussieht.«

Die Frau wirft einen letzten Blick in den Spiegel. Wieder dieses strahlende Lächeln.

»So. Jetzt sind Sie dran, auch wenn Sie eigentlich gar nichts zu machen brauchen. Viel Erfolg und bis gleich.«

»Danke schön«, antwortet Zina und wird rot.

Wenige Sekunden später ist sie allein und traut sich, in den Spiegel zu schauen. Während der vergangenen Monate hat sie diese Konfrontation vermieden. Alles gar nicht so schlimm. Ihre Haut ist blasser als normalerweise, und man sieht sehr deutlich, dass sie abgenommen hat. Ihre mandelförmigen braunen Augen, die sie der asiatischen Abstammung ihrer Mutter zu verdanken hat, leuchten aber. Ihr schwarzes Haar hat seinen Glanz nicht verloren. Es ist länger als je zuvor und hängt ihr im Pferdeschwanz bis fast zum Po.

Sie holt ein wenig Rouge und Lidschatten aus ihrer Tasche. Zum Glück braucht sie sich wegen ihrer Kleidung keine Sorgen zu machen. Knöchelhohe schwarze Stiefel. Ihren Rollkragenpullover aus Merinowolle in derselben Farbe hat Zina mit einem Blazer und einer dunkelgrauen Hose kombiniert. Alles hochwertige Markenkleidung. Das Einzige, was sie aus ihren Jahren bei »der Bank«, wie sie ihren ehemaligen Arbeitgeber nennt, behalten hat. Vor ihrem ersten Arbeitstag hatte eine eigens zu diesem Zweck angeheuerte Stylistin Zina in ein schickes Geschäft geschleppt. Zina war als *quant* eingestellt worden, als *quantitative analyst*. Ohne Kundenkontakt, es bestand also keine Notwendigkeit, untadelig auszusehen. Ordentlich reichte schon. Zina hatte sofort sieben Sets von dem Outfit gekauft, das die Stylistin für sie zusammengestellt hatte, und drei Paar der Stiefel. Auf diese Weise würde sie nie mehr darüber nachdenken müssen, was sie anziehen sollte, hatte sie der völlig verblüfften Frau erklärt.

Diese Erinnerung hilft Zina. Ihre Muskeln entspannen sich ein wenig. Sie packt das Make-up wieder weg, dreht den Kopf vor dem Spiegel hin und her. Besser wird es nicht werden.

Im Saal geht sie sofort auf das Rednerpult zu. Dort steht ein Laptop auf einem Tisch. Sie holt einen USB-Stick aus der Tasche. Ein paar Klicks, und ihre Präsentation ist abrufbereit. Langsam begeben sich die Teilnehmer wieder auf ihre Plätze. Auf dem Bildschirm neben Zina erscheint eine Aufnahme des Weltalls. Das Gemurmel verstummt. Ganz offensichtlich hat man ein solches Bild bei einer Präsentation über ein mittelalterliches Manuskript nicht erwartet.

»Damit sich hier niemand Sorgen machen muss – nein, ich glaube nicht, dass das Voynich-Manuskript von Außerirdischen verfasst wurde oder eine Karte enthält, die es uns ermöglicht, zu den Sternen zu reisen.« Sie sieht, wie einige Leute erleichtert lächeln. Kein schlechter Start.

»Aber das, was ich heute mit Ihnen teilen will, hat durchaus in gewisser Weise mit der Suche nach außerirdischem Leben zu tun.«

Hinten im Saal öffnet sich eine Tür. Eine dürre Gestalt mit kurzem, schlohweißem Haar betritt den Saal. Zina hält in ihrem Vortrag inne. Sie hatte keine Ahnung, dass er heute Abend hier sein würde. Der Mann nimmt auf einem der letzten freien Stühle Platz. Für Zina ist seine Anwesenheit eine Überraschung, aber keine unangenehme. Sie kann jede Ermutigung gebrauchen.

»Ich heiße Zina Welter. Eigentlich bin ich Mathematikerin. Und bis vor einigen Monaten hatte ich noch nie vom Voynich-Manuskript gehört.«

Erneut erklingt Gemurmel. In der ersten Reihe schaut Professor Svoboda ganz unverhohlen skeptisch drein.

»Bis mein Professor in Princeton, der zu meiner großen Überraschung heute Abend hier anwesend ist, mir eine Mail geschickt hat. Er ging davon aus, ich würde dieses Rätsel interessant finden.«

Es gibt vieles, was Zina hier verschweigt. Wie es ihr in dem Moment ging, als sie seine Mail bekam. Wie sie sich an dieser einen Nachricht festklammerte. Wie dieses Mysterium ihr wieder einen Grund gab, morgens aus dem Bett zu kommen.

»Zurück zu dieser Aufnahme von den Sternen. Wahrscheinlich haben die meisten von Ihnen schon von der Organisation SETI gehört. Die Abkürzung steht für *Search for Extraterrestrial Intelligence.* Vor einigen Jahren stellte die Organisation ein System vor, über das alle, die etwas zu der Suche nach außerirdischen Leben beitragen möchten, das auch tatsächlich tun können. Jeder, der über einen einigermaßen schnellen Computer und einen Internetzugang verfügt, stellt einen Teil seiner Rechenleistung zu Verfügung. So kann die unendliche Menge von Daten, die die Raumteleskope der Organisation auffangen, gefiltert und nach Zeichen durchsucht werden, die auf eine außerirdische Intelligenz hinweisen. Jeder angeschlossene Computer verrichtet also sozusagen einen Teil der Arbeit.«

Es scheint, als würden sich einige der Zuhörer auf ihren Stühlen nach vorn beugen.

»Meine Idee ist eigentlich ganz einfach. Man braucht nur das Weltall durch das Voynich-Manuskript zu ersetzen. Auch eine enorme Menge an Daten mit Millionen möglicher Lösungen. Unmöglich für eine einzige Person, sie alle zu untersuchen. Nicht umsonst setzt man sich schon seit Jahrhunderten mit der Lösung dieses Rätsels auseinander.«

Sie macht eine Pause von einer Sekunde.

»Aber was, wenn ein Algorithmus, der an ein Computerprogramm gekoppelt ist, diese Möglichkeiten untersucht? Und wenn Hunderte, vielleicht sogar Tausende Computer dabei helfen, all diese Möglichkeiten durchzurechnen?«

Bei der letzten Frage überschlägt sich Zinas Stimme. Sie schaut sich im Saal um. Einige der Teilnehmer nicken nachdenklich. Andere richten Blicke auf sie, die ihr verraten, dass sie nichts, aber auch gar nichts von dem begriffen haben, was sie will.

»Ich werde es Schritt für Schritt erklären.«

*Klick.*

Die nächste Folie enthält nur ein einziges Wort.

»Was ist ein Algorithmus?«, stellt Zina eine rhetorische Frage.

*Klick.*

Die Definition erscheint.

»Ein Algorithmus ist eine endliche Reihe von Instruktionen, die von einem gewissen Ausgangspunkt zu einem angestrebten Ziel führen«, liest Zina vor. »Das klingt relativ abstrakt, aber betrachten Sie es als Rezept. Um einen Teller leckere Nudeln zu bekommen, muss man eine bestimmte Anzahl Handlungen auf eine gewisse Weise verrichten. Das Resultat besteht dann aus Spaghetti Bolognese. Genau wie bei Rezepten sind bestimmte Abstufungen Teil dieses Prozesses. Von einfachen Verrichtungen bis hin zu sehr komplizierten. Nach Abschluss meines Studiums habe ich an der Wall Street gearbeitet und mich mit *algorithmic trading* befasst. Es gehörte zu meinen Aufgaben, mithilfe von Algorithmen aus der schwindelerregenden Menge an Informationen, die die Finanzmärkte täglich generieren, Trends vorherzusagen. Genau die Informationen herauszufiltern, die die Händler brauchten, um zu entscheiden, was sie kaufen oder verkaufen sollten.«

Während Zina das sagt, analysiert sie den Klang ihrer eigenen Stimme. Eine leichte Spannung ist wahrnehmbar, aber nichts Dramatisches. Keine Tränen. Keine Wut. Kein Drang, laut zu schreien.

*Klick.*

Das nächste Bild. Die erste Seite des Voynich-Manuskripts.

»In den vergangenen Monaten habe ich mich mit dem Voynich-Manuskript befasst. Wenn es um Daten geht, braucht man einen anderen Ansatz. Es gibt nur wenige Dinge, die wir mit Sicherheit wissen. Aber es gibt durchaus verschiedene Grade der Wahrscheinlichkeit.«

Während der folgenden Minuten behandelt sie kurz die gängigen Theorien darüber, welche Sprachen die besten Kandidaten für eine erfolgreiche Übersetzung sind. Dabei geht sie auf bekannte Annahmen zum Inhalt des Manuskripts ein.

»Die meisten von Ihnen wissen über diese Dinge viel mehr als ich«, beendet sie ihre Ausführungen. »Zusammenfassend können wir aber sagen: Die Wahrscheinlichkeit, dass Latein in diesem Zusammenhang eine wichtige Rolle spielt, ist größer als etwa bei einer der Eskimosprachen. Es besteht eine größere Chance, dass sich im Text Begriffe aus dem Bereich der Alchemie finden, als dass es sich um eine Bauanleitung für einen Kleiderschrank handelt.«

Vereinzelt klingt Gelächter auf.

*Klick.*

Das nächste Bild. Von dem Wort »Algorithmus« aus zeigen verschiedene Pfeile in alle Richtungen zu einem Dutzend grafischer Darstellungen von Computern.

»Was ich da gerade erstelle, ist eine Kombination aus einem Algorithmus und einem Computerprogramm. Bei Ersterem handelt es sich um reine Mathematik, beim Computerprogramm geht es um die Implementierung, die Ausführung des Programms. Um die Art und Weise, wie der Algorithmus seine Arbeit tun wird.«

*Klick.*

»Der Satz auf dem Bildschirm benennt das Dilemma: *Input is output*. Je besser die Daten sind, mit denen ich das Programm füttere, desto größer ist die Chance auf Erfolg. Wenn also jemand unter Ihnen noch wertvolle Erkenntnisse oder Informationen haben sollte, die Sie mit mir teilen möchten, kommen Sie bitte auf mich zu.«

*Klick.*

»Das hier ist die E-Mail-Adresse, die ich für dieses Projekt eingerichtet habe. Ab heute Abend können Sie übrigens auch im Forum eine Zusammenfassung meiner Präsentation nachlesen.«

*Klick.*

Wieder nur ein einziges Wort.

»Wann?«, liest Zina vor. »Das hängt auch von dem Input ab, den ich noch bekomme. Außerdem bin ich noch dabei, an dem Algorithmus zu feilen.«

»Feilen« stellt die ganze Sache ziemlich harmlos dar. Der Algorithmus bewegt sich wie eine Schlange durch ihr Gehirn. Immer wieder streift er seine Haut ab und präsentiert sich

Zina in einer neuen Gestalt, die sich nur minimal von seiner vorigen unterscheidet.

»Ich gehe davon aus, dass mich das noch ein paar Wochen beschäftigen wird«, erklärt sie vorsichtig. »Danach werde ich Ihre Hilfe brauchen. Und die von so vielen anderen wie möglich. Je mehr Rechenleistung, desto größer die Chance auf eine Lösung.«

Zina zögert. Hat sie noch etwas vergessen?

»Vielen Dank für Ihre Aufmerksamkeit.«

Applaus, möglicherweise etwas lauter als bei ihrem Vorgänger. Der Beifall erstirbt schnell und wird durch das Gemurmel von Dutzenden Anwesender ersetzt, die sich miteinander unterhalten. Hin und wieder werfen sie Zina Blicke zu. Erleichtert zieht sie den USB-Stick mit ihrer Präsentation aus dem Laptop und steigt vom Rednerpult.

Zina lässt sich auf ihren Stuhl fallen. Perenelle, die Frau, die sie gerade getroffen hat, nimmt ihren Platz ein. Natürlich, sie steht im Programm. Und Zina war so mit sich selbst beschäftigt, dass sie das ganz und gar vergessen hat. Sie hat der anderen nicht einmal viel Erfolg gewünscht. Auch wenn Perenelle das ganz offensichtlich nicht braucht. Mit einem selbstbewussten Lachen begrüßt sie ihre Zuhörer.

»Hallo. Einige von Ihnen kennen mich sicher. Und ja, Perenelle ist der Name der Frau von Nicholas Flamel, dem berühmten Alchemisten aus dem Mittelalter. Gemeinsam haben die beiden ihr Leben der Suche nach dem Stein der Weisen gewidmet, von dem sie sich Unsterblichkeit erhofften. Und nein, ich bin noch keine siebenhundert Jahre alt. Auch wenn ich mich zurzeit tatsächlich an manchen Tagen so fühle.«

Die Zuhörer lachen und klatschen. Zina wird klar, dass sie im Vergleich zu dieser Frau wie ein autistisches Nervenbündel am Rednerpult gestanden haben muss.

»Heute möchte ich Ihnen etwas über den Teil des Voynich-Manuskripts erzählen, der sich mit der Kräuterkunde befasst.

Mit all diesen wunderschönen Pflanzen und ihren Wurzeln, von denen wir bisher noch nicht eine einzige definitiv haben bestimmen können.«

Perenelle spricht weiter über die zum Teil surrealistisch anmutenden Illustrationen. Die stehen ihr zufolge nicht für sich allein, sondern entstammen einer Tradition aus Norditalien, innerhalb derer Pflanzen, die für die Alchemie wichtig waren, auf genau diese Weise festgehalten wurden. Zina kennt einige von ihnen. *Centaurea maculosa. Malva sylvestris.* Zehntausende von Wörtern, Begriffen und Namen in verschiedenen Sprachen, die alle möglicherweise im Manuskript vorkommen. Die Liste scheint unendlich lang. Es kommt darauf an, einen Schleichweg zu finden. Sie versinkt in ihren eigenen Gedanken.

Um Zina herum entsteht Bewegung. Den letzten Teil des Vortrags hat sie völlig verpasst. Sie nimmt ihre Tasche und steht auf. Ihr Blick sucht unter den Zuhörern nach einem Menschen mit vertrauter, kerzengerader Haltung. Wie sie ihn kennt, hat er sich irgendwo in eine Ecke gestellt, um dort regungslos alles zu beobachten. Eine Sphinx. Unnahbar und etwas Furcht einflößend.

William Prescott Currier steht tatsächlich in einem ruhigen Teil des Saals.

»Hallo, Professor.«

»Hallo, Fräulein Welter.«

Vier Jahre lang war er in Princeton ihr Dozent, und noch immer spricht er sie mit »Fräulein Welter« an. Currier gibt sich auch nicht das kleinste bisschen Mühe, bei seinen Studenten beliebt zu sein. Keine Annäherung, keine witzigen Bemerkungen. Alle werden auf Abstand gehalten. Das haben sie miteinander gemein. Zwei Menschen, die andere von sich stoßen. Dadurch ist zwischen ihnen beiden ein merkwürdiger Magnetismus entstanden. Keine sexuelle Anziehung, sondern ein gegenseitiges Begreifen.

»Eine illustre Runde.«

Zina gönnt den anderen Anwesenden keinen einzigen Blick.

»Was tun Sie hier?« Sie schüttelt den Kopf. »Entschuldigung, das klang sehr unhöflich. So habe ich es nicht gemeint.«

An seinem Gesicht lässt sich nicht ablesen, ob er ihre Äußerung als Beleidigung aufgefasst hat. Curriers Ausgeglichenheit ist geradezu legendär. Zina hat diesen Mann jedenfalls noch nie böse, traurig oder fröhlich erlebt.

»Woher wussten Sie, dass ich heute Abend hier sein würde?«

»Ihr Name stand im Programm«, erwidert er schlicht.

»Sie sind extra wegen mir nach London geflogen?«

»Ich habe an einer Konferenz über die Riemannsche Zeta-Funktion in Oxford teilgenommen. Ein glücklicher Zufall, dass die beiden Veranstaltungen zeitlich so dicht beieinanderlagen. Deswegen habe ich meinen Rückflug um einen Tag verschoben.«

»Was auch immer der Anlass sein mag, ich bin froh, dass Sie hier sind. Ich hatte ja noch gar nicht die Gelegenheit, mich bei Ihnen zu bedanken.«

»Wofür denn?«

»Für Ihre E-Mail natürlich, in der Sie mich dazu angeregt haben, mir einmal das Voynich-Manuskript anzuschauen. Ich hatte noch nie davon gehört. Und jetzt stecke ich mittendrin.«

»Das merkt man«, gibt er zurück. »Ich bleibe noch bis morgen in London, dann trete ich den Heimflug an. Wollen wir zusammen frühstücken?«

»Das ist eine sehr gute Idee.«

Er wartet schweigend. Es dauert ein paar Sekunden, bis Zina begreift, dass die Unterhaltung beendet ist.

»Auf Wiedersehen, Professor.«

»Auf Wiedersehen, Fräulein Welter. Bis morgen.«

Sie schaut zu, wie Currier den Saal verlässt. Drei Gespräche und ein Vortrag. Und alles ist im Großen und Ganzen reibungslos verlaufen. Eine gute Ausbeute für ihren ersten Tag unter Leuten. Zeit, zu gehen. In der Gruppe bei der Tür steht auch Simon Walcott, der ihr zunickt. Sie hebt die Hand zu einem Abschiedsgruß.

Eine halbe Stunde später steigt sie in der Nähe des Westends aus einem Taxi. Inzwischen ist es dunkel. Links und rechts von ihr bilden sich Schlangen, weil die Leute Musicals oder *Stand-up Comedy*-Veranstaltungen besuchen wollen. Eine angenehme Energie, die zu Zinas leicht euphorischer Stimmung passt, schwingt in der Luft.

Voller Elan setzt Zina sich in Bewegung, spürt jedoch, wie sich langsam Müdigkeit auf sie herabsenkt.

Zurück im Hotel durchquert sie die Lobby und geht am Restaurant vorbei, in dem ein großer Betrieb herrscht. Während der Aufzug sie in den dritten Stock bringt, holt sie die Schlüsselkarte aus ihrem Geldbeutel. Sie hält die Karte vor das Schloss. Ein Summen, ein Klicken. Innerhalb von Sekunden ist sie wieder hellwach. Es sieht aus, als wäre ein Tornado durch ihr Zimmer gefegt. Überall Kleidungsstücke. Ihre ganzen Toilettenartikel liegen auf dem Boden. Jemand hat die Laken in Stücke gerissen oder zerschnitten. Der große Kasten, der unter ihrem Bett stehen sollte, liegt jetzt obendrauf. Der Fernseher wurde mit Gewalt von der Wand entfernt. Zina schließt die Augen, öffnet sie wieder. Alles sieht noch genau so aus wie vor ein paar Sekunden.

# 3

Zina war schon einmal in der Portobello Road und kann sich noch daran erinnern, dass dort damals sehr viel Betrieb herrschte. An das Gefühl, als würde sie zusammen mit Tausenden anderer Menschen durch einen schmalen Trichter gedrückt. An den weltberühmten Antikmarkt, der sich als Institution herausstellte, die fast unter dem eigenen Erfolg zusammenbrach. Heute ist Sonntag. Der einzige Tag in der Woche ohne Markt. An den Tischen unter der grünen Markise von *Lowry & Baker* sitzt dementsprechend niemand, obwohl das vielleicht auch etwas damit zu tun hat, dass es so früh am Morgen noch sehr kalt ist. Man hat sorgfältig darauf geachtet, die Einrichtung so heimelig wie möglich zu gestalten. Zina läuft an der Theke entlang, auf der viele Teller mit Torten, Kuchen und anderen Gebäckstücken angeboten werden, und entdeckt dann einen kleinen Tisch hinten im Raum. Eine Kellnerin mit einer Bluse in einem fröhlichen Blumenmuster und einer grünen Schürze kommt direkt auf sie zu.

»Ich warte noch auf jemanden.«

Zina kann das Gähnen mit Mühe unterdrücken, bis die Kellnerin sich dem nächsten Gast zuwendet. Ein hektischer Abend ist in eine unruhige Nacht übergegangen. Erst gab es ein Gespräch mit dem Hotelmanager, während man auf die Polizei wartete. Danach dauerte es noch eine Stunde, bis sie in ihr Zimmer durfte, um ihre Sachen zusammenzusuchen. Glücklicherweise war noch ein anderes für sie frei, aber sie hat schlecht geschlafen. Bei jedem Geräusch auf dem Flur ist sie hochgeschreckt.

Die Tür öffnet sich. Professor Currier. Er trägt dasselbe dunkelblaue Jackett wie gestern Abend.

»Guten Morgen, Fräulein Welter.«

»Guten Morgen, Professor. Schön, Sie zu sehen.«

»Ich habe die Lage unserer Hotels verglichen«, erklärt er. »Dieses Café liegt genau dazwischen. Sie hatten nur hundertsiebzig Meter mehr zurückzulegen.«

»Haben Sie das nur auf den Meter ausgerechnet? Nicht noch auf ein paar Stellen hinter dem Komma?«

»Nein«, erwidert er, ohne eine Miene zu verziehen.

Zina muss lächeln. Der Gute hat sich kein bisschen verändert. In seiner Welt gibt es keine Ironie.

»Setzen Sie sich doch.«

Während der Professor Platz nimmt, winkt Zina die Kellnerin herbei, die sich zu ihnen an den Tisch stellt.

»Was darf es sein?«

Zina schaut zu dem Pärchen am Nebentisch hinüber, das sein Bestes tut, um riesige Portionen Toast und Eier zu vernichten.

»Einen Kräutertee, bitte. Und Saft.«

»Sehr gerne. Und für den Herrn?«

»Müsli mit Joghurt und einen schwarzen Kaffee, bitte.«

»Nur Kräutertee?«, will Currier wissen, nachdem die Kellnerin die Speisekarten wieder mitgenommen hat.

»Ich fühle mich nicht richtig gut. Meine Nacht war nicht so besonders.«

Vor ihrem Zusammentreffen hat Zina sich entschieden, den Professor nicht mit Einzelheiten über den Einbruch zu langweilen.

»Während der Seminare hatten Sie immer einen eimergroßen Becher Kaffee vor sich stehen von dieser Kette.«

Noch eine besondere Eigenschaft dieses Mannes. Alle Informationen, die er für nicht wertvoll befindet, wie etwa die Namen von Kaffeebars, die man an jeder Straßenecke sieht, scheint er eliminieren zu können, sodass sie sein Gedächtnis nicht belasten.

»Es gibt eine ganze Menge Dinge in meinem Leben, an denen ich etwas ändern will.«

Er nickt. »Und Sie fangen mit den kleineren Dingen an. Fanden Sie es denn so schlimm, für eine Bank tätig zu sein?«

Zina beantwortet seine Frage, ohne lange darüber nachzudenken.

»Ja, ich fand es sehr schlimm.«

»Ah. Warum haben Sie dann eine Arbeit in diesem Sektor angenommen, wenn ich fragen darf? Sie hätten doch andere Möglichkeiten gehabt. Als Dozentin arbeiten, wichtige Forschung verrichten. Einen Job bei der Regierung. Mit Ihren Qualifikationen hätten Ihnen sämtliche Türen offen gestanden.«

»Ich hatte meine Gründe. Und damals schienen es mir gute Gründe zu sein.«

Über seine Frage hat sie während der vergangenen Monate lange und intensiv nachgedacht. Sie ist nicht stolz auf die Antwort, die sie sich zurechtgelegt hat. Currier schaut sie bedeutungsvoll an.

»Haben Sie noch etwas gehört von …«

»Ich nenne sie nur ›die Bank‹«, fällt ihm Zina ins Wort. »Den Namen will ich einfach nicht mehr hören.«

Er nickt.

»Verständlich. Und haben Sie noch etwas von Ihrem ehemaligen Arbeitgeber gehört?«

»Nein.«

Zusammen mit Raketen- und anderen Naturwissenschaftlern hatte Zina zu einer kleinen Gemeinschaft von Absolventen gehört, die direkt von der Universität von den renommiertesten Handelsbanken des Landes eingestellt worden waren. Das Abschlussmanöver einer jahrelangen, auf Verlockungen basierenden Kampagne, bei der Wall Street und Silicon Valley um vielversprechende Studierende kämpften wie hungrige Wölfe um ein Stück Fleisch. Die süßesten Versprechungen waren ausgesprochen worden. Man hatte Meetings finanziert. Studienreisen zu den Hauptquartieren der Konzerne zur Gänze bezahlt. Hoffnungen auf astronomisch hohe Gehälter geweckt.

»Und von der Regierung?«

»Auch nicht. Alle haben sich von mir abgewandt.«

In ihrem dritten Jahr bei der Bank war die SEC, die *Securities and Exchange Commission*, heimlich an Zina herangetreten. Diese Organisation hatte es sich zur Mission gemacht, ihren Arbeitgeber detailliert auszuforschen. Wie sich herausstellte, war Zina ein kleines Rad im großen Ganzen. Die Bank manipulierte auf illegale Weise den Markt. Die Reinheit von Zinas Algorithmen wurde zu Modellen verzerrt, die bereits ganze Rentenfonds zunichtegemacht hatten. Millionen einfacher Menschen, die ihr Leben lang hart gearbeitet hatten, hatten von einem Moment auf den anderen alles verloren. Und Zina hatte sich daran mitschuldig gemacht.

»Ich habe natürlich erfahren, dass die SEC die Sache nicht zu Ende gebracht hat. Aber wie lautet ihre Argumentation? Ich weiß nur, was man in den Zeitungen lesen konnte.«

»Es stellte sich als schwieriger als gedacht heraus, der Bank böswillige Absichten nachzuweisen. Das hat man jedenfalls zu mir gesagt. Aber ich denke, sie hatten einfach Angst vor einem Rechtsstreit, der sich lange hinziehen würde. In dem Moment, als die Bank bereit war, freiwillig einen Rekordbetrag an Entschädigungen zu bezahlen, hatte man einen guten Grund, auf weitere Rechtsmittel zu verzichten.«

»Ach, so war das. Und inzwischen war man dahintergekommen, dass Sie mit den Behörden gesprochen hatten?«

»Richtig, auch wenn ich noch immer nicht genau weiß, wie das genau vor sich gegangen ist. Ich wurde von meinem Vorgesetzten angerufen und einbestellt. Zehn Minuten später stand ich auf der Straße. Das war ein ziemlicher Schock. Danach habe ich einige Zeit gebraucht, um wieder zu mir zu kommen.«

Zina schluckt. Wie ein rettender Engel erscheint die Kellnerin mit ihrem Frühstück.

Mit sorgfältigen Bewegungen isst der Professor seinen Joghurt, während Zina an ihrem Tee nippt.

»Das Voynich-Manuskript«, setzt er nach einiger Zeit an.

»Das Voynich-Manuskript«, wiederholt Zina. »Ich habe es gestern Abend schon gesagt, aber ich möchte mich nochmals bei Ihnen bedanken. Bevor ich Ihre E-Mail erhalten habe, hatte ich noch nie davon gehört.«

»Ich hatte angenommen, Sie würden in dieser schwierigen Zeit eine Ablenkung gut gebrauchen können. Etwas, das Ihren Intellekt fordern würde, aber nicht zu ernst wäre.«

»Und dann habe ich die Sache plötzlich sehr ernst genommen.«

Currier blinzelt.

»Ich muss zugeben, dass ich neugierig auf Ihren Algorithmus bin. Das Manuskript ist schon seit Jahren eines meiner Hobbys.«

»Tatsächlich? Das haben Sie in meiner Gegenwart noch nie erwähnt.«

Zum ersten Mal deutet sich in seinem Gesicht ein Lächeln an.

»Wenn man sich für das Voynich-Manuskript interessiert, hängt man das in unseren Kreisen nicht an die große Glocke. Zumindest nicht, wenn man ernst genommen werden will.«

»Simon Walcott hat auch so etwas gesagt.«

»Damit hat er leider recht. Trotzdem hat mich dieses Problem schon immer fasziniert. Ich bin gespannt darauf, wie Sie die Sache angegangen sind. Während des Vortrages gestern haben Sie darüber nur kurz gesprochen.«

»Ich hatte Angst, das könnte die Sache zu technisch werden lassen.«

»Verständlich.«

»Die Arbeit ist noch nicht abgeschlossen, und ich will erst ganz damit fertig sein.«

»Aber Fräulein Welter, Sie brauchen sich dafür doch nicht zu entschuldigen. An Ihrer Stelle würde ich genauso handeln.« Ein Seufzer. »Leider hatte ich weder die Zeit noch die Energie, mich neben meiner Arbeit wirklich in das Voynich-Manuskript zu vertiefen. Obwohl das ganz ohne Zweifel auch mit meiner Versagensangst zu tun hat. Sie hingegen sind erst Mitte zwanzig und haben damit den Segen der Jugend.«

»So jung fühle ich mich nicht mehr.«

Er mustert sie forschend.

»Die Zeit in New York ist nicht spurlos an Ihnen vorübergegangen.«

Auf die Feststellung folgt keine Frage. Liegt das an der Unsicherheit im Umgang mit anderen, die man bei so vielen brillanten Köpfen findet? Zina ist dem Professor jedenfalls dankbar dafür, dass er es dabei belässt. Die Fragen kommen noch früh genug. Für Antworten ist sie vorerst noch nicht bereit.

»Sie finden schon wieder aus der Sache heraus«, fährt er in munterem Tonfall fort. »Daran habe ich nicht den geringsten Zweifel. Eine weitere positive Eigenschaft der Jugend ist ihre Widerstandsfähigkeit. Die Fähigkeit, sich von Enttäuschungen ganz zu erholen. Etwas daraus zu lernen und danach weiterzumachen.«

»Es freut mich zu hören, dass es jemanden gibt, der Vertrauen in mich hat.«

»Aber das haben Sie doch sicher selbst auch? Warum sollten Sie sonst mit Ihrer Idee an die Öffentlichkeit gehen? Ich halte Ihren Ansatz übrigens für ziemlich brillant. Obwohl natürlich alles von der Potenz des Algorithmus abhängt, der dahintersteht. Aber daran wird es schon nicht scheitern. Sie haben mich mit Ihrer originellen Denkweise immer wieder beeindruckt«, erklärt der Professor.

»Vielen Dank«, erwidert sie verlegen. Currier ist normalerweise nicht gerade großzügig, wenn es um das Verteilen von Komplimenten geht. »Ich habe Vertrauen in meine Fähigkeiten, aber ich bin vorsichtiger geworden, was ich damit anstelle. Das Voynich-Manuskript ist unschuldig. In gewisser Weise ist es der richtigen Welt enthoben.«

»Ich denke, ich begreife, was Sie sagen wollen.«

Zina lächelt.

»Das denke ich auch. Nach der Sache mit der Bank hat man mir alles Mögliche zugeschickt. Genesungskarten, Blumen, anonyme Drohbriefe. Von Ihnen kam ein Link zu einer Webseite. Sonst nichts. Keine gut gemeinten Ermutigungsfloskeln.«

Currier rutscht unbehaglich auf seinem Stuhl hin und her.

»Bitte entschuldigen Sie, falls ich Sie damit beleidigt haben sollte«, sagt er förmlich. »Ich tue und sage nur das, was ich für nötig halte.«

»Es war genau das, was ich nötig hatte.«

Er trinkt einen Schluck Kaffee und tupft sich sorgfältig den Mund ab.

»Sie werden noch ein paar Wochen brauchen, haben Sie gestern gesagt.«

»Das stimmt.«

»Sie sind zwar nicht mehr meine Studentin, aber wenn Sie meinen Rat brauchen, bin ich natürlich jederzeit für Sie da. Leider muss ich mich gleich aufmachen. Ich habe noch einen Termin.«

Zina greift nach ihrem Geldbeutel.

»Fräulein Welter, das hier geht natürlich auf meine Rechnung.«

»Nicht nötig, Professor Currier.«

»Ich lade Sie ein.«

»Dann nehme ich das gerne an.«

Zina steckt ihren Geldbeutel zurück in die Tasche und reicht Currier die Hand.

»Ich habe mich über unser Wiedersehen sehr gefreut.«

»Ich mich auch, Fräulein Welter. Es ist gut, zu wissen, dass es Ihnen wieder ein wenig besser geht. Viel Erfolg. Und mein Angebot besteht weiterhin.«

»Vielen Dank.«

Eine Stunde später steht Zina vor der Tür ihres neuen Zimmers. Sie spürt, wie ihr Herz ein wenig schneller schlägt, als sie die Tür öffnet. Alles sieht so aus, wie sie es zurückgelassen hat. Sie zieht sich die schwarzen Stiefel von den Füßen, holt ihren Laptop zum Vorschein und lässt sich damit auf dem Bett nieder. Dann öffnet sie *voynichvoices.com*. Ihre Präsentation hat sie schon vor einigen Tagen an Simon gemailt, aber er hat ihr versprochen, sie erst nach ihrem Vortrag online zu stellen. Oben ist ein kleiner Bericht über den gestrigen Abend zu lesen. Und darunter erscheint ihre Geschichte, ihr Text, in dem sie sich selbst und ihren Plan vorstellt. Es gibt fünfunddreißig Kommentare. Fünfunddreißig. Innerhalb so kurzer Zeit. Schnell scrollt sie nach unten und überfliegt den Inhalt der Reaktionen. Ihr erster Eindruck: Es hätte schlimmer kommen können. Da gibt es die üblichen Nervensägen, die unabhängig vom Thema einen Anlass sehen, zum hundertsten Mal ihre lächerlichen Theorien auszubreiten. Das Voynich-Manuskript ist auf Nahuatl verfasst, einer Sprache der Indianer in Mexiko. Oder es entstammt der verlorenen Zivilisation von Atlantis, die auch die Pyramiden erbaut hat. Außerdem gibt es mehrere begeisterte Reaktionen, unter anderem von Simon und Perenelle. Der letzte Kommentar ist erst wenige Minuten alt und lässt Zina nach Luft schnappen. Sie steht auf und holt den einzigen Stuhl im Zimmer unter dem kleinen Schreibtisch hervor. Dann geht sie damit zur

Tür, wo sie das Möbelstück unter die Klinke schiebt, wie sie es ein paar Mal in Filmen gesehen hat. Danach steigt sie wieder aufs Bett und liest den Text auf dem Bildschirm noch einmal.

ZINA WELTER,
GIB DIESE SACHE AUF, EHE ES ZU SPÄT IST. HINTER DEM MANUSKRIPT STECKT MEHR, ALS DU DENKST. LASS DIE FINGER DAVON. SEI GEWARNT.
BARSCHIUS

Nach einigem Zögern ruft Zina die Webseite von Gmail auf und loggt sich in das E-Mail-Konto ein, das sie für ihre Voynich-Forschung eingerichtet hat.

»Oh nein.«

Hunderte von Nachrichten, alle vom selben Absender. Barschius. Barschius. Barschius. Nahezu unendlich viele. Sie klickt die oberste an und liest. Dieselbe Nachricht wie im Forum, Wort für Wort. Sie hebt eine davon auf und löscht schnell den Rest. Wie ein Tiger im Käfig kann man in diesem kleinen Zimmer kaum herumlaufen, aber Zina versucht es trotzdem. Schließlich nimmt sie ihr Handy und ruft Simon Walcott an.

»Zina, guten Morgen.«

»Hallo, Simon.«

»Was kann ich für Sie tun?«

»Haben Sie das schon gesehen?«

»Natürlich. Ich habe doch sogar noch auf Ihren Text reagiert.«

»Schauen Sie noch mal.«

Am anderen Ende der Leitung bleibt es kurz still.

»Okay … Ich schaue nach …«

»Die letzte Antwort.«

»Shit. Ich meine, das geht doch nicht. Und dann werden

Sie auch noch von jemandem bedroht, der schon vierhundert Jahre tot ist.«

Einen Augenblick lang weiß Zina nicht, was er meint. Dann fällt ihr wieder ein, woher sie den Namen Barschius kennt. Er erscheint auf der Liste der möglichen Besitzer des Manuskripts. Irgendwann im siebzehnten Jahrhundert also, vermutet zumindest Simon.

»Für mich ist hier nur der Username sichtbar. Aber Sie können doch nachschauen, wer das tatsächlich ist?«

»Sicher. Man kann nur auf Beiträge reagieren, wenn man ein Konto einrichtet. Ich kümmere mich darum. Ich werde diese Nachricht auf alle Fälle sofort löschen und dafür sorgen, dass die betreffende Person keine Posts mehr schreiben kann.«

»Danke.«

»Sind Sie sehr erschrocken?«

»Schon in Ordnung. Seltsame Irre gibt es überall.«

»Damit haben Sie leider recht. Wenn Leute seltsam sind, finde ich persönlich das nicht schlimm. Seltsam bin ich selbst auch. Aber ich hatte immer gehofft, solche Dinge aus meinem Forum heraushalten zu können.«

Die Nachricht verschwindet vor Zinas Augen vom Bildschirm.

»Zina, sind Sie noch dran?«

»Ja, ja.«

»Sehe ich Sie denn heute bei den Workshops?«

»Ja, ich werde da sein.«

»Prima! Dann bis gleich.«

Zina drückt das Gespräch weg und starrt auf den Stuhl unter der Türklinke. Gestern hat zum ersten Mal in ihrem Leben ein Fremder ihre Sachen durchsucht. Bei ihren Eltern wurde vor einigen Jahren auch schon eingebrochen. Damals hatten die Kriminellen die Tür auf wenig subtile Weise aufgebrochen.

Wie ist der Einbrecher in ihr Zimmer gekommen? An der Tür gab es keine Spuren. Sie holt die Schlüsselkarte aus dem Geldbeutel. Ob jemand ein Duplikat davon angefertigt hat? Durch ihre Tätigkeit bei der Bank weiß Zina, dass man solche Karten sehr einfach illegal kopieren kann. Was mit Kreditkarten geht, geht auch mit Schlüsselkarten von Hotels. Technisch funktioniert das auf die gleiche Weise. Der Manager hat nichts davon erwähnt, und sie selbst, müde und aufgeregt, wie sie war, hat nicht danach gefragt.

Inzwischen ist Zinas letzte Mahlzeit etwa fünfzehn Stunden her. Ihr Magen teilt ihr mit, dass ihm das nicht gefällt. Hier kann sie nicht essen, denn einen Zimmerservice gibt es nicht. Zina schiebt den Stuhl unter der Klinke weg und gesellt sich zu den Gästen, die unten im Restaurant ihren Lunch einnehmen. Eine Reihe von etwa zehn Personen schiebt sich am Buffet entlang. Zina füllt eine Schüssel mit Tomatensuppe und dann eine durchsichtige Plastikschale mit Salat. Zum Bezahlen nennt sie ihre neue Zimmernummer.

»Sind Sie Zina Welter?« Der junge Mann an der Kasse ist ungefähr in ihrem Alter. Er hat einen rötlichen Bart und hellblaue Augen.

»Ja?«

»Dann geht diese Mahlzeit aufs Haus. Wir finden es hier alle schlimm, was Ihnen passiert ist.«

»Oh.«

Zina nimmt ihr Tablett in beide Hände. Dann bleibt sie zögernd stehen.

»Kommen solche Dinge häufiger vor?«

»Einbrüche? Ich höre zum ersten Mal von so etwas. Und ich arbeite jetzt seit einem Jahr hier.«

Zina schaut sich um. Eine kleine Schlange steht hinter ihr. Die Leute wollen bezahlen.

»Wurde auch bei anderen Gästen eingebrochen?«

»Nein, nur in Ihrem Zimmer. Zumindest weiß ich nur von diesem Vorfall.«

Sie hebt kurz ihr Tablett.

»Danke.«

»Gern geschehen.«

Während des Essens schaut sie sich unter den Leuten um, die mit ihr an dem langen Tisch sitzen. Ein Hotel. Überall Menschen. Und ihr Zimmer war völlig verwüstet. Das lässt sich nicht innerhalb von zwanzig Sekunden erledigen, in denen jemand etwas an sich nimmt und den Raum sofort wieder verlässt. Wussten die Einbrecher, dass Zina nicht auf ihrem Zimmer war? Sie gähnt. Jetzt, wo sie endlich etwas gegessen hat, schreit ihr Körper geradezu nach Schlaf. Sie steigt in den Aufzug und fährt nach oben, legt sich lang ausgestreckt aufs Bett und schließt die Augen. Eine Stunde Schlaf muss drin sein. Dann wird sie sich zu den Workshops aufmachen.

Zina schreckt aus dem Schlaf hoch. Ihr steht der Schweiß auf der Stirn. Da ist ein Wort aus ihrem Traum, das noch in ihrem Bewusstsein nachklingt.

*Bedroht. Bedroht. Bedroht.*

Simon hat das Wort während ihres Telefongesprächs verwendet. Ganz offensichtlich hat es sich irgendwo in Zinas Unterbewusstsein eingenistet. Sie ist bedroht worden. Ein Traum war nötig, um ihr das klarzumachen.

Sie nimmt ihr Handy und stellt fest, dass sie den ganzen Nachmittag verschlafen hat. Und während dieser Stunden hat sie unbewusst eine Entscheidung getroffen. Rasch schaut sie nach, wann der nächste Eurostar fährt. Er wird London in einer halben Stunde in Richtung Brüssel verlassen. Zina bleibt gerade noch genug Zeit, um einen Sitzplatz zu reservieren. Damit vergeht ein Teil ihrer Unruhe. Noch ein paar Stunden durchhalten. Mit hastigen, abgehackten Bewegungen holt sie ihren Koffer aus dem Bettkasten und stopft ihre Kleidung hinein. Fünf Minuten später steht sie draußen.

Mit selbstbewussten Schritten geht sie zum Bahnhof St Pancras zurück. Auf der Uhr kann sie sehen, dass ihr Zug in zehn Minuten abfahren wird. Zum ersten Mal seit dem Aufwachen hat Zina das Gefühl, wieder normal atmen zu können. In Gedanken ist sie schon wieder zu Hause. Hat die Tür hinter sich abgeschlossen. Ruhe, die vertrauten Gerüche und ein weiches Sofa.

Ihr Handy klingelt. Es ist Simon. Zinas Daumen schwebt kurz über dem Display, weil sie zögert.

»Hallo, Simon.«

»Hallo, Zina. Ich habe Sie während der Workshops und dem Umtrunk vermisst.«

»Ja, tut mir leid.«

Sie hat sich entschuldigt, aber keine Erklärung abgegeben.

»Sie brauchen sich nicht zu entschuldigen. Es war vor allem schade, weil ich gehofft hatte, Sie noch kurz sprechen zu können.«

»Simon, wenn Sie mich noch etwas wegen meines Vorhabens fragen möchten, lässt sich das auch per E-Mail erledigen. Das ist mir lieber.«

»Es geht nicht um Ihren Algorithmus. Jedenfalls nicht direkt.«

Inzwischen ist Zina auf dem Bahnsteig angekommen. Der Zug steht bereit. Um sie herum verabschieden sich Menschen voneinander.

»Ich habe da seit Kurzem etwas in meinem Besitz.«

Sie kann die Aufregung in seiner Stimme hören.

»Etwas, das ein völlig neues Licht auf das Voynich-Manuskript wirft. Und ich gehe davon aus, dass es für Sie von Interesse sein wird.«

## Prag, Dezember 1610

Ewige Bewegung, ohne dass Energie verloren ging. Ein Werkzeug, das man weder mit Wind noch mit Holz, Wasser oder Kohle antreiben musste. Es gab viele Träume, die der Mann zu realisieren versuchte. Doch die Bewegung schien das Wesentliche seiner Existenz auszumachen, sowohl im unmittelbaren als auch im übertragenen Sinne. In der kurzen Zeit, die de Tepenec ihn kannte, hatte er noch nie erlebt, dass der andere sich im Ruhezustand befunden hätte. Irgendein Körperteil bewegte sich immer. Vor allem sein Mund, aus dem eine konstante Flut von Gedanken und Beobachtungen strömte.

De Tepenec hatte das Gesamtwerk von Cornelis Drebbel gelesen. Mit Menschen gesprochen, die ihn kannten, und diese sogar nach Prag kommen lassen. Drebbel war in erster Linie ein Macher. Von Gravuren bis hin zu Schriftstücken. Von Minenpumpen bis hin zu Springbrunnen. Die wundersamsten Bauten hatte er für die Mächtigen dieser Erde errichtet. Hatte mit den Naturkräften gespielt, sie eingesetzt, um neue Wunder zu schaffen. Warum sie funktionierten, welche Gesetzmäßigkeiten und Prozesse sie am Laufen hielten, war für diesen Mann zweitrangig. Wenn sie nur funktionierten. Am liebsten sofort.

Drebbels Genialität in vielen Bereichen war zusammen mit seinem Hang zum Mystischen unwiderstehlich. Der Mann gehörte unbedingt zu denen, die de Tepenec dabei helfen konnten, seine herkulische Aufgabe zu einem guten Abschluss zu bringen.

»Was soll ich hier?«, erkundigte sich Drebbel nervös, während sie durch die Gänge des kaiserlichen Palastes geführt wurden.

»Ich bin ein holländischer Bauer, ohne Ausbildung und

ohne Erfahrung, was die höfischen Umgangsformen betrifft.«

»Ihr steht unter meinem Schutz.«

»Könnt Ihr dafür sorgen, dass ich die herablassenden Blicke in meinem Rücken nicht spüre?«

De Tepenec wusste nur allzu gut, wovon Drebbel sprach. Am Hof entstand eine eigene Sorte Mensch. Polierte Männer, weich in ihrem Äußeren, leblos und steinhart in ihrem Inneren. Ihre einzigen Qualitäten bestanden darin, Intrigen zu spinnen und üble Nachrede zu betreiben. Sie waren der Ursprung des giftigen Gemurmels, das wie ein ewiger Gesang in den langen Gängen umhergetrieben wurde.

»Ihr befindet Euch hier im Zentrum der Welt. Ihr seid einer der vier, die zu dieser gewaltigen Aufgabe berufen wurden.«

De Tepenec konnte erkennen, dass seine Worte den beabsichtigten Effekt hatten. Seine eigenen Besorgnisse behielt er für sich.

Die Aufgabe war gewaltig, das stimmte jedenfalls. Die Ziele, die sie sich gesetzt hatten, kamen dem Wahnsinn sehr nahe. Dem Wahnsinn. Dem Krankhaften. Dem Mann, den sie nun aufsuchen würden, wurden diese Eigenschaften immer häufiger nachgesagt. Auch wenn man diesen Besuch nur mit wenigen Worten angekündigt hatte. Drebbel hatte nur erfahren, was er mitnehmen sollte und wann er sich im Palast zu melden hatte. In den Händen hielt er einen langen, in ein Tuch gehüllten Gegenstand.

»Habt Ihr den Weg hierher ohne Mühe gefunden?«

Drebbel nickte.

»Meine Kammer ist noch immer bis oben hin gefüllt. Es war eine lange Reise von Greenwich nach Prag, und ich habe noch nicht alles ordnen können. Aber das hier hat mich auf all meinen Reisen begleitet. Von Alkmaar, meinem Geburtsort, bis an den englischen Hof. Es gehört zu meinem wertvollsten Besitz, obwohl es nicht das Ergebnis meiner eigenen Hände Arbeit ist.«

»Nichtsdestotrotz habt Ihr sofort seine Genialität erkannt«, versetzte de Tepenec milde. »Es wurde durch einen Eurer Landesgenossen geschaffen, habe ich nicht recht?«

»Zacharias Jansen. Ich habe es direkt von ihm erworben und sorgfältig studiert. Wie Ihr von seiner Existenz erfahren habt, ist mir allerdings noch immer ein Rätsel.«

»Die Fühler der Habsburger reichen bis in die tiefsten Winkel ihres Reiches. Wenn sie etwas in Erfahrung bringen wollen, finden sie es heraus.«

In Wirklichkeit stellte sich die Sache komplizierter dar. Die absolute Macht des Kaisers war in den vergangenen Jahren zugunsten seines jüngeren Bruders Matthias langsam, aber stetig abgebröckelt. Die Blutsbande zwischen den Männern hatten ein politisches Hauen und Stechen nicht verhindern können. Nur in Prag und dessen Umgebung war Rudolfs Wille noch Gesetz. Die Umstände erforderten einen starken, geistig gesammelten Herrscher, doch die Anlässe, zu denen sich der Kaiser öffentlich sehen ließ, waren immer seltener geworden. Selbst für seine geliebten Pferde kam er zurzeit kaum noch aus seinen Gemächern hervor. Die Tiere ließ er auf dem Innenhof unterhalb seiner Räume für sich paradieren. Durch die Fenster zu seiner Linken sah de Tepenec einen Teil der überdachten hölzernen Tunnel, die verschiedene Teile des Palastes miteinander verbanden. Diese waren allein für den Kaiser zugänglich, sodass er sich in jedes der Gebäude oder in den Palastgarten begeben konnte, ohne gesehen zu werden und ohne jemandem zu begegnen. Sie gelangten zu den kaiserlichen Gemächern.

»Unglaublich, nicht wahr?«, fragte de Tepenec im Flüsterton. »Dass so etwas Grundlegendes das Ohr des Kaisers erreichen kann.«

»Wovon sprecht Ihr?«

»Habt Ihr bemerkt, wie Zugluft und Kälte langsam, aber stetig einer angenehmen Wärme gewichen sind?«

»Ja, es ist mir nicht entgangen. Das bedeutet also, dass wir bald unser Ziel erreichen werden?«

»Das auch. Zwei Männer tragen die Verantwortung dafür, dass in den kaiserlichen Gemächern immer eine wohlige Wärme herrscht. Der eine heißt Philip Lang. Der andere ist als Blahel bekannt.«

»Und?«

»In diesem zugigen Ungetüm von einem Palast ist das ausreichende Erwärmen eines Gemachs so wichtig, dass man damit eine einflussreiche Position erhält.«

»Mit etwas derart Simplem?«, fragte Drebbel erstaunt. »Das gelingt mir im Handumdrehen«, versicherte er seinem Begleiter. Sie unterhielten sich noch immer im Flüsterton.

»Ganz ohne Zweifel. Doch Ihr müsst wissen, dass gerade in der unmittelbaren Nähe des Kaisers eine immer größere Anspannung herrscht. Das liegt vor allem an ihm selbst. Er vertraut zunehmend nur einem kleinen Kreis seiner Dienerschaft.«

»Und Ihr gehört zu diesem Kreis?«

De Tepenec überlegte kurz.

»Die Anzahl jener, denen der Kaiser wirklich Gehör schenkt, hat sich stark vermindert«, erwiderte er schließlich. »Und das Ganze unterliegt einer gewissen Willkür. Es kann sich von Woche zu Woche ändern. Zurzeit sind es vor allem die beiden, deren Namen ich Euch soeben nannte.«

Die letzten Meter legten sie schweigend zurück. Am Ende des Ganges hatten sich zwei Gestalten postiert. Die Jahre mit Rudolf hatten ihre Spuren hinterlassen. Beide waren bleich, weil sie nur selten das Sonnenlicht erblickten, und aufgeschwemmt, weil sie zu viel zu essen erhielten. Mit ihren massigen Körpern blockierten sie den Zugang zu einer reich verzierten Doppeltür aus glänzendem Holz.

De Tepenec und Drebbel blieben einen Meter vor den beiden stehen. Selbst der Blick der Männer war der gleiche. Ruhelos hielten sie Ausschau nach möglichen Bedrohungen ihres erworbenen Status.

»Guten Tag, die Herren. Welche Freude, euch wiederzusehen. Das hier ist Cornelis Drebbel. Wir werden erwartet.«

Lang wandte sich wortlos um, öffnete die Tür und betrat den dahinterliegenden Raum. Wenige Sekunden darauf kehrte er zurück und machte eine Handbewegung.

Die kaiserlichen Gemächer stellten selbst für einen regelmäßigen Besucher wie de Tepenec einen Angriff auf die Sinne dar. Die steinernen Wände waren an beiden Seiten fast zur Gänze mit Teppichen bedeckt, auf denen von den Vorvätern des Kaisers und seinen Heeren historische Schlachten geschlagen wurden. Die Mauren und andere Gegner mussten im Staub kriechen, die Habsburger zeigten sich unbesiegbar. In der Mitte des Raumes befand sich eine scharlachrote Wand. Ein Samtvorhang, mehrere Meter hoch und breit, den eine dicke, goldfarbene Kordel im Zaum hielt, reichte von der Decke bis zum Boden. Lang ging an dieser weichen Trennwand entlang, fand eine kleine Öffnung und verschwand dahinter. Wenige Augenblicke später war er wieder zurück, mit einem entsetzten Ausdruck auf dem Gesicht. Er ging auf Blahel zu, flüsterte ihm etwas ins Ohr. Auch die Augen des anderen weiteten sich. Nach einem vorwurfsvollen Blick von beiden lief das Paar nach draußen und schloss die Türe hinter sich.

Drebbel wickelte das Tuch von dem mitgebrachten Gegenstand. Vorsichtig hielt er das hölzerne Objekt in beiden Händen. Es war etwa einen Meter lang und hatte die Form eines Trichters. An der einen Seite befanden sich drei einfache Beine, sodass man den Trichter aufrecht hinstellen konnte. Vorsichtig tat Drebbel dies, wobei er tief ein- und ausatmete. Danach hob er den Gegenstand wieder auf und verschwand hinter der dunkelroten Wand. Einige Minuten vergingen, während derer de Tepenec den Blick starr auf die Stelle gerichtet hielt, an der sein Begleiter wieder erscheinen musste. Hin und wieder war ein unverständliches Gemurmel zu vernehmen. Dann kehrte Drebbel endlich zurück, auf den Lippen ein Lächeln. De Tepenec ließ einen Seufzer der Erleichterung hören. Sie konnten beginnen.

# 4

## London, Gegenwart

Läden aus Holz sind vor die beiden Schaufenster des Buchgeschäfts geklappt; darauf steht in großen Lettern der Name »Stephenson Books«, und zwar in dem Rot der Londoner Telefonzellen. In der mittleren von drei Etagen schimmert Licht durch die Fenster. Auf der rechten Seite einer massiven Holztür befindet sich ein grauer Kasten mit einem Kameraauge und einer Klingel. Zina betätigt sie.

»Ich bin gleich unten«, erklingt es blechern.

Wenige Sekunden später öffnet Simon die knarrende Tür.

»Zina! Schön, dass Sie gekommen sind. Die anderen warten schon.«

*Die anderen.*

Noch bevor sie fragen kann, wer diese anderen sind, hat er sich wieder umgedreht. Zina bleibt im Türrahmen stehen. Was weiß sie eigentlich über diesen Mann? Sie kennt ihn seit einigen Monaten virtuell und seit einigen Stunden im realen Leben. Das reicht nicht, um abends ganz allein zu ihm zu gehen. Sie späht in den Laden hinein. Übervolle Bücherregale erstrecken sich bis an die Decke. Hier und da ein paar freistehende Stapel, einige von ihnen größer als Zina. Mit auffälliger Sicherheit bewegt sich Simon durch dieses Labyrinth aus Papier in Richtung einer Wendeltreppe aus angerostetem Stahl.

»Kommen Sie?«

Von oben treiben Gesprächsfetzen zu ihr herunter. Die Stimmen kommen Zina bekannt vor. Sie betritt den Raum, schafft es zur Wendeltreppe, ohne einen der Büchertürme umzustoßen, und folgt Simon nach oben.

Die Wohnetage ist spärlich eingerichtet. In einer Ecke gibt es eine kleine Küche. Außerdem stehen da ein antiker Holztisch und ein Sofa mit geblümtem Bezug; die Farben des Rosenmotivs sind schon lange ausgeblichen. Auf dem Sofa sitzt eine Bekannte. Perenelle begrüßt Zina mit einem fröhlichen Winken. An einem der Fenster schaut Svoboda von dem Buch auf, in das er vertieft war.

»Sind Sie auch endlich da«, meint er vorwurfsvoll.

»Langsam, langsam, Professor Svoboda«, reagiert Perenelle sofort. »So heißt man doch keinen Gast willkommen. Nehmen Sie Platz, Frau Welter.«

»Zina.«

»Zina. Übrigens möchte ich dir sagen, dass ich deinen Plan ganz fantastisch finde und hoffe, dass er funktionieren wird.«

»Das hoffe ich auch.«

»Nehmen Sie Platz«, wiederholt Simon und deutet auf das Sofa. »Das Teil ist alt, aber noch sehr gemütlich. Ehrlich gesagt ist alles hier alt. Ich habe den Laden vor etwa zehn Jahren vom damaligen Besitzer übernommen. Da war schon alles hier, und ich bin zu faul und zu arm, um mich besser einzurichten.«

»Warum steht dann dein Name nicht draußen angeschrieben, Simon?«, will Perenelle wissen.

»Als Mr Stephenson in Rente ging, sah es so aus, als müsse der Laden schließen. Das habe ich verhindert. Ich war damals schon seit Jahren immer hier.«

»Also aus sentimentalen Gründen.«

»Ja, vor allem deswegen. Darum will ich wahrscheinlich auch keine größeren Veränderungen vornehmen.«

»Simon, was soll ich hier?«, fragt Zina.

»Ich koche uns erst mal einen Tee.«

Mit dem Blick verfolgt Zina das Ritual, dem er sich jetzt widmet. Er stellt einen altmodischen Kessel auf den Gasherd. Dann holt er Tassen aus dem alten Küchenschrank. Summt vor sich hin, als er einen Teebeutel aus der Dose nimmt und Wasser darüberschüttet. Mit vier Tassen kommt er auf seine Gäste zu und stellt alles auf dem Esstisch ab. Zina bemerkt, dass Perenelle sie anschaut.

»Alles in Ordnung?«, will die andere Frau wissen. »Du siehst ziemlich blass aus.«

»Ich habe eine schlechte Nacht hinter mir.«

»Ach so.«

Kurz zögert Zina. Soll sie es dabei belassen?

»Als ich gestern Abend in mein Hotelzimmer zurückkam, habe ich festgestellt, dass dort eingebrochen wurde.«

Professor Svoboda zieht die dichten Augenbrauen zusammen, Perenelle nickt, als würde sie das Gehörte nicht überraschen.

»Es war ein Riesendurcheinander.«

»Du liebe Zeit«, meint Simon, »und dann noch dieser unerfreuliche Kommentar.«

»Was denn für ein Kommentar?«, will Svoboda wissen.

Simon erklärt kurz, was vorgefallen ist.

»Haben Sie überprüft, wer dieser Idiot war?«, erkundigt sich Svoboda.

»Selbstverständlich«, lautet die leicht empörte Reaktion. »Sofort. Der Witzbold hatte den Namen Barschius auch in seiner E-Mail-Adresse verwendet. Ich habe ihn direkt blockiert.«

»Immerhin etwas«, brummt Svoboda. »Aber eigentlich müsste Fräulein Welter Anzeige erstatten. Solche Gestalten ziehen unsere Bemühungen ins Lächerliche. So wird man uns nie ernst nehmen.«

»Wir sollten uns eher um Zina sorgen«, meint Perenelle. »Jetzt verstehe ich auch, warum Sie heute Nachmittag nicht in den Workshops waren. Möchten Sie unter diesen Umständen nicht so schnell wie möglich nach Hause?«

»Ich war schon auf dem Weg dorthin«, gibt Zina zu.

Dann richtet sich die Aufmerksamkeit aller Anwesenden auf Simon.

»Damit ist die Reihe an Ihnen, Herr Walcott«, erklärt Svoboda in drängendem Tonfall. »Warum hat Fräulein Welter ihre Heimreise verschoben? Und warum liege ich nicht in meinem komfortablen Hotelbett?«

Mit einer beschwörenden Geste hebt Simon beide Hände.

»Sie sind mit Ihrer Geduld am Ende, das verstehe ich. Ich habe diese Zusammenkunft angeregt, weil ich etwas gefunden habe. Etwas Wichtiges. Aber für einen nächsten Schritt brauche ich Ihre Hilfe.«

Zina, Perenelle und Svoboda tauschen rasche Blicke.

»Das Voynich-Manuskript«, fährt Simon fort, »besteht im Prinzip aus einigen Stücken Kalbsleder, das man saubergekratzt, aufgespannt, zusammengebunden und mit Tinte beschriftet hat.«

»Kodikologie«, sagt Svoboda.

»Genau. Die Wissenschaft, die sich nicht mit dem Inhalt von Handschriften befasst, sondern mit ihren physischen Eigenschaften. Aus welchen Materialien besteht ein Kodex? Wie wurde er hergestellt? Wann? Wenn man das weiß, lässt sich manchmal die Herkunft ermitteln. Und beim Voynich-Manuskript kennen wir diesen Zeitpunkt schon.«

»Herr Walcott«, unterbricht ihn Svoboda, »das echte Exemplar wird schon seit mehr als vierzig Jahren in der *Beinecke Library* aufbewahrt. Und ich weiß aus eigener Erfahrung, dass man dort große Zurückhaltung an den Tag legt, was Forschung betrifft, die mit einer möglichen Beschädigung einhergehen könnte. Ich habe selbst mehrere Versuche unternommen, die Zustimmung für bestimmte Untersuchungen zu erhalten. Für einen Multispektralscan zum Beispiel. Oder eine Raman-Spektroskopie. Eine Untersuchung mit einem Elektronenmikroskop könnte Pollen zutage fördern, die Rückschlüsse auf eine bestimmte Region zulassen. All meine

Anstrengungen waren umsonst. Wollen Sie etwa sagen, dass Sie diese Zustimmung erhalten haben?«

Die Empörung klingt deutlich aus seiner Stimme.

»Ich kann Sie beruhigen, Professor, das ist nicht der Fall. Wir haben nur die Ergebnisse der Radiokarbonmethodentests. Zina, wissen Sie, was das ist?«

Sie nickt. Mit der Datierung des Pergaments konnten einige Theorien über das Voynich-Manuskript widerlegt werden. Die Untersuchung hat ergeben, dass das Pergament um 1400 hergestellt wurde.

»Ich bin also von den Papiermachern ausgegangen«, spricht Simon weiter. »Von denen, die aus Tierhaut, aus Vellum, Pergament herstellten. Die Verleger, die Schriftsteller. Als Bücherwurm fand ich das natürlich unglaublich interessant. Sie können es als ein aus dem Ruder gelaufenes Hobby bezeichnen. Ich hatte einige Informationen. Über das Alter des Pergaments. Und darüber, wo das Voynich-Manuskript wahrscheinlich zum ersten Mal aufgetaucht ist. Alle uns zugänglichen Quellen verweisen auf den Hof Kaiser Rudolfs II.«

»Das ist uns allen bekannt«, bemerkt Svoboda.

»Ihnen natürlich ganz ohne Zweifel, Professor. Aber Zina hier ist erst vor Kurzem zu uns gestoßen. Prag also. Etwa um das Jahr 1600. Das können wir vor allem aus den Worten auf der ersten Seite des Manuskripts ableiten. *Ex Libris Jacobus de Tepenec*. De Tepenec war, wie Sie wissen, Rudolfs Botaniker. Die Echtheit seiner Unterschrift wurde von Fachleuten nachgewiesen. Das macht diesen Mann zum wahrscheinlichsten Kandidaten für den ersten uns bekannten Besitzer.«

»Wann gedenken Sie, uns etwas von Interesse mitzuteilen?«

»Ihre Geduld wird belohnt werden, Professor Svoboda. Ich bin also davon ausgegangen, dass Rudolf das Buch erworben und danach an de Tepenec weitergegeben hat. Uns sind achtzehn Namen von Leuten bekannt, die Kaiser Rudolf

Bücher verkauft haben. Von den Habsburger Herrschern ist sehr viel erhalten geblieben, also auch von Rudolf. Aber unter seinen Besitztümern hat man nie auch nur die Spur einer Beschreibung eines Manuskripts gefunden, das dem Voynich-Manuskript gleicht.«

»Das ist richtig«, bestätigt Svoboda. »Ich habe diese Quellen höchstpersönlich studiert.«

»Deswegen habe ich mich außerhalb der höfischen Archive umgesehen. Wo wohnten die Buchhändler? Zu wem hatten sie Kontakt? Wenn noch Korrespondenz und Archive von ihnen erhalten geblieben waren, wo befanden sie sich?«

»Eine ganze Menge Fragen.«

Simon schlägt die Augen nieder.

»Ich habe eine gewisse Besessenheit entwickelt. Es war eine Suche in den historischen Universitäten Europas. Leiden, Linz, Oxford, Padua, überall. Getrieben von der stillen Hoffnung, irgendwo auf etwas Wichtiges zu stoßen.«

»Wie lange machen Sie das schon?«, will Perenelle wissen.

»Seit Jahren. Und zwar ohne jeden Erfolg.«

Etwas in seinem Tonfall lässt Zina aufmerken.

»Bis vor zwei Wochen. Ein Historiker an der Universität von Freiburg hat mir eine positive Antwort geschickt. Leider, so schrieb er, hätten sie keine Dokumente über Reichard Streun von Schwarzenau.«

»Über wen?«, fragt Zina.

»Von Schwarzenau gehört zu den Personen, von denen wir wissen, dass sie Rudolf Bücher verkauft haben«, erklärt Simon. »Aber in Freiburg gibt es einige Briefe eines seiner Söhne, genannt Johann Streun von Schwarzenau. Der Mann war so freundlich, mir eine kurze Beschreibung der diversen Briefe zu schicken, und einer davon hat sofort meine Aufmerksamkeit erregt. Ich habe alles stehen und liegen lassen und bin nach Freiburg gefahren, um dieses Schriftstück selbst in Augenschein nehmen zu können.«

»Was denn nun?«, fragt Svoboda ungeduldig. »Was haben Sie in Augenschein genommen?«

»Einen von Cedric Calloway verfassten Brief. Calloway war einer der bekanntesten Drucker aus dieser Zeit hier in England.«

»Zeigen Sie her.«

Simon geht zu seinem Laptop, lässt mit einigen Klicks etwas auf dem Monitor erscheinen. Zina steht auf und stellt sich zu den anderen an den Tisch. Simon dreht ihnen den Bildschirm hin. Zwei Dokumente. Links die Abbildung eines Briefes, der auf offensichtlich sehr altem Papier verfasst wurde, in lateinischer Sprache. Rechts ein Stück getippter Text.

»Nur eine erste Übersetzung«, lautet Simons entschuldigender Kommentar. Zina fängt an zu lesen.

*Sehr geehrter Herr von Schwarzenau,*
*mit großer Freude nehme ich die Korrespondenz, die vor vier Jahren mit Eurem ehrwürdigen Vater ihren Anfang fand, wieder auf. Ich hoffe, dass Ihr und Eure Familie Euch guter Gesundheit erfreut und dass Ihr die Früchte Eurer harten Arbeit werdet ernten können. Eure gesamte Familie ist als unumstrittene Autorität bekannt, wenn es um das Drucken und den Erwerb von Büchern verschiedenster Art geht. Euer letztes Ersuchen war deshalb äußerst ungewöhnlich, wie Ihr sicher begreift. Doch werdet Ihr erfreut sein, zu vernehmen, dass ich dasjenige, was Ihr sucht, tatsächlich beschaffen kann. Mit diesem Schreiben schicke ich Euch ein aus Kalbshaut gefertigtes Blatt Pergament. Wie Ihr sehen werdet, ist es bereits viele Jahre alt. Wann es genau gemacht wurde, ist mir nicht bekannt. Dieses Wissen ist verloren gegangen, aber das Pergament befindet sich seit vielen Generationen in den Händen einer mir bekannten Familie. Ihr bittet in Eurem Schreiben um eine größere Menge. Die Familie ist im Besitz von 116 Folia unbeschrie-*

*benen Pergaments. Gerne höre ich von Euch, wie viel Ihr genau zu erwerben wünscht und zu welchem Preis.*
*London, Anno Domini 1611, 12. Mai, an welchem Tag ich mich wieder daran begebe, Weisheit unter dem Volk zu verbreiten.*
*Cedric Calloway*

Zina schaut zu den anderen hinüber. Sie stellt fest, dass Perenelle schockiert den Kopf schüttelt.

»116 Folia«, meint sie atemlos. »Unbeschrieben.«

»Genau«, bestätigt Simon. »Wie Sie wissen, besteht das Voynich-Manuskript aus 102 Folia, die auf achtzehn Quaternionen verteilt sind. Zu Ihrer Information, Zina, als Folium bezeichnet man zwei aufeinanderfolgende Seiten. Aber viele Menschen, und ich gehöre dazu, sind davon überzeugt, dass einige Seiten des Originals fehlen.«

»Das ist schrecklich«, stöhnt Svoboda, der sich die Augen reibt. »Wir wissen, dass von Schwarzenau Zugang zu Rudolf hatte, und zwar über seinen Vater. Dieser Brief kann das Ende bedeuten.«

Zina schaut von einem zum anderen.

»Ich komme nicht mehr mit.«

»Sorry, Zina«, entschuldigt sich Simon. »Ich werde es Ihnen erklären. Kaiser Rudolf war dafür bekannt, dass er sich sehr für Kuriositäten interessierte. In allen Formen, aber vor allem für Bücher. Magie, Alchemie, sein Wissensdurst war unstillbar.«

»Das weiß ich.«

»Seit der Entdeckung des Voynich-Manuskripts hat es Leute gegeben, die der Ansicht sind, dass es sich dabei um einen Scherz handelt. Dass jemand um 1600 das Voynich-Manuskript aus diesem Grund hergestellt hat. Ein Buch voller unlesbarer Sprache. Ohne Bedeutung. Nur gemacht, damit man es für viel Geld verkaufen konnte, und zwar an einen

Mann, von dem man wusste, dass er für diese Sorte Dinge viel übrig hatte.«

»Rudolf.«

»Genau.«

Zina schaut wieder auf den Bildschirm.

»In diesem Brief erwähnt Calloway, dass das Pergament mehrere Hundert Jahre alt ist.«

»Genau das würde ein solches Objekt für einen Sammler wie Rudolf unwiderstehlich machen. Und es würde ihm den Stempel der Authentizität verleihen.«

»Weil es alt wirkt.«

»Genau.«

»Es kann sich fast nicht um einen Zufall handeln«, meint Svoboda kopfschüttelnd. »Zeitlich kommt es hin. In dem Jahr, in dem dieser Brief verfasst wurde, saß Rudolf noch auf dem Thron. Und von Schwarzenau wusste durch seinen Vater von Rudolfs Faszination für derartige Bücher.«

Zina schüttelt verwundert den Kopf.

»Alles, was ich während der vergangenen Monate gelesen und gesehen habe, deutet darauf hin, dass das Voynich-Manuskript echt ist.«

»Mit Sicherheit lässt sich das nicht sagen«, stellt Simon nachdrücklich fest. »So katastrophal meine Entdeckung auch scheinen mag – letzten Endes stellt dieser Brief nicht mehr dar als einen Fingerzeig. Einen starken Fingerzeig, das muss ich zugeben. Aber es handelt sich noch lange nicht um einen unumstößlichen Beweis. Dafür gibt es noch zu viele unbeantwortete Fragen.«

»Zum Beispiel die, warum Sie uns das hier zeigen«, kommentiert Svoboda. »Wann haben Sie diesen Brief gefunden?«

»Vor zwei Wochen, wie schon gesagt. Ich bin sofort nach Freiburg gefahren und habe einige Tage dort verbracht, um von Schwarzenaus weitere Korrespondenz nach Hinweisen zu durchsuchen. Das war übrigens umsonst.«

»Warum zeigen Sie uns das hier?«, wiederholt Svoboda. »Es kann einen entscheidenden Durchbruch darstellen, zumindest wäre das möglich. Warum sollten Sie es mit uns teilen?«

»Nicht jeder verhält sich wie Sie, Professor Svoboda«, neckt ihn Perenelle.

»Nein, nein, die Frage ist berechtigt«, erklärt Simon schnell. »Und ich habe auch lange darüber nachgedacht. Es gibt eigentlich zwei Gründe. Zum einen sind Sie, Professor, und Sie, Perenelle, diejenigen innerhalb der Voynich-Gemeinde, denen ich den größten Respekt entgegenbringe. Ihre Kenntnisse, Ihre Beiträge – vor allem dadurch hat sich mein Forum zu dem entwickelt, was es heute ist. Und diese Kenntnisse werden wir brauchen, um von hier aus weiterzukommen. Drei wissen mehr als einer.«

»Und der zweite Grund?«

»Das ist auch ein praktischer. Ich habe den Buchladen und das Forum. Mir drei Wochen freinehmen, um mich in Archive zu versenken, geht nicht so oft. Das kann ich mir schlicht finanziell nicht erlauben. Ich habe gehofft, wir könnten eine Art Zusammenarbeitsabkommen schließen, innerhalb dessen jeder von uns bestimmte Aufgaben übernimmt.«

»Und ich?«

Die drei schauen Zina mit Blicken an, die ihr verraten, dass sie ihre Anwesenheit kurz vergessen haben.

»Warum haben Sie mich angerufen?«

»Zina, natürlich. Entschuldigen Sie, ich habe mich kurz ablenken lassen. Tja, das war eher eine spontane Aktion. Vor allem wegen Ihres Vortrags gestern Abend. Ich fand ihn erfrischend, mir gefällt Ihre Betrachtungsweise. Sie haben einen anderen Blick auf die Materie als wir.«

»Es gibt noch einen weiteren sehr guten Grund, warum Zina einen Gewinn für uns darstellen könnte«, erklärt Perenelle. »Ich muss mich persönlich noch ein wenig von dem

Gedanken erholen, dass das Voynich-Manuskript möglicherweise nicht echt ist. Eigentlich will ich es noch nicht glauben. Aber wenn es sich als wahr herausstellen sollte, kann uns Zina möglicherweise dabei helfen, herauszufinden, wie es fabriziert wurde. Welches Prinzip ihm zugrunde liegt. Und ob es wirklich nur Unsinn ist, was da auf den Seiten steht.«

»Da haben Sie ganz recht.« Simon nickt. »Wie Zina gestern Abend schon sagte: Je mehr wir wissen, desto besser.«

»Haben Sie schon darüber nachgedacht, worin unser nächster Schritt bestehen soll, Walcott?«, will Svoboda wissen.

Simon kratzt sich am Kopf.

»Erst hatte ich an das Hofarchiv in Wien gedacht. Aber das haben Sie und auch frühere Generationen von Forschern ganz und gar durchforstet. Dort werden wir wahrscheinlich nichts finden. Der Historiker aus Freiburg hat mich aber auf Schwarzenau hingewiesen.«

»Von Schwarzenau, meinen Sie.«

»Nein, Schwarzenau. Diese Leute heißen nicht umsonst von Schwarzenau. Die Familie stammt tatsächlich aus einem österreichischen Ort dieses Namens. Das Schloss, in dem die Familie über Generationen gewohnt hat, stellte eine Art Touristenattraktion dar. Ein Museum. Und um dieses Museum einzurichten, sammelte man einige Objekte und Dokumente der vorigen Bewohner.«

»Und dazu gehörten die von Schwarzenaus.«

»Genau.«

»Das ist also ein Museum?«, will Perenelle wissen. »Dann bedeutet das, wir können da hin.«

»Nicht ganz. Es war mal ein Museum. Aber es kamen zu wenig Besucher, und die Unterhaltskosten waren zu hoch. Das Museum steht zum Verkauf. Für fünf Millionen Dollar, soweit ich weiß. Inklusive aller Möbel, Kunstgegenstände, Objekte und des Archivs.«

»Sind Sie schon dort gewesen, Simon?«

Er schüttelt den Kopf. »Ich musste nach London zurück. Wegen des Voynich-Wochenendes.«

»Dann ist das unser nächster Schritt«, erklärt Svoboda. »Herr Walcott, ich bin zu dieser Zusammenarbeit bereit.«

»Ich auch«, schließt sich Perenelle ihm an.

Wieder schauen alle Zina an. Die starrt zurück. Simons Entdeckung hat ihre Neugierde auf das Voynich-Manuskript noch größer werden lassen. Natürlich will sie wissen, was hinter dem Manuskript steckt. Jetzt hat sie die Chance, es herauszufinden. Gleichzeitig muss sie an ihr Elternhaus denken. An den sicheren Hafen, der sie zu sich ruft. An den Algorithmus und die App, die ungeduldig auf sie warten. All das strahlt auf seine ihm eigene Weise genauso große Erwartungen aus wie die drei, die sie da anschauen. Simon Walcott. Perenelle. Jan Svoboda. Drei Menschen, die sie nicht oder kaum kennt.

»Ich bin dabei«, verkündet sie schließlich. »Unter einer Bedingung.«

# 5

## Rotterdam, Gegenwart

Zinas Arme zittern vor Müdigkeit. Sie schiebt sich nach oben, lässt sich wieder nach unten sinken und geht dann in die Knie; ihre Atemzüge rasseln. Mit einer Hand auf dem Oberschenkel drückt sie sich wieder nach oben. Zu dieser frühen Uhrzeit ist der Joggingpfad rund um den Kralinger Weiher wie ausgestorben. Die motivierende Stimme aus ihrem Kopfhörer wartet geduldig ab, bis sich Zina wieder in Bewegung setzt. Joggen war schon immer die Methode, die Zina genutzt hat, um sich in einer neuen Stadt schnell zu Hause zu fühlen. Sie kam jedes Mal zum Einsatz, wenn ihre Eltern Zina um die halbe Welt geschleift hatten. Rotterdam ist zugleich neu und vertraut. Hier hat sie ihre ersten Lebensjahre verbracht. Einige ihrer frühesten Erinnerungen sind mit diesem Weiher verbunden. Wie sie am Ufer gespielt hat. Boot gefahren ist. In voll besetzten Cafés etwas getrunken hat.

Sie läuft weiter. Weil es so still ist, kann sie ihre Fußtritte auf dem Kies gut hören. Jeden pfeifenden Atemzug. Vor nicht allzu langer Zeit war sie eine ziemlich gute Läuferin. Keine Athletin, aber fit und schnell. Nach ihrer Studienzeit hatte das ein Ende. Arbeitstage von fünfzehn, sechzehn Stunden und durchgeschuftete Wochenenden ließen nur wenig Raum für sportliche Aktivitäten. Eigentlich blieb überhaupt keine Zeit für irgendetwas anderes als den Job.

Keuchend setzt Zina ihren Weg fort. Noch drei Kilometer. Es hat eine Weile gedauert, aber jetzt setzt der Effekt der Endorphine wieder ein. Sie gestattet dem Algorithmus den Zugang zu ihren Gedanken.

Durch das Nachdenken wird sie von dem Brennen in ihren Lungen abgelenkt. Die Idee, die vereinte Rechenleistung einzusetzen, hat Potenzial. Davon ist Zina fest überzeugt. Bleibt nur die Frage, ob das reichen wird. Colossus, der Apparat, der im Zweiten Weltkrieg den Enigma-Code der Deutschen knacken sollte, konnte mehr Berechnungen ausführen, als man für möglich gehalten hatte. Und trotzdem war das nicht genug. Die Anzahl der möglichen Lösungen war ganz einfach zu groß. Letzten Endes hatte man Hilfe von außen gebraucht. Eine Nachlässigkeit auf deutscher Seite, die es ermöglicht hatte, das Spielfeld zu verkleinern. Die Anzahl der Möglichkeiten drastisch einzuschränken. Erst dann war der Durchbruch gelungen. Ob sich der Schöpfer des Voynich-Manuskripts wohl auch einen fatalen Fehler erlaubt hat?

Noch anderthalb Kilometer. Zina kämpft sich weiter. Keuchend legt sie die letzten Meter zu ihrem Haus zurück. Die Vorhänge stehen offen. Eine symbolische Geste, jedoch zugleich bezeichnend für ihren Gemütszustand. Eine der Schichten, die sie von der Außenwelt abgeschirmt haben, ist verschwunden. Drinnen geht sie über die knarrende Treppe nach oben in ihr Zwischengeschoss. Alles ist noch genauso wie in ihrer Erinnerung. Nur ihr Kinderzimmer hat man ausgeräumt, und jetzt dient es als Rumpelkammer. Ihre Eltern haben das Haus all die Jahre über behalten. Sentimentalität spielte dabei keine Rolle. Sie betrachten die Welt als etwas, das Gewinn abwerfen muss. Ihre Beziehung, ihre Häuser, ihre Karriere, ihr einziges Kind. Alles wird in diesem Licht betrachtet.

Unter einer heißen Dusche spült Zina die aufkommende Frustration weg. Dann ist es Zeit, an die Arbeit zu gehen. Auf ihrem Handy wartet eine Handvoll WhatsApp-Nachrichten auf sie, die allesamt aus der vor Kurzem angelegten Gruppe stammen. Simon meldet, dass er Kontakt zu dem Maklerbüro aufgenommen hat, das Schloss Schwarzenau zum Kauf anbietet. Seine Bitte um Zugang zu den Archiven wurde allerdings abgewimmelt. Eine erste Komplikation. Dabei haben sie noch nicht einmal angefangen. Auch ein persönliches Telefonat, in dem Simon die Situation der Gruppe erklärte, hat nicht zum gewünschten Erfolg geführt. Ihm zufolge hat dieser Versuch die ganze Sache sogar noch verschlimmert. Nur ernsthaft interessierte potenzielle Käufer bekommen einen Besichtigungstermin. Zina liest die empörten Reaktionen von Perenelle und Svoboda. Sie selbst versteht den Makler schon. Der erhofft sich einen steinreichen Chinesen, der ein eigenes Schloss in Europa erwerben will. Einen russischen Oligarchen auf der Flucht vor Putin. Für einen solchen Makler gibt es keinen einzigen Grund, ihrem Anliegen Gehör zu schenken. »Wie soll es jetzt weitergehen?«, fragt Svoboda in der letzten Nachricht. Die ist vor einer Viertelstunde gekommen. Plötzlich durchzuckt Zina ein Gedanke. Ohne weiter zu überlegen, tippt sie etwas ein. Offensichtlich sind alle online, denn die Reaktionen lassen nicht lange auf sich warten. In der nächsten Stunde durchbrechen nur das Summen ihres Handys und das Tippen ihrer Finger auf dem Display die Stille.

# 6

## Wien, Gegenwart

Wut, Erschrecken und Nicht-wahrhaben-Wollen. Unschuld, die möglicherweise vorgetäuscht ist. Jeder Jünger zeigt eine ganz eigene Reaktion auf die Ankündigung Jesu, dass jemand aus ihrer Runde ihn verraten wird. Was Zina an dieser Darstellung des Letzten Abendmahls aber vor allem anzieht, ist die Ruhe desjenigen, der verraten werden wird. Dieses Mosaik, das man Besuchern der Wiener Minoritenkirche schön ausgeleuchtet präsentiert, kann es beinahe mit dem Original von Leonardo da Vinci aufnehmen.

Verraten werden von seinen Nächsten. Sie schaut zu Simon, Perenelle und Svoboda hinüber. Befindet sich unter ihnen auch ein Judas? Während der Jahre an der Universität hat Zina gelernt, dass auch die wissenschaftliche Welt nicht vor Fehden und alles erstickender Eifersucht geschützt ist. Dass dort ein ebenso heftiger Kampf um Aufmerksamkeit und Geld tobt wie in der freien Wirtschaft oder beim organisierten Verbrechen. Eine Welt der Unerbittlichkeit, in der fast alles erlaubt ist, sofern es nur Ergebnisse liefert. Anerkennung. Finanzielle Unterstützung. Oder ist das Voynich-Manuskript dermaßen obskur, dass sie deswegen keine Angst zu haben braucht? Perenelle streckt beide Hände in Richtung der hohen Decke.

»Ich spüre an diesem Ort eine positive Energie.«

Svoboda verdreht die Augen. »Heutzutage verfügen sogar Kirchen über Elektrizität. Übrigens finde ich es ziemlich kindisch, dass Sie darauf bestehen, nach all den Jahren noch immer Ihren Usernamen aus dem Forum zu gebrauchen.«

»Lieber Professor Svoboda«, erwidert Perenelle in feierlichem Tonfall. »Sie selbst bestehen darauf, Ihrer Signatur immer Ihren Titel hinzuzufügen. Ich gehe mit dem Namen Perenelle durchs Leben. Da sehe ich keinen Unterschied.«

»Unsinn. Nur mit einem Vornamen kommt doch niemand durch. Wie soll denn das allein schon bei der Post funktionieren.«

Mit einem Lächeln holt Perenelle eine Karte aus einer einfachen Jutetasche.

»Die habe ich neulich von einer alten Freundin bekommen.« Sie zeigt die Karte Zina.

*Perenelle*
*Ökodorf Sieben Linden*
*Poppau, Germany*

Zina reicht die Postkarte an Svoboda weiter.

»In was für einem verlassenen Nest wohnen Sie denn, dass so etwas ankommen kann?«, murmelt er kopfschüttelnd.

»In einer fünfunddreißig Seelen zählenden Gemeinde«, antwortet Perenelle, die noch immer lächelt. »Verbunden in der Verschiedenheit.«

»Was soll das nun wieder heißen?«

»Ich weiß, dass Sie das schwer begreiflich finden, aber es gibt die Möglichkeit, mit einer kleinen Gruppe dieselben Auffassungen darüber zu teilen, was die beste Lebensweise betrifft. Wir sind auf den meisten Gebieten autark. Unsere Häuser haben wir selbst gebaut, aus rein naturbelassenen Materialien. Und mit der Hilfe verwandter Seelen. Es ist ein besonders spiritueller Ort, genau wie dieser hier.«

»Ich freue mich, dass ihr gekommen seid«, verkündet Simon.

Svoboda erhebt sich von der harten Holzbank, auf der alle Platz genommen haben.

»Es ist meine Pflicht, in diesem historischen Moment, die Kenntnisse, die ich mir über Jahre hinweg angeeignet habe, für das Gute einzusetzen.«

»Das ist schön zu hören, Professor. Danke auch dir, Perenelle.«

»Was hier geschieht, war vorherbestimmt.«

»Geht das schon wieder los«, brummt Svoboda. »Es ist einfach ein unglaublicher Zufall, dass Herr Walcott diesen Brief gefunden hat.« Er bemüht sich nicht einmal, die Eifersucht in seiner Stimme zu verbergen. »Wir wären verrückt, von dieser Gelegenheit keinen Gebrauch zu machen.«

»Zufall oder kein Zufall«, schaltet sich Zina ein, »bevor wir unseren nächsten Schritt in Angriff nehmen, will ich noch etwas gesagt haben. Während unserer ersten Zusammenkunft habe ich Ihnen ja von der Nachricht erzählt, die ich von diesem Barschius erhalten habe. Seine Worte waren an mich gerichtet, aber wenn irgendwann bekannt wird, dass wir zusammenarbeiten, kann Ihnen auch so etwas passieren.«

»Wie es aussieht, kommst du gut damit zurecht«, stellt Perenelle fest.

In ihrer Zeit an der Wall Street hat Zina mit viel schlimmeren Dingen fertigwerden müssen. Nicht alle ihre Kollegen bei der Bank wussten es zu würdigen, dass sie mit den Behörden zusammenarbeitete. Eine kleine Lawine aus Hassmails brach über sie herein. Für fast alle ihre Bekannten in New York war sie plötzlich zur Aussätzigen geworden. Zu jemandem, den es um jeden Preis zu meiden galt. Sie hat es überlebt, letzten Endes jedenfalls. Trotzdem hat sie das Gefühl, durch diese Erfahrung bestimmte Charaktereigenschaften verloren zu haben. Ihre Unbefangenheit. Ein gewisses Grundvertrauen gegenüber ihren Mitmenschen. Ein Vorteil besteht allerdings darin, dass sie sich nicht mehr so schnell beeindrucken lässt.

»Ich habe schon Schlimmeres erlebt«, erklärt sie schließlich.

Perenelle tritt auf sie zu und nimmt Zinas beide Hände fest in ihre.

»Vom ersten Augenblick an, als du im Forum erschienen bist, konnte ich deine Aura spüren und dass wir miteinander verbunden sind. Wenn sich als Konsequenz also solche Dinge ergeben, nehme ich das gern in Kauf.«

Svoboda verfolgt mit verschränkten Armen die Szene.

»Außerdem glaubt Fräulein Perenelle, dass irgendwo im Voynich-Manuskript das Rezept für das ewige Leben verborgen ist. Schöne Aussichten.«

Der Professor wendet sich nun an Zina.

»Ich bin gespannt, ob die Verbundenheit, die unsere Pflanzenkundlerin gerade beschworen hat, auf Gegenseitigkeit beruht. Warum haben Sie darauf bestanden, Professor Currier hinzuzuziehen?«

»Sie sind Unbekannte für mich«, erläutert Zina ruhig. »Sie gehen schon seit Jahren miteinander um. Und obwohl ich mich durch Ihr Angebot geehrt fühle, konnte ich einfach nicht ohne Weiteres darauf eingehen. Ich will gerne mit Ihnen zusammenarbeiten, aber dann muss auch jemand dabei sein, den ich kenne.«

»Und dem Sie vertrauen«, fügt Svoboda hinzu.

»Um Vertrauen geht es nicht. Aber über diese anonyme Mail bin ich erschrocken. Außerdem befinde ich mich zurzeit … auf der Suche. Damit ich funktionieren kann, brauche ich Menschen und Orte, die sich vertraut anfühlen. Ich entschuldige mich dafür, dass es kurz gedauert hat, bevor ich seinen Namen mit Ihnen teilen durfte. Ich musste das erst mit ihm besprechen. Mein Anliegen ist schließlich ungewöhnlich. Deswegen wollte ich diskret vorgehen.«

»Wann dürfen wir denn mit der Ankunft von Herrn Currier rechnen?«, will Svoboda wissen.

Zinas Handy vibriert in ihrer Brusttasche. Sie nimmt das Gespräch entgegen.

»Hallo, Professor. Ja, wir sind schon da. Bei dem Bild vom Letzten Abendmahl. Gut, bis gleich.« Sie beendet das Gespräch. »Er ist sofort bei uns.«

Einträchtig wenden alle in der Gesellschaft die Köpfe in dieselbe Richtung, während Professor Currier ohne jede Eile auf sie zukommt. Zina geht ihm entgegen und streckt ihm die Hand hin, die er schüttelt.

»Wie schön, dass Sie hier sind.«

»Fräulein Welter.«

»Ich möchte Ihnen die anderen vorstellen. Meine Damen, meine Herren, dies ist Professor Currier. Er war in Princeton mein Dozent für Angewandte Mathematik und ist außerdem derjenige, der mich auf die Existenz des Voynich-Manuskripts hingewiesen hat. Genau betrachtet habe ich es ihm zu verdanken, dass ich überhaupt hier bin.«

Svoboda stellt sich mit einem Minimum an Höflichkeit vor. Simon verhält sich neutral, während Perenelle sogar mit Zinas Vertrautem zu flirten scheint.

»Willkommen, Professor Currier.«

»Erfreut, Sie kennenzulernen, Herr Walcott«, erwidert der Angesprochene. »Es ist vielleicht eine gute Idee, wenn ich mich kurz vorstelle. Wie Fräulein Welter bereits erwähnt hat, interessiere ich mich schon seit Jahren sehr für das Voynich-Manuskript. Anders als Sie habe ich dem Manuskript jedoch nie meine volle Aufmerksamkeit widmen können. Und das, obwohl ich *voynichvoices.com* regelmäßig besuche. Ich hoffe jedenfalls, einen Beitrag zu der Arbeit dieser besonderen Gemeinschaft leisten zu können. Fräulein Welter hat mir von Ihrer Expertise berichtet, deswegen empfinde ich es als eine Ehre, Teil dieser Gruppe zu sein.«

Es klingt gekünstelt. Als hätte er all die Sätze auswendig gelernt.

»Allerdings muss ich Ihnen gestehen, dass mich der Plan über unser Vorgehen, über den mich Fräulein Welter per E-Mail informiert hat, mit Unbehagen erfüllt.«

»Das verstehe ich«, sagt Zina schnell, »wir sehen im Moment nur keine andere Möglichkeit.«

»Gut«, meint Simon. »Dann lassen Sie uns, wo wir schon alle hier sind, den Plan noch einmal durchgehen. Wie Sie wissen, weigert sich der Makler, uns den Zugang zum Schloss zu ermöglichen. Ich habe gestern noch einen letzten Versuch unternommen und dabei sogar angeboten, ihm die Unkosten und den Aufwand zu bezahlen.« Er schüttelt den Kopf. »Völlig umsonst. Daher bin ich der Ansicht, dass Zinas Plan unsere beste Option ist. Sie soll noch einmal erklären, warum ich hier in einem geliehenen Anzug und mit Krawatte stehe.«

Vier Augenpaare schauen Zina erwartungsvoll an.

»Ich weiß, du hattest mich gebeten, mich schick zu machen«, fügt Perenelle hinzu, »aber in solchen Outfits fühle ich mich sehr unwohl. Sie erinnern mich an Zeiten, die ich lieber vergessen möchte.«

»Dann, denke ich, kommst du besser nicht mit«, erwidert Zina. »Es tut mir leid, aber es hängt vom ersten Eindruck ab, ob diese Leute uns glauben oder nicht.«

»Kein Problem.«

»Aber selbst dann, Fräulein Welter«, mischt sich Currier ein. »Selbst dann bleibt es dabei, dass wir uns als jemand ausgeben, der wir nicht sind. Wie lange können wir das durchhalten, meinen Sie?«

»Hoffentlich lange genug.«

In den Gesichtern rund um sich herum kann Zina große Zweifel erkennen.

»Hat jemand eine bessere Idee?«

Schweigen.

Alle zusammen verlassen sie die Kirche. Zina, Simon und die beiden Professoren müssen nur einige Hundert Meter zurücklegen. Zwischen den weiß getünchten Gebäuden rund um den Platz gibt es eines, dessen komplette vordere Fassade man durch Glas ersetzt hat. Drinnen erwartet die vier ein großer offener Raum, in dem freistehende Treppen in die verschiedenen Stockwerke führen. Die verwendeten Materialien sind Stahl, Glas und Holz. Das Begrüßungskomitee steht schon bereit. Die Gebrüder Kloss sehen nicht aus wie Makler, eher wie Architekten. Beide tragen sorgfältig gestutzte Bärte und Designerbrillen, sind ganz in Schwarz gekleidet und schauen ernst drein.

Zina hat ihr übliches Outfit gewählt. Currier, so schick gekleidet wie immer, fällt auch nicht weiter auf. Svobodas Jackett hat schon bessere Tage gesehen, und Simon ist anzumerken, dass er sich nicht wohlfühlt. Hoffentlich nimmt man ihnen die Show ab.

»*Good morning, and welcome to Kloss & Kloss*«, ergreift einer der Männer das Wort. »Mein Name ist Karl, und das hier ist mein Bruder Wilhelm. Bitte folgen Sie mir.«

Mitten im Raum steht eine Glaskabine von zehn mal zehn Metern, darin befindet sich ein langer Verhandlungstisch. Karl Kloss deutet auf einige Stühle aus schwarzem Leder und glänzendem Metall. Sein Bruder nimmt eine kleine Fernbedienung zur Hand und lässt einen großen Bildschirm aus der Tischplatte emporsteigen. Eine Luftaufnahme von Schloss Schwarzenau erscheint. Drei Stockwerke, zwei imposante Türme und ein weitläufiger Innenhof sind zu erkennen.

»Wir freuen uns sehr darüber, dass Sie Interesse an einem möglichen Ankauf von Schloss Schwarzenau haben«, sagt Wilhelm Kloss.

»Und wir freuen uns darüber, hier zu sein«, erwidert Zina mit einem Lächeln. »Wie ich Ihnen bereits am Telefon erklärt habe, arbeiten wir für die Immobilienabteilung von FinGlo, einer rasch wachsenden, weltweit operierenden Investmentbank. Einer unserer Kunden plant, Schloss Schwarzenau zu einem Luxushotel und Ressort umzubauen. Sie werden verstehen, dass bei Beträgen in dieser Höhe eine gründliche Voruntersuchung notwendig ist. Wir möchten heute eine erste Bestandsaufnahme durchführen.«

Zina hat während der vergangenen Jahre einiges von der Terminologie des Finanzwesens mitbekommen. Sie hofft, dass das ausreichen wird, um die Gebrüder Kloss zu überzeugen. Die beiden Herren tauschen einen Blick des Einverständnisses.

»Das hört sich vielversprechend an. Und selbstverständlich werden wir Ihnen helfen, so gut wir können. Wir haben eine Präsentation vorbereitet, die wahrscheinlich die meisten Ihrer Fragen beantwortet.«

»Entschuldigen Sie, wenn ich Sie unterbreche«, ergreift Zina das Wort. »Unser Aufenthalt hier ist zeitlich sehr begrenzt. Wäre es möglich, das Schloss direkt zu besichtigen und die Präsentation digital zu erhalten?«

»Natürlich«, erwidert Wilhelm Kloss in sachlichem Tonfall. »Für Besichtigungsfahrten steht uns ein sehr komfortabler Bus zur Verfügung. Oder möchten Sie lieber eigenständig anreisen?«

»Ein Bus ist ganz ausgezeichnet«, versichert sie ihrem Gegenüber. »Ideal wäre, wenn wir dort WLAN zur Verfügung hätten, sodass sich unterwegs noch ein wenig Arbeit erledigen ließe.«

»Selbstverständlich.«

Dann richtet Zina den Blick auf Currier, der mit einem leichten Nicken seine Zustimmung signalisiert. Diese Rollenverteilung gehört zu Zinas Plan. Sie ist die Wortführerin. Currier ist der Entscheidungsträger. Svoboda und Simon geben die schweigenden Assistenten. So können sie verbergen, wie wenig ihnen der Fachjargon vertraut ist, und außerdem erkennt keiner der beiden Brüder Simons Stimme wieder.

Die Fahrt von Wien nach Schwarzenau dauert anderthalb Stunden; sie legen den Weg in einem Mercedesbus mit getönten Scheiben zurück. Vor dem Fenster machen graue Gebäude märchenhaften Wäldern Platz. Zina hat ihren Laptop aufgeklappt auf dem Schoß. Hin und wieder gibt sie irgendetwas in ein Dokument ein, damit die beiden Brüder den Eindruck haben, sie würde arbeiten. Alle halten sich ganz bewusst mit Kommunikation zurück. Das verringert das Risiko, dass jemand etwas Falsches sagt. Die Brüder dagegen befinden sich die ganze Zeit im Gespräch, offensichtlich mit Kunden aus ganz Europa und über seine Grenzen hinaus. Weil Zina viele Jahre auf internationalen Schulen verbracht hat, beherrscht sie einige Sprachen fließend. Das geht so weit, dass sie oft nicht einmal mehr darüber nachdenkt, welche sie gerade hört oder spricht. Das Ganze geschieht vollkommen automatisch. Sehr nützlich, gerade in der internationalen Gesellschaft, in der sie sich jetzt befindet.

Zwischendurch versucht sie, mit verstohlenen Blicken die Körpersprache der anderen zu deuten. Nur bei Svoboda liegen die Emotionen so deutlich an der Oberfläche, dass Zina zuversichtlich sein kann, sie richtig zu interpretieren. So rutscht er jetzt in seinem Sitz hin und her. Seine Ungeduld ist mehr als offensichtlich. Bei den anderen fällt ihr die Sache schwerer. Simon hat die Augen auf den Bildschirm gerichtet. Hin und wieder wirft er Professor Currier, der unbeweglich neben ihm ausharrt, einen Blick zu.

»Schwarzenau hat eintausendachthundert Einwohner«, erklärt Karl Kloss, als sie durch das Dorf fahren. »Genau genommen stellt das Schloss seine einzige Sehenswürdigkeit dar. Wenn Sie Ihre Pläne in die Tat umsetzen, wird die örtliche Wirtschaft davon profitieren.«

»Wir sind da«, verkündet Wilhelm Kloss. Er steigt aus, um das Tor zum Grundstück zu öffnen. Danach bewegt sich das Auto über die leicht ansteigende Auffahrt, die zu beiden Seiten von klassischen Statuen auf Sockeln flankiert wird. Der Rasen rund um das Schloss ist perfekt getrimmt. Hier und da erhebt sich eine riesige Eiche in den Himmel; die Bäume stehen hier wahrscheinlich schon seit Jahrhunderten. Der mittlere Teil des Schlosses hat drei Stockwerke und beeindruckend hohe Türme zu beiden Seiten. Die Fassade ist in Zartgelb gehalten, darüber gibt es Dachpfannen in verwittertem Rostbraun. Zina öffnet die Schiebetür des Minibusses. Viel Zeit, den Garten zu bewundern, haben sie nicht, denn die Gebrüder Kloss eilen schon allen voran die Treppen hoch, um die breiten Holztüren aufzuschließen. Sobald sie sich im Gebäude befindet, richtet Zina wie von selbst den Blick nach oben: Jeder Millimeter ist von Ornamenten bedeckt, außerdem gibt es viel Blattgold und ebenso viele Kronleuchter.

»Die Deckenverzierungen stammen aus dem achtzehnten Jahrhundert. Sie sind das Werk von Giovanni Battista d'Allio.«

Zinas Plan, Currier als inoffiziellen Leiter der Gruppe auftreten zu lassen, scheint zu funktionieren. Die beiden Makler wenden sich vor allem an ihn.

»Ganz herrlich«, versichert er den Männern.

»Die Gesamtfläche des Schlosses beträgt etwa fünftausend Quadratmeter. Zurzeit gibt es fünf Schlafzimmer im Gästeflügel, außerdem zwei *master bedrooms*. Darüber hinaus verfügt der Dienstbotenteil über Schlafgelegenheiten. Ihr Klient wird die Anzahl ganz ohne Zweifel erhöhen wollen.«

»Ganz ohne Zweifel.«

»Es gibt ein paar prächtige Säle, die man in Luxussuiten umbauen könnte.«

Currier nickt. Sie besichtigen ein Zimmer nach dem anderen. Die Ballsäle sind tatsächlich überwältigend imposant. Außerdem stellt sich heraus, dass das Schloss über einen Keller verfügt.

Als sie sich wieder im Erdgeschoss befinden, öffnet Wilhelm Kloss eine der zahllosen Türen und lässt die Besucher eintreten. Das Zimmer, in das sie gelangen, hat eine Fläche von etwa hundert Quadratmetern. Das Weiß und Gelb der Fassade ist hier an der Decke sichtbar, auch wenn die detailreichen Verzierungen fehlen. An den Wänden hängen verschiedene Porträts. In diversen Glasvitrinen liegen Kleidungsstücke und Gebrauchsgegenstände. Ein Schrank aus glänzend dunklem Nussbaumholz, ebenso übermäßig reich verziert wie die Decken in den Fluren, nimmt fast die gesamte hintere Wand ein. Soweit Zina das erkennen kann, zeigen die Darstellungen vor allem Weinranken und Engel.

»In diesem Raum wurde eine kleine Ausstellung über die ehemaligen Bewohner abgehalten. Auf großes Interesse ist sie nicht gestoßen. Die meisten Leute wollten in erster Linie die prächtigen Säle sehen.«

»Was für ein schöner Schrank«, meint Zina.

»Wir nutzen ihn für die Aufbewahrung der Archive über ehemalige Bewohner.«

»Ah.«

Wie zuvor besprochen holt Professor Currier sein Handy aus der Brusttasche und studiert einige Sekunden lang das Display. Dann macht er einen Schritt auf Zina zu. Sie beugt sich zu ihm hin.

»Das Theaterspielen liegt mir nicht«, flüstert er.

Sie nickt und wendet sich an die beiden Brüder.

»Meine Herren, ich habe ein Anliegen.«

»Bitte?«

»Leider sind unvorhergesehene Umstände eingetreten, die uns zwingen, ins Hauptquartier zurückzukehren. Ich fürchte, wir werden unseren Rundgang abbrechen müssen.«

»Sie möchten also einen neuen Termin?«

»Ja, sehr gerne. Wahrscheinlich werden bis dahin einige Monate vergehen.«

»Einige Monate?«

»Leider ja. Unsere Terminkalender sind bis oben hin gefüllt. Es sei denn ...«

Zina tut, als denke sie kurz nach. Dann tauscht sie einen Blick mit Currier.

»Fangt ihr doch schon mal an«, spielt der Professor das Spiel mit. »Herr Kloss, wäre es möglich, uns dieses Zimmer zur Verfügung zu stellen?«

»Ja, selbstverständlich«, lautet Wilhelms Antwort.

»Dann werde ich den restlichen Rundgang gemeinsam mit Ihnen absolvieren.«

Diese Ankündigung löst bei den Brüdern ganz offensichtlich Erleichterung aus.

»Wie viel Zeit, denken Sie, würden wir denn noch brauchen?«, will Currier wissen.

»Eine Stunde, schätze ich. Uns liegt selbstverständlich daran, Ihnen ein so vollständiges Bild zu vermitteln wie möglich.«

»Das verstehe ich.«

Currier und die beiden Brüder haben das Zimmer noch nicht ganz verlassen, als Svoboda und Simon bereits eine der Schubladen aufziehen. Zina gesellt sich zu ihnen. Wer auch immer die Kuratoren waren, ihre Aufgabe haben sie ernst genommen. Alles befindet sich in mit Aufklebern versehenen Schachteln. Die Dokumente aus der Zeit nach 1700 stellen die drei direkt wieder zurück in den Schrank. Das erspart ihnen eine ganze Menge Arbeit. Wortlos schaut Zina auf den Stapel, der noch vor ihnen steht. Ganz offensichtlich hat die Familie von Schwarzenau viel schriftlich festgehalten und gern mit anderen korrespondiert. Sie werden das gesamte Material durchsehen müssen, Seite für Seite.

»Jeder eine Schachtel?«, schlägt Simon vor.

»Ich bin Mathematikerin«, erklärt Zina. »Die Arbeit mit historischem Material ist ungewohnt für mich.«

»Dann setz dich doch einfach zu mir.«

»Gute Idee.«

Svoboda hat sich ohne ein weiteres Wort an die Arbeit gemacht. Auch Simon öffnet seine erste Schachtel. Der muffige Geruch alter Papiere schlägt ihnen entgegen. Simon saugt ihn förmlich ein.

»Einfach herrlich. Jedes Mal wieder. Als wir hier angekommen sind, habe ich mir auf der Toilette gründlich die Hände gewaschen und abgetrocknet. So werde ich keine fettigen Fingerabdrücke auf den Dokumenten hinterlassen. Nur damit du Bescheid weißt.«

»Okay.«

»Wie du siehst, tragen manche Menschen, wie Professor Svoboda hier, weiße Leinenhandschuhe, um zu verhindern, dass Staub oder Schmutz dort landen, wo man sie nicht haben will.«

»Du aber nicht?«

»Wenn man Handschuhe trägt, hat man weniger Gespür in den Fingern. Die Wahrscheinlichkeit, dass man aus Versehen ein Blatt beschädigt, ist größer. Deshalb trage ich keine.«

Svoboda schaut auf.

»Ich würde vorschlagen, Sie verschieben Ihren gemütlichen Plausch und machen sich an die Arbeit. Wir haben schließlich nur wenig Zeit.«

Simon nickt und beginnt mit der Vorsicht eines Hirnchirurgen, Dokumente aus der Schachtel zu holen.

»Okay, schauen wir mal, was wir da alles haben.«

Zina spürt, wie ihr Herz schneller schlägt, als Simon die ersten Briefe zum Vorschein holt. Die elegante Handschrift in diesen Schriftstücken ist mit ihren kleinen Buchstaben für sie jedoch nahezu unlesbar. Simons Blick dagegen bewegt sich rasch über die Zeilen. Ganz offensichtlich profitiert er von seiner jahrelangen Erfahrung mit derartiger Lektüre.

»Ich fühle mich ziemlich nutzlos hier. Ich sitze doch nur da und schaue zu.«

Simon hebt den Blick von dem Brief, den er gerade durchliest. Er steht auf, schaut sich die Schachteln auf dem Tisch eine nach der anderen an, wählt eine aus und bringt sie Zina.

»Mit Zahlen kannst du doch mehr anfangen. Hier, ein Haushaltsbuch aus den Jahren 1600 bis 1610.«

Auf dem Aufkleber erkennt Zina die Wörter »Finanzen« und »Familie«. Sie öffnet die Schachtel und findet darin ein einziges dickes Buch in einem festen Ledereinband. Vorsichtig nimmt sie es aus der Schachtel und schlägt es auf. Einkünfte, Ausgaben. Eine einfache Übersicht.

Zeile für Zeile arbeitet sich Zina hindurch. Ihr Handy liegt bereit, damit sie gegebenenfalls unbekannte Wörter nachschlagen kann. Die Zeit rast nur so dahin. Während Simon eine Schachtel nach der anderen durchsucht, ist Zina immer noch mit ihrem Buch beschäftigt. Noch ein paar Seiten. Nervös schaut Zina auf ihr Handy. Sie sitzen schon fast eine Stunde hier. Zina blättert um. Rasend schnell fliegt ihr Blick über das Papier. Nichts. Die nächste Seite.

Da. Die dritte Buchung. Das Wort, nach dem sie gesucht hat.

*Vellum.*

Schnell schaut sie in die Spalte daneben. Ein Geldbetrag. Fünfhundertfünfzig Taler. Taler, damals eine sehr gebräuchliche Währung.

Sie schaut auf. Vom Flur hört man die Stimme von Professor Currier, der lauthals verkündet, wie sehr ihn das Gesehene beeindruckt hat. In wilder Hast stellen Simon und Svoboda alle Schachteln wieder an ihren alten Platz. Zinas Blick fliegt zur letzten Spalte. Da steht der Name des Käufers. Sie greift nach ihrem Handy, aktiviert die Kamera und macht schnell ein Foto. Dann schlägt sie das Buch zu. Simon reißt es ihr aus den Händen und rennt zum Schrank. Er schiebt die Schachtel in die letzte freie Lücke, schließt die Türen und hechtet zu seinem Stuhl zurück. Zina klappt ihren Laptop auf. Da klopft es an die Tür.

»Kommen Sie herein«, antwortet Zina. Professor Currier betritt als Erster den Raum, gefolgt von den beiden Brüdern.

»Alles unter Kontrolle?«, will Currier von Zina wissen.

»Natürlich«, antwortet sie. »Ich glaube, wir haben etwas gefunden, das uns weiterbringt.«

Sie kennt ihn jetzt, den Namen des Käufers. Den Namen der Person, dem von Schwarzenau das Vellum damals verkauft hat. Derselbe wie auf der ersten Seite des Manuskripts. Jakub de Tepenec, ein Vertrauter Kaiser Rudolfs II.

## Prag, Januar 1611

De Tepenec stand vor einem der schöneren Häuser in der Neustadt. Von der Straße aus machte er eine höfliche Gebärde in Richtung von Keplers Frau, die vom Fenster aus schweigend zusah, wie sich ihr Gemahl zu dem Besucher gesellte. Sie wandte sich ab und verschwand aus de Tepenecs Blickfeld. Diesen Mangel an Höflichkeit konnte er ihr nicht verübeln. Von Kepler wusste er, dass das Glück seiner Frau bislang nur selten zugelacht hatte. Ihr erster Mann war früh verstorben, und auch diese Ehe schien nicht allzu glücklich. De Tepenec vermutete, dass das Familienvermögen seiner Gattin bei Keplers Wahl eine nicht unerhebliche Rolle gespielt hatte.

»Herr de Tepenec.«

»Herr Kepler.«

»Welche Überraschung. Ich ging davon aus, Euch erst auf der Burg zu treffen.«

»Der Spaziergang wird mir guttun«, erwiderte de Tepenec.

Kepler schaute skeptisch drein.

»Außerdem schien es mir geboten, mit jedem Einzelnen von euch einmal in Ruhe zu sprechen.«

»Über die Aufgabe, die uns bevorsteht?«

»Auch darüber.«

»Ihr kennt mich bereits seit einigen Jahren, Herr de Tepenec.«

»Und Ihr mich. Aber wie viele Worte haben wir während dieser Jahre gewechselt?«

Kepler zuckte die schmalen Schultern und beschleunigte seine Schritte. De Tepenec konnte ihm nur mit Mühe folgen. Von hier aus betrug der Fußweg bis zur Prager Burg etwa eine halbe Stunde.

»Befürchtet Ihr, ich könnte Geheimes preisgeben?«, wollte Kepler wissen, nachdem sie einige Minuten schweigend nebeneinander hergegangen waren. »Dass ich dem Druck nicht werde standhalten können?«

»Wie ich merke, fallt Ihr mit der Tür ins Haus.«

»Ich kann nicht anders«, teilte ihm der andere mit. »Ich befürchte, das liegt in meiner Art.«

»Aber Ihr begreift doch meine Besorgnis? Rückschläge sind bei einem Unternehmen wie diesem unvermeidlich.«

»Seid unbesorgt, Herr de Tepenec. Rückschläge gehören zu meinem Leben dazu. Mein ganzes Dasein auf dieser Erde fühlt sich an, als müsste ich mich durch einen dunklen Wald kämpfen. Bei jedem Schritt bleibe ich mit Kleidung und Haut an scharfen Dornen hängen. Jeder Schritt kostet mich Blut. Und das Seltsame daran ist: Nur so finde ich Erfüllung.«

»Ihr habt meine Neugierde geweckt. Warum glaubt Ihr, dass Euch das Glück nur durch eine solche Haltung zuteilwird?«

Kepler zog eine Grimasse.

»Jahrelang habe ich mich gegen die Fragen in meinem Kopf gewehrt. Gegen die Zweifel, die ich immer wieder äußerte und die dann immer wieder von Lehrern, Kollegen und sogar von meiner Familie ins Lächerliche gezogen wurden.«

De Tepenec nickte verständnisvoll.

»Wenn ich etwas gelernt habe, dann ist das, dass der menschliche Geist über eine unendliche Beweglichkeit verfügt und sich selbst auf die verschiedensten Arten betrügen kann.«

»Und genau das habe ich während eines großen Teils meines Lebens getan«, erwiderte Kepler. »Bis die Wahrheit mir direkt ins Gesicht starrte. Jahrelang habe ich die Himmel studiert, war von der absoluten Perfektion der Schöpfung Gottes überzeugt. Und Perfektion ist unveränderlich. Bis zu diesem einen Augenblick. Ein Streifen in der Schwärze der Nacht. Ein neuer Stern am Himmel, der ebenso rasch wieder verschwand, wie er aufgetaucht war.«

»Herr Kepler, ich hege großen Respekt für die Art und Weise, auf die Ihr Euch etabliert habt. Vom Mathematiklehrer in Graz bis hin zum kaiserlichen Mathematiker. Äußerst bewundernswert.«

»Ich danke Euch für das Kompliment. Ihr seid doch aber selbst auch von …« Kepler zögerte.

»Von einfacher Herkunft? Ihr braucht Euch Eurer Bemerkung nicht zu schämen. Mit der nötigen Hingabe an die Arbeit und der Unterstützung des Jesuitenordens, wo man meine Gaben schon früh erkannte, habe ich versucht, etwas aus meinem Leben zu machen.«

»Und so habt Ihr Reichtum erlangt. Es heißt, sogar der Kaiser gehöre zu Euren Schuldnern.«

»Ganz ohne Zweifel wartet auch Ihr selbst noch auf einige Goldtaler«, versetzte de Tepenec.

Der Hof des Kaisers Rudolfs II. war berüchtigt für die langen Fristen bei den Rückzahlungen. Bisweilen mussten die Menschen jahrelang auf ihr Geld verzichten.

»Geld bedeutet nicht alles. Die Gedanken in meinem Kopf sind es aber, die mir das Leben an jedem anderen Ort auf dieser Welt unmöglich werden lassen. Hier ist das nicht so. Hier darf jeder an das glauben, was ihm oder ihr angemessen erscheint.«

»Etwas glauben ist eine Sache, es ohne jeden Vorbehalt zu äußern, eine andere. Ihr gebt Euch heute sehr offenherzig.«

Kepler schwieg einen Augenblick.

»Es ist wahr, ich lasse meine Zurückhaltung immer weiter hinter mir. Vielleicht ein Zeichen dafür, dass das Ende naht.«

»Das Ende?«

»Ich bin in Sorge, Herr de Tepenec. Ich stehe unter dem Schutz des mächtigsten Mannes auf dieser Erde. Balsam für eine unruhige, misstrauische Seele wie die meine. Und das, womit wir uns beschäftigen, ist eine reine und große Tat.«

»Macht Ihr Euch Sorgen, weil Ihr einen anderen Herrscher möglicherweise nicht überleben würdet?«

»Es gibt zwei Welten, die ich zu vereinigen suche. Das Sublime, das nicht erkannt werden kann, und das Weltliche, das sich mit den eigenen Augen wahrnehmen lässt. Ich bin ein Mann der Wissenschaft, aber auch ein Mann Gottes. Allein sein Urteil fürchte ich.«

Aus der Neustadt waren sie inzwischen im alten Teil Prags angekommen. Schacher und Kaufleute, Huren und Bettler umschwärmten sie und versuchten vergeblich, die Aufmerksamkeit der beiden Männer und ein Almosen zu erlangen. Die beiden waren jedoch tief in Gedanken versunken und hatten für das pulsierende Leben um sie herum kaum einen Blick übrig.

Nach einiger Zeit erschien die Prager Burg vor ihnen, eine vollständige, von einer Mauer umgebene Stadt innerhalb der Stadt. Sie überquerten den Wassergraben und baten beim Wächter des Westtores um Einlass. Ihr Ziel war der Bischofsturm, auch der Astronomieturm genannt.

Zu ihrer Rechten erhob sich ein schmales Gebäude, auf dessen Dach man eine Observationsplattform errichtet hatte. Der Veitsdom, der sich nur einige Hundert Meter weiter oben befand, überragte alle anderen Gebäude.

Kepler öffnete die Tür und stieg die schmale Steintreppe zu

dem Arbeitszimmer im ersten Stock empor, das er sich mit Jost Bürgi teilte. De Tepenec folgte ihm. Wie sehr sich die beiden Gelehrten im Hinblick auf ihre Interessen und Persönlichkeiten voneinander unterschieden, zeigte sich in dem Zimmer, das sie gemeinsam nutzten. Auf Keplers Seite herrschte eine peinliche Ordnung. Die Linsen sorgfältig sortiert, ebenso seine Schriften, alles katalogisiert. Die andere Seite des Zimmers glich eher einer Kombination aus einer Schmiede und einem Raum, in dem Kinder spielten. Mechanische Apparate, Globen, undefinierbare Stücke Bronze und Holz, irgendwo abgestellt oder aufgestapelt. Dutzende von Uhren, einige fast vollendet, andere offensichtlich im Anfangsstadium. Über eine dieser Uhren hatte sich ein Mann gebeugt; sein gerötetes Gesicht zeigte höchste Konzentration und Hingabe.

Jost Bürgi war ein brillanter Kopf. Jemand, der bereits für verschiedene Durchbrüche in der Rechenkunst gesorgt hatte. Doch seine natürliche Bescheidenheit und die breite Skala seiner Interessen brachten es auch mit sich, dass er Dinge häufig nicht zu Ende brachte. Das musste sich ändern. De Tepenec dachte voller Furcht an die Konsequenzen, wenn Jost Bürgi die in ihn gesetzten hohen Erwartungen nicht erfüllen würde. Er hatte Kepler inzwischen davon überzeugt, dass sie etwas würden schaffen müssen. Etwas, wie man es noch nie zuvor gesehen hatte. Und das war ohne diesen Mann nicht möglich.

»Guten Morgen, Herr Bürgi«, sprach de Tepenec den anderen an.

Das Lächeln verschwand aus dem Gesicht des Mannes. De Tepenec verstand das nur allzu gut. Der Zustand der Versenkung war unterbrochen worden, und stattdessen musste sich Bürgi seiner Pflicht widmen.

»Guten Morgen, Herr de Tepenec, was für ein unerwartetes Vergnügen.«

De Tepenec beobachtete, wie Kepler sich umschaute. Ein gutes Zeichen. Sie bekamen hier wenig Besuch, aber dieses Gespräch war nur für die Ohren der drei Anwesenden bestimmt.

»Das Vergnügen ist ganz auf meiner Seite. Ich bin hier, weil Herr Kepler so gütig war, mich einzuladen. Er möchte gerne etwas mit uns teilen.«

»Johannes?«, fragte Bürgi.

»Mir ist da ein Gedanke gekommen«, lautete die prompte Antwort.

Bürgi nickte zögernd.

Kepler ging zu seinem Tisch, nahm ein Buch zur Hand und reichte es de Tepenec. Dieser studierte den Umschlag. *Astronomia Nova Seu Physica Coelestis.* Darunter stand der Name von Tycho Brahe, Keplers Mentor. Wieder darunter der Name Rudolfs in so großen Lettern, dass man hätte denken können, er habe das Buch verfasst. In Wirklichkeit war es ihm lediglich gewidmet. Keplers eigener Name fand sich in bescheidenen Lettern darunter. Der knorrige Finger des Astronoms zeigte auf einen der Berge an Apparaten.

»Das da gebrauchen wir …«

Dann wies derselbe Finger auf das Buch in de Tepenecs Händen.

»… um herzustellen, was hier beschrieben steht.« Bürgis Blick schoss zwischen den Apparaten und dem Buch hin und her.

»Das ist noch niemandem gelungen«, erklärte er schließlich.

»Man hat es noch nicht einmal versucht«, fügte Kepler hinzu. Beide schauten zu de Tepenec hinüber.

»Meine Herren, ich mag kein Astronom sein, bin jedoch sehr wohl mit den wichtigsten Schlüssen vertraut, die Herr Kepler in diesem Werk zieht. Sie betreffen die Bewegungen der Planeten, nicht wahr?«

Kepler nickte.

»Nicht so«, führte er aus, während sein Finger in der Luft einen Kreis beschrieb, »sondern so.« Derselbe Finger beschrieb eine Ellipse.

»Und das wollt Ihr schaffen?«

»Ja. Aber allein vermag ich es nicht.«

»Ich stelle Globen her«, erklärte Bürgi langsam. »Abbilder der Erde, wie wir sie kennen. Ihr sprecht hier über etwas, das in seiner Dimension und Komplexität viele Male größer ist. In meinen Ohren klingt das, als wollte man das Unmögliche möglich machen.«

»Genau das wird von Euch erwartet«, erwiderte de Tepenec.

# 7

## Wien, Gegenwart

In einer Stadt, in der es von historischen Gebäuden nur so wimmelt, ist das hier eine Kathedrale der Neuzeit. Ein riesiger offener Raum aus Glas, in dem sich die Gläubigen versammeln, um die technologischen Götter aus Cupertino anzubeten. Alle Apostel tragen dieselbe Uniform und in sich die Überzeugung, ihre Botschaft sei die einzig wahre. Nur im Hinblick auf die Bereitschaft, für ihren Glauben zu sterben, hat Zina ihre Zweifel. Es ist nicht viel los im Apple Store. Heute kommt ganz offensichtlich kein neues Gerät auf den Markt, das man unbedingt haben muss. Innerhalb von zehn Minuten steht sie wieder draußen, mit einem nagelneuen MacBook Pro in der Tasche. Die erste Aufgabe ist damit erledigt.

Sie geht schnell und schaut sich ab und zu um, während sie die Geschäftsstraße weiter entlangläuft. In einem Handyladen kauft sie ein Smartphone mit Prepaid-Vertrag und einem ziemlich hohen Guthaben.

Zehn Minuten später ist sie zurück in ihrer derzeitigen Unterkunft. Die Eigentümerin des Studioapartments, eine Studentin an der Wiener Universität, schläft so lange bei ihrem Freund. Zina hat vor drei Tagen gebucht, obwohl sie keine Ahnung hat, wie lange sie hier in Wien bleiben wird. Momentan fühlt es sich nicht so an, als wäre es lange.

Sie holt beide Geräte aus der Verpackung, fängt mit dem Aufladen an. Dann setzt sie sich an den Tisch und klappt ihren neuen Computer auf.

Zuerst installiert Zina ihre Lieblingsprogramme und richtet auf dem Desktop Shortcuts zu den Webseiten ein, die sie am häufigsten besucht. Dann ordnet sie die Icons unten am Bildschirmrand in einer bestimmten Reihenfolge an.

Als Nächstes ist die Zeit für etwas gekommen, das nicht im Bereich des Gewöhnlichen liegt. Innerhalb weniger Minuten hat sie *The Onion Router* heruntergeladen, unter Kennern heißt das Programm »TOR«. Damit kann sie anonym surfen, und jede ihrer Nachrichten wird willkürlich von einem Netzwerk aus Servern verschickt, sodass sich Ursprung und Ziel nicht zurückverfolgen lassen. Als Allererstes öffnet sie ihr Mailfach. Wieder klickt sie die Nachricht an, die schuld daran ist, dass sie gerade fast zweitausend Euro für einen neuen Computer und ein neues Handy ausgegeben hat.

ZINA WELTER,
HINTER DEM VOYNICH-MANUSKRIPT STECKT MEHR.
IN WIEN WIRST DU NICHTS MEHR FINDEN.
BARSCHIUS

Inzwischen ist ihr Handy bis zur Hälfte aufgeladen. Sie ruft eine Nummer an, die sie auswendig kennt. Es hat auch Vorteile, wenn sich das Gedächtnis nur um Zahlen dreht.

»Simon hier. Bist du das, Zina?«

»Woher wusstest du das?«

»Eine unbekannte Nummer auf dem Display, das konntest fast nur du sein. Du hast meinen Rat also befolgt.«

»Ja, mein altes Handy habe ich ausgestellt. Ich benutze ein iPhone, das ich eben gekauft habe.«

»Und dein Laptop?«

»Den habe ich auch ausgestellt. Gerade habe ich den neuen eingerichtet. Und ihr seid bei der Arbeit?«

»Ja. Ich bin nur kurz rausgegangen. Wie geht es dir?«

»Was meinst du?«

»Mir wäre es lieber gewesen, wenn ich oder einer von den anderen mit dir gegangen wäre.«

»Ihr habt doch genug zu tun. Ich fühle mich ja schon schuldig, weil ich nicht von Anfang an dabei bin.«

»Unsinn. Dass dieser Barschius darüber Bescheid weiß, wo du dich gerade aufhältst, ist sehr besorgniserregend. Wann ist seine Nachricht noch mal reingekommen?«

»Gestern Abend, ungefähr um halb zwölf.«

Genau wie Barschius' erste Nachricht wurde auch diese über einen Anbieter verschickt, der es dem Absender ermöglicht, anonym zu bleiben. Die Identität einer Person lässt sich kaum ermitteln. Diesmal hat er es nicht für nötig gehalten, seine Botschaft auch im Forum zu posten. Als wüsste der Absender, dass er inzwischen ihre volle Aufmerksamkeit hat.

»Das ist jetzt nicht mehr so wie bei den ganzen anderen gewöhnlichen Idioten bei mir im Forum. Ich befürchte, du hast dir vielleicht einen Stalker auf den Hals geholt, Zina.«

Einen Stalker. Stalker sind doch etwas für Hollywood-Stars. Für bedauernswerte Frauen mit Exfreunden, die von ihnen besessen sind.

»Wie hat er es gleich wieder formuliert?«, fragt Simon nach.

»In Wien wirst du nichts mehr finden.«

Dieser Barschius weiß also, dass du hier bist. Hast du irgendeine Vermutung, wer dahinterstecken könnte?«

»Woher soll ich das wissen?«

»Ich kenne mich mit diesen Dingen nicht besonders gut aus, aber das hier wirkt wie eine persönliche Angelegenheit auf mich. Eine Beziehungsgeschichte?«

»Das halte ich für sehr unwahrscheinlich.«

Die wenigen verlegenen Akademiker, mit denen Zina während ihrer Studienjahre in Princeton das Bett geteilt hat, kommen für so etwas nicht infrage. Unerfahren und gehemmt, wie sie war, hat sie ihre Partner damals nicht besonders beeindruckt. Und dieses Gefühl beruhte auf Gegenseitigkeit. Keine leidenschaftlichen Liebhaber, viel eher überdurchschnittlich schlaue Leute, die es nicht gerade leicht fanden, den animalischen Teil der eigenen Persönlichkeit zuzulassen. Dasselbe hatte natürlich für Zina auch gegolten.

Und trotzdem. Es gibt da jemanden, der will, dass sie sich nicht weiter mit dem Voynich-Manuskript beschäftigt. Dieser Jemand findet das immerhin wichtig genug, um sie mit E-Mails zu bombardieren. Und er weiß, dass sie in Wien ist.

»Meinst du denn, ich übertreibe, Simon? Ein neues Handy. Ein neuer Computer. Alles nur wegen ein paar Mails.«

»Vielleicht ist es wirklich ein wenig übertrieben«, räumt er ein. »Wie ich schon sagte, ich kenne mich da nicht besonders gut aus. Aber ich weiß, dass unsere Mobiltelefone und Computer heutzutage über GSM, Wi-Fi und so weiter immerzu ihren Standort durchgeben. Das macht sich doch auch die Polizei zunutze, wenn sie Leute sucht.«

Zina überlegt. Natürlich hat sie eine deutliche digitale Spur hinterlassen. Auch über die Flugtickets, das Anmieten des Apartments, die Zahlungen per Kreditkarte. Aber diese ganzen Informationen sind geschützt.

»Meinst du wirklich, jemand verfolgt mich auf diese Weise?«

»Das ist durchaus möglich. Fühlt es sich nicht gut an, diese Möglichkeit ein für alle Mal auszuschließen?«

Es fühlt sich tatsächlich besser an. Etwas zumindest. Dann besteht natürlich noch die Möglichkeit, dass dieser Barschius, wer auch immer das ist, sie kennt. Wie viele Leute wissen, dass sie hier ist? Ihre Eltern, denn ihnen hat sie eine Mail geschickt. Und die Gruppe und zudem die Leute, mit denen sie hier umgeht. Fünfzehn, zwanzig höchstens. Hält sich Barschius auch in Wien auf? Ist ihm nur die Stadt bekannt oder sogar ihr genauer Aufenthaltsort?

»Zina, bist du noch dran?«

»Ja, sorry. Ich war kurz in Gedanken.«

»Kommst du noch her? Oder willst du lieber bleiben, wo du bist?«

»Ich nehme ein Taxi. Gib mir eine halbe Stunde.«

Österreich hat eine so reiche Geschichte, dass drei Gebäude nötig sind, um das gesamte Staatsarchiv unterzubringen. Hier am Minoritenplatz, nur einen Steinwurf von dem Maklerbüro der Gebrüder Kloss entfernt, befindet sich eines der drei. Mit schiefem Blick schaut Zina auf die Glasfassade. Sie überquert den Platz und geht auf das stattliche Gebäude mit seinen fünf Stockwerken zu, das Anfang des zwanzigsten Jahrhunderts erbaut wurde. Weißer Stein, ein dunkelgraues Dach und schöne Ornamente um die Fenster. In vielen anderen Städten würde es als Juwel gelten, aber hier in Wien ist es nur eines von vielen anonymen Gebäuden, an denen Touristen einfach vorbeilaufen, ohne jede Ahnung, dass es Jahrhunderte der Glorie beherbergt.

Nachdem sich Zina an der Rezeption angemeldet hat, darf sie weiter. Sie hat erwartet, drinnen etwas von der pompösen Pracht wiederzufinden. Gemälde von Königen und Kaisern. Beeindruckende Kronleuchter. Jahrhundertealte, mit Gold verzierte und mit Samt bezogene Möbel. Stattdessen durchquert sie eine sterile, wie ein Büro wirkende Umgebung. Eine graue Tür führt in den Studiensaal. Der ist mit etwa fünfzehn Personen ziemlich voll.

Currier, Simon, Perenelle und Svoboda sitzen links auf einfachen roten Stühlen, einen ganzen Berg an Schachteln vor sich. Als Zina näher kommt, kann sie die Aufkleber auf den Plastiktischen erkennen: ein Mädchen mit dem Zeigefinger an den Lippen. Laptops, ein Apfel und eine Flasche sind durchgestrichen.

»Hallo, Zina«, flüstert Simon, »das hier haben wir für dich aufgehoben.«

Er deutet auf ein etwa zwanzig Zentimeter dickes Buch vor sich. Sie starrt auf das Wort »Hoffinanz«, das in gotischen Lettern auf das braune Leder gedruckt steht. Darunter in kleinerer Schrift der Zeitraum.

»Das hier ist das letzte Haushaltsbuch von Rudolf für den Zeitraum zwischen Januar und März 1612«, erklärt Simon. »Wie bei den von Schwarzenaus, aber für den Hof. Rudolf ist, wie du wahrscheinlich weißt, im Januar 1612 gestorben. Ein Toter kauft nichts. Aber vielleicht findest du in den Monaten davor ja noch etwas. Ich würde hiermit anfangen. Da hast du die größten Chancen.«

Er deutet auf zwei genauso dicke Bücher, die auf einem Tisch ein Stück entfernt auf Zina warten.

»Und von da aus musst du dich in der Zeit zurückarbeiten.«

»Ich werde mein Bestes tun.«

Zina hat nur wenig Hoffnung, dass ihr Anfängerglück anhalten wird. Svoboda zufolge wurden diese Bücher schon unzählige Male durchsucht, auch von ihm selbst. Vielleicht hat er ja etwas übersehen, aber die Wahrscheinlichkeit hält sie für gering.

Das vergilbte Papier weckt die schlimmsten Vermutungen in ihr, aber glücklicherweise ist die Handschrift gut lesbar, und es gibt Platz zwischen den verschiedenen Einkäufen. Ein ganzes Raritätenkabinett zieht an ihrem inneren Auge vorbei. Der erste Ankauf im Kassenbuch betrifft Bezoarsteine, die man den Organen von Tieren entnommen hat. Wenig später begegnet ihr wahrhaftig eine Dürer-Gravur. Und so geht es weiter. Kostbare Kunst teilt sich in aller Eintracht die Seiten mit den Schuppen eines angeblichen Drachen oder dem Horn eines Einhorns. Alles Gegenstände, die ihren Platz in der Kunstkammer des Kaisers finden sollten, den Gemächern, in denen sich Rudolf während seiner Herrschaft seine eigene Version des Universums geschaffen hatte. Das Kassenbuch erfasst nicht nur Gegenstände, sondern auch Gebäude und

Ereignisse. Die Einteilung entspricht der des Kassenbuches bei den von Schwarzenaus. Das Datum steht in der Spalte ganz links. Daneben erfolgt eine kurze Beschreibung des Erworbenen. Dann eine Spalte mit dem Namen des Verkäufers und zuletzt der Betrag, auf den man sich geeinigt hat. Zina weiß von Simon und Svoboda, dass Rudolfs Gesundheit während dieser Jahre stark zu wünschen übrig ließ. Der Mann lebte mehr und mehr wie ein Eremit. Seine Sammelwut hatte das nicht beeinträchtigt. Edelsteine, jeder Einzelne von unschätzbarem Wert, eine von einem gewissen Hans Schissler hergestellte Uhr.

Acht Stunden und Hunderte von Seiten später schaut Zina von ihrer Arbeit auf. Sie hat alle drei Bücher Zeile für Zeile durchforstet. Ohne Erfolg.

Abgesehen von ihrer kleinen Gruppe ist der Saal verwaist. Sie schaut zu Svoboda hinüber. Der Blick des kleinen Professors schwebt einige Zentimeter über einem Dokument, während seine Hände krampfhaft die beiden Seiten des Lesepults umklammern. Zina steht auf, läuft auf etwas unsicheren Beinen zu ihm hinüber und wirft einen Blick auf die Schachtel neben ihm.

*Brief von Hans Reichard von Schwarzenau. 6-10-106 AKT (Sammelakt, Grundzl. Konvolut AT-OeStA/HHStA HausA Lang-Akten 2-2-18).*

Genau wie eine mathematische Gleichung. Sie bemerkt, dass die anderen ihre Tätigkeiten unterbrochen haben. Sieht rot umrandete Augen. Glasige Blicke.

»Professor?«

Verstört schaut Svoboda auf.

»Was?«

»Wenn ich mich nicht täusche, starren Sie jetzt schon eine Viertelstunde auf dieselbe Seite.«

»Es ist die letzte.«

Svoboda blickt zu Simon, der den Kopf schüttelt. Auch Currier und Perenelle haben keine guten Neuigkeiten.

»Nichts.«

»So kommen wir nicht weiter«, erklärt Simon. »Wir haben alle Dokumente durchforstet, die mit de Tepenec und von Schwarzenau zusammenhängen. Zina hat sogar noch einmal seine ganzen Kassenbücher durchgesehen. Wir müssen die Sache anders angehen. Mit einer anderen Methode. Was wissen wir über unseren Jacobus?«

»Er wurde als Jakub Horrčický geboren, und zwar in Krumau«, setzt Svoboda zu einem Vortrag an. »Er stammte aus einer armen Familie. Erziehung bei den Jesuiten. Dort hat er sich schnell in Richtung Chemie und Pharmazie orientiert. Eine echter Chemikus, wie das damals hieß. Auf diesem Gebiet wurde er sehr erfolgreich. Was er braute, kaufte man ihm gierig ab, und so wurde er ein reicher Mann. Daraufhin hat er sich stärker der administrativen Seite zugewandt. Er war der Leiter einer Schule und eines Klosters. Mit seinen Heilpflanzen scheint es ihm sogar gelungen zu sein, Rudolf von einer ernsten Krankheit zu kurieren. Deswegen wurde er zum Ritter geschlagen und erhielt den Titel ›de Tepenec‹.«

»Ihr Gedächtnis funktioniert so tadellos wie immer. Gut. Wir wissen dank Zina, dass er einen Betrag von fünfhundertfünfzig Talern an von Schwarzenau gezahlt hat. Der Papiermacher Cedric Calloway hat von Schwarzenau also unbeschriebenes Vellum verkauft. Und der hat es wieder an de Tepenec weiterverkauft. Der hat es wiederum mit mysteriösen Zeichen vollgeschrieben und es an Kaiser Rudolf verkauft.«

»Aber wenn Rudolf es von ihm gekauft hat, warum ist das dann nicht in seinen Kassenbüchern verzeichnet?«, will Zina wissen. »Rudolf hat doch die verrücktesten Dinge erworben. Und die sind alle fein säuberlich verzeichnet. Das gilt auch für die Bücher. Warum hätte er beim Voynich-Manuskript eine Ausnahme machen sollen?«

»Das stimmt so nicht ganz«, erwidert Simon. »Viele seiner Bücher über Alchemie erscheinen nirgendwo in den Listen. Wir dürfen nicht davon ausgehen, dass die vollständig sind. Sicher wissen wir nur, dass der Name de Tepenec im Manuskript steht.«

»Aber war er denn überhaupt dazu in der Lage, so etwas wie das Voynich-Manuskript herzustellen?«, wirft Perenelle vorsichtig ein. »Für seine botanischen Kenntnisse war er berühmt. Ich bezweifle aber, dass er selbst ganz allein eine solche Schrift hätte entwickeln können.«

»Dann gibt es da noch etwas«, fügt Svoboda hinzu. »Ich habe darüber nachgedacht, und wenn man davon ausgeht, dass de Tepenec das Manuskript geschaffen hat, ist die Fälschungstheorie nicht länger haltbar. De Tepenec war bereits ein reicher Mann. Warum hätte er sich all diese Mühe machen sollen, um seinen Reichtum noch zu vergrößern? Und dafür auch noch jemanden hinters Licht führen, der ihn in den Adelsstand erhoben hatte?«

Niemand kommt mit einem Gegenargument.

»Das Voynich-Manuskript ist also womöglich gar keine Fälschung?«, hakt Zina nach.

»Diese Frage werden wir im Moment nicht beantworten können«, erklärt Currier behutsam. »Bei der gesamten Diskussion handelt es sich um ein Kartenhaus, das auf einem ebenso unsicheren Fundament aus Tatsachen erbaut wurde. Wir brauchen etwas Konkreteres. Wie Herr Walcott schon gesagt hat, einen neuen Ansatz. Fräulein Welter, wir müssen uns bei Ihnen entschuldigen. Wir haben vor Ihrer Ankunft über die letzte Mail gesprochen, die Sie von diesem Barschius erhalten haben. Wir haben wild darüber spekuliert, wer das sein könnte und woher er weiß, dass Sie sich in Wien aufhalten. Aber wir haben es nicht mehr erwähnt, seit Sie sich zu uns gesellt haben. Sie sollten wissen, dass wir uns Sorgen machen.«

»Nett von Ihnen. Ich habe schon einige Gegenmaßnahmen getroffen. Dass er von unserer Reise nach Wien weiß, finde ich tatsächlich beunruhigend.«

»Wäre es nicht an der Zeit, ihn anzuzeigen?«, fragt Perenelle.

Zina überlegt kurz.

»Das kann ich tun, aber ich fürchte, es hätte wenig Sinn. Ich habe ja keinen Namen. Weiß nicht, wer er ist. Nicht einmal, aus welchem Land er kommt. Das kann überall auf der Welt sein.«

Sie schaut auf den Papierstapel, den sie durchgearbeitet haben.

»Was machen wir jetzt? Können wir hier noch etwas erreichen?«

Ein peinliches Schweigen setzt ein.

»Professor Svoboda?«

»Es gibt immer noch weitere Archive. Wenn ich jedoch ganz ehrlich sein soll, halte ich die Chance, dass wir dort etwas finden, für gering.«

Simon steht auf und läuft unruhig im Raum hin und her.

»Man kann von diesem Barschius halten, was man will, aber er denkt vorausschauend. Er hat uns schon vorhergesagt, dass wir nichts finden würden. Worin soll unser nächster Schritt bestehen? Wohin sollen wir uns wenden? Ich würde ja sehr gern noch Wochen hierbleiben, aber ich habe zu Hause einen Laden, der auf mich wartet. Und ihr habt ebenfalls eure Jobs und eure Familien. Wir müssen schnell etwas tun oder die Sache vorläufig ruhen lassen.«

Ruhe. Das klingt verlockend für Zina. Sie hat noch sehr viel zu tun, wenn sie ihre Applikation fertigschreiben will. Und die Gruppe scheint nicht weiterzukommen. Sie spürt, wie in der Innentasche ihres Blazers etwas vibriert. Eine

Nachricht. Sie holt ihr Handy heraus und schaut auf den Namen des Absenders. Dann drückt sie auf das Display und öffnet die E-Mail.

ZINA WELTER,
HINTER DEM VOYNICH-MANUSKRIPT STECKT MEHR. HIER DER BEWEIS. WILLST DU MEHR WISSEN, SO FINDE DICH IN ZWEI TAGEN UM 16 UHR IN DER VILLA MONDRAGONE EIN.
BARSCHIUS

*Hier der Beweis.* Zina schaut sich die Mail genauer an. Erst jetzt entdeckt sie die kleine Abbildung im Anhang.

»Was ist los, Zina?«, erkundigt sich Perenelle. »Wieder dieser Barschius?«

Zina nickt und klickt auf Herunterladen.

»Er schreibt wieder, dass mehr hinter dem Voynich-Manuskript steckt. Und dass er dafür einen Beweis hat. Es gibt einen Anhang.«

Sie öffnet das heruntergeladene Dokument, schaut sich das Bild an. Die anderen haben sich inzwischen um sie herum gruppiert. Mit dem Zeigefinger vergrößert Zina die Abbildung so weit wie möglich und gibt dann ihr nagelneues Handy an Simon weiter. Der schaut mit gerunzelter Stirn auf das Display. Das iPhone wandert von Hand zu Hand, bis es wieder bei Zina anlangt. Sie schaut sich das Bild noch einmal an. Es ist eine Seite aus dem Voynich-Manuskript, denkt sie. Dieselbe unlösbare, schnörkelige Handschrift. Aber die Illustration auf dieser Seite, die erkennt sie nicht. Das ist seltsam, weil sie ganz charakteristisch aussieht. Ein einfach gezeichneter Mann und eine Frau, ganz im selben Stil wie die anderen Illustrationen. Nur sind die beiden hier abgebildeten Figuren in eine innige Umarmung verstrickt, bei der alle Körperteile ganz deutlich wiedergegeben werden.

»Diese Illustration kann ich nicht einordnen. Wo im Voynich-Manuskript kommt die denn vor?«

»Nirgends«, erwidert Professor Svoboda.

»Ist das wirklich möglich?«, wendet sich Perenelle an Simon.

»Darüber wird schon seit Jahren geredet«, antwortet der mit gepresster Stimme.

Zina schaut ihn an.

»Wovon sprecht ihr?«

Simon erklärt ihr alles.

»Über die fehlenden Seiten aus dem Voynich-Manuskript. Die meisten Fachleute sind sich darin einig, dass die ursprüngliche Handschrift umfangreicher war als das, was uns inzwischen zur Verfügung steht. An einigen Stellen kann man noch sehen, dass Seiten entfernt wurden.«

Zina nickt.

»Jetzt, wo du das sagst, fällt es mir wieder ein. Und das ist also eine davon?«

»Darauf kann ich mich nicht einfach so festlegen.«

Simon sagt einen Moment lang gar nichts. Sein Blick sucht den von Svoboda und Perenelle, weil er auf Bestätigung hofft.

»Das Ganze sieht jedenfalls vielversprechend aus. Um wirklich etwas sagen zu können, brauchen wir das Original.«

»Dann müssen wir über den letzten Teil von Barschius' Mail sprechen, glaube ich. Den kennt ihr noch nicht.«

Sie ruft die Nachricht wieder auf.

»Willst du mehr wissen, so finde dich in zwei Tagen um 16 Uhr in der Villa Mondragone ein«, liest sie vor.

Sie kann sehen, dass die Nachricht nicht ohne Wirkung bleibt. Man verspricht ihnen mehr, und damit ist ein Ort und ein Zeitpunkt verbunden. Und was für ein Ort. Die Villa Mondragone. Ein magischer Name. In diesem ehemaligen Jesuitenkloster nicht weit von Rom hat Wilfrid Voynich angeblich 1912 die Handschrift entdeckt. Angeblich, denn wie alles rund um das Voynich-Manuskript ist auch diese Information nicht eindeutig. Der Buchhändler hatte die Welt erst Jahre später wissen lassen, dass das Manuskript überhaupt existierte.

Barschius' Manipulation ist alles andere als subtil. Wo liegen seine Interessen? Zinas ganzes Inneres wehrt sich gegen den Gedanken, ohne Protest jemandem nachzujagen, der sich weigert, seine Identität preiszugeben. Und dann diese unerklärliche Kehrtwende, was den Ton betrifft. Erst hat er ihr gedroht, und jetzt scheint er helfen zu wollen. Die anderen sehen schon genauso verzweifelt aus, wie sie sich fühlt. Hierbleiben oder den Sprung ins kalte Wasser wagen, was sollen sie tun?

## Prag, Februar 1611

Die Silberminen von Kutná Hora waren berühmt. Manche erstreckten sich sogar bis unter die Stadt. Kein Wunder, dass nirgendwo so viel Kenntnisse über das Graben von Tunneln zur Verfügung stand wie dort. Das Silber wurde allerdings knapp, sodass die Minenarbeiter ihre Dienste immer häufiger außerhalb der eigenen Stadt anboten, und zwar jedem, der dafür bezahlen wollte. In diesem Fall war die versprochene Belohnung beträchtlich. Dafür mussten sich die Männer verausgaben. Mit der geringstmöglichen Anzahl an Arbeitskräften waren sie ans Werk gegangen. Eine größere Gruppe hätte den Auftrag schneller erledigen können.

Davon hatte de Tepenec jedoch nichts wissen wollen.

Es gab noch einen weiteren Grund für die Verzögerung. Die Leute operierten meist in Gruppen, in denen sich alle gut kannten. Manche sogar schon seit Jahren. Kein überflüssiger

Luxus in einem gefährlichen Beruf wie dem ihren. In diesem Fall hatte de Tepenec jedoch viele Gespräche geführt, ehe er eine Gruppe von etwa fünfzehn Männern zusammengesucht hatte. Viele Fragen hatte er gestellt, über ihr Alter, ihren Familienstand. Manche kannten einander vom Namen oder vom Gesicht her, hatten jedoch noch nie zusammengearbeitet. Es war eine merkwürdige Vorgehensweise, aber de Tepenec hatte die Hälfte des versprochenen Geldes bereits bei sich. Ein ungekannter Luxus für diese Männer. Darum hatten sie zugesagt, einer nach dem anderen.

Der erste Teil des Unterfangens war problemlos verlaufen. Ein mannshoher Tunnel von etwa fünfzehn Metern Länge, das war für sie ein Leichtes. Auch wenn die Minenleute nicht begriffen, warum man an dieser Stelle einen solchen Tunnel würde graben wollen, in dieser waldreichen Umgebung außerhalb Prags. Hier gab es nichts Wertvolles in der Erde. Keinen Fluss, den es umzuleiten galt. Der zweite Teil der Operation hatte ihren Fähigkeiten das Äußerste abverlangt. So viele aufeinanderfolgende Räume. Mit diesen Abmessungen. Eine enorme technische Herausforderung, aber auch ein körperlicher und logistischer Rundumschlag. Das gesamte Erdreich musste schließlich abgegraben und weggebracht werden.

Am Ende eines jeden Arbeitstages hatten sie sich in ihr kleines Lager geschleppt, das aus nicht nachvollziehbaren Gründen mehrere Kilometer entfernt lag. Endlich, nach zwei Monaten ohne einen freien Tag, war die Arbeit vollbracht. Erschöpft, hungrig, schwarz vor Schmutz standen die Männer in einer Reihe. Bereit, ihre Sachen aus den schlichten Zelten zu holen, in denen sie in der letzten Zeit geschlafen haben.

»Ihr habt ganz ausgezeichnete Arbeit verrichtet«, erklärte de Tepenec.

»Ich danke euch«, erwiderte der Wortführer der Gruppe. Er war eigentlich für die Berechnungen zuständig, hatte sich aber während der vergangenen Tage gezwungen gesehen, mit unter die Erde zu gehen, damit die Arbeit pünktlich beendet werden konnte.

»Die Jungen haben ihr Bestes gegeben. Jetzt möchten sie den Rest ihres Lohns empfangen und wieder nach Hause zurückkehren.«

»Nach Hause, ja.«

De Tepenec zögerte.

»Ist etwas, Herr?«

»Nein, nein. Alles ist gut. Gewiss freut Ihr Euch auf die Heimkehr.«

»Sicherlich.«

»Zurück zu Frau und Kindern.«

Der Mann senkte den Blick.

»Die habe ich nicht, Herr. Sie sind gestorben. Das habe ich Euch erzählt, wisst Ihr noch? Bevor ich den Auftrag erhielt.«

»Natürlich, natürlich, wie habe ich das vergessen können?«, erwiderte de Tepenec, der abwesend wirkte.

»Aber daheim ist daheim. Es tut immer wohl, dorthin zurückzukehren.«

De Tepenec nickte betrübt. Danach hob er eine Hand. Die Zelte öffneten sich, und eine Horde Soldaten erschien, die Armbrust im Anschlag. Es waren die besten Schützen einer Garnison aus dem Grenzgebiet. Hals über Kopf hatte man sie für einen Auftrag hierher beordert, ohne dass man ihnen gesagt hätte, worum es ging. Danach würden sie wieder in ihren überdeckten Kutschwagen steigen und direkt zu ihrer Garnison zurückgebracht werden.

De Tepenec zwang sich, die Minenleute anzuschauen. Fähige Männer, jung und kräftig. Und alle ohne Frau oder Kinder. Ohne Verbindungen. Ohne Familie. Menschen, die vielleicht von Freunden oder Bekannten vermisst würden, sonst aber von niemandem.

»Es tut mir leid«, wandte er sich an den Wortführer. »Ihr werdet Kutná Hora nie wiedersehen.«

Auf sein Signal hin legten die Schützen an.

Die Bergarbeiter wandten sich zur Flucht, doch vergeblich. Ein horizontaler Regen aus Pfeilen durchbohrte ihre ungewaschenen Körper. Geschrei. Geheul. Gurgeln aus der Kehle eines Arbeiters, dem sich ein Pfeil in den Hals gebohrt hatte. Bei seinem verzweifelten Versuch, ihn herauszuziehen, umklammerte der Mann mit beiden Händen den Schaft. De Tepenec wandte sich ab.

Eine Stunde später war das anonyme Grab im Wald mit Erde zugeschüttet. Einige Körbe Blätter wurden auf der unebenen Erde ausgestreut. Mit bloßem Auge konnte man nichts mehr von dem Blut erkennen, das hier vergossen worden war. De Tepenec sah die Bilder jedoch noch immer vor sich und fürchtete, diese würden nie ganz verschwinden. Es wäre eine milde Strafe für die Verbrechen, die er soeben befohlen hatte, selbst wenn das im Namen seines Kaisers geschehen war.

# 8

## EZY 4851, Gegenwart

Die Reise gereicht dem Namen der Fluggesellschaft nicht zur Ehre. Genau genommen wird den Passagieren vor allem ein Gefühl der Mühsamkeit vermittelt. Weil es so eng ist, berührt Zinas rechter Arm den von Simon. Der manchmal abwesende Blick, die Brille, die angegrauten Locken, der ironische Humor, all diese Dinge passen zu einem intellektuellen Büchersnob. Der muskulöse Arm, den sie nun an ihrem spürt, erzählt jedoch eine andere Geschichte. Das Gefühl ist nicht unangenehm. Sie schaut zur Seite. Simon lacht.

»Ganz schöne Turbulenzen.«

»Ja, nicht ohne.«

»Zina, wie groß ist die Wahrscheinlichkeit, dass wir bei einem Flugzeugabsturz ums Leben kommen?«

»Dafür gibt es eine App. Man trägt den Startflughafen ein, das Ziel und den Flugzeugtypen. Die App berechnet dann die Wahrscheinlichkeit.«

»Ach. Und ist das zuverlässig?«

»Nein. Wissenschaftlich betrachtet ist es Quatsch. Jedes Jahr nehmen ungefähr drei Milliarden Menschen das Flugzeug, glaube ich. Und zwischen zweihundert und vierhundert von ihnen kommen bei einem Absturz um. Manchmal gibt es Spitzenwerte wie bei diesen Flügen der Malaysia Airlines. Um das wieder zu relativieren, muss man über mehrere Dutzend Jahre Berechnungen durchführen und daraus dann wieder einen Durchschnitt oder einen Trend errechnen. Wird die Wahrscheinlichkeit dadurch geringer oder bleibt sie gleich? Welches Muster steht dahinter?«

»Hast du im Hinblick auf das Voynich-Manuskript ähnliche Pläne?«

»Nach einem Muster suchen? Ja, in gewissem Sinne schon. Die Zeichen haben wir, aber niemand kann sie entziffern. Eine direkte Übersetzung ist nicht möglich. Sonst hätte irgendjemand im vergangenen Jahrhundert die sicher gefunden.«

»Hmmm … Ja, Sprache«, antwortet Simon nachdenklich. »Die Bedeutung von etwas bleibt einem manchmal verborgen, auch wenn man es sehr wohl lesen kann.«

»Was willst du damit sagen?«

»Barschius.«

»Was ist mit ihm?«

»Vielleicht sollten wir uns nicht fragen, wer dieser Barschius ist, sondern was sich geändert hat. Denk doch an seine erste Nachricht, die er im Forum eingestellt hat. Das war …«

»Eine Drohung. Das hast du damals selbst gesagt. Und jetzt will er plötzlich helfen. Diese Kehrtwende ist mir auch ein Rätsel.«

»Eine Drohung? Das hängt ganz davon ab.«

»Wovon? Was meinst du?«

»Ich bin ein Leser, Zina. Mit diesen Nuancen im Sprachgebrauch beschäftige ich mich schon mein ganzes Leben lang. In diesem Fall war meine erste Reaktion nicht die richtige, denke ich.«

»Zina Welter, gib diese Sache auf, ehe es zu spät ist«, wiederholt sie die Worte, die sie auswendig kennt. »Hinter dem Manuskript steckt mehr, als du denkst. Lass die Finger davon. Sei gewarnt.«

Ganz kurz sagt sie nichts.

»Das scheint mir ziemlich eindeutig.«

»Wirklich?«

»Er sagt, dass ich aufhören soll, nach Antworten zu suchen. Lass die Finger davon.«

»Er sagt aber auch: Sei gewarnt. Was, wenn er es so gemeint

hat? Als einfache Warnung? Da steht nirgendwo, dass er dir persönlich etwas antun will. Er beschimpft dich nicht.«

»Eine Warnung«, murmelt Zina. So hat sie die Sache noch nicht betrachtet.

»Es klingt, als glaube er etwas über das Voynich-Manuskript zu wissen, das wir nicht wissen«, fährt Simon fort. »Seine letzte Nachricht bestätigt das.«

»Meinst du, er will mich beschützen?«

Simon zuckt mit den imposanten Schultern.

»Keine Ahnung. Ich spreche jetzt nur über die Wörter, wie sie da stehen. Nicht über die Art und Weise, wie sie dich erreicht haben. Anonym, über ein Forum. All das spricht gegen ihn.«

»Wenn es ein Mann ist.«

»Richtig. Wir wissen nicht einmal das. Und dass er uns dann auch noch an einen solchen Ort lockt. Es ist nur, dass sein Köder so eine große Anziehungskraft hat.«

»Was denkst du, was uns in der Villa Mondragone erwartet?«

»Die fehlende Seite, die er uns geschickt hat? Alle fehlenden Seiten? Irgendein Verrückter, der uns etwas antun will? Ich weiß es wirklich nicht, Zina. Ich weiß nur, dass wir vorsichtig vorgehen müssen, bis wir herausgefunden haben, wer dieser Barschius ist und was er will. Warst du übrigens schon mal in der Villa Mondragone?«

»Nein, leider noch nicht. Ich kenne sie nur von Fotos.«

»Ich würde da gern einmal unser Voynich-Wochenende abhalten. Vor Jahren bin ich dort gewesen, das war wie eine Art Pilgerreise.«

»Hast du gedacht, dass es so weitergehen würde?«

»Was meinst du damit?«

»Nachdem du den Brief gefunden hattest, meine ich.«

»Nicht wirklich«, antwortet Simon ein bisschen verlegen. »Ich fühle mich nur im Umkreis von etwa fünfhundert Metern von meinem Haus und meinem Laden entfernt wohl. Im Laden geht es mir am besten. Diese Forschungen an all den Universitäten haben mich sehr belastet. Und jetzt das hier. Ich bin froh, dass ihr dabei seid.«

»Es wirkt aber nicht so, als würdest du leiden.«

»Das verdanke ich nur der Gesellschaft, in der ich mich befinde«, erklärt er augenzwinkernd. »Ich habe mein Studium der Literaturwissenschaften abgebrochen, weil ich mit dem Stress nicht zurechtkam. Vor jeder Prüfung konnte ich eine Woche lang nicht schlafen. Ich wurde wahnsinnig davon. Auch diese ganzen Tutorien mit den Dozenten, wo man unter Druck gesetzt wurde, fand ich schrecklich.«

Mit einer nervösen Gebärde fährt er sich durchs Haar.

»Du magst keine Menschen.«

»Ich mag Menschen sehr. Solange sie meinen Laden betreten, sich ein Buch aussuchen und dann dafür bezahlen.«

»Hast du darum eine Webseite erstellt?«

»Genau. Die digitale Welt ist wunderschön.«

»Und das Voynich-Wochenende?«

»Tja, das findet zum Glück nur einmal pro Jahr statt. Das ist erträglich. Und man lernt dort interessante Leute kennen.«

Simon lehnt sich zu ihr hinüber, damit die in Orange und Grau gekleidete Stewardess ihren Trolley an ihm vorbeimanövrieren kann. Zina spürt, wie ihr Herz schneller schlägt. Sie reicht der lächelnden jungen Frau eine leere Sandwichverpackung.

»Und du?«, will Simon wissen. »Bist du abenteuerlustig?«

»Ich kann nicht mehr so richtig sagen, was ich eigentlich bin.«

»Wie meinst du das?«

»Mit achtzehn habe ich mir eingeredet, ich würde der nächste Ramanujan werden.«

»Ramanujan?«

»Ein genialer Wissenschaftler aus Indien.«

»Ah. Und dann?«

»Dann hat sich herausgestellt, dass meine Stärken nicht im rein Mathematischen liegen. Eher in der Anwendung von Mathematik als Teil von Computermodellen. Ich will nicht unbescheiden klingen, aber auf diesem Gebiet bin ich inzwischen wirklich gut. Dann habe ich mir eingeredet, dass ich an der Wall Street glücklich werden würde. Interessante Arbeit, viel Geld, hoher Druck im Job. Das wäre wirklich etwas für mich, habe ich gedacht.«

»Und auch das ist nicht gelaufen wie geplant?«

»Nein. So kann man es wirklich sagen. Aber das ist eigentlich meine Schuld, ich hätte es gar nicht erst versuchen dürfen.«

»Du bist eine Romantikerin.«

»Ich bin Mathematikerin. Die sind nicht romantisch.«

»Ich habe ja auch nicht gesagt, du wärst romantisch, sondern eine Romantikerin. Jemand, der in seinem Kopf eine ideale Welt aufrufen kann. Der die aschgraue Wirklichkeit mit einer glühenden Schicht überziehen kann. Was ist denn dein nächster schöner Traum?«

Diese Frage wird ihr nicht oft gestellt. In Gesprächen über ihre Zukunft fallen meist Begriffe wie »Ehrgeiz« und »Zielsetzung«.

»Den gibt es nicht. Ich weiß nicht, was ich will. Wo ich hin will.«

»Im Augenblick befindest du dich auf dem Weg nach Rom. Und dann willst du in die Villa Mondragone.«

»Ja.«

Simon schaut ihr direkt ins Gesicht.

»Wohin du auch willst, ich bin jedenfalls froh, dass du jetzt hier bist.«

Über die Lautsprecheranlage ertönt eine Stimme, die den Passagieren in geschäftsmäßigem Ton mitteilt, dass man sich nunmehr im Sinkflug befinde. In fünfzehn Minuten werden sie auf dem Flughafen Fiumicino in Rom landen.

# 9

## Rom, Gegenwart

Der große Nachteil eines Handys: Es gibt keinen Hörer, den man auf die Gabel knallen kann. Als Alternative bleibt nur, das Ding mit aller Kraft an eine Wand zu werfen. In ihrer Vorstellung sieht sie alles vor sich, die Einzelteile auf dem Boden, das geborstene Display. Zina reißt sich zusammen, und es gelingt ihr mit einiger Mühe, ihre Aufmerksamkeit wieder auf die Worte zu richten, die sie aus einer Anwaltskanzlei in New York in diesem Hotelzimmer irgendwo außerhalb Roms erreichen.

»Ich glaube, das müssen Sie mir noch einmal erklären, und zwar Wort für Wort.«

»Natürlich, Zina. Wir versuchen Sie schon seit gestern zu erreichen.«

Die Stimme ist die eines jungen Mannes. Ungefähr in ihrem Alter. Die des jüngsten angehenden Anwalts in der Kanzlei, vermutet sie.

»Ich habe ein neues Handy.«

»Ach, dann ist alles klar. Umso besser, dass Sie Ihre E-Mails abrufen. Wie Sie wissen, befinden wir uns mit Ihrem Arbeitgeber über die Abhandlung Ihrer Beendigung des Arbeitsverhältnisses im Gespräch.«

»Ja.«

»Eine komplizierte Angelegenheit. Wir bewegen uns in einer Grauzone. Einerseits sind Sie ein klassischer *Whistleblower,* also jemand, der auf Missstände innerhalb des Unternehmens aufmerksam gemacht hat.«

»Ja.«

»Andererseits haben Sie nicht Ihren Vorgesetzten über diese Missstände informiert, sondern die Regierung. Und das wird als ausreichender Grund für eine Entlassung betrachtet. Aber gut, das wissen Sie natürlich längst. Der Grund, warum ich Sie anrufe, ist möglicherweise viel ernster. Es hat sich eine neue Situation ergeben. Sie werden beschuldigt, intellektuelles Eigentum gestohlen zu haben.«

»Was soll das heißen?«, ruft Zina.

»Die Sache ist relativ simpel«, lautet die ruhige Antwort. »Laut Aussage der Gegenpartei haben Sie die Algorithmen, die Sie als Arbeitnehmerin entwickelt haben, und die dahinterstehenden Computerprogramme mitgenommen, über den Großen Teich. Und Sie haben vor, diese Informationen bekannt zu machen.«

»Völliger Unsinn. Das stimmt ganz einfach nicht.«

»Sie haben vor Kurzem auf einer Zusammenkunft in London gesprochen und dort einen Plan vorgestellt, mit dem Sie dieses Voynich-Problem lösen wollen, nicht wahr?«

»Das Voynich-Manuskript.«

»Richtig, das Voynich-Manuskript. Wie auch immer, die Gegenseite ist der Ansicht, dass Ihr Lösungsvorschlag auf einem Algorithmus und einem Computercode basiert, bei dem es sich um das intellektuelle Eigentum der Bank handelt.«

»Das ist nicht der Fall. Ich habe erst mit der Arbeit daran angefangen, als ich nicht mehr bei der Bank gearbeitet habe. Da gibt es keinen Zusammenhang.«

»Nichts?«

»Natürlich lassen sich einige Übereinstimmungen erkennen«, räumt Zina ein. »Aber die Zielsetzung ist eine andere. Und der mathematische Unterbau basiert zwar auf meiner früheren Arbeit, aber ich bin einen Schritt weiter.«

»Genau hier liegt das Problem, Zina. Die Bank meint, dass es genügend Übereinstimmungen gibt. Man droht Ihnen mit einem Rechtsstreit.«

»Würde die Bank diesen Rechtsstreit gewinnen?«

»Das ist unwesentlich. Vorher wollte man, dass Sie einfach den Mund hielten und das Arbeitsverhältnis beendeten. Die Bank war noch dabei, sich ihre Wunden zu lecken. Ein Rechtsstreit gegen Sie wäre schlechte PR gewesen, wo man sie doch gerade erst gerüffelt hatte. Aber in diesem Punkt sieht die Sache anders aus. Hier kann man Sie als frustrierte Ex-Arbeitnehmerin darstellen, die einen Diebstahl begangen hat.«

»Besteht denn die Möglichkeit, dass die Bank gewinnt?«

»Zina, wie ich gerade gesagt habe, ist das eigentlich unwesentlich. Viel eher stellt sich die Frage, ob Sie überhaupt einen Rechtsstreit wollen.«

»Sie meinen, ob ich den bezahlen kann.«

»Das auch. Die bisherigen Kosten sind im Vergleich mit dem, was Ihnen dann bevorstehen würde, minimal.«

»Hat es die Bank denn auf einen Rechtsstreit abgesehen?«

»Entsprechende Unterlagen sind noch nicht eingegangen. Inoffiziell hat man uns die Forderung mitgeteilt. Und die lautet, dass der Algorithmus und der Computercode, über den Sie in London gesprochen haben, nicht veröffentlicht werden dürfen.«

Zina schaut aus dem Fenster. Ein Tag wie von der Sonne übergossen. Am Pool sitzen Hotelgäste mit Cocktails in der Hand.

Ihr Zimmer befindet sich nicht im Hauptgebäude, sondern in einer Reihe angeschlossener kleiner Häuser am Pool. Sie dreht sich um; der Kontrast zwischen ihrer Umgebung und diesem Gespräch ist zu groß.

»Aber die Öffentlichkeit ist genau der wesentliche Punkt dabei. Mein Plan sieht vor, meinen Algorithmus und die Rechenleistung von Dutzenden von Computern zusammenzuführen und damit Entscheidendes zu erreichen.«

»Die Details Ihres Vorhabens kenne ich nicht, Zina. Ich

weiß aber sehr wohl, was geschieht, wenn Sie damit an die Öffentlichkeit gehen. Dann wird die Bank über den Richter einen Betrag fordern, von dem man annimmt, dass man ihn mit dem Algorithmus hätte verdienen können.«

»Lieber Herr Jesus.«

»Ja. Dann geht es hier wahrscheinlich um Hunderte Millionen Dollar.«

»Warum lassen sie mich nicht einfach in Ruhe?«

»Weil ihnen das nichts bringt. Es entspricht nicht ihrem Geschäftsmodell, Leute in solchen Fällen davonkommen zu lassen. Und schon gar nicht, wenn es um Geld geht.«

Zina kneift die Augen zusammen.

»Welche Möglichkeiten habe ich also jetzt?«

Auf der anderen Seite der Leitung ist ein Seufzer zu hören.

»Ich kann Ihnen nur dringend raten, noch nicht mit Ihrem Algorithmus an die Öffentlichkeit zu gehen. Dann müssen wir in der Zwischenzeit zusammen schauen, wie wir die Sache am besten angehen. Es kann sein, dass Sie für Unterredungen darüber nach New York kommen müssen. Ich möchte, dass Sie gut darüber nachdenken, ob Ihnen diese Angelegenheit einen Rechtsstreit wert ist.«

Ein Rechtsstreit. Bleibt die Frage, ob sie den verkraftet. Emotional. Finanziell.

»Ich werde es mir überlegen.«

»In Ordnung.«

Sie beendet das Gespräch. Auf dem Display kann sie sehen, dass es insgesamt zwölf Minuten gedauert hat. Ein Fünftel einer Stunde, für einen Rechtsanwalt, der achthundert Dollar pro Stunde verlangt. Ein Telefongespräch im Wert von hundertsechzig Dollar. Zina setzt sich aufs Bett, zieht sich ihre Joggingsachen und ihre Laufschuhe an. Mit einem ärgerlichen Ruck zieht sie die Schnürsenkel viel zu stark zu, als wollte sie ihren Fuß einschnüren.

Sie geht nach draußen, ignoriert die Leute am Pool und das

schöne, im klassischen Stil gehaltene Hauptgebäude des Hotels, setzt sich die Kopfhörer auf und rennt los ohne Ziel.

Vor dem Hotel verläuft eine Landstraße, und der folgt Zina. Hin und wieder wird sie von vorbeifahrenden Autos angehupt. Jogger ist man hier offensichtlich nicht gewohnt. Die Hitze greift ihr fast sofort an die Kehle. Trotzdem rennt sie weiter, angetrieben von ihrer Frustration.

Zwanzig Minuten später kehrt sie auf das Hotelgelände zurück. Völlig erschöpft, die linke Hand in die Seite gestemmt.

Sie entdeckt Perenelle, die sich friedlich im Pool treiben lässt.

»Hi, Zina. Du siehst aber verschwitzt aus. Komm doch ins Wasser, es ist einfach herrlich.«

»Ich habe keinen Badeanzug dabei.«

»Ich auch nicht.«

Den Gästen um sie herum scheint nicht aufgefallen zu sein, dass sich Perenelle hier ohne Badezeug tummelt, oder sie sind so höflich und ignorieren es. Das Wasser sieht verlockend aus.

»Du musst auch mal ein bisschen leben.«

»Na gut, ein bisschen.«

Zina zieht sich die Schuhe aus, geht zum Beckenrand und setzt sich hin. Ihre brennenden Füße lässt sie ins Wasser hängen.

»Besser?«

»Besser.«

»Gibt's was Neues von Barschius?«

»Nein«, erwidert Zina brüsk.

Ein paar Sekunden lang starrt sie in das azurblaue Wasser.

»Entschuldige, ich bin sauer. Aber nicht auf dich.«

»Das ist nicht schön.«

Perenelle deutet auf ein weißes Bündel auf einem der Liegestühle.

»Könntest du mir diesen herrlich dicken Hotelbademantel reichen?«

Zina steht langsam auf, während Perenelle in einer einzigen geschmeidigen Bewegung aus dem Schwimmbad klettert.

»Danke.«

»Willst du gar nicht wissen, warum ich sauer bin?«

»Wenn du es mir erzählen möchtest, wirst du das schon tun«, ist die frohgemute Antwort. »Wenn ich nachfrage, setze ich dich nur unter Druck.«

Perenelle geht zum Liegestuhl und lässt sich hineinsinken.

»Es hat mit meinem Algorithmus zu tun. Ich werde ihn vielleicht nicht einsetzen können.«

Zina berichtet von dem Telefongespräch.

»Keine guten Nachrichten.«

»Ich war fast so weit, dass ich alles hätte eingeben können. Jetzt frage ich mich ernsthaft, ob sich die Mühe überhaupt lohnt. Was hat es denn für einen Sinn, diese ganzen Codes zu schreiben, diesen Algorithmus zu perfektionieren, wenn ich dann nichts damit machen kann?«

Perenelle lächelt.

»Meiner Erfahrung nach ist der Prozess wichtiger als das Endergebnis. Darin besteht die Essenz der Alchemie.«

»Du bist Alchemistin?«

Für Zina klingt das unwirklich. Ein ausgestorbener Beruf, wenn man es so nennen will.

»Die meisten Leute denken leider immer noch, dass wir uns damit beschäftigen, Eisen in Gold zu verwandeln. In der Alchemie befasst man sich vor allem mit spiritueller Transformation. Mit spiritueller Wandlung. Man will einen besseren Einblick in die Welt um sich herum und unser Verhältnis zu ihr bekommen. Darin besteht die wahre Belohnung.«

»Es geht also nicht um den, wie heißt er noch gleich, den Stein der Weisen?«

»Unsterblichkeit?« Perenelle lächelt. »Ich gehe davon aus,

dass jeder Mensch, vielleicht bis auf die tief Gläubigen unter uns, dafür eine Schwäche hat.«

»Aber ist das auch wirklich das, was du willst?«

»Hast du mal von Paracelsus gehört?«

»Den Namen kenne ich natürlich.«

»Er ist der Vater der modernen Heilkunde. Ein Alchemist. Er fand, Alchemisten sollen sich mit der Zubereitung besserer Arzneien auseinandersetzen.«

»Aber dafür gibt es doch Firmen?«

Zina hat sich inzwischen in den Liegestuhl neben Perenelle gesetzt und spürt, wie sich ihre Muskeln langsam entspannen.

»Dort wird auf ausgetretenen Pfaden gesucht. Aber es gibt viel Weisheit, die in alten Quellen verborgen ist. Wer weiß, was man da noch rausholen kann.«

»Das klingt spannend. Und vom Voynich-Manuskript versprichst du dir solche Kenntnisse?«

»Ein Großteil der Handschrift setzt sich mit Alchemie auseinander, davon bin ich überzeugt. Der kräuterkundliche Teil ist der wichtigste. Die Abbildungen haben manchmal rein metaphorische Bedeutung. Ich wüsste gern, was da steht.«

»Vielleicht weiß es Barschius.«

»Vielleicht. Das werden wir morgen herausfinden.«

# 10

Die Braut wirkt, als wäre sie direkt von einer Miss-Universe-Wahl hergekommen. Einen Meter achtzig groß, rabenschwarzes Haar, grüne Augen. Ein blendend weißes Etuikleid unterstreicht ihre Modelfigur. Vier Brautjungfern, die man in rosa Kleidchen gesteckt hat, tragen die Schleppe – Zina schätzt, dass die etwa vier Meter lang ist. Am Arm der Braut hängt ein Mann von etwa sechzig Jahren mit schlohweißem, gewelltem Haar, das gar nicht gut zu seiner braun gebrannten Haut passt. Ein Stück weiter weg wartet eine aristokratische italienische Version von Matthew McConaughey. Unter dem Gewölbe der schönen Vorhalle, von der aus sich eine Säulenreihe zum Garten hin öffnet, stehen Hunderte von weißen Stühlen, die bis auf den letzten von der Crème de la Crème der römischen Gesellschaft besetzt sind.

Zina trägt die sommerliche Variante ihres üblichen Outfits, was bedeutet, dass sie den Rollkragenpullover gegen eine Seidenbluse eingetauscht hat. Die passt zu fast allen Anlässen. In dieser aufgebrezelten Gesellschaft fällt sie allerdings trotzdem auf.

Zusammen mit Simon, Perenelle und den beiden Professoren befindet sie sich in der äußersten linken Ecke der Villa Mondragone. Zwei geöffnete Türen bieten einen Blick auf die festliche Szene, die sich im Garten abspielt. Die Villa ist ganz von einer Mauer umgeben. Der Garten hat vier Quadranten, die von niedrigen Hecken begrenzt werden. Zypressen erheben sich über den Mauern, als wollten auch sie das schöne Schauspiel bewundern.

»Die Villa Mondragone ist für Eheschließungen äußerst beliebt«, erklärt ihr Fremdenführer überflüssigerweise. Angelo ist klein und hat eine Glatze, und dadurch scheinen seine

Ohren noch weiter vom Kopf abzustehen. Er trägt ein Jeanshemd und eine Schlabberhose, passt also besser zu der kleinen Gruppe, die er herumführt, als zu dem Fest im Garten.

»Die Villa befindet sich zurzeit im Besitz der Universität von Rom, aber die stellt das Gebäude oft für Konferenzen wie die von Ihnen geplante zur Verfügung. In diesen Fällen zeigt sich die Universität immer sehr kulant. Aber eine Hochzeit hier ist nur etwas für reiche Leute.«

»Ich verstehe.«

»Hier findet der bürgerliche Teil der Zeremonie statt, der kirchliche wird woanders abgehalten.«

Zina nickt. So mondän das Brautpaar auch erscheinen mag, das weltweite Hauptquartier des Katholizismus liegt nur etwa zwanzig Kilometer Luftlinie von hier entfernt.

»Kommen Sie, wir gehen weiter.«

Sie folgen Angelo in einen der anderen Säle, aber Zina kann das eben Gesehene gedanklich nicht loslassen. Die Hochzeitsfeier führt ihr einmal mehr vor Augen, wie wenig sie eigentlich über die Gruppe weiß, mit der sie hier ist. Sie ist nicht der Typ, der beim Zusammentreffen mit einem Mann sofort kontrolliert, ob er einen Ehering trägt. Und ganz offensichtlich gehören Simon, Svoboda und Perenelle nicht zu der Sorte Mensch, die sich lang und breit über ihre Partner auslässt, wenn es die überhaupt gibt. Professor Currier, das weiß Zina, ist mit einer Erbin aus reichem Hause verheiratet. Sie ist der Frau ein- oder zweimal begegnet. Blond, ein paar Jahre jünger als der Professor. Früher hat sie als Innenarchitektin gearbeitet, jetzt beschäftigt sie sich vor allem mit ehrenamtlicher Arbeit und mit ihrem Garten. Mehr hat Zina während ihrer Studienjahre in Princeton nicht über Frau Currier erfahren. Aber sie hat auch nie mehr herauszufinden versucht.

Zina schaut auf die Uhr. Schon zehn Minuten vor vier. Während Angelo über die vielen Päpste spricht, die die Villa

Mondragone in der Vergangenheit als Erholungsort genutzt haben, sieht sie zu Simon hinüber. Seine Hände sind schlank und elegant. Er trägt keine Ringe. Wie es sich wohl anfühlen würde, diese Finger auf ihrer Haut zu spüren?

Sie schüttelt den Kopf und richtet ihre Aufmerksamkeit wieder darauf, was ihr Fremdenführer zu erzählen hat.

»Viele betrachten das Zeitalter der Familie Borghese als Hochphase der Villa. Camillo Borghese, später bekannt als Papst Paul V., hatte einen Teil seiner Kunst- und Antiquitätensammlung hier untergebracht. Danach geriet die Villa in den Besitz des Jesuitenordens. Man geht davon aus, dass Wilfrid Voynich an diesem Ort ungefähr dreißig Handschriften von den Jesuiten erwarb, darunter das Voynich-Manuskript.«

»Bewiesen wurde das allerdings nie«, kommentiert Svoboda.

»Sie haben recht. Wie genau alles abgelaufen ist, ist noch immer unklar.«

»Willkommen in unserer Welt, Angelo«, meint Simon lächelnd.

Ihr Führer lässt sich nicht ablenken und erzählt weiter: »Die Villa blieb bis in die Achtzigerjahre im Besitz des Ordens. Danach verkaufte man sie an die Universität. Die benutzt das Gebäude, wie ich gerade schon gesagt habe, für Konferenzen und für einige Extraeinnahmen.«

In der vergangenen Woche hat Zina mehr historische Gebäude von innen gesehen als in den fünf Jahren davor. Vielleicht ist sie darum nur wenig beeindruckt von der Villa Mondragone. Oder liegt es daran, dass Barschius noch immer nichts von sich hat hören lassen? Bisher sind sie nur als Touristen hier, nicht mehr. Professor Currier hat sogar die Kamera im Anschlag. Angelo führt sie durch zwei Schwingtüren.

»Der *Sala Rossa*.«

Der Name passt. Die Wände sind mit roten Ornamenten

von etwa zwei Metern Höhe und einem Meter Breite bedeckt. In Richtung der spitz zulaufenden Decke zeigen vier ovale Formen, die geometrisch eingeteilt sind, eine biblische Szene. Aus dem Garten erklingen lautes Jauchzen und Applaus. Ganz offensichtlich hat da jemand sein Jawort gesprochen. Die ersten Töne einer italienischen Musiknummer treiben in die Richtung der Gruppe. Aus einem Gang in ihrer Nähe erscheint wie eine Kolonie migrierender Pinguine eine Gruppe Kellner mit Tabletts voller Getränke und Appetithäppchen.

Wieder überprüft Zina ihre Mails. Nichts. Es ist fast halb fünf.

»Verdammt«, murmelt sie vor sich hin.

Simon schaut amüsiert zu ihr hin.

»Verdammt noch mal!«, wiederholt sie, diesmal lauter. Sie steckt das Handy weg und wendet sich an die anderen. »Ich gehe in den Garten. Ihr könnt gerne mitkommen.«

Ohne ein weiteres Wort läuft sie mit großen Schritten über die Marmorfliesen. Sie gelangt auf einen Innenhof. Die Stühle sind inzwischen beinahe alle weg. Man hat sie durch lange Tische mit Schüsseln voller Essen und Gläsern mit Champagner, Wasser und Orangensaft ersetzt. Die Hochzeitsgäste haben sich verteilt.

*»Signora?«*

Zina schaut in das ernste Gesicht eines jungen Mannes mit großen braunen Augen. Gierig nimmt sie ein Glas von seinem Tablett. In zwei Schlucken trinkt sie es leer. Der Junge hat noch nicht einmal Zeit gehabt, sich zu entfernen.

*»Ancora?«*

Mit einem Nicken bedient sich Zina ein weiteres Mal. Der Junge schwebt weiter. Sich einfach in eine Hochzeitsgesellschaft einschleichen. Darauf kann man wirklich ein bisschen stolz sein. Wenn einem etwas daran läge zumindest. Sie trinkt noch einen Schluck. Aus dem Augenwinkel sieht sie Simon,

Perenelle und Professor Currier zögernd näher kommen. Simon und Perenelle führen ein Gespräch miteinander und verziehen sich in eine ruhige Ecke, um es fortzuführen.

Lachend wirft Perenelle ihr blondes Haar nach hinten. In Zina verkrampft sich etwas. Unglaublich. Ein paar Monate ohne jeden sozialen Kontakt, und der erste Mann, der nicht völlig unbrauchbar aussieht, löst bereits Gefühle der Eifersucht in ihr aus.

»Noch eines?«

Professor Currier steht hinter ihr. In der Hand hält er zwei Gläser Champagner.

Zina schaut auf das Glas in ihrer Hand herunter, das wundersamerweise schon wieder leer ist.

»Gerne. Ich wusste gar nicht, dass Sie Alkohol trinken.«

»Nur zu besonderen Anlässen.«

Von ihnen allen passt Currier mit seinem glattgebügelten weißen Oberhemd und seiner anständigen Hose noch am besten hierher. Die ersten neugierigen Blicke einiger etwas älterer Damen unter den Gästen sind nicht zu übersehen.

»Und das hier ist also ein besonderer Anlass?«, will sie wissen.

»Ach, so oft werde ich wohl nicht die Gelegenheit haben, an einer italienischen Hochzeit teilzunehmen, nicht wahr?«

»Darauf sollten wir anstoßen.«

Kristallgläser berühren einander.

»Übrigens wusste ich auch nicht, dass Sie Alkohol trinken, Fräulein Welter.«

»Das tue ich normalerweise auch nicht. Zu Hause gab es nur zu Neujahr Alkohol, und zwar genau ein Glas Champagner.«

»Das klingt sehr vernünftig.«

»So kann man es auch ausdrücken. Ich würde eher den Begriff ›spartanisch‹ verwenden.«

Sie trinkt einen weiteren Schluck.

»Aber im Augenblick will ich gar nicht klar denken können. Was um Himmels willen mache ich hier eigentlich?«

»Es tut mir leid, dass es Ihnen so ergeht. Ich fühle mich deswegen in gewissem Sinne schuldig.«

»Warum das?«, fragt Zina erstaunt.

»Ich bin schließlich derjenige, der Sie auf die Existenz des Voynich-Manuskripts hingewiesen hat. Und von Fräulein Perenelle habe ich gehört, dass dadurch für Sie juristische Probleme entstanden sind.«

»Das stimmt.«

»Sie sagen das mit einem Lächeln. Ist es nicht so ernst, wie ich angenommen habe, oder liegt das am Alkohol?«

»Letzteres«, erklärt Zina.

»Ach. Das ist schade.«

»Ja.« Sie leert ihr Glas. »Ich habe mich von diesem dummen alten Wälzer faszinieren lassen. Jetzt habe ich einen Prozess am Hals, mein Konto ist leer, weil ich durch halb Europa reise, und mich verfolgt ein Stalker aus dem siebzehnten Jahrhundert. Und der lässt mich dann auch noch im Stich.«

Das Gesicht des Professors bleibt ohne Regung.

»Was wollen wir noch hier, Professor Currier?«

»Ich bin hier, weil Sie mich darum gebeten haben.«

»Ja, das habe ich nicht vergessen. Ich habe Sie um Ihre Begleitung gebeten, weil ich die anderen nicht kannte. Inzwischen ist schon wieder einige Zeit vergangen. Ich bin diejenige, die ein schlechtes Gewissen haben sollte, weil ich Sie auf diese sinnlose Suche mitgenommen habe.«

»Vielleicht übt das Voynich-Manuskript ja auf mich eine ebenso große Anziehungskraft aus wie auf die anderen. Und noch dazu wissen wir jetzt von dem fehlenden Teil der Handschrift. Falls die Chance besteht, den zu finden, kann ich mir das natürlich nicht entgehen lassen.«

Sein normalerweise so emotionsloser Tonfall klingt für einen kurzen Moment anders als sonst. Currier ist ein brillanter Kopf, das weiß Zina aus eigener Erfahrung. Aber nie ist es ihm gelungen, seinen Namen mit einem großen Durchbruch zu verbinden. Liegt das an dieser Distanz, dieser Unfähigkeit, sich einer Sache völlig hinzugeben? Gibt es in seiner Genialität nicht genug Wahnsinn und Leidenschaft?

»Das verstehe ich«, antwortet sie vorsichtig.

»Aber Sie haben recht. Langsam ist es an der Zeit, dass ich wieder in die Vereinigten Staaten zurückkehre. Meine Frau findet diese ganze Geschichte äußerst seltsam.«

»Sie glaubt aber hoffentlich nicht, dass Sie und ich ...«

»Glücklicherweise kennt sie mich schon etwas länger. Aber das bedeutet nicht, dass sie nachvollziehen kann, was ich hier suche.«

Er mustert Zina.

»Warum kommen Sie nicht mit?«

»Bitte?«

»Es sieht immer mehr danach aus, dass diese Suche in eine Sackgasse führt. Habe ich nicht recht?«

Es fühlt sich an, als würde sie wieder im Seminar sitzen, während Currier damit beschäftigt ist, an der Tafel ein Problem darzustellen.

»Und die juristischen Schwierigkeiten, mit denen Sie sich auseinandersetzen müssen, haben ihren Ursprung in den Vereinigten Staaten.«

»Das stimmt.«

»Unter diesen Umständen wäre es vielleicht besser für Sie, wenn Sie sich dort aufhalten. Dann können Sie sich besser wehren.«

»Hmmm.«

Currier blickt auf, als wäre ihm gerade etwas eingefallen.

»Warum kommen Sie nicht mit zurück nach Princeton? Gute Dozenten werden immer gebraucht.«

»Wieso um Gottes willen glauben Sie, ich wäre eine gute Dozentin?«

»Sie sind klug und haben kommunikative Fähigkeiten, zudem Erfahrung in der Wirtschaft. Dadurch unterscheiden Sie sich in drei Punkten von den meisten unserer Dozenten.«

Zina muss lachen.

»Sie machen Witze, Professor. So kenne ich Sie gar nicht.«

»Vielleicht liegt es ja am Alkohol. Aber was halten Sie von meiner Idee?«

Zina gibt sich der Vorstellung hin. Ein Ort, den sie kennt. Ein Zuhause. Jungen Menschen das beibringen, was sie selbst gelernt hat. Eine klar vorgezeichnete Karriere in einzelnen Schritten.

Ihr Handy vibriert. Nervös holt sie es hervor und liest die Nachricht.

»Von ihm?«, fragt Currier. »Von Barschius?«

Zina nickt und hält ihm das Gerät hin.

»Zina Welter«, liest Currier den Text vor, »suche an der naheliegenden Stelle. Barschius.«

Plötzlich stehen Simon und Perenelle neben ihnen.

»Wir haben gesehen, wie du dein Handy rausgeholt hast.«

Professor Svoboda bahnt sich einen Weg durch die Festgesellschaft zu seiner Gruppe.

»Von ihm?«, fragt er. Er reißt Zina das Handy weg und liest mit großen Augen die Nachricht.

»An der naheliegenden Stelle«, murmelt er. »Was werden denn hier für alberne Spiele gespielt?«

»Ich weiß es nicht, Professor«, antwortet Zina.

»Und sonst haben Sie nichts von ihm bekommen?«

»Nein.«

»An der naheliegenden Stelle«, sagt Simon und wägt jedes einzelne Wort ab. »Meint er damit einen geeigneten Ort? Einen Ort, der passt?«

»Der müsste sich dann in der Villa befinden«, ergänzt Zina. Aus der Tasche holt sie den Grundriss, den sie von Angelo bekommen hat. Sie hält ihn vor sich, sodass die anderen ihn auch sehen können. Für einige Sekunden ist es still. Dann schießt Svobodas Finger nach links oben.

»Da.«

Dort ist die Zahl 18 verzeichnet. Rasch schaut Zina in der Legende nach. *Sala Rossa. Sala Verde. Sala Borghese.* Da, Nummer 18. Der *Giardino Segreto.*

»Der geheime Garten«, übersetzt Svoboda. »Wenn das keine geeignete Stelle ist.«

Svoboda verliert keine Zeit und läuft, mit Zina und den anderen im Kielwasser, in die Richtung einer kleinen Steintreppe, die zu einer blauen Tür führt. Ohne Zögern stößt er sie auf und betritt den Raum dahinter. Er gelangt auf einen engen Gang, der sich am Hauptgebäude entlangzuwinden scheint. Wieder eine Tür. Svoboda stürmt schon hindurch. Zina läuft schneller und betritt den ummauerten Garten. Da gibt es sechs Wege, die alle auf einen kleinen offenen Platz führen. Mit einem Springbrunnen. In der Mitte ein Steinkelch von etwa anderthalb Metern Höhe. Svoboda bleibt stehen und schaut sich um. Zina wartet gar nicht erst ab, sondern läuft auf den Springbrunnen zu. Sie steigt auf den Rand und beugt sich mit gestrecktem Arm nach vorne. Dabei hält sie sich am oberen Rand des Kelchs fest. Sie beugt sich weiter nach vorne, bis sie über den Rand schauen kann. Auf dem Boden liegt ein sahnegelber Umschlag. Mit einer Hand greift sie danach. Dann stößt sie sich ab und steigt vom Brunnenrand. Die anderen stehen um sie herum. Zina öffnet den Umschlag und holt ein Blatt Papier heraus. Der Text wurde getippt, und zwar, wie es aussieht, auf einer altmodischen Schreibmaschine.

ZINA WELTER,

ES WAR KAISER RUDOLF, DER DAS VOYNICH-MANUSKRIPT IN AUFTRAG GAB. ALS ES ENTSTAND, HATTE ER DIE UNTERSTÜTZUNG SEINER GETREUEN. WIE

ER IHNEN VERTRAUTE, SO KANNST DU MIR VERTRAUEN. ZUM BEWEIS HIER DIE FEHLENDE SEITE. DAS IST NUR EIN ANFANG. WILLST DU MEHR WISSEN, SO HALTE DICH BEREIT.
BARSCHIUS

Danach holt Zina vorsichtig noch etwas aus dem Umschlag. Ein Stück Pergament in einer schützenden Plastikhülle. Um sie herum erklingen Flüche. Aufgeregte Schreie. Sie schaut nach der Schrift, die ihr inzwischen so vertraut ist. Die Illustration ist dieselbe wie in der E-Mail von Barschius. Sie beginnt am ganzen Körper zu zittern. Sie hält tatsächlich einen Teil des Voynich-Manuskripts in den Händen.

# II

# 11

## Rom, Gegenwart

Pizzareste. Der Bodensatz eines dreifachen Espresso. An einem kleinen Schreibtisch aus dunklem Teakholz kaut sich Zina geistesabwesend durch den Inhalt einer Packung italienischer Mandelkekse. Durch das Fenster driftet das Geräusch der Grillen zu ihr nach drinnen und vermischt sich mit dem Klackern ihrer Finger auf der Tastatur, auf der sich die Krümel sammeln. Die letzte Phase ihres immer gleich strukturierten Arbeitsprozesses hat begonnen. Erst eine Idee, gefolgt von einem unendlichen Ordnen der kleinen Stücke in ihrem Kopf. Bis es an der Zeit ist, das Puzzle in einer einzigen Marathonsitzung zusammenzufügen. Ein leiser Piepston erklingt, und sie hebt die Hände von den Tasten.

Um eine Sitzung wie diese durchhalten zu können, wendet sie alle erdenklichen Tricks an. Alle zwei Stunden teilt ein spezielles Programm ihr mit, dass es Zeit für eine Pause ist, und sie wird ganz einfach für fünf Minuten ausgeloggt.

Diese Gelegenheiten nutzt sie, um zu erfahren, wie Svoboda, Simon und Perenelle mit der Seite weiterkommen, die sich nun in ihrem Besitz befindet. Handelt es sich wirklich um eine Seite aus dem Manuskript oder um eine Fälschung? Was bedeutet die Illustration? An welche Stelle im Manuskript gehört diese Seite wohl? Wie hungrige Wölfe haben sich die drei auf das Beantworten dieser Fragen gestürzt, während sich Zina mit dem Code für ihren Voynich-Knacker befasst, wie sie ihn getauft hat. Bisher war das Interesse ziemlich einseitig. Unter dem regelmäßigen Strom von Nachrichten, der auf ihrem Handy eingeht, befinden sich keine Fragen dazu, was genau sie gerade macht oder wie sie vorankommt. Sie kann es den anderen nicht übel nehmen. Nachdem sie über Jahre mit sekundärem Material gearbeitet haben, besteht jetzt die Möglichkeit, sich mit einem potenziellen Original zu befassen.

Zina hält sich eine Hand vor das Gesicht und inspiziert ihre zitternden Finger. Die nervöse Energie einer Überdosis Koffein tobt durch ihren Körper. Sie nimmt eine Pappschachtel vom Tisch, holt zwei Tabletten aus der Packung und spült sie mit einem Schluck Wasser hinunter. Das Bewusstsein, dass sich das stechende Hämmern in ihrem Kopf innerhalb einer knappen Viertelstunde wieder in ein vage unangenehmes Gefühl verwandeln wird, verleiht ihr neue Energie.

Kurze Zeit später erscheint auf dem Bildschirm eine Mitteilung. Die fünf Minuten erzwungener Ruhe sind um. Zina starrt auf den Bildschirm.

```
var best
: fitness-check \ s a – s t
10000› r
-1 best 1
(
\ ix s ix s
2 pick hamming
r
over ne:› if
rdrop›r
best !
else
2drop
then
)a: each
rdrop best @ a:@ nip :
```

Zinas Gedächtnis ist nicht unbegrenzt. Es arbeitet nicht fotografisch, sondern in Zusammenhängen. Wenn man sie nach einer bestimmten Zeile ihres Codes fragen würde, könnte sie darauf keine Antwort geben. Aber jede eingegebene Zeile eröffnet ihr den Zugang zu dem Ort in ihrem Kopf, an dem die folgende Zeile abgespeichert ist. Bis jetzt läuft es gut. Allerdings ist sie nicht unfehlbar, und ein Computercode verzeiht einem nichts. Kleine Fehler multiplizieren sich wie von selbst. Wenn sie gleich fertig ist, ihr Knacker aber nicht funktioniert, wird sie den Code Zeile für Zeile durchsehen müssen. Schon beim Gedanken daran sackt ihr das Herz in die Hose. Nein, es muss sofort klappen. Sie ändert die Einstellungen auf ihrem Bildschirm. Von schwarzen Buchstaben auf weißem Hintergrund schaltet sie auf das Umgekehrte, um ihren Augen ein wenig Erholung zu gönnen. Zeit, sich wieder an die Arbeit zu machen. In zwei Stunden darf sie sich eine Stunde hinlegen.

Ihr Handywecker reißt sie aus einem tiefen Schlaf. Sie steht auf, krümmt den Rücken, verschränkt die Finger beider Hände ineinander und streckt die Arme. Ein dumpfer Schmerz in den Handgelenken. Dieses Gefühl kennt Zina. Draußen wird es langsam hell. Ihr Computer steht bereit. Die richtige Seite ist aufgerufen. Wartet auf sie.

Es klopft. Wortlos lässt Zina den Hotelangestellten ins Zimmer. Der stellt vorsichtig das Tablett auf ihr Bett. Als er wieder weg ist, nimmt Zina die runden Aluminiumdeckel von den beiden Tellern. Toast und Eier. Sie überwindet die aufsteigende Übelkeit und isst geistesabwesend alles auf. Dann macht sie sich wieder an die Arbeit.

Stunden später halten ihre Finger im Tippen inne. Langsam ziehen sich ihre Hände in Richtung ihres Schoßes zurück. Da ist er, quicklebendig. Handelt es sich dabei um die beste Arbeit, die sie jemals vollbracht hat? In manche Projekte und Probleme hat sie mehr Zeit investiert. Aber das hier ist Liebeswerk. Aus Inspiration gespeist. Neues steckt darin. Frische Ideen, von denen sie sich viel verspricht. Etwas in der Art und Weise, wie der Algorithmus und die verschiedenen Elemente des Codes aufeinander einwirken werden, hat sie noch nie gesehen. Ihr Voynich-Knacker ist eine Symphonie.

Sie steht auf. In ihren Beinen und ihrem Hintern kribbelt es vom stundenlangen Stillsitzen. Auch um den Rest ihres Körpers muss sie sich jetzt kümmern. Ihr steht der Schweiß auf der Stirn. Aus Magen und Blase erreicht sie eine Reihe von Alarmsignalen. Nach einem kurzen Toilettenbesuch läuft sie in das marmorne Badezimmer und stellt die Dusche an. Das Wasser prasselt auf ihren Kopf herab.

Sie schließt die Augen. Diesen Augenblick muss sie genießen. Jetzt darf sie sich dem Tagtraum über einen möglichen Durchbruch hingeben. Über Simon. Sie hat ihn während dieses letzten Tages vermisst. Es klappt nicht. Ihre Gedanken schweifen ab zu der Bank. Zu der Frage, was ihre ehemaligen Kollegen mit diesem Algorithmus und dem dazugehörigen Code anstellen würden. Sie sieht vor sich, wie die neuen Anpassungen herausgezogen werden, einen Platz in eigenen Projekten erhalten. Die Eleganz, die Schönheit wird für irgendwelche Ungetüme missbraucht, die man dann auf einen unvorbereiteten Markt loslässt. Ihr Rechtsanwalt liegt richtig mit seiner Analyse. Die Bank will das haben, was Zina in den vergangenen vierundzwanzig Stunden geschaffen hat. Tausende Zeilen Code hat sie einem Stück Metall anvertraut, das mit Computerchips gefüllt und auf vielerlei Arten mit der Außenwelt verbunden ist. Verletzlich, sowohl in seiner konkreten als auch in seiner digitalen Form. Wie weit würde man gehen, um es in die Hände zu bekommen? Der Einbruch in ihr Hotelzimmer in London beschäftigt Zina immer noch.

War das auch schon die Bank? Wollen diese Leute ihren Algorithmus wirklich so unbedingt haben? Sie kann sich das nicht vorstellen. Mit Millionenklagen drohen, das entspricht eher ihrem Stil. Und jetzt gibt es wirklich etwas, worauf sie Anspruch erheben können. Eigentlich wäre Zinas Kopf der einzige sichere Ort gewesen.

Sie stellt die Dusche wieder aus. Schnell trocknet sie sich ab und zieht ein frisches Outfit an.

Ihr ganzer Körper schmerzt. Trotzdem setzt sie sich wieder an den Computer. Zehn Minuten später hat sie ein Jahresabonnement bei SaveKeeping abgeschlossen, der am stärksten bewachten Sicherheitsseite, die man als Privatperson nutzen kann. Sie öffnet ihre Webcam. Kritisch inspiziert sie ihr Gesicht. Ihre fahle Haut sieht inzwischen schon etwas gesünder aus. Sie hat wieder Farbe bekommen. Die scharfen Gesichtszüge, die das starke Abnehmen ihr beschert hat, sind weniger ausgeprägt. Die Augenringe von ihrer durchwachten Nacht weniger deutlich sichtbar als erwartet. Sie macht ein Foto von sich selbst und speichert eine gesicherte Kopie ab. Dann öffnet sie ein Programm für Stimmaufzeichnungen. Sie liest den Satz aus der Mail mit den Anweisungen von SaveKeeping vor und speichert auch ihn ab. Dann schickt sie beide Dateien verschlüsselt an SaveKeeping. Innerhalb von fünf Minuten erhält sie eine Bestätigung. Sie installiert und öffnet das Programm. Automatisch erscheint ihr Gesicht über ihrer Web-Kamera im Bild. Die Aufnahme wird von SaveKeeping mit dem Bild verglichen, das sie gerade geschickt hat.

Akzeptiert. Das ist der erste Schritt.

Danach spricht sie laut einen Kontrollsatz ein, dann irgendeinen vorgegebenen aus den Tiefen des Programms.

Angenommen.

Man hat ihre Stimme erkannt. Sie ist drinnen. Laut den Instruktionen, die sie bekommen hat, sehen Mitarbeiter von

SaveKeeping nur die Datenmenge, haben jedoch keinen Zugang zu den Daten an sich.

Sicherheitshalber schickt sie das Dokument mit dem Algorithmus und allen Codeteilen erst durch ein Verschlüsselungsprogramm, das sie einmal selbst geschrieben hat. Danach sendet sie es an die Server von SaveKeeping. Zeit für den letzten Schritt. Sorgfältig löscht sie das Dokument von ihrer Festplatte. Als hätte es nie existiert.

## Prag, April 1611

Den ganzen Abend hatte de Tepenec wach gelegen und darauf gewartet, dass das weithin hörbare Geläut des Kirchturms ihm mitteilte, es sei an der Zeit, das Bett zu verlassen. Geräuschlos wie ein Dieb hatte er sich durch sein eigenes Haus bewegt.

Draußen war es stockdunkel. Zuerst sah er den ganz in Schwarz gehaltenen Wagen, der wenige Meter entfernt für ihn bereitstand, gar nicht. Dann erregte das leise Schnauben der ebenfalls schwarzen Pferde seine Aufmerksamkeit. Als sich seine Augen langsam an das Dunkel gewöhnt hatten, erkannte er die einsame Gestalt auf dem Bock, selbstverständlich auch ganz in Schwarz. Den Kutscher.

De Tepenec stieg zu ihm, und schweigend machten sie sich auf den Weg. Prager Nächte waren nicht ungefährlich. Betrunkene gingen aufeinander los, es wurde geplündert und gemordet. Menschliche Raubtiere lagen überall auf der Lauer; sie besaßen eine feine Nase für den geringsten Hauch der Angst. De Tepenec pries sich glücklich, diesen Mann neben sich zu haben, denn der strahlte wie immer eine gewisse Unverletzbarkeit aus.

Der Kutscher hielt an. Einige Minuten vergingen, doch endlich tauchte aus der Dunkelheit eine Silhouette auf.

Zögernd legte Spranger die letzten Meter zum Fahrzeug zurück und verfrachtete eine einfache Holzkiste in den offenen Laderaum. Danach nahm er neben dem Kutscher Platz. Wortlos reichte ihm de Tepenec eine Augenbinde, die der andere gehorsam anlegte. Trotz der Finsternis vermochte de Tepenec die Anspannung auf Sprangers Gesicht zu erkennen.

Für einen Mann, der sich mit den Augen seinen Lebensunterhalt verdiente, musste das hier einen Albtraum darstellen. Nun hatte er keine Gewalt mehr über das Sinnesorgan, dem er sein Vermögen, seine gesamte Existenz verdankte. Spranger schien vor de Tepenecs Augen zu schrumpfen. All das robuste Selbstvertrauen war durch etwas so Simples wie einen Stofflappen vor seinen Augen wie weggewischt. Die holprige Straße, die Dunkelheit, die noch tiefer wurde, nachdem sie die Stadt hinter sich gelassen hatten, sorgte dafür, dass de Tepenec jegliches Zeitgefühl abhandenkam. Schließlich verstummte das Geklapper der Hufe.

»Darf ich nun die Augenbinde wieder abnehmen?«, erkundigte sich Spranger leise.

»Still«, ermahnte ihn de Tepenec.

Geräuschlos stieg der Kutscher vom Bock und ging zu einer Stelle zwischen den Bäumen. Das Zelt war mit Zweigen bedeckt und selbst bei Tageslicht kaum erkennbar. Der Mann kehrte zu dem Gefährt zurück und nickte. Keine Gefahr in Sicht. De Tepenec legte Spranger die Hand auf den Arm, und dieser erschrak so sehr, dass er beinahe einen Satz in die Luft gemacht hätte. Danach half de Tepenec dem Künstler vom Bock, legte ihm eine Hand in den unteren Rücken und stieß ihn behutsam in die richtige Richtung. Vor dem Zelt blieben sie stehen. Der Kutscher schlug die Bahn am Eingang zurück. Anstelle von Gras sah man einen improvisierten Holzboden.

Die Kälte der Nacht verschwand. Der Kutscher ließ die beiden Männer ein und begab sich wieder zu seinem Wagen.

In der Mitte des Zelts befand sich ein Holzkran. Drei starke Pfähle trafen sich an einem Punkt beinahe zwei Meter über dem Boden. Darunter hing eine große Rolle. Von dort aus führten vier dicke Taue zu den Eckpunkten einer Holzkabine, die über einem großen Loch im Erdboden schwebte. An der anderen Seite der Rolle verlief das Tau waagerecht in Richtung eines enormen Rades. Daran befand sich eine Kurbel, mit der man die Kabine nach unten oder nach oben bewegen konnte.

Der Kutscher erschien wieder mit der Kiste. De Tepenec trat einen Schritt auf Spranger zu und nahm ihm die Augenbinde ab.

»Willkommen, Bartholomäus Spranger«, begrüßte er ihn voller Wärme. »Ihr seid als Maler im Vatikan aufgewachsen. Zurzeit seid Ihr der Hofmaler des mächtigsten Mannes der Welt. Heute werdet Ihr jedoch Euer Meisterwerk beginnen.«

Spranger nahm seine Kiste entgegen und stieg in die Kabine, woraufhin sich diese leicht hin und her bewegte. De Tepenec gesellte sich zu ihm. Inzwischen löste der Kutscher das Tau, das mit mehreren Knoten an einem hervorstehenden Holzteil befestigt war. Als er begann, an der Kuppel zu drehen, glitten die beiden Männer geräuschlos in die Tiefe. Langsam verschwand das Licht von oben und wich einem Schein von unten. Ein leichtes Knarren erklang. Sie waren am Ziel.

Der Raum hatte eine Höhe von etwa zwei Metern. Zu beiden Seiten gab es Fackeln an der Wand, die ein flackerndes rotes Licht spendeten. Der einige Meter breite Raum war erst vor Kurzem geschaffen worden. Der Geruch des Kalkmörtels, den man für die beiden Seitenwände gebraucht hatte, hing noch in der Luft.

»Keine sorgfältige Arbeit, Herr de Tepenec.«

Spranger deutete auf die Stellen.

»Hier und da kommt der Mörtel zwischen den Steinen hervor.«

»Ich bin gewiss, dass solche Unregelmäßigkeiten Euch nicht von Eurer Arbeit abhalten werden.«

Spranger trat aus der Kabine, betrachtete im Licht der Fackeln kritisch die Mauer.

»Unter diesen Umständen kann ich mein Werk nicht tun.«

»Betrachtet es anders, Herr Spranger. Die Geheimhaltung, zu der Ihr Euch verpflichtet habt, Ihre Ketten, bieten Euch ungekannte Möglichkeiten. Dieser Ort ist weit weg von Auftraggebern, von der Kirche. Gierigen Blicken, dem Urteil anderer entzogen. Hier seid Ihr frei.«

# 12

## Rom, Gegenwart

Mit etwas wackeligen Beinen macht Zina sich auf den Weg, läuft durch den Hotelgarten. Die Dämmerung hat bereits eingesetzt. Weil sie ein paar Stunden lang tief und fest geschlafen hat, fühlt es sich für sie an wie ein neuer Tag.

Simon öffnet mit leuchtenden Augen die Tür seines Hotelzimmers. »Da ist die verlorene Tochter ja endlich. Komm rein, komm rein!«

Das Stück Pergament hat einen Ehrenplatz auf dem Schreibtisch bekommen. Svoboda telefoniert und winkt ihr abwesend zu, während er in raschem Tschechisch mit jemandem am anderen Ende der Leitung spricht. Die Wände sehen aus wie die ihres Wohnzimmers vor weniger als einer Woche. Die Gruppe hat das gesamte Voynich-Manuskript kopiert und aufgehängt.

Perenelle sitzt auf dem Bett, umgeben von Papierstapeln und Büchern. »Hallo, Zina, willkommen zurück«, sagt sie herzlich. »Wie ist es dir ergangen?«

»Gut, glaube ich. Aber wie sieht es bei euch aus? Habt ihr etwas herausgefunden?«

»Du kommst gerade richtig. Wir haben nach langen Beratungen ein winziges Stückchen vom Pergament abgeschnitten und es per Kurier nach Prag bringen lassen.«

»Nach Prag?«

»Dort gibt es ein Laboratorium, zu dem Professor Svoboda Beziehungen hat«, erklärt Simon. »Wenn alles nach Plan läuft, haben sie da eine Radiokarbonanalyse durchgeführt, und so können wir erfahren, wie alt das Pergament ist.«

»Vergiss die Tinte nicht«, ergänzt Perenelle.

»Natürlich. Auch von der Tinte haben wir eine Probe genommen. Dadurch lässt sich zwar nicht sagen, wie alt sie ist, aber zumindest, ob ihre Zusammenstellung der anderer Tinten aus der Renaissance entspricht.«

»Und die Ergebnisse liegen bereits vor?«

»Das hoffen wir zumindest.«

Svoboda ist immer noch am Telefon.

»Aber eine Hypothese habt ihr doch bestimmt schon?«

»Die Seite ist echt«, antwortet Perenelle sofort. »Davon bin ich hundertprozentig überzeugt. Wir haben die Schriften ganz genau miteinander verglichen. Und wir sind uns einig, dass es sich um denselben Schreiber handelt. Auch das müssen wir natürlich durch eine Expertenanalyse beweisen lassen.«

Svoboda streckt triumphierend die Faust in die Luft.

»Was?«, fragt Perenelle.

»Es ist echt«, ruft Svoboda mit heiserer Stimme. »Das Ergebnis der Radiokarbonanalyse ist da. Unser Pergament wurde zwischen 1405 und 1430 hergestellt. Also genau richtig. Die Tinte stammt auch aus dieser Zeit und ist aus denselben Komponenten zusammengesetzt wie die im Manuskript gebrauchte.«

»Fantastisch!«, jubelt Perenelle.

»Gratulation«, sagt Zina. »Was für ein Durchbruch.«

»Ein historischer Moment«, ruft Svoboda begeistert aus. »Ich weiß zwar noch immer nicht, was dieser Barschius von uns will, aber ganz offensichtlich hat er Zugang zu bisher unbekannten Quellen. Ein neuer Teil des Voynich-Manuskripts – ich hätte nie geglaubt, dass dergleichen noch jemals auftauchen würde.«

»Und was wollt ihr jetzt damit anfangen?«

Eine peinliche Stille setzt ein. Zina schaut die vier anderen der Reihe nach an.

»Was das betrifft, besteht vor allem zwischen den Herren Svoboda und Walcott Uneinigkeit«, erklärt Currier mit ruhiger Stimme.

»Es gehört in die *Beinecke Library*«, verkündet Simon. »Die ist sein rechtmäßiges Zuhause.«

Svoboda schnauft nur. »Wenn es irgendwo hingehört, dann an den Ort seiner Herkunft. Und es sieht immer mehr danach aus, als wäre das Prag.«

»Wir sollten zunächst festzustellen versuchen, womit wir es zu tun haben, bevor wir entscheiden, was damit zu tun ist«, schlägt Zina vor. »Habt ihr zum Beispiel schon etwas über die Illustration herausfinden können? Wirft die ein neues Licht auf irgendetwas?«

Die Beantwortung dieser Frage übernimmt Perenelle.

»Auch das ist etwas Besonderes. Wie du weißt, gibt es mehrere nackte Figuren im Manuskript. Sex aber gar nicht. Das öffnet wieder neue Türen in Bezug auf eine mögliche Bedeutung des Manuskripts.«

»Und woran denkst du da?«

»Der Liebesakt hat als magisches Ritual eine Geschichte von Tausenden von Jahren und spielt auch in der Alchemie eine Rolle. Was hier genau die Bedeutung ist, wissen wir nicht. Dafür müssten wir den Text lesen können. Und das bringt uns zu dir. Ist deine App schon fertig?«

»Ja, das ist sie. Aber freut euch nicht zu früh, bisher kann ich noch nicht viel damit anfangen. Ich brauche mehr.«

»Was meinen Sie bitte mit ›mehr‹?«, hakt Svoboda nach.

»Wenn man sich anschaut, wer sich über die Jahrhunderte mit dem Manuskript auseinandergesetzt hat, gibt es nur zwei Möglichkeiten. Entweder handelt es sich um eine Nonsenssprache, um Zeichen, die jemand in willkürlicher Reihenfolge aufgeschrieben hat, um uns an der Nase herumzuführen. Die andere Option besteht darin, dass im Voynich-Manuskript selbst nur einige Zeichen wirklich eine Bedeutung haben. Der

Rest ist lediglich als Füllmaterial gedacht, das dabei helfen soll, den entscheidenden Text zu verbergen.«

Currier nickt. »Sie sprechen von Steganografie.«

»Genau. Von der Wissenschaft, Botschaften in Bildern oder Texten zu verbergen. Ich vermute, dass der Schöpfer der Handschrift davon Gebrauch gemacht hat. Das nötige Wissen stand schon damals zur Verfügung. Wenn ich meinen Algorithmus auf das Voynich-Manuskript als Ganzes anwende, wird die Suche ewig dauern. Die Anzahl der Möglichkeiten ist buchstäblich unendlich.«

»Das haben Kryptologen während der vergangenen Jahrhunderte versucht.«

»Richtig.«

»Du willst die Suche also eingrenzen?«, fragt Simon.

»Der Voynich-Knacker, wie ich ihn nenne, funktioniert besser, wenn ich ihm eine klar formulierte Aufgabe geben kann. Lies nur jedes zweite Zeichen. Oder nur die Zeichen auf den ungeraden Seiten. Suche nur nach lateinischen Wörtern. Je allgemeiner der Auftrag, desto mehr Gedächtnis ist notwendig, um alles durchzurechnen. Und zurzeit stehen uns keine Hunderte von Computern zur Verfügung, die ihre Rechenleistung mit uns teilen. Je spezifischer ich den Befehl formulieren kann, umso besser. Und damit ich spezifischer sein kann, muss ich mehr wissen. Angefangen damit, wer hinter dem Ganzen steckt. Wenn ich Barschius glauben darf, ist nicht de Tepenec der Schöpfer des Manuskripts, sondern womöglich Rudolf selbst.«

»Und seine Getreuen«, fügt Perenelle hinzu. »Ich denke, wir müssen in diesem Fall seine Behauptung ernst nehmen. Er hat uns wahrscheinlich eine Originalseite aus dem Manuskript gegeben. Warum sollte er dann in diesem Fall lügen? Professor Svoboda, Sie sind der größte Rudolf-Kenner unter uns. Wie schätzen Sie Barschius' Behauptung ein? Für wie wahrscheinlich halten Sie sie?«

»Wir sprechen hier von Geschichte, nicht von exakter Wissenschaft. Wir wissen so wenig.«

»Ich bin Wissenschaftlerin«, erklärt Zina. »Mir sagen nur Zahlen etwas.«

»Neunzig Prozent.«

Alle schauen ihn verblüfft an.

»Neunzig?«

»Das wirkt auf mich wie eine sehr optimistische Schätzung«, bemerkt Currier.

»Calloways Brief, der Verkauf des Vellum an de Tepenec, der dem Kaiser nahestand, seine Signatur auf dem Voynich-Manuskript«, fasst Svoboda zusammen. »Und die Menge an Arbeit und Geld, die man investiert hat, habe ich noch gar nicht erwähnt. Nur ein Mitglied der Elite wäre dazu in der Lage. Ich halte es für sehr wahrscheinlich, dass Rudolf dahintersteckt, zusammen mit de Tepenec und vielleicht noch einigen anderen. Um diese Schlussfolgerung zu ziehen, brauche ich keinen Barschius.«

»Aber wer genau ist Rudolf?«, will Zina wissen. »In welcher Sprache würde er zum Beispiel ein solches Manuskript anfertigen lassen?«

»Er ist am spanischen Hof aufgewachsen«, sagt Svoboda.

»Was er ganz schrecklich fand«, wirft Simon sofort ein.

»Aber losgekommen ist er von dieser Erfahrung nie«, gibt der Professor zurück.

»Welche Sprachen wurden am Hof gesprochen?«, fragt Zina.

»Vor allem Spanisch. Aber Rudolf hatte eine Vorliebe für das Deutsche, das wissen wir.«

Currier ergreift das Wort.

»Fräulein Welter, ich gehe davon aus, dass Sie in Ihren Knacker auch verschiedene Sprachen eingespeist haben?«

»Weniger Sprachen als eine sehr lange Wörterliste. Begriffe, die mit den Themen aus den Illustrationen im Voynich-Manuskript in Zusammenhang stehen können. Vor allem viele lateinische Wörter. Ich habe Frequenzprüfungen in Texten vornehmen lassen, die sich mit dem Voynich-Manuskript beschäftigen. Und im weiteren Sinne über Alchemie. Wörter, die dort häufiger vorkommen, bekommen ein höheres Gewicht. Und die habe ich dann durch ein Übersetzungsprogramm laufen lassen.«

»Das klingt effektiv«, kommentiert Currier, »wenn auch nicht sehr elegant.«

Zina zuckt mit den Schultern.

»Stimmt. Besonders elegant ist dieser Teil nicht. Aber wir brauchen nur eine Übereinstimmung. Mit diesem Wort als Ausgangspunkt können wir dann extrapolieren.«

»Ich verstehe nur Bahnhof«, meint Perenelle seufzend.

»Die ganze Sache ist ein wenig kompliziert, aber ich werde versuchen, es einfach zu erklären. Der Knacker wird folgendermaßen arbeiten: Sagen wir, dieses Symbol steht für den Buchstaben A und dieses hier für B, ergibt sich dann ein Wort, das ich in meiner Database habe? Wenn nicht, sucht er weiter, bis er alle möglichen Kombinationen durchhat. Wenn wir ein Wort finden, kennen wir die Buchstaben, Vokale und Konsonanten. Ein Thema. Wir suchen ein Brecheisen, mit dem wir die Tresortür aufbekommen.«

»In der Steganografie geht es doch aber nicht nur um Sprache, sondern auch um Zahlen, oder täusche ich mich?«, fragt Perenelle nach.

»Du hast ganz recht«, erwidert Zina. »Da geht es fast immer um eine Art Code. Wie ich gerade gesagt habe, zum Beispiel jeden zweiten Buchstaben eines Wortes. Oder immer nur das erste Wort auf einer Seite. Solche Festlegungen. Gibt es Zahlen, die wichtig für ihn waren?«

Sie schaut sich unter den anderen Anwesenden um.

Svoboda bricht in Gelächter aus. Ein polterndes Lachen, bei dem er zum ersten Mal seine großen, gelben Hundezähne in ihrer ganzen Pracht entblößt.

»Kaiser Rudolf war nicht nur Alchemist. Er war auch Kabbalist. Und er glaubte sehr stark an Astrologie. Es gibt nur wenige Zahlen, die überhaupt keine Bedeutung für ihn hatten.«

Zina schaut zu Simon hinüber. An seinem Gesichtsausdruck kann sie ablesen, dass Svoboda recht hat.

»Hatten Zahlen für diesen Mann wirklich eine derart große Bedeutung? War er abergläubisch?«

»Nicht nur das«, erwidert Svoboda ruhig. »Der Mann war überzeugt von der Kraft der Zahlen. Sie beide wären da ganz in Ihrem Element gewesen, Professor Currier und Fräulein Welter.«

»Da ist noch etwas«, fügt Currier hinzu. »Ich habe die Zeichen dieser neuen Seite schon einmal für Sie ins EVA-System übertragen.«

Mit EVA geht das am einfachsten. Jedem Symbol wird dabei ein Buchstabe oder eine Buchstabenkombination zugeteilt. Das ist wesentlich für die Durchführung einer Computeranalyse, wie Zina sie plant. Der Rest des Manuskripts befindet sich in dieser Form bereits in der Applikation. Mit der zusätzlichen Seite hat Zina noch mehr Material.

»Ich schicke sie Ihnen jetzt.«

Zina schaut auf das Display ihres Handys.

fachys.ykal.ar.ataiin.Shol.Shory.cThres.y,kor.Sholdysory.cKhar.or,y.kair.chtaiin.Shar.are.c.Thar.cThar,dansyaiir.Sheky.or.ykaiin.Shod.cThoary.cThes.daraiin.o'oiin.oteey.oteos,roloty.cTh*ar,daiin.otaiin.or.orekan sair, y.chear.cThaiin.cPhar.cFhaiin.

»Ist durchgekommen.«

Müde schüttelt Perenelle den Kopf.

»Ihr sprecht nur von Zahlen. Nummern, Codes, solchen Dingen. Wir sollten nicht vergessen, dass das Manuskript von

Menschenhand geschaffen wurde. Mit einer enormen Leidenschaft für die Schönheit des Lebens.«

Zina gähnt. Inzwischen ist es zehn Uhr abends. Die wenigen Stunden Schlaf waren bei Weitem nicht genug.

»Wir stehen also vor einer langen Liste von Möglichkeiten«, fasst sie zusammen, »aber wir haben einen Namen. Über Rudolf ist viel bekannt. Sollen wir morgen eine Hierarchie der vielen Möglichkeiten anlegen, damit ich etwas habe, bei dem ich ansetzen kann?«

Simon ist aufgestanden.

»Vielleicht müssen wir erst schauen, ob wir dahinterkommen, wer dieser Barschius ist, bevor wir davon ausgehen, dass seine Informationen stimmen.«

»Warum schauen Sie mich jetzt so an?«, will Svoboda in aggressivem Ton wissen.

»Vielleicht, weil Sie in der Villa eine Zeit lang verschwunden waren.«

»Da habe ich einen Spaziergang gemacht, um meine Gedanken zu ordnen.«

»Und vielleicht auch, um einen Umschlag zu verstecken.«

»Simon, solche Attacken kenne ich gar nicht von dir«, ermahnt ihn Perenelle. »Wir dürfen nicht vergessen, warum wir hier sind.«

»Wenn ich Zugang zu unbekannten Teilen des Manuskripts hätte, wäre ich überhaupt nicht hier«, brummt Svoboda, der einen roten Kopf bekommen hat. »Einfach lächerlich, mich zu verdächtigen.«

Er wirft Simon einen vernichtenden Blick zu. Jetzt riecht Zina plötzlich den Alkohol, der Svoboda wie ein Nebel umgibt. Er scheint überdies Mühe damit zu haben, das Gleichgewicht zu halten. Simons Augen sind blutunterlaufen. Professor Currier und Perenelle starren schweigend vor sich hin.

»Am besten machen wir morgen weiter«, schlägt Zina vor. »Ich glaube, wir sind alle todmüde.«

Wenige Minuten später ist sie wieder in ihrem Zimmer. Was ihre Müdigkeit betrifft, hat jedes Wort gestimmt, aber Zina weiß auch, dass sie keine Minute wird schlafen können, wenn sie nicht sofort den nächsten Schritt macht. Und dafür braucht sie die vier anderen nicht, die jeder Bewegung ihrer Finger auf der Tastatur folgen würden. Und die kollektive Enttäuschung, falls sich herausstellt, dass ihre Bemühungen umsonst waren, braucht sie erst recht nicht. Falls es der falsche Code ist, falls sie nicht genug Speicherplatz hat. Oder die falsche Zeit. Oder die falsche Sprache. Es gibt unendlich viele Möglichkeiten für einen Misserfolg. Und dann sind da noch die Sicherheitsvorkehrungen, die sie getroffen hat. Sie holt sich ihren neuen Laptop und öffnet die Applikation von SaveKeeping.

Zina hält ihr Gesicht in die Webcam. Die Software gleicht es mit ihrem Foto ab.

Ganz offensichtlich hat sie sich nicht verändert. Zeit für den Kontrollsatz, den sie selbst eingegeben hat.

»Wiederholen Sie diese Wörter.«

»Was steht im Voynich-Manuskript?«, liest Zina mit leicht zitternder Stimme vor.

Darauf folgt der willkürliche Kontrollsatz, der irgendwo aus den Tiefen der Server von SaveKeeping emporsteigt.

Zum ersten Mal öffnet Zina den Knacker. Um den Suchbefehl auf kleinere Portionen anwenden zu können, hat sie die Daten in fünf Blöcke eingeteilt, einen für jeden Teil des Voynich-Manuskripts. Die unbekannten Zeichen jedes Teils wurden in das EVA-System übertragen. Zina speichert einen sechsten Block mit dem Text, den sie gerade von Currier bekommen hat. Danach erteilt sie einen Suchauftrag im ersten, kräuterkundlichen Teil, und lässt dafür die deutsche Database mit Wörtern und Begriffen verwenden. Sie spürt, wie ihr Herz schneller zu schlagen beginnt. Diesen Augenblick hat sie in den vergangenen Wochen so oft vor sich gesehen. Auf ihn hat sie monatelang hingearbeitet.

Ihre Anweisungen sind allerdings noch nicht vollständig. Der wichtigste Teil fehlt noch.

Rudolf, der Kabbalist und Alchemist. Rudolf, der Mann, für den Astrologie eine große Bedeutung hatte. Muss sie auf die Liste von Walcott und Svoboda warten?

Nein. Sie kann das hier angehen wie jedes mathematische Problem. Indem sie ganz von vorn anfängt.

Ganz von vorn.

Sie ruft Google auf und tippt »Kaiser Rudolf« als Suchbegriff ein. Klickt sich durch die Wikipedia-Seite über den Mann. Geboren am 18. Juli 1552 in Wien. Zina fängt an zu tippen.

1-8-0-7-1-5-5-2. Sie starrt auf die Zahlen. So genial der Schöpfer des Voynich-Manuskripts auch gewesen sein mag, digitale Verschlüsselungsmöglichkeiten standen ihm nicht zur Verfügung. Keine Computer. Deshalb waren seine Möglichkeiten begrenzt. Wenn man die Null herausnimmt, bleibt 1-8-7-1-5-5-2 übrig. Zina gibt den Code ein. Das Computerprogramm berücksichtigt auch die verschiedenen Schreibweisen. Erst den Tag, dann den Monat und das Jahr. Aber auch umgekehrt. Mit und ohne Null. Alle möglichen Arten, diese Zahlen als Code einzusetzen. Das Einfachste wäre eine Sequenz. Das erste Zeichen, dann das achte, dann das siebte, dann wieder das erste usw. Zinas Finger schwebt zitternd über der Tastatur.

Enter.

Sie lehnt sich zurück. Versucht sitzen zu bleiben, ist jedoch zu unruhig. Auf dem Nachttisch steht noch eine Flasche Rotwein, die sie während der vergangenen Tage aus Vernunft nicht angerührt hat. Es ist nicht klug, Kopfschmerzen mit Alkohol zu bekämpfen. Sie gießt sich ein Glas ein und trinkt einen Schluck. Wie lange das Ganze wohl dauert? Sie dreht sich wieder zum Bildschirm hin, gerade rechtzeitig, um zu sehen, dass die erste Variante für dieses Datum durchgerechnet wurde.

*Kein Ansatzpunkt gefunden.*

Danach dauert es jeweils zwischen fünf und zehn Minuten, bis der Knacker ihr die nächste Antwort liefert. Die letzte Schlussfolgerung ist deutlich.

*Keine möglichen Ansatzpunkte in Voynich Sektion eins: Kräuterkunde*

*Sprache: Deutsch*

*Location: Nicht relevant*

Zina reibt sich die Augen. Sie ruft Rudolfs Online-Profil wieder auf, sucht nach weiteren Zahlen. Das dauert nicht lange. Der 12. Oktober 1576, das Datum seiner Krönung zum Kaiser und Erzherzog. Vielleicht der wichtigste Tag in seinem Leben. Eine Zahlenreihe, die verschiedene Möglichkeiten in sich birgt.

Die vollständige Sequenz lautet 1-2-1-0-1-5-7-6. Dabei stellt sich genau wie bei seinem Geburtstag die Frage, was man mit der Null anfangen soll. Eine lange Serie, beinahe nicht zu benutzen, wenn man mit der Hand eine Botschaft verschlüsseln will. Da ist es wahrscheinlicher, dass man nur einen Teil des Datums verwendet, zum Beispiel nur den Tag und den Monat.

Während sich der Knacker mit verschiedenen Varianten an die Arbeit macht, sinkt der Pegel in der Flasche Wein immer weiter, und Zinas Kopf wird schwerer und dumpfer. In allen Fällen bleibt die Antwort gleich: *Kein möglicher Ansatzpunkt gefunden.*

Sie macht weiter. Bisher hat sie keine Ergebnisse erzielt. Vielleicht muss sie ans Ende gehen? Rudolfs Sterbedatum ist der 20. Januar 1612. 2-0-0-1-1-6-1-2. Blöd, zwei Nullen. Sie gibt das Datum ein und wartet.

*Kein möglicher Ansatzpunkt gefunden.*

Der Knacker setzt seine Arbeit mit den anderen Optionen fort, die das Datum liefert. Ein Resultat nach dem anderen erscheint auf dem Monitor.

*Kein möglicher Ansatzpunkt gefunden.*
*Kein möglicher Ansatzpunkt gefunden.*
*Kein möglicher Ansatzpunkt gefunden.*

Als die letzte Zeile auf dem Bildschirm erscheint, schreit Zina auf. Sie stößt sich vom Tisch ab. Jetzt weiß sie nicht mehr weiter. Sie stellt das Weinglas weg und speichert ihr Werk wieder sicher hinter den digitalen Mauern von SaveKeeping. Keine weiteren Versuche.

Trotzdem kann sie es nicht lassen, weiter zu diesem seltsamen Mann zu recherchieren. Viele Google-Treffer enthalten dieselben Informationen über Rudolf. Sie gräbt tiefer. Die Geschichte der Habsburger zieht an ihr vorüber. Ein faszinierendes Zusammenspiel von Macht, Inzest und Wahnsinn, das sich mühelos im Leben Rudolfs fortsetzt. Trotz des fesselnden Themas nickt Zina immer wieder ein. Ihr Kopf sinkt zur Seite.

Sie sollte Schluss machen. Sie klappt den Laptop zu, stolpert ins Bad, um sich die Zähne zu putzen. Spuckt lilafarbenen Schaum in das Marmorwaschbecken. Ihre Kleidungsstücke lässt sie einfach auf den Boden fallen. Sie hat weder Lust noch die Kraft, sie ordentlich zusammenzulegen. Dann schlüpft sie zwischen die kühlen Laken, knipst das Licht aus und macht die Augen zu. Vor ihrem geistigen Auge erscheint ein Mann mit Bart und markantem Kinn. Mit intelligenten Augen, einem Blick, in dem Kummer und Weisheit um die Oberhand kämpfen. Kaiser Rudolf auf einem seiner bekanntesten Porträts. Ein Mann, der mit der Aussicht zur Welt kam, die wichtigste Person der Christenheit zu werden. Was löst das in einer Person aus? Zina ist der Druck, der einem von außen zugemutet wird, nicht unbekannt. Die ersten zwanzig Jahre ihres Lebens hat sie für ihre Eltern gelebt. Ihre Träume geträumt. Ihre Wünsche zu ihren eigenen gemacht. Ihre Gedanken gedacht. Erst als Studentin ist es ihr langsam gelungen, sich loszumachen. Die physische Distanz hat es ihr ermöglicht, auch geistig Abstand zu gewinnen.

Rudolf hatte diese Möglichkeit nie. Sein Schicksal war vorherbestimmt. Es stand fest, von seinem ersten Atemzug an. Mit diesem Gedanken schläft Zina ein.

Eine Stunde später wird sie wach. Wann und wie ihr der Gedanke gekommen ist, kann Zina nicht sagen, aber warten kann sie auch nicht. Sie knipst das Licht an, fährt ihren Computer hoch und schaut in ihren Browserverlauf. Ihr Blick gleitet über die verschiedenen Seiten, die sie an diesem Abend besucht hat. Sie klickt auf eine Stelle ungefähr in der Mitte der Liste.

Die Parallelen zu ihrem eigenen Leben haben in Zina eine Art Sympathie für diesen merkwürdigen Mann entstehen lassen. Früher am Abend hat sie nach den entscheidenden Momenten gesucht. Geburt, Tod, Krönung. Aber der eigentliche Beginn von Rudolfs Existenz war vielleicht in einem ganz anderen Augenblick. Sie findet das Datum. Den 28. Mai 1571. An diesem Tag hat er zum ersten Mal den Geschmack der Freiheit gekostet. Es war der Tag, an dem er das Korsett des spanischen Hofes hinter sich gelassen hat. Der Tag, an dem er in Richtung Österreich aufbrach.

Zina ist hellwach. Adrenalin durchströmt ihren Körper. In Rekordzeit durchläuft sie den SaveKeeping-Prozess und startet den Knacker.

2-8-0-5-1-5-7-1.

Schnell gibt sie das Datum ein und lässt den Knacker an die Arbeit gehen. Diesmal trinkt sie während der Minuten, die der Computer mit Abgleichen und Suchen verbringt, keinen Wein, sondern Wasser.

*Kein möglicher Ansatzpunkt gefunden.*

Zina lässt sich nicht entmutigen. Diese Idee fühlt sich einfach gut an.

*Kein möglicher Ansatzpunkt gefunden.*

Noch drei Möglichkeiten. Nur keine Panik.

*Kein möglicher Ansatzpunkt gefunden.*

Zwei bleiben noch.

*Kein möglicher Ansatzpunkt gefunden.*

Die letzte Möglichkeit. Nur das Jahr. Eins-fünf-sieben-eins.

Diesmal bleibt sie vor dem Bildschirm stehen, zählt die Sekunden. Drei Minuten. Lange kann es nicht mehr dauern.

*Kein möglicher Ansatzpunkt gefunden.*

Ungläubig starrt Zina auf die Nachricht, die sie heute Abend schon Dutzende Male vor sich gesehen hat.

Sie schließt die Augen. Spürt, wie die Tränen hinter den Augenlidern brennen. Dann zwingt sie sich dazu, tief ein- und auszuatmen. Eine falsche Fährte. Alles deutet darauf hin. Oder taugt ihre Applikation schlicht nichts? Wird sie ganz einfach nie etwas erreichen? Niemand hat den Code nachgeschaut. Es gab keine Tests. Alles ist allein ihr Werk. Alles hat sie investiert. Sie nennt das Resultat den Knacker, aber für sie ist der Knacker beinahe ein lebendiges Wesen. Dann macht es »Klick« in ihrem Kopf.

Sie denkt an eine Bemerkung von Perenelle. Zina schaut zu ihrem Nachttisch hinüber, auf dem der Umschlag von Barschius liegt. Zwei Informationen fügen sich zusammen.

Sie ruft die Liste mit den deutschen Wörtern auf. Ein rascher Scan bestätigt, was sie schon wusste. Da fehlt etwas.

Sie macht sich an die Arbeit. Eine Stunde später ist sie bereit für einen letzten Versuch. Sie gibt das Datum von Rudolfs Weggang aus Spanien erneut ein, diesmal zusammen mit der angepassten Wörterliste.

Enter.

# 13

Zina? Ist alles in Ordnung?«

Die Notbeleuchtung wirft ein schwaches Licht auf seinen nackten Oberkörper. Man erkennt die Konturen eines Sixpack, allerdings mit einer beruhigenden dünnen Fettschicht darüber. Weiter unten nur eine Boxershorts. Falls Zina noch irgendwelche Zweifel hatte, sind sie bei diesem Anblick verschwunden. Sie stößt die Tür zu Simons Zimmer weiter auf, überbrückt so den Abstand zwischen ihnen. Mit einer einzigen Bewegung schlingt sie beide Arme um ihn und drückt ihre Lippen auf seine. Er versteift sich, als hätte sie ihn mit dem Kuss erstarren lassen. Ganz kurz meint sie, er stoße sie von sich. Dann spürt sie, wie er seine Hände auf ihren Rücken legt, zuerst zögernd, kurz darauf aber presst er sie an sich. Sie springt hoch und schlingt ihm die Beine um die Taille. Während er ein paar Schritte zurücktritt, befreit Zina einen Arm und versetzt der Tür einen Schubs. Simon lässt sie aus den Händen gleiten. Jetzt steht er wieder vor ihr, unsicher.

»Zina …«

Sie zieht sich das Nachthemd aus, geht wieder auf ihn zu und presst ihre Brüste an ihn. Dann spürt sie, wie kräftige Hände ihren Körper erforschen, während er ihr den Hals küsst. Sie lässt die Finger in einer zarten Bewegung über seine Muskeln gleiten.

»Ohne Brille siehst du besser aus«, flüstert sie.

»Meine Clark-Kent-Verkleidung«, murmelt er. »Aber du hast sie durchschaut.«

Sie küsst ihn, intensiver diesmal. Er reagiert darauf mit einer so heftigen Umarmung, dass ihr beinahe die Luft wegbleibt. Dann hebt er sie wieder hoch, trägt sie zum Bett. Sie küssen sich. Langsam streichelt er ihre Arme und Beine.

Dann lässt er seine Hände über ihre Brüste gleiten, danach zu ihren Hüften. Sie hebt den Hintern, spürt, wie ihr das Höschen über die Beine heruntergezogen wird.

Ein kurzer Moment der Panik überfällt sie, aber er greift schon nach etwas auf dem Nachttisch.

Zina schließt die Augen und hört, wie eine Kondomverpackung aufgerissen wird. Gehört er zu der Sorte Mann, die immer vorbereitet ist? Oder hat er das hier kommen sehen? Das Bett knarrt. Sie öffnet die Augen wieder und begegnet Simons Blick. Sein Unterleib ist an ihren gepresst. Wieder küssen sie sich. Sie spreizt die Beine, umarmt ihn und spürt, wie er in sie eindringt. Weder zu vorsichtig noch zu schnell. Gerade richtig. Er beginnt in einem langsamen Tempo, schaut sie dabei an. Auch sie wendet den Blick nicht ab. Während er sich immer schneller bewegt, legt sie ihm die Hände auf die Arme, umfasst seine Muskeln. Er schließt die Augen. Sein Atem geht immer schwerer. Zina spürt, wie auch sie immer erregter wird. Und muss lachen. Ein befreiendes Lachen.

»Danke«, sagt Simon ein paar Minuten später.

»Gern geschehen«, antwortet Zina mit einem Grinsen.

Sie liegen einander in den Armen. Simon starrt an die Decke.

»Genau das habe ich gebraucht.«

»Ich auch. Und ich hatte es mir verdient. Fand ich zumindest.«

»Verdient?«

»Absolut.«

»Ich bin also eine Belohnung.«

Sie küsst ihn auf die Wange.

»So funktioniert mein krankes System nun einmal. Ganz calvinistisch. Erst wird hart gearbeitet. Man kann Ergebnisse vorweisen. Dann kommt das Vergnügen.«

»Wow, dann bestehe ich aber darauf, dass du noch mal vorbeischaust, wenn wir das Voynich-Manuskript entschlüsselt haben.«

»Hmmm.«

Er setzt sich halb auf und bringt sein Gesicht ganz nah an ihres.

»Da gibt es etwas, das du mir nicht sagst.«

»Es gibt sehr viel, was ich dir nicht sage.«

»Lass die Witze.«

Er reißt die Augen weit auf. Dann greift er erneut nach etwas auf dem Nachttisch. Diesmal setzt er seine Brille auf. Als würde er die jetzt brauchen. »Hast du ...«

»WALCOTT!«

Die Stimme kommt von draußen.

»WALCOTT!«

Simon springt auf, zieht sich ungeschickt die Boxershorts an und nimmt ein T-Shirt von einem Stuhl. An der Tür schaut er sich um.

»Svoboda. Hört sich ganz so an, als wäre er böse auf mich. Und betrunken.«

»Kommt das öfter vor bei ihm?«

»Böse ist er immer. Und betrunken habe ich ihn auch schon ein paar Mal erlebt.«

»Wie spät haben wir es denn?«

»Halb sechs vielleicht? Keine Ahnung.«

»Ich ziehe mich mal lieber an.«

Simon nickt, geht nach draußen und schließt die Tür hinter sich. Während Zina die wenigen Kleidungsstücke zusammensucht, die sie beim Betreten des Zimmers getragen hat, dringen Fetzen eines Gesprächs zu ihr herein. Eine Frauenstimme kommt dazu. Sie ist leiser, hat einen beruhigenden Ton. Perenelle. Ob Professor Currier auch aufgewacht ist? Zina kann ihn nicht hören, aber das bedeutet nicht, dass er nicht auch draußen steht. Er würde das Streitgespräch aus einiger Distanz analysieren. Die Stimmen, die gerade eben noch gedämpft klangen, werden wieder lauter. Wenn die da draußen so weitermachen, ist es nur eine Frage der Zeit, bis einer der anderen Gäste bei der Rezeption anruft.

Zina verlässt das Zimmer. Die Gruppe verfällt sofort in Schweigen. Das ist doch schon mal etwas. Simon und Svoboda stehen vielleicht einen Meter auseinander. Dazwischen hat sich Perenelle postiert, die ziemlich verwirrt wirkt. Ihre übliche Aura des »Alles wird gut« scheint verflogen. Einige Meter entfernt steht Currier und behält regungslos alles genau im Blick.

»Was ist denn los, Professor?«

Svoboda ist rot angelaufen. Das Hemd hängt ihm aus der Hose. Die oberen Knöpfe stehen offen.

»Kommen Sie etwa gerade aus seinem Zimmer?«, will er mit schwerer Zunge wissen.

»Wie Sie sehen, ja.«

»Bei diesem Mann wäre ich vorsichtig, Fräulein Welter.«

»Wir haben ein Kondom benutzt.«

Ist das der Alkohol? Der Sex? So unumwunden antwortet sie normalerweise nicht. Und in diesem Fall kann das gute oder schlechte Konsequenzen haben.

»Das habe ich nicht gemeint.«

»Das ist mir klar, Professor«, erwidert sie ruhig. »Aber worum geht es denn nun?«

»Dieser Mann ist eine falsche Schlange!«, ruft Svoboda aus und zeigt dabei auf Simon. »Überall drängt er sich dazwischen.«

Zina unterdrückt die Bemerkung, die ihr durch den Kopf schießt.

»Walcotts einziges Interesse liegt darin, Zwietracht zwischen uns zu säen«, fährt der Professor fort.

»So ein Unsinn!«, fährt Simon heftig auf.

»Heute Nachmittag haben Sie mich beschuldigt, dieser Barschius zu sein! Dabei haben Sie dafür keinen einzigen Beweis! Auf diese Weise sorgen Sie für Misstrauen und Unruhe in der Gruppe.«

»Aber das lag gar nicht in meiner Absicht!«, will ihn Simon beruhigen.

Der tschechische Professor reagiert mit einer wegwerfenden Gebärde.

»Ich habe genug davon«, murmelt er, »genug von Ihren Unterstellungen. Und von dieser blödsinnigen Veranstaltung. Wie Marionetten werden wir von diesem Barschius von links nach rechts bewegt. Das mache ich nicht mehr mit. Jetzt ist Schluss.«

Svoboda marschiert davon. Perenelle eilt ihm nach.

»Aber Professor, wir sind doch fast am Ziel.«

»Sind wir NICHT! Das Voynich-Manuskript ist nichts als ein unendliches Labyrinth. Jede Biegung, für die man sich entscheidet, führt zu einer weiteren. So geht das schon seit Hunderten von Jahren, und so wird es immer bleiben. Egal, wie viele neue Manuskriptseiten man auch findet.«

»Ich habe den Code geknackt.«

Zina spürt die Blicke der anderen auf sich. In der Totenstille, die jetzt eingetreten ist, hört man nur noch Svobodas schwere Atemzüge. Er schwankt auf sie zu.

»Haben Sie etwas gefunden?«

Sie nickt. Ein Zittern durchläuft ihren Körper.

»Zina, du solltest dir etwas anziehen.«

»Simon hat recht«, meint Perenelle. »Was machen wir jetzt?«

»Sollen wir uns im Frühstücksraum treffen?«, schlägt Zina vor. »In ein paar Minuten?«

»Ich kann es kaum erwarten. «

Auch Currier nickt zustimmend.

»Professor Svoboda?«

Keine Antwort.

»Professor?«

»Ich will mir anhören, was Sie gefunden zu haben glauben.«

»Um mehr bitte ich Sie auch nicht.«

Schnell geht Zina in ihr Zimmer zurück, zieht sich irgendetwas an und läuft mit dem Laptop unter dem Arm hinüber zum Hauptgebäude. Im Frühstücksraum sind drei Mitarbeiter des Hotels dabei, das Buffet vorzubereiten. Zina gesellt sich zu den anderen, die sie erwartungsvoll anstarren.

»Vielen Dank, dass Sie gewartet haben.«

»Kein Problem«, antwortet Simon. »Kaffee?«

»Gerne.«

Svoboda schaut sie skeptisch an.

»Ihr Algorithmus hat also etwas gefunden.«

»Ja.«

»Computer können alles finden, was man nur will. Denken Sie nur an das Buch *Der Bibelcode*. Völliger Nonsens, aber einige Wissenschaftler haben behauptet, aus mathematischer Sicht ließe sich das Ganze nicht widerlegen.«

»Da haben Sie recht, Professor.«

»Was haben Sie also gefunden? Eine tatsächliche Übersetzung des Voynich-Manuskripts?«

»Einen Zugang.«

Alle schauen sie an.

»Ich habe bei den Spracheinstellungen Deutsch gewählt. Danach habe ich die ersten Codes gebraucht, die mir eingefallen sind.«

»Ich dachte, Sie wären gestern so müde gewesen?«, fragt Professor Currier.

»Das war ich auch. Aber ich wusste, ich würde nicht schlafen können, bevor ich etwas ausprobiert hätte.«

»Welchen Code?«

»Sein Geburtsdatum.«

»Rudolfs?«

»Ja.«

»Und?«

»Das hat nicht funktioniert. Und ebenso wenig das Datum seiner Krönung. Oder das seines Todes. Schließlich ist mir der Tag eingefallen, an dem er Spanien verlassen hat.«

»Gute Idee«, ruft Simon mit einem enthusiastischen Nicken.

»Das fand ich auch. Aber ein Ergebnis bekam ich trotzdem nicht. Dann musste ich an etwas denken, das Perenelle gesagt hat. Darüber, dass das Voynich-Manuskript von Menschenhand geschaffen wurde. Und wenn man dem Brief von Barschius glauben darf, hatte Rudolf Hilfe.«

»Seine Getreuen!«, ruft Perenelle aus. »Du hast die Wörterliste um die Namen ergänzt?«

Zina nickt.

»Ich habe die Namen all derer eingegeben, die sich in diesen Jahren am Hof aufgehalten und möglicherweise mitgearbeitet haben. Zur Sicherheit habe ich die ganze Spanne seiner Regierungszeit als Kaiser genommen.«

»Arcimboldo, Brahe«, beginnt Simon.

»Kepler, Hajek, Drebbel und noch Dutzende anderer«, fügt Zina hinzu. »Danach habe ich es noch einmal probiert.«

»Hatten Sie dafür denn genug Arbeitsspeicher zur Verfügung?«, will Currier erstaunt wissen.

»Je weniger Permutationen man durchzurechnen hat, desto weniger braucht man.«

»Eine einzige Sprache«, sagt Currier behutsam, »eine begrenzte Zahl an Möglichkeiten.«

»Zina, bitte, mach es nicht noch spannender«, sagt Perenelle lachend. »Was steht denn da jetzt?«

Sie dreht den Bildschirm ihres Laptops zu den anderen hin.

D-I-E-H-I-M-M-E-L-F-A-H-R-T-B-E-G-I-N-N-T-D-R-E-B-B-E-L

Kurz ist es totenstill. Sogar die Mitarbeiter des Hotels, die intensiv mit dem Frühstücksbuffet beschäftigt sind, scheinen zu begreifen, dass hier gerade etwas Besonderes geschieht. Zina sieht ihre eigene Reaktion vor ein paar Stunden in den Gesichtern der vier anderen widergespiegelt. Eine Mischung aus Unglauben, Verwunderung und Freude.

»Die Himmelfahrt beginnt, Drebbel«, liest Perenelle vor.

»DREBBEL!« Svoboda schlägt mit beiden Händen auf den Tisch. »Sind Sie sich da sicher? Cornelis Drebbel, der zu der Zeit für Kaiser Rudolf arbeitete, in der Barschius zufolge das Manuskript entstanden ist.«

»Drebbel, der geniale Erfinder«, fügt Simon hinzu. »Der Mann, der das allererste Unterseeboot baute, als er im Dienst König James I. stand.«

»Drebbel, der Alchemist und Mystiker«, fügt Perenelle hinzu. »Der Mann war viel mehr als nur ein Ingenieur.«

»Würden Sie ihn als Rudolfs Vertrauten beschreiben, Professor?«, wendet sich Simon an Svoboda.

»Ob er ein Vertrauter war oder nicht, vermag ich nicht zu sagen. Aber der Mann verfügte über einen besonders starken Erfindergeist und teilte Rudolfs Leidenschaften. Wo genau haben Sie seinen Namen denn entdeckt, Fräulein Welter?«

»Im Folium 47v.«

Zina kann erkennen, dass alle in ihrem Gedächtnis kramen. Svoboda ist am schnellsten.

»Auf der Seite mit den Zahlen.«

Zina nickt.

»Was denn für Zahlen?«, fragt Currier.

»Es gibt eine Seite, auf der in derselben Handschrift, die wir aus dem Manuskript kennen, am Seitenrand die Ziffern eins bis sechs niedergeschrieben wurden, mit ganz gewöhnlichen arabischen Zahlen. Sodass jeder sie lesen kann. Am selben Seitenrand sieht es aus, als würde man zählen. Eine ganze

Reihe willkürlicher Zeichen untereinander. Erst rechts fängt der richtige Text an.«

»47v«, meint Simon lachend. »Ich wusste schon immer, dass es damit irgendetwas Besonderes auf sich hat.«

»Was für ein Algorithmus ist das?«, erkundigt sich Professor Currier.

»Ein evolutionärer.«

»Das bezeichnet die Klasse. Seien Sie genauer.«

»GA.«

»Ein genetischer Algorithmus?«

Zina nickt.

»Warum?«

»Das Voynich-Manuskript ist eine statische Umgebung. Da funktioniert so etwas sehr gut.«

»Schlau, schlau.«

»Und solche Angaben eignen sich wirklich sehr gut dafür, *distributed* angewendet zu werden.«

Die anderen Anwesenden folgen dem Austausch wie einem Tennismatch.

»Was bedeutet *distributed?*«, will Simon wissen.

»Wenn man nicht mit einem einzigen Computer arbeitet, sondern mit mehreren, die über ein Netzwerk miteinander verbunden sind.«

»Ich würde mir gern Ihren Quellcode anschauen«, übernimmt Professor Currier wieder die Befragung. »Und natürlich den Algorithmus an sich.«

»Das wird schwierig, Professor.«

Kaum zu glauben, aber der unerschütterliche Professor Currier wirkt tatsächlich einen Moment lang verstört.

»Wenn Sie Ihr Werk mit niemandem teilen möchten, Fräulein Welter, können Sie das auch ganz einfach sagen.«

»Darum geht es nicht, Professor. Es hat mit der Bank zu tun. Sie wissen doch, dass die Anspruch auf den Algorithmus erhebt. Er bezieht sich nur sehr bedingt auf meine frühere

Arbeit. Aber um das zu beweisen, muss ich der Bank den Algorithmus zeigen. Und dann kann ich ihn ihr genauso gut gleich geben.«

»Das willst du aber nicht«, stellt Simon fest.

Zina schüttelt den Kopf.

»Was die Absichten der Bank betrifft, habe ich nur wenig Vertrauen. Mein Rechtsanwalt sagt, es wäre besser, wenn ich den Code nicht an die Öffentlichkeit trage.«

»Ich bin doch nicht die Öffentlichkeit«, erklärt Currier ruhig. Sein kurzes Aufbrausen scheint schon wieder vergessen.

»Das weiß ich. Trotzdem will ich ihn zur Sicherheit vorläufig lieber nicht teilen.«

»Wenn Ihr ehemaliger Arbeitgeber Anspruch auf Ihren Algorithmus erhebt, würde ich ihn an Ihrer Stelle gut verstecken, Fräulein Welter.«

»Das habe ich getan.«

»Mir persönlich ist es völlig egal, mit welcher Algorithmenklasse Sie Ihr Resultat erreicht haben, und wenn Sie dafür Dämonen beschworen hätten. Mich interessiert nur eines: Gibt es da noch mehr?«

»Vielleicht«, antwortet Zina. »Es sieht ganz danach aus, als würden meine Annahmen in Bezug auf das Voynich-Manuskript stimmen. Es handelt sich nicht nur um eine simple Codierung. Dann hätte man den Schlüssel schon vor Jahren gefunden. Ich vermute, dass vielleicht ein Prozent des niedergeschriebenen Textes eine tatsächliche Bedeutung hat.«

»So wenig?«, fragt Perenelle erstaunt nach. »Worauf stützt du deine Annahme?«

»Ich habe das Voynich-Manuskript in Stücke eingeteilt, weil der Knacker sonst so viel auf einmal durchrechnen muss. Diese Botschaft habe ich also im ersten Teil gefunden. Danach habe ich dasselbe Datum und dieselbe Spracheinstellung auf die anderen vier Teile des Voynich-Manuskripts angewendet, ohne Ergebnis. Zuletzt habe ich es mit der neuen Seite probiert. Ebenfalls ohne Ergebnis. Es sieht ganz danach aus, als ließe sich das, was das Voynich-Manuskript verbirgt, nicht mit einem einzigen Schlüssel entziffern. Es funktioniert eher wie bei einer Treppe. Aus der Botschaft scheint für mich hervorzugehen, dass wir einen weiteren Code brauchen, um den nächsten Schritt machen zu können. Irgendetwas, das genauso wie das Datum von Rudolfs Wegzug aus Spanien die Anzahl der Möglichkeiten reduziert.«

Svoboda reibt sich nachdenklich den Bart.

»Himmelfahrt … Himmelfahrt. Jesus?«

Jetzt beginnt die Analyse.

»Nicht notwendigerweise«, erwidert Perenelle. »Der Begriff Himmelfahrt geht auf die Schamanen von früher zurück. Das Aufsteigen einer Seele zum Allerhöchsten, ohne dass sie sterben muss.«

»Und die Reise fängt hier an?«

»Jedenfalls nach Drebbels Überzeugung. Was meinst du, Zina?«

»In der Botschaft geht es um einen Anfang. Den Durchbruch haben wir im ersten Teil gefunden, dem zur Kräuterkunde. Ich brauche Ihnen ja nicht zu erzählen, welcher Teil darauf folgt.«

»Astronomie und Astrologie«, flüstert Svoboda. »Natürlich, Himmelfahrt.«

»Rudolfs Freiheit war der Anfang.«

Zina deutet auf die Botschaft auf dem Bildschirm.

»Unser nächster Schritt ist in diesem Satz verborgen.«

# III

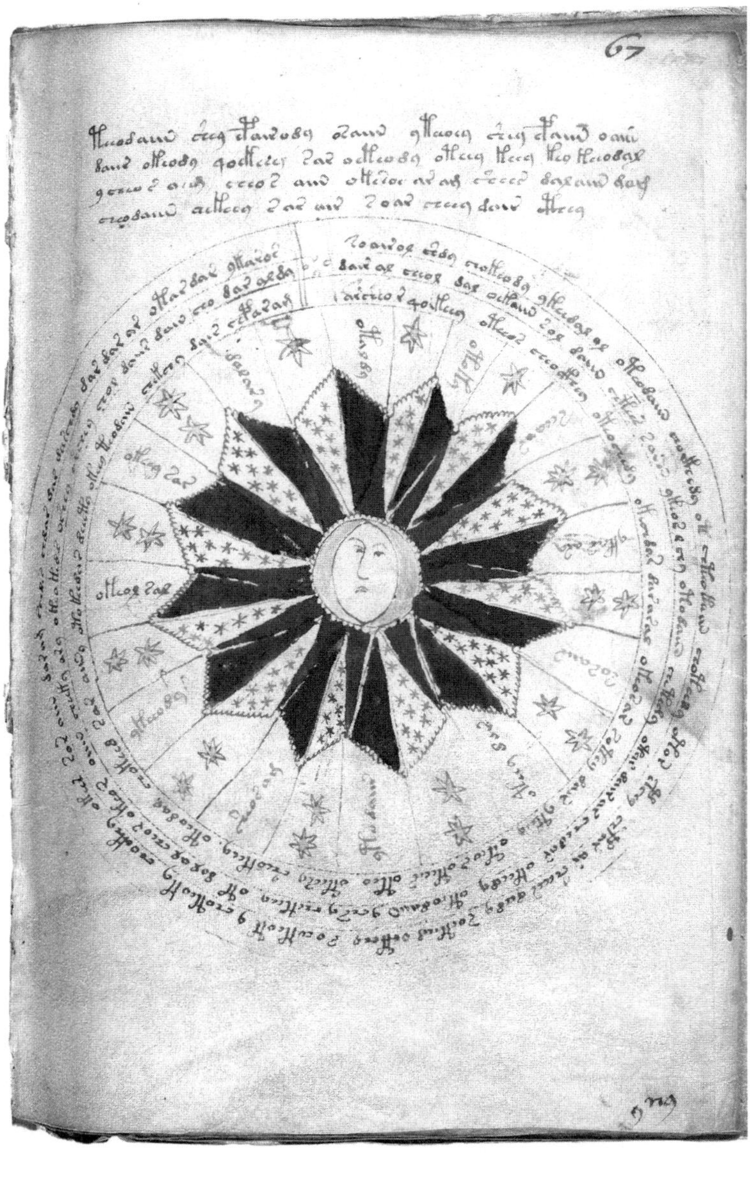

# 14

Am Ende des Frühstücks haben sie Drebbels Hinweis bereits ausführlich diskutiert. Die verschiedenen Aufgaben verteilt. Danach ist Zina auf ziemlich wackligen Beinen in ihr Zimmer zurückgegangen und dort in einen tiefen, zufriedenen Schlaf gefallen.

Als sie die Augen wieder öffnet, hat die Sonne den Zenit bereits überschritten. Das Sommerkleid, das Zina sich von Perenelle geliehen hat, liegt für sie bereit. Knöchellang und aus weißem Leinen, mit einem gestickten Oberteil, das den Busen teilweise freilässt. Bei Zina gibt es nicht viel, was sie zeigen könnte, aber was sie hat, darf heute gern ein wenig freizügiger behandelt werden. Neben dem Bett stehen zwei sommerliche Sandalen aus Leinen, auch von Perenelle. Zina duscht und zieht sich an.

Kritisch betrachtet sie sich selbst im Spiegel. Das letzte Mal, dass sie sich wirklich aufgebrezelt hat, war in London, erst vor etwas weniger als einer Woche. Inzwischen ist eine ganze Menge passiert. Sie hat sich in einen Mahlstrom hineinziehen lassen. Vielleicht, weil sie selbst in diesem Augenblick keinen Anker hat – nichts, an dem sie sich festhalten könnte? *Himmelfahrt.* Eine Reise durch das Weltall. Das Voynich-Manuskript scheint auf dieser Reise ein schwarzes Loch zu sein. Ein Phänomen, das alles anzieht. Energie, Licht, sogar Zeit, um das alles im Anschluss zu schlucken. Was wird man auf der anderen Seite dieser stockfinsteren Dunkelheit finden? Das Licht?

Zina ist fertig und geht an ihrer Tasche vorbei. Ihren Laptop nimmt sie überallhin mit. Kurz zögert sie. Dann hängt sie sich die Tasche über die Schulter und geht nach draußen, tritt in einen leicht bewölkten Tag hinaus. Sie schwebt am Pool vorbei in Richtung Hauptgebäude. In der Lobby ist es angenehm kühl. Simon steht von einem der Sofas auf. Sie lächelt über sein sauberes blaues Hemd. An den scharfen Knicken kann man sehen, dass er es gerade erst irgendwo hergezaubert hat. Außerdem trägt er eine kakifarbene Cargohose und bequeme Sneakers. So kennt sie ihn schon eher.

»Wollen wir los?«

Vor dem Hotel steht ein Mietwagen, ein Fiat 500. Simon holt den Schlüssel aus der Tasche und öffnet die Tür zum Beifahrersitz.

»Wo fahren wir denn hin?«, will Zina beim Einsteigen wissen.

»In das berühmteste Restaurant von ganz Rom. Drei Sterne. Eigentlich muss man da Monate vorher reservieren, aber ich kenne den zweiten Chefkoch noch aus dem Internat.«

»Oh.«

»Besonders begeistert klingst du aber nicht.«

»Doch, doch. Das hört sich toll an«, erklärt Zina schnell. Simon schließt die Tür, geht um das Auto herum zur Fahrerseite und steigt ein. Während er sich anschnallt, schaut sie auf seine Locken, fängt den amüsierten Blick hinter seiner Brille auf. Bemerkt die ausgeprägten Wangenknochen. Er wendet ihr das Gesicht zu.

»War nur ein Witz.«

»Was meinst du damit?«

»Wir gehen in eine Pizzeria. Nur zehn Minuten von hier. Ein Familienbetrieb. Der Mann an der Hotelrezeption hat gesagt, wir sollen uns von den Neonröhren nicht irritieren lassen. Das Essen ist gut und der Hauswein ganz ausgezeichnet.«

»Das hört sich schon besser an«, sagt Zina erleichtert.

»Du musst nur versprechen, dass du während des Essens nicht arbeitest«, sagt Simon mit einem Blick auf Zinas Tasche.

»Die Macht der Gewohnheit. Aber ich werde den Laptop nicht mal rausholen.«

Simon lässt den Motor an, und sie fahren los. Die Straße ist zweispurig, und die Rushhour hat begonnen, aber trotzdem ist nicht allzu viel Betrieb.

»Du hast gerade wirklich alarmiert ausgesehen«, kommentiert Simon ein paar Minuten später. »Bist du schicke Restaurants nicht gewohnt?«

»Im Gegenteil, etwas zu sehr.«

»Wie meinst du das?«

»Ich habe nichts gegen gutes Essen. Aber auf diesem Niveau steckt da öfters mal ein verborgener Plan dahinter. In meinem Beruf zeigt man beim Essengehen, dass man dieses Jahr einen höheren Bonus bekommen hat als seine Kollegen.«

»Wirklich?«

»Es waren Wettbewerbe, wie alles in New York. Ein Rennen, und es ging darum, wer den besten Tisch im neuesten Nobelrestaurant ergattern konnte. Wer den teuersten Wein bestellte.«

»Was für eine seltsame Welt. Gut, dass du da weg bist, wenn ich das so höre.«

Zina nickt.

»Und mit deiner Familie?«

Essengehen mit ihren Eltern gleicht einer Studie der Perfektion. Eine sorgfältig geplante Angelegenheit, bei der nichts, aber auch gar nichts dem Zufall überlassen bleibt. Eine Metapher für ihr Leben.

»Seine Familie kann man sich nicht aussuchen«, meint sie.

Simon grinst. »Sei froh, wenn ich nicht von meiner anfange.«

Das Navi teilt ihnen mit, dass sie in zweihundert Metern rechts abbiegen müssen. Das Restaurant liegt nicht direkt an der Straße. Ein lang gestrecktes Gebäude mit nur einem

Stockwerk und rot gestrichener Fassade. Bis auf wenige Autos liegt der Parkplatz verlassen da.

»Ich hoffe, die Küche hat schon geöffnet.«

»An Touristen wie uns ist man hier sicher gewohnt«, beruhigt sie Simon.

»Ich dachte, wir wären Forscher und Abenteurer.«

»Forschende, das Abenteuer suchende Touristen.«

Die rustikale Einfachheit der Fassade setzt sich drinnen fort. Am Boden einfache viereckige Terrakottafliesen. Weiße Wände mit einigen Gemälden. Und tatsächlich, Neonröhren an der Decke. Etwa zwanzig Tische gibt es, und an keinem einzigen davon sitzt jemand.

»Sieht aus, als würden wir noch einen Platz finden.«

Ein Mann mittleren Alters mit einem stattlichen Bauch kommt ihnen entgegen.

»*Benvenuto!* Suchen Sie sich doch bitte einen Platz.«

Die beiden setzen sich an einen kleinen Zweiertisch am Fenster. Zina spitzt die Ohren. Keine Straßengeräusche. Sehr angenehm.

»Hier ist es wunderbar«, verkündet Simon.

Der dickbäuchige Ober kommt schon wieder auf sie zu.

»Was möchten Sie trinken?«

»Mineralwasser mit Kohlensäure und Zitrone.«

»Sprechen Sie Englisch?«, möchte Simon wissen.

*»Yes, little bit.«*

»Für die Dame ein Glas von Ihrem besten Prosecco. Und für mich auch.«

»Simon.«

»Wir haben etwas zu feiern, meine Liebe.«

»Ich muss mich noch von den letzten Tagen erholen.«

»Du brauchst eine weiche Landung, das ist alles.«

Sie muss lachen. Aus dem Fenster hat man eine überraschend schöne Aussicht auf die hügelige Landschaft. Von der betriebsamen Straße nach Rom, die sie gerade verlassen haben, ist nichts zu merken. Der Ober stellt zwei Gläser vor sie hin.

»Ein denkwürdiger Tag«, verkündet Simon in feierlichem Ton, während er das Glas erhebt.

»Auf den Anfang vom Ende.«

Die beiden stoßen an.

»Dem Ende wovon?«

»Meines Lebens, wie ich es kenne. Meines Hobbys, meiner Passion, meiner Obsession. Wie man es auch nennen möchte.«

Zina lässt das Glas sinken.

Simon trinkt einen Schluck.

»Lecker. Warum schaust du so entsetzt? Das ist doch alles kein Drama. So läuft es eben im Leben. Diese fantastische Entdeckung, die du da gemacht hast, bedeutet das Ende für *Voynichvoices*. Eine Webseite, die dabei helfen soll, ein Rätsel zu lösen, hat es ein wenig schwer, wenn man das Rätsel gelöst hat. Dann wird im besten Fall eine Art Nachschlagewerk daraus. Aber die Dynamik fällt dann weg. Keine neuen Theorien mehr. Alles ist bekannt. Das Rätsel gelöst.«

»So habe ich es noch gar nicht betrachtet.«

»Mach dir um mich keine Sorgen. Es gibt noch mehr Rätsel auf der Welt. Die Zeichen auf den riesigen Standbildern auf den Osterinseln hat man zum Beispiel noch nicht entschlüsselt. Und dann gibt es noch einige andere. Nicht so wie das Voynich-Manuskript natürlich. Da kam alles zusammen. Kryptologie, Sprache, Geschichte, Kunstgeschichte, Mystik. Alles in einem einzigen Buch.«

»Du redest, als hätten wir bereits alles gelöst.«

»Ich glaube, du hast noch gar nicht verstanden, was für einen großen Schritt du für uns gemacht hast, Zina. Wie ich schon sagte, ein denkwürdiger Tag. Und der Prosecco ist gut.«

In einem einzigen Zug trinkt er sein Glas leer. Zina nippt

nur an ihrem. Das Versprechen einer weichen Landung wird wahr. Als Cocktail aus Alkohol, Schlafmangel und entspannter Konversation geht der späte Nachmittag unbemerkt in den Abend über. Zuerst Tomate mit Mozzarella, ein ausgezeichnetes Ossobuco, zum Schluss Pannacotta. Dazu leeren sie zusammen eine Karaffe Rotwein.

»Zina, darf ich dich etwas fragen?«, sagt Simon, während er in seinem Espresso rührt. »Was genau hast du da an der Wall Street eigentlich gemacht?«

»In einem Kabuff gehockt, zusammen mit vier anderen. Unsere Aufgabe war zugleich einfach und besonders schwierig. Es ging darum, einen Vorsprung auf dem Markt herauszuholen.«

»Den Heiligen Gral zu finden. In einer Welt, in der Geld eine Gottheit darstellt.«

»Schön ausgedrückt. Das stimmt tatsächlich. Und dabei konnte es um alles gehen. Etwas nur Millisekunden vor anderen zu wissen, konnte einen Milliarden kosten oder einem Milliarden einbringen.«

»Und das hat etwas zu gut geklappt, zumindest wenn ich Professor Curriers Worte richtig interpretiere. Sie haben getan, was Banken so zu tun pflegen, nämlich schmutzige Geschäfte damit getrieben. Und an dich sind dann die Behörden herangetreten.«

Zina nickt.

»Dann müssen wir dankbar sein, weil sie dich entlassen haben. Sonst würdest du jetzt nicht hier sitzen.«

»So kann man es auch sehen.«

»Aber du wirkst auf mich gar nicht wie ein geldgieriger Mensch. Je länger ich dich kenne, desto weniger begreife ich, warum du dich überhaupt auf diese Welt eingelassen hast. Hättest du nicht etwas anderes tun sollen?«

»Jetzt klingst du wie meine Eltern.«

»Autsch. Das will kein Mann auf dieser Welt hören. Es sei

denn, deine Eltern sind aufgeschlossene, hippe, starke Persönlichkeiten und gleichzeitig liebevolle Vorbilder.«

Zina denkt kurz nach.

»Wissenschaftler sind sie, sowohl mein Vater als auch meine Mutter. Sie arbeiten beim CERN.«

»Das ist doch dieser große Teilchenbeschleuniger?«

»Unter anderem. Sie arbeiten da jetzt seit etwa fünf Jahren. Am liebsten wäre es ihnen, wenn ich auch etwas in der Art machen würde. Darauf war meine gesamte Jugend ausgerichtet. Die besten Schulen. Für den ganzen Uni-Zulassungsprozess haben sie eine Art militärischen Angriffsplan entwickelt.«

»Dieser Plan ist doch aber aufgegangen?«

»Das ist er. Aber als ich erst mal in Princeton war, schien mir das Ganze plötzlich dermaßen sinnlos. Mein Weg war von vorne bis hinten festgelegt. Als ich dort allein war, verlor ich nur plötzlich die Sicht darauf. An Wissen habe ich alles aufgesogen, aber langsam baute sich eine Art Rebellion in mir auf. Ich fing an, mir Fragen zu stellen. Darüber, was ich eigentlich wollte.«

»Die Pubertät.«

»Ich glaube schon. Allerdings mit ordentlicher Verspätung.«

»Wenn ich dich also richtig verstehe, war deine Entscheidung, für ein lächerlich niedriges Gehalt für eine solche New Yorker Megabank zu arbeiten, ein Akt der Rebellion?«

»Darauf läuft es mehr oder weniger hinaus.«

»Ein niedriges Gehalt und dann in New York wohnen – du hast es deinen Eltern wirklich nicht leicht gemacht.«

Es dauert einige Sekunden, aber dann muss Zina lachen.

»Liebe Zina«, sagt Simon kopfschüttelnd, »etwas anderes als das, was deine Eltern wollen, ist noch nicht die richtige Entscheidung.«

»Das habe ich auch gemerkt. Es war eine harte Lektion.«

»Lass mich raten. Man hat dir immer gesagt, du könntest alles schaffen, wenn du nur willst.«

»Mehr oder weniger.«

»Versagen ist zufällig eine Sache, mit der ich mich sehr gut auskenne. Wie war es bei dir?« Er schaut sie ernst an.

»Wie sich herausgestellt hat, stimmte mein Selbstbild nur sehr bedingt mit der Wirklichkeit überein«, antwortet sie. »Das war eine schmerzhafte Erkenntnis. Nicht der Verrat der Bank, die moralischen Hintergründe. Vor allem, dass ich zugelassen habe, dass ich in eine solche Situation geraten bin.«

»Früher hast du also in New York gewohnt und viel Geld verdient. Jetzt fährst du mit ein paar Idioten durch halb Europa, auf der Suche nach der Bedeutung eines obskuren Manuskripts.«

»Genau. Das ist doch ein ganz schöner Fortschritt.«

Ein letzter Schluck Kaffee. Simon lässt die Rechnung kommen und bezahlt, dann gehen sie Hand in Hand zum Auto. Die Rückfahrt verbringen sie in wohltuendem Schweigen. Als Simon den Wagen am Hotel abstellt, wächst in Zina die Spannung. Wird er fragen? Muss sie einen Vorschlag machen? Sie steigt aus.

Im nächsten Augenblick wird sie mit dem Rücken gegen das Auto gedrückt. Eine Hand legt sich ihr um die Kehle. Ein Mann in einer schwarzen Trainingsjacke steht vor ihr. Er hat eine unnatürlich hohe Stirn. Kurzes braunes Haar, einen zurückweichenden Haaransatz. Mit einem Ruck wird ihr die Tasche von der Schulter gerissen.

»*Take what you want.* Sie können haben, was Sie wollen«, hört sie eine Stimme hinter sich. Simon. Ganz offensichtlich gibt es noch einen zweiten Angreifer. Zina bekommt kaum Luft. Mit beiden Händen greift sie nach dem Arm des Mannes. Nichts zu machen. Er ist zu stark. Der Mann schaut an ihr vorbei und lässt sie los.

Zina geht in die Knie, ringt nach Atem. Sie hustet. Tränen laufen ihr über die Wangen. Dann spürt sie eine Hand auf der Schulter. Sie fährt hoch.

»Ich bin's nur! Ich bin's!«

Simon setzt sich zu ihr und schaut sie an. Etwas stimmt nicht.

»Deine Brille«, versucht sie zu sagen. Aus ihrem Mund kommt nur ein heiseres Geflüster, das sie selbst kaum hören kann.

»Die liegt irgendwo beim Auto. Er hat nur mein Geld mitgenommen. Alles in Ordnung bei dir? Bist du verletzt?«

Sie nickt, schüttelt dann den Kopf. Ja. Nein.

Simon dreht den Kopf zur offenen Beifahrertür, schaut sich um.

»Deine Tasche.«

Er reißt die Augen weit auf.

»Der Laptop!«

Er steht auf und sprintet los.

»Nein!«, ruft Zina mit heiserer Stimme. »Warte doch, warte! Simon!«

Er hat schon den halben Parkplatz überquert. Zina zögert kurz. Dann durchströmt das Adrenalin ihren Körper und übernimmt die Regie. Zina rennt ihm nach. Bleibt schon nach einigen Metern stehen. Perenelles Sommerschuhe sind ihr mindestens eine Nummer zu groß. Sie schüttelt sie sich von den Füßen und rennt weiter. Innerhalb weniger Sekunden lässt sie die beleuchteten Parkplätze hinter sich und überquert die Straße. Auf der anderen Seite befindet sich ein Industriegebiet. Sie sieht, wie Simon zwischen zwei grauen Säulen verschwindet. Keuchend läuft sie hinterher. Der Asphalt schmerzt jetzt unter ihren Füßen. An der Vorderseite der Säulen gibt es noch etwas Licht von den Straßenlaternen, aber dazwischen wird es immer dunkler.

Der Durchgang, vielleicht zwei Meter breit. Zina erkennt

im Mondlicht gerade noch genug, um sich orientieren zu können. Sie rennt weiter bis zum Ende des Ganges und bleibt stehen. Keuchend schaut sie sich um. Ein großer offener Platz mit Dutzenden von Paletten. Zwei bis drei Meter hoch, mit Plastikfolie überzogen. Von Simon keine Spur. Vorsichtig geht sie weiter, holt dabei mühsam Luft.

Von links hört sie das Geräusch eines Motors, der angelassen wird. Sie geht schneller. Hinter einer der Paletten schießt ein Auto hervor, fährt geradewegs auf Zina zu. Keine Zeit, um auszuweichen. Sie wendet das Gesicht ab und hält die Hände schützend vor sich. Bremsen quietschen.

Zina öffnet die Augen. Das Auto ist vor ihr zum Stehen gekommen. Sie schaut direkt in das Gesicht des Fahrers. Ein hochgewachsener Mann. Sein Kopf reicht fast bis zum Autodach. Blass ist er. Dieses Gesicht kennt sie. Aber woher? Neben ihm sitzt der Mann mit der schwarzen Trainingsjacke, Zinas Tasche auf dem Schoß. Hinter ihm noch jemand, den sie nicht gut erkennen kann. Der Fahrer reißt das Steuer herum, gibt wieder Gas und rast um Zina herum an ihr vorbei zum Ausgang. Sie sprintet zu der Stelle, von der das Auto kam, fürchtet sich davor, was sie dort vorfinden wird. Noch ein paar Meter. Hier muss es sein. Etwas weiter weg sitzt Simon auf dem Boden. Mit dem Rücken gegen eine Palette. Sein Hemd ist schweißnass. Blut tropft ihm aus der Nase. Sie kniet sich vor ihm hin.

»Simon!«

»Tut mir leid, Zina, ich hätte sie fast gehabt. Aber die Kerle waren zu zweit.«

»Bis du wahnsinnig geworden! Es ist doch nur ein Laptop! Ein Elektrogerät.«

Simon wischt sich mit dem Jackenärmel die Nase ab.

»Ein Elektrogerät, auf dem sich der größte historische Fund seit Jahren befindet. Denkst du vielleicht, ich lasse zu, dass sie den einfach so mitnehmen?«

Zina schüttelt den Kopf.

»Und denkst du vielleicht, dass ich so einen Fund und meine Applikation einfach so auf meinem Laptop speichere?«

Simon schaut sie bedröppelt an. »Die sind da nicht drauf? Wo hast du sie denn dann?«

»In der Cloud, in einer schwer bewachten, sehr gut gesicherten Wolke. Das erschien mir sinnvoll. Simon, ich glaube, ich habe einen der beiden erkannt. Den Fahrer des Autos.«

»Wirklich? Wer war es denn?

»Ich weiß es nicht. Aber ich habe ihn schon mal gesehen. Erst vor Kurzem.«

Simon steht auf, klopft sich den Staub von der Hose.

»Du blutest ja.«

»Du auch.«

Zina schaut an sich herunter. Auf ihrem linken Fuß sind rote Striemen. Und das Grau des Asphalts darunter wirkt dunkler als der Rest.

»Shit.«

»Das muss gesäubert werden. Du darfst nicht mehr weiterlaufen.«

»Soll ich vielleicht auf einem Bein zum Hotel hüpfen?«

Simon dreht sich um, beugt sich nach vorne.

»Los«, sagt er einfach. Zina hüpft zu ihm hin, stößt sich mit dem rechten Fuß ab und springt ihm auf den Rücken. Die Arme legt sie ihm um die Schultern.

»Das ist jetzt schon das zweite Mal, dass ich deine Beine um meinen Körper spüre, Zina.«

Sie muss lachen, den Tränen, den Schmerzen und der Verwirrung zum Trotz.

# Prag, Mai 1611

Rußschwarzer Stein. Das zischende Geräusch glühend heißen Metalls, das mit Wasser in Berührung kam. Hitze, die einem die Haare auf den Armen versengte. Schweigend verrichteten der Schmied und seine Lehrlinge ihre Arbeit. Ihre Gesichter waren schwarz verschmiert. Ihre Arme muskelbepackt.

»Dies sind die Männer, die erschaffen, was wir uns ausdenken«, verkündete Bürgi, wobei man ihn zwischen den Geräuschen der Schmiede kaum hören konnte. »Aus diesem Grund behandele ich sie zu jeder Zeit mit Respekt.«

»Und sie haben Euch nie enttäuscht?«

»Niemals.«

Ermutigende Neuigkeiten. Was sie diesmal von ihnen verlangen würden, ging jedoch weiter als das Herstellen einer Uhr oder eines Globus. Im Scherz hatte Kepler seinen Gefährten Bürgi einmal einen Weltenerschaffer genannt. Der Mann hatte in den vergangenen Jahren eine Anzahl prächtiger Globen hergestellt, zuerst in Kassel und dann hier in Prag. Er konnte leidenschaftlich über das Erreichen der perfekten Rundungen, das Eingravieren der ganzen bekannten Welt auf der Schale erzählen und davon, wie man den Mechanismus so manipulierte, dass sich die Weltkugeln geschmeidig und wie von selbst hin und her bewegten.

»Habt Ihr schon etwas von Kepler gehört?«

»Hat er Euch denn nicht über seine Abreise in Kenntnis gesetzt?«, fragte de Tepenec zurück.

»Johannes und ich, wir beide haben eine sehr enge Beziehung, wenn es um die Arbeit geht. Mit ihm spreche ich über Uhren, Mathematik und Optik.«

»Ich begreife, was Ihr damit sagen wollt. Seine Abreise bedeutet, dass Ihr die doppelte Arbeit verrichten müsst. Daher habt Ihr das Recht, den Grund für seine Abreise zu erfahren. Es betrifft die Gesundheit seiner Frau. Die bietet Anlass zur Sorge, und deswegen wünschte sie, nach Österreich zurückzukehren.«

»Und Ihr habt ihn gehen lassen?«

»Ihr seid nicht meine Sklaven, Herr Bürgi. Außerdem seid Ihr selbst fähig genug.«

»Zumindest fähig genug, um einen Anfang zu wagen. Die Globen sind nicht das Problem. Da geht es lediglich um eine Frage der Dimension. Sie gleichen dem, was ich schon gemacht habe, nur nicht in der Größe. Die Herausforderung liegt an anderer Stelle. Ich habe die ganze Nacht damit verbracht, das auf Papier darzustellen.«

Der Schmied ließ sich durch den hohen Besuch nicht in Unruhe versetzen. Es dauerte noch einige Minuten, ehe er sich zu de Tepenec und Bürgi gesellte.

»Herr Bürgi, was kann ich für Euch tun?«

»Sehr viel, guter Mann. Genau betrachtet mehr als jemals zuvor. Das hier ist Jakub de Tepenec, der Hofbotanikus Kaiser Rudolfs.«

»Es ist mir eine Ehre, Herr de Tepenec.«

Bei diesen Worten wischte sich der Schmied den Schweiß von der Stirn. Der Schlag eines Hammers auf Metall hallte durch den Raum. Der Schmied bedeutete den beiden mit einer Handbewegung, ihm zu folgen. Zusammen liefen die drei Männer in das Zimmer neben der Werkstatt. Es war ein einfacher, kahler Raum, in dem sich lediglich einige grobe Holzstühle und ein großer Tisch befanden. Darauf breitete Bürgi seine Papiere aus.

Der Schmied war kein Dummkopf. Ganz ohne Zweifel konnte er erfassen, dass es hier um etwas Besonderes ging. Bürgi hatte de Tepenec jedoch versichert, der Mann denke vor allem in Details, habe keinen Blick für das Ganze. Und auf diese Weise präsentierte ihm Bürgi auch das Projekt. Jedes einzelne Element hatte er sorgfältig ausgearbeitet. Länge, Dicke, Material. Die Art und Weise, wie später ein Ganzes entstehen würde, blieb verborgen. Diese Zeichnung wurde sicher in Bürgis Arbeitszimmer aufbewahrt. Das erwies sich als die richtige Herangehensweise. Was der Schmied nicht wusste, konnte ihn auch nicht belasten. Der Mann studierte die Zeichnungen. Dabei hielt er die Hände hinter dem Rücken verschränkt, sodass kein Ruß auf das Papier gelangen konnte.

»Das bedeutet eine ganze Menge Arbeit, meine Herren.«

»Das bedeutet es in der Tat«, bestätigte Bürgi.

»Wie wichtig ist die Sache?«

Eine heikle Frage, die auf Einsicht und Vorsicht schließen ließ. Würden der Schmied und seine Leute ihre heutigen Arbeiten abbrechen und sofort ans Werk gehen müssen? Aus dieser Eile vermochten sie zu erschließen, von wem der Auftrag stammte.

»Von sehr großer Wichtigkeit«, erwiderte de Tepenec.

»Das habe ich bereits vermutet.«

»Doch zugleich darf es Euer Tagewerk nicht beeinflussen.«

Der Mann runzelte die Stirn.

»Wie stellt ihr euch das vor?«

»Ihr müsst die wenigen freien Augenblicke, die Euch zwischen anderen Aufträgen bleiben, zu diesem Zweck gebrauchen«, erläuterte Bürgi. »Fangt hin und wieder etwas früher an. Verlasst die Werkstatt ein wenig später. Kümmert Euch jeweils um eine einzelne Detailarbeit.«

»Dann dauert es Monate!«, rief der Schmied aus.

Bürgi und de Tepenec nickten gleichzeitig.

»Dessen sind wir uns bewusst.«

Der Handwerker blickte die beiden prüfend an. De Tepenec konnte die Fragen in den Augen des Mannes lesen. Sah, wie sein Gegenüber sich wegen der eigenen Neugierde tadelte.

»Wir können diese Aufgabe nach euren Wünschen erfüllen. Soll ich es euch wissen lassen, wenn alles vollendet ist?«

»Der Herr Bürgi wird Euch hin und wieder aufsuchen.«

»Das ist selbstverständlich willkommen.«

»Ein Letztes«, hob de Tepenec an. »Ihr begreift doch, aus welchem Grund ich Euch bitte, diesen Auftrag zwischen Euren anderen zu erledigen?«

De Tepenec nahm wahr, wie Bürgi nervös lachte. Der Mann war in diesem Spiel alles andere als geübt. Kein geborener Intrigant, als die sich Spranger und Drebbel entpuppt hatten.

»Man kennt mich als schweigsam, mein Herr«, versetzte der Schmied. »Ich lasse mein Werkzeug für mich sprechen.«

»Ausgezeichnet«, erwiderte de Tepenec.

Gemeinsam verließen die beiden Besucher die Schmiede. Draußen begrüßte sie ein sonniger Morgen.

»Schaut nur, man sieht den Mond noch.«

De Tepenec blickte zum Himmel.

»Den Mond«, seufzte Bürgi. »Könnten wir nur alle Himmelskörper mit bloßem Auge erkennen! In meinem Inneren habe ich die Vision einer Zeit, in der sich der Leibeigene wie eine Person königlicher Abkunft den Zugang zum wunderbarlichen Spiel der Planeten zu erschließen vermag.«

»Eine schöne Vision, Herr Bürgi. Ich denke, wir haben heute einen weiteren Schritt in die Richtung einer solch glorreichen Zukunft unternommen.«

# 15

## Rom, Gegenwart

Wenn man bedenkt, was für ein reiches Leben Drebbel geführt hat, hat davon nur bitter wenig seinen Platz auf dem Papier gefunden. Zwei oder drei Werke tragen seinen Namen. Einige Briefe sind erhalten geblieben, mit denen er sich selbst der Suche nach einem Mäzen den Königen seiner Zeit anempfiehlt. Viel mehr als durch seine Schriftstücke entsteht vor allem durch den Eindruck ein Bild von ihm, den er bei seinen Zeitgenossen hinterlassen hat.

Geboren 1572 in Alkmaar. Nicht arm wie eine Kirchenmaus, aber auch nicht reich. Kein Universitätsstudium. Mit achtzehn Jahren bei einem Graveur in die Lehre gegangen, der ihn zugleich in die Anfangsgründe der Alchemie einweihte. Cornelis Drebbel. Jemand, der reden konnte wie die Weisen von Samos und aussah wie ein holländischer Bauer.

Seine Bücher, Briefe, Nachrichten, Erwähnungen von Zeitgenossen, all das haben sie innerhalb von vierundzwanzig Stunden in einer großen Suchaktion zusammengetragen. Dabei haben Svoboda, Simon und Perenelle das Ruder übernommen.

Zina liegt auf Svobodas Bett und lehnt sich mit dem Rücken an die Wand. In ihrem verbundenen, auf einem Kissen hochgelagerten Fuß spürt sie einen pulsierenden Schmerz. Beim Säubern hat sich herausgestellt, dass die Wunde zu tief für ein Pflaster war. In der Notaufnahme des Krankenhauses hat ein Arzt, der aussah, als wäre er noch nicht volljährig, mit einer Art Leimpistole die Wunde verschlossen.

Auf Zinas Schoß liegt ein Papierstapel, der Ausdruck eines Buches mit dem Titel *Wondervont*. Geschrieben 1607 und herausgegeben in Alkmaar. Darin geht es vor allem um Drebbels Beobachtungen zu den vier Elementen und das Perpetuum mobile, eines der Phänomene, die ihn faszinierten. Weil Zina die einzige Niederländerin in der Gruppe ist, muss sie die Werke durchsuchen, die nicht ins Lateinische, Englische oder Französische übersetzt wurden. Perenelle zufolge handelt es sich um ein ganz besonderes Buch, weil an seinem Ende auch *Pimander* hinzugefügt ist, ein Text, der als Beweis dafür gilt, dass Drebbel außer Optiker, Bergbaukundiger und Erfinder auch ein sogenannter Hermetiker war.

*En voorder tot bewijs hoe versta waerom die dingen opwaerts rijsen oft naerwaerts dalen oft door wat oorsaeck de Aerde in't midde van't Water …*

Zina legt das Blatt neben sich ab.

»Da steige ich nicht durch. Glaubt ihr wirklich, dass hier ein Hinweis verborgen ist?«

»Diese Worte haben schon viele inspiriert, Zina«, erklärt Perenelle, »und genauso viele haben sie zur Verzweiflung getrieben.«

Zina nimmt den Papierstapel in beide Hände.

»Ihr habt selbst gesagt, Drebbel war ein Genie, aber auch ein Chaot. Er hat fast nichts über seine Erfindungen aufgeschrieben. Warum sollte er sich dann für einen Code an den wenigen Dingen orientieren, die er geschrieben hat?«

Sie lässt den Stapel wieder aufs Bett fallen.

»Irgendwo müssen wir schließlich anfangen«, erklärt Svoboda gereizt. »Und am logischsten ist es, danach zu schauen, was Rudolf und Drebbel gemeinsam hatten und was auf einer Linie mit der Anweisung liegt. Dann landet man sehr schnell bei der Hermetik.«

»Wenn Sie meinen.« Zina gibt nach. »Bitte erklären Sie mir, was das ist.«

»Dann will ich mal den Versuch wagen«, antwortet Perenelle. »Zina, den Begriff ›hermetisch geschlossen‹ kennst du?«

»Natürlich.«

»Er wurde von dem Begriff Hermetik abgeleitet. Einer Wissenschaft, die für viele unergründlich war und das auch immer noch ist. Daher die Bedeutung dieses Ausdrucks. In der Hermetik geht es um das Göttliche, das Universum und den Menschen. Und dabei vor allem um das Verhältnis der drei zueinander. Die Basis für diese Lehre stammt aus dem *Corpus Hermeticum*, einer Schriftenreihe, die man Hermes Trismegistos zuordnet.«

»Wer war das?«

»Wahrscheinlich niemand. Es ist wahrscheinlicher, dass es eine ganze Reihe von Autoren gewesen ist, etwa zwischen 500 und 900 nach Christus, die die Texte zusammengefasst haben, die man dann einer einzelnen gottgleichen, einem Propheten ähnelnden Figur zugeschrieben hat.«

»Und das ist dieser Hermes?«

»Genau. Astrologie, die Kenntnis der Himmelskörper, ist eine der wichtigsten Säulen für diese Lehre. Neben einer Form der Magie und Alchemie.«

»Okay. Rudolf hat sich also da hineinvertieft. Und Drebbel auch.«

»Richtig. Und nicht nur die beiden. Alle mehr oder weniger erleuchteten Geister ihrer Zeit waren davon fasziniert. Kennst du den Spruch ›Das, was oben ist, ist wie das, was unten ist‹?«

»Ja, ich glaube schon.«

»Der stammt aus der *Tabula Smaragdina,* einem der bekanntesten Werke.«

»Perenelle, das Ganze ist mir immer noch zu vage«, erklärt

Zina kopfschüttelnd. »Was haben sich die Leute davon versprochen? Was war das Ziel?«

»Die direkte Erfahrung des Göttlichen. Gnosis.«

»Darauf kann man natürlich auch aus sein«, murmelt Zina. »Ihr durchsucht also gerade diese hermetischen Werke nach Informationen über Drebbel?«

»Wie der Professor bereits sagte, ist das der logische Anknüpfungspunkt.«

»Wäre es nicht an der Zeit, dass wir das Ganze ausweiten?«, schlägt Zina vor.

»Was willst du damit sagen?«

»Na ja, ich musste gerade daran denken, wie ich zu dieser Suche gestoßen bin. Die Grundidee bei meinem Knacker ist, dass wir es zusammen angehen.«

»Das tun wir doch aber?«, reagiert Simon.

»Nicht nur wir, sondern alle. Alle, die wissen wollen, was das Voynich-Manuskript ist.«

»Du willst also deinen Plan immer noch in die Tat umsetzen«, stellt Simon fest, »und jeder, der einen Computer hat, soll mitmachen dürfen.«

Zina schüttelt den Kopf. »Nein, das scheint mir zum jetzigen Zeitpunkt keine gute Idee. Dann geht wahrscheinlich innerhalb eines Tages eine Millionenklage bei meinem Rechtsanwalt ein. Aber wir können unsere ersten Funde auf *voynichvoices* teilen. Wir legen Drebbels Rätsel den Mitgliedern des Forums vor und bitten sie, über einen möglichen nächsten Schritt nachzudenken. Wir zeigen ihnen unsere neue Seite und beweisen damit, dass wir wirklich Fortschritte machen. Wie viele Besucher kommen pro Tag auf die Seite, Simon?«

»Ich habe schon eine Woche lang nicht mehr reingeschaut, aber im Durchschnitt etwa eintausendfünfhundert. Achtzehntausend einzelne Besucher im Monat.«

»Achtzehntausend wissen mehr als fünf.«

Perenelle streckt eine Hand in die Luft.

»Ich bin dafür. Je schneller wir den nächsten Schritt machen können, umso besser. Und es fühlt sich nicht richtig an, einen solchen Durchbruch für uns zu behalten.«

»Ich bin absolut dagegen«, reagiert Svoboda sofort, »und wenn wir diesen Plan in die Tat umsetzen, bedeutet das, dass ich mich sofort aus dem Projekt zurückziehe.«

Die gemütliche Atmosphäre im Zimmer ist mit einem Schlag zerstört.

»Aber weshalb denn, Professor?«, fragt Zina erstaunt.

»Sie haben sich gerade erst zu uns gesellt, Fräulein Welter. Wir anderen beschäftigen uns schon viele Jahre mit dem Manuskript. Ich selbst habe unzählige Stunden Zeit und große Summen Geld investiert. Und auch diese Reise, London, Wien und jetzt Rom, kostet nicht eben wenig. Wenn wir Ihrem Vorschlag folgen, geben wir die Früchte davon aus der Hand. Für mich inakzeptabel.«

»Ich teile Professor Svobodas Meinung«, sagt Simon leise.

Zina schaut ihn ungläubig an.

»Aber Simon, du bist doch der Webmaster des Forums. Diese neue Seite, das Rätsel. Beide zusammen können Zehntausende, vielleicht Hunderttausende neuer Besucher anlocken. Das bedeutet öffentliches Interesse. Medienpräsenz.«

»Ich sehe die Vorteile genauso deutlich wie du. Und trotzdem finde ich, wir müssen abwarten. Ich habe euch in London diskret und einzeln angesprochen und gefragt, und trotzdem gibt es jemanden wie Barschius, der weiß, womit wir uns befassen. Trotzdem gibt es diese Bank, die ganz offensichtlich weiß, dass du dich mit dem Voynich-Manuskript auseinandersetzt. Und es passieren merkwürdige Dinge. Wenn wir jetzt an die Öffentlichkeit gehen, dann hört uns jeder, das hast du gerade selbst gesagt. Die Guten, aber auch die Verrückten. Und weil ich euch auf diese Reise mitgenommen habe, bin ich der Ansicht, dass meine Stimme in diesem Zusammenhang einiges an Gewicht haben sollte.«

Zina denkt über seine Argumente nach. Sie kann die Logik dahinter erkennen.

»So hatte ich die Sache noch nicht betrachtet. Vielleicht hast du recht.«

»Ich bin auch dieser Meinung«, meldet sich Currier zu Wort. »Es gab schon mehrere unerklärliche Vorkommnisse. Wenn wir an die Öffentlichkeit gehen, kann das zu einer Eskalation führen, deren Konsequenzen kaum absehbar sind.«

Zina starrt auf den Papierstapel. Plötzlich hat sie genug von allem. Rom. Barschius. Der Überfall. Die Schmerzen am Fuß. Sie sitzt hier mit diesen Leuten fest.

»Hoffentlich gelingt uns der Durchbruch schnell.«

Einige Stunden später hat sich die Luxussuite in eine Studentenbude voller schwitzender Körper, herumfliegender Papiere und leerer Kaffeetassen verwandelt.

»Völlig aussichtslos und völliger Unsinn«, schnaubt Svoboda. »Ich begreife nicht, wie Sie so etwas überhaupt vorschlagen können.«

»Warum denn nicht?« Verärgerung ist in Curriers Stimme zu erahnen. Der unerschütterliche Professor ist es nicht gewohnt, dass man ihm widerspricht. Und schon gar nicht auf diese Art und Weise.

»Warum sollte die Lösung nicht Drebbels Geburtsdatum sein können?«

»Erstens beleidigen Sie damit die Intelligenz der Schöpfer. Glauben Sie wirklich, die würden es uns derart einfach machen?«

»Wir können nicht wissen, was sie gedacht haben, denn sie sind bereits vierhundert Jahre tot.«

»Und zweitens kennen wir Drebbels Geburtsdatum nicht. Nur das Geburtsjahr.«

Die letzten Worte spuckt der kleine Professor fast aus. Zina ist gleichzeitig beeindruckt und unendlich gereizt. Ganz offensichtlich verfügt Svoboda über ein phänomenales Gedächtnis. Während der letzten Stunden hat der Professor dieses ihm zugängliche Wissen jedoch vor allem dafür eingesetzt, die Ideen der restlichen Gruppe zu verwerfen.

»Professor Svoboda, wir wollten eine Art Topliste erstellen«, erinnert ihn Zina an den Zweck ihrer Zusammenkunft. »Vier oder fünf Begriffe, mit denen wir gute Chancen haben. Lassen wir uns also noch einmal schauen. ›Die Himmelfahrt beginnt, Drebbel.‹ Was kann das bedeuten?«

»Ganz offensichtlich ein Hinweis auf den astrologischen und astronomischen Teil des Voynich-Manuskripts«, ruft Svoboda aus. »Da liegt die Lösung.«

»Welche der beiden, Astrologie oder Astronomie?«, fragt Zina.

»Damals gab es zwischen den beiden kaum einen Unterschied«, bemerkt Perenelle, die sich ungewöhnlich ruhig verhält. Ihre Bemerkung erklärt sie nicht näher.

»Was Perenelle sagt, stimmt«, fügt Simon hinzu. »Viele betrachten diese beiden Manuskriptteile als einen. Im Vergleich zum kräuterkundlichen Teil ist der über die Himmel sehr kurz. Etwas mehr als zwanzig Seiten. Gemeinsam haben sie Abbildungen der Tierkreiszeichen.«

»Gut, und die Tierkreiszeichen, das ist eine etwa zwanzig Grad breite Zone am Himmelsgewölbe.«

»Richtig«, antwortet Simon. »Für die älteren Zivilisationen stellten die zwölf Sternbilder den Hintergrund dar, vor dem sich die Sonne, der Mond und die Planeten bewegten. Und sie wurden benutzt, um alles Mögliche zu bestimmen. Anhand des Planetenstandes erklärte man zum Beispiel, warum jemand einen bestimmten Charakter hatte. Wenn jemand im Zeichen des Mars geboren war, erklärte das seine Streitlust. Und während sich die Planeten im ersten Teil nur schwer bestimmen lassen, ist dieses Problem hier von geringerer Bedeutung. Beinahe alle Illustrationen kann man leicht erkennen. Es gibt deutliche Übereinstimmungen mit anderen astrologischen Werken aus dieser Zeit. In diesem gibt es ein Quaternio, das herausfällt.«

»Quaternio Nummer neun«, fügt Svoboda hinzu. »Das auffallendste Stück. Sechs gefaltete Seiten. Einzigartig im Voynich-Manuskript. Die erste Botschaft befand sich auf einer Seite mit Ziffern am Seitenrand. Ein deutlicher Hinweis. Etwas, wodurch sich diese Seite von anderen unterschied. Das ist hier vielleicht auch der Fall.«

»Oder es handelt sich um die Folge eines Fehlers beim Binden, so wie ich das schon vorhin als Möglichkeit erwähnt habe«, entgegnet Simon mit hochgezogenen Augenbrauen. »Alles weist darauf hin.«

»Aber beweisen können Sie es nicht.«

»Im Hinblick auf das Voynich-Manuskript hat noch niemals jemand etwas beweisen können, Professor Svoboda. Im Übrigen würde ich es sehr schätzen, wenn Sie sich im Ton mäßigen würden.«

Zina fällt das Atmen schwer. Misstrauen macht die Atmosphäre im Zimmer drückend. »Wie viele Möglichkeiten haben wir denn?«, will sie wissen.

»Auf jeden Fall drei. Vielleicht hat es etwas mit der Zahl Zwölf zu tun wegen der zwölf Tierkreiszeichen. Der alten astrologischen Tradition zufolge bewegte sich die Sonne in zwölf Phasen von jeweils dreißig Grad. Also zum Beispiel jedes zwölfte Zeichen.«

»Die zweite Option hat wieder mit Rudolf zu tun«, fügt Simon hinzu. »Wegen der Botschaft von Drebbel und dem Teil des Manuskripts können wir schauen, was passiert, wenn wir wieder vom Datum des 28. Mai ausgehen. Dann ist das Zeichen Zwilling. Gemini. Wenn wir G-E-M-I-N-I in Ziffern umwandeln, ergibt das 7-5-13-9-14-9. Das liefert schon eine ganze Reihe von Möglichkeiten für deinen Knacker.«

»Und die Drei«, ergänzt Perenelle. »Die Zahl Drei hat mit

Drebbel zu tun. Sie ist die wichtigste innerhalb der Hermetik. Hermes Trismegistos, der drei Mal Große. Die *Tabula Smaragdina* fängt mit diesem Satz an. Die Drei steht für das Mysterium.«

»Also einige Optionen«, fasst Zina zusammen.

»Sie können meinen Computer benutzen.«

Derselbe Satz, genau zeitgleich ausgesprochen von Svoboda und Currier. Wie bei einem Zwillingspaar in einem Gruselfilm. Der lange, zurückhaltende Kalifornier und das Sauerkrautfass aus Tschechien schauen einander erstaunt an.

»Dass Sie diesem Mann vertrauen, Fräulein Welter, ist Ihre Sache«, sagt Svoboda mühsam beherrscht. »Ich verlasse mich darauf, dass Sie mit Ihrem Fund und Ihrer Applikation sorgfältig umgehen. Was Herr Currier damit anstellen würde, wenn er ihn auf seinem Computer hätte, vermag ich nicht zu sagen. Dann ist die Sache meinem Blick entzogen, und das gefällt mir nicht.«

»Ich würde mir eher wegen des Herrn Svoboda hier Sorgen machen«, ist Curriers eiskalte Reaktion. »Es würde mich gar nicht wundern, wenn Sie diese Gelegenheit nutzen wollten, um Ihre alles andere als beeindruckende akademische Karriere mit einem Input zu versehen, den Sie nur allzu nötig haben.«

»Meine Herren!«, schaltet sich Simon ein. »Das führt doch zu nichts. Ich nehme an, mein eigener Computer kommt nicht infrage?«

»Das haben Sie gut erkannt«, ruft Svoboda aus.

»Bei mir gibt es keine akademische Karriere, die ich vorantreiben müsste, Professor. Was haben Sie also gegen mich einzuwenden?«

»Bei Ihnen liegt die Motivation im Finanziellen.«

»Im Finanziellen?«, fragt Simon verblüfft zurück. »Wovon reden Sie überhaupt?«

»Von Ihrer Voynich-Stiftung, mein Herr. Diese jährlich

stattfindende Wochenendveranstaltung, wie finanzieren Sie die? Es ist ja nicht so, dass Coca-Cola nur darauf wartet, Werbung auf Ihrer Seite zu schalten. Das hier, dieser Durchbruch, ist eine Sensation. Ein großer Fund. Und so etwas ist Geld wert. Mit Ihren Kontakten können Sie ihn heimlich an den Höchstbietenden verkaufen.«

»Was für eine lächerliche Unterstellung.«

Perenelle steht auf und verlässt wortlos das Zimmer. Zina schaut ihr nach, während Currier, Svoboda und Simon weiterstreiten. Zina hört nicht mehr zu, wie die anderen sich gegenseitig beschuldigen. Der Wortbrei ist mit Gift durchsetzt. Nur dafür gedacht, zu verletzen. Sie folgt Perenelles Vorbild und geht mit mühevollen Schritten nach draußen.

# 16

Was steckt hinter einem ewigen Lächeln? Zina kennt eine ganze Reihe Leute, die immer fröhlich wirkten. Niederlagen wurden lachend entgegengenommen. Sorglos tanzten sie durchs Leben. Woraus bestand ihr Netz? Möglicherweise aus Religion. Aus der Sicherheit, dass es jemanden gibt, der einen liebt und einen am Schluss mit einem Platz im Himmel belohnen wird. In Zinas Welt aus Experten und Leuten mit akademischem Hintergrund ist intensiv gelebter Glaube allerdings fast nicht vertreten. Manche waren zwar erleuchtet von langen Ferien in Südostasien zurückgekommen, rannten dann aber schnell wieder im Hamsterrad des westlichen Kapitalismus mit. Auf den wenigen Partys, die Zina besucht hatte, hatten einige Kommilitonen ihren permanenten Glückszustand chemischen Hilfsmitteln zu verdanken.

War ständiges Glück nicht einfach eine Projektion, die andere blenden sollte? Ein Lichtbündel, das man auf die Außenwelt richtete, um ein turbulentes, pechschwarzes Inneres zu verbergen?

Während der ersten Tage hat sich in Perenelles Panzer kein einziger Riss gezeigt. Im Laufe der letzten Zeit sah sie allerdings immer bedrückter aus. Zina entdeckt sie am Rand des Schwimmbeckens, wo sie mit gesenktem Kopf sitzt. Der Blick ihrer blauen Augen wirkt stumpf, ihre Mundwinkel hängen nach unten. Die Falten in ihrem Gesicht, die zuvor wegen ihrer funkelnden Augen und der weißen Zähne kaum wahrnehmbar waren, sieht man nun deutlich.

»Alles in Ordnung?«

Eine dumme Frage, die mit einem schwachen Lächeln beantwortet wird.

»Ich habe schon bessere Tage erlebt, Zina.«

»Was ist los?«

»Du musst noch viel über andere Menschen lernen.«

»Ich muss noch viel über mich selbst lernen.«

»Das verstehe ich. Manchmal vergesse ich einfach, wie jung du noch bist.«

Zina schaut über die riesige Rasenfläche, die vor ihnen liegt. Sie saugt die frische Luft ein, eine Erleichterung nach der drückenden Atmosphäre im Hotelzimmer.

»Hast du Lust auf einen Spaziergang?«

»Kannst du das denn?«

Zina schaut auf ihren bandagierten Fuß.

»Was mich nicht umbringt, macht mich stärker.«

»Dann hatte mein edler Landesgenosse Friedrich also recht. Komm.«

Trotz der Schmerzen fühlt sich das Gras unter Zinas Füßen angenehm an. Sie lassen das Hotel und den Pool hinter sich.

»Du und Simon, ihr seid also …«

Zina wird rot.

»Ja, es sieht ganz danach aus.«

»Ein attraktiver Mann.«

»Du kennst Simon natürlich schon länger.«

»Kennen wäre zu viel gesagt. Die Gelegenheiten, bei denen wir Voynich-Liebhaber einander begegnen, lassen sich an einer Hand abzählen.«

»Oh.«

»Ich kann dir also nichts berichten, was du nicht schon weißt. Ein Bücherwurm, aber ein gut gebauter. Humor hat er, wenn er will, und wenn es sein muss, kann er charmant sein.«

»Über seinen Geschmack in Sachen Kleidung lässt sich streiten.«

In ihrem Lächeln schimmert wieder etwas von der alten Perenelle durch.

»Wäre es nicht so, würde dir das auch nicht gefallen.«

»Mir ist es schon eine ganze Menge wert, dass Simon nicht böse auf mich ist.«

»Warum sollte er böse auf dich sein?«

»Mit dem, was wir gerade tun, machen wir seinem Hobby, seiner Passion den Garaus.«

Perenelle seufzt.

»Darüber habe ich auch schon nachgedacht. Aber das gehört dazu. Das Voynich-Manuskript existiert, damit man sein Geheimnis löst. Also darf man sich auch nicht beschweren, wenn das jemandem tatsächlich gelingt. Schon gar nicht, wenn man so dicht an der Sache dran ist.«

»Ein gutes Argument.«

»Lass dir nichts einreden, Zina. Sobald man etwas Außergewöhnliches vollbringt, wird alles anders. Und dann arbeitet die menschliche Natur gegen dich. Wenn du dich veränderst, veränderst du auch den Kontext, in dem die anderen mit dir umgehen. Familie, Freunde, Liebhaber, sie alle verlieren einen Teil der Kontrolle über ihre Beziehung zu dir. Und sie werden alles dafür tun, das zu verhindern. Es ist egal, ob diese Veränderung positiv oder negativ ist. Wenn es eine Veränderung ist, die dir nutzt, werden sie sogar versuchen, die zu sabotieren, wenn ihnen das besser in den Kram passt.«

»Und wenn es eine negative ist?«

»Aus eigener Erfahrung kann ich dir sagen, dass man dann plötzlich nur noch sehr wenige Freunde hat.«

Zinas frühe Lebensjahre waren von ständigem Abschiednehmen geprägt. Alle paar Jahre ein neuer Ort mit neuen Leuten.

»Was man nicht hat, kann man auch nicht verlieren.«

Perenelle legt Zina kurz eine Hand auf den Arm.

»Du bist noch jung. Das findet sich schon alles noch.«

»Danke.«

Sie gehen weiter.

»Was ich dir gerade über Simon erzählt habe …«, setzt

Zina zögernd an. »Ich dachte kurz, dass du aus demselben Grund heute ein bisschen weniger fröhlich bist. Oder liegt es an der Atmosphäre?«

»Die ist tatsächlich alles andere als angenehm. Aber es hat mit etwas anderem zu tun.«

Sie deutet auf die violetten Lavendelsträucher.

»Ich beschäftige mich seit Jahren intensiv mit der heilenden Wirkung von Pflanzen und Kräutern. Oft hat man die schon wissenschaftlich beweisen können, zum Beispiel bei Kurkuma, der Safranwurzel, die das Wachstum von Tumoren verhindern kann. In vielen Fällen aber auch nicht. Ich bin davon überzeugt, dass darin ein noch viel größeres Potenzial steckt. Dass man mit Pflanzen und Kräutern Menschen gesund erhalten, Krankheiten heilen kann.«

»Und das erhoffst du dir vom Voynich-Manuskript?«

»Ja. Verlorene Weisheit und Kenntnisse. Alchemie, wenn du es so willst. Von dem Augenblick an, als ich das Voynich-Manuskript zu Gesicht bekam, wusste ich, dass es da um etwas Besonderes ging. Es waren die Zeichnungen der Pflanzen, die mich berührt haben. Die Schrift weniger.« Sie beißt sich auf die Unterlippe. »Ich hatte so gehofft, dass diese ganzen Seiten übersetzt werden könnten. Ich habe davon geträumt, was wohl darin steht. Um welche Pflanzen es sich da wirklich handelt. Wenn man es nicht zu genau nimmt, hat man inzwischen etwa fünf identifiziert. Wenn man pedantisch ist, keine einzige. Es gibt eine Liste mit allen Namen. Aber eigentlich steht hinter jedem ein Fragezeichen. Ich würde wer weiß was darum geben, wenn ich die Fragezeichen hinter diesen Namen …«

»Was ist los?«, will Zina wissen.

»47v.«

»Das Folium?«

»Wie konnte ich nur so dumm sein?«

In weniger als einer Sekunde ist Perenelle wie verwandelt.

Ihre Augen strahlen wieder. Sie springt um Zina herum, führt eine Art Freudentanz auf.

»Was ist denn los?«, fragt Zina.

»Die Pflanze! Auf der Seite!«

»Aber wir wissen noch nicht, welche das ist. Das hast du gerade gesagt.«

Perenelle packt Zina bei den Schultern.

»Nicht mit Sicherheit! Aber wir wissen, welcher Pflanze sie sehr ähnelt. Und zwar *der Lunaria*.«

Latein ist nie Zinas stärkstes Gebiet gewesen.

*»Lunaria«*, jubelt Perenelle. »Den Namen hat die Pflanze wegen ihrer Samenkapseln bekommen. Die sind grau-weiß und rund. Deswegen gleichen sie dem …«

»Mond«, vervollständigt Zina den Satz. »Luna.«

»Genau! Die Himmelfahrt beginnt hier. Jetzt beginnt die Fahrt zum Himmel. Und wenn man die Erde verlässt, wem begegnet man dann zuerst?«

Zina schaut sich um. Sie sind ein paar Hundert Meter vom Hotel entfernt.

»Wir gehen zurück.«

So schnell Zinas verletzter Fuß es zulässt, kehren sie ins Hotel zurück. Sie gehen an Svobodas Zimmer vorbei, wo die Stille anscheinend wieder Einzug gehalten hat. In ihrem eigenen Zimmer holt Zina ihren Koffer hervor. Was sie sucht, liegt ganz unten.

Sie holt den Gegenstand heraus und legt ihn auf ihr Bett. So muss sich das Wiedersehen mit einem alten Freund anfühlen. Fleckig und verkratzt steht der rechteckige Apparat vor ihr. Mit den Fingern fährt sie über das Aluminium. Dieser Apparat weiß mehr von ihrem Leben, von ihren Passionen und Geheimnissen als irgendjemand sonst.

»Dein anderer Laptop«, stellt Perenelle fest.

»Ja. Der, den ich in Wien ausgeschaltet habe.«

»Dafür hattest du damals einen guten Grund.«

»Sicher. Barschius wusste, dass ich mich in Wien aufhielt. Das war ziemlich beängstigend. Mein erster Gedanke – und der von Simon – galt also einem Computer oder meinem Handy, weil es heutzutage so einfach ist, jemanden auf diese Weise zu verfolgen. Da habe ich beide sofort ausgeschaltet.«

»Stattdessen sind wir aber eigentlich Barschius gefolgt.«

Zina nickt.

»Da hast du recht, glaube ich. Wir waren alle dabei, aber wenn man darüber nachdenkt, war es ein Sprung ins Ungewisse.«

»Willkommen im System der menschlichen Schwächen, Zina. Ungeduld. Eitelkeit. Neugierde. Wir sind durch die Neuentdeckung auf den Geschmack gekommen und wollten mehr. Die Wurzel und die Pflanze. Barschius muss das gewusst haben. Wie er alles zu wissen scheint. Überleg doch mal, wie er uns die Seite zugespielt hat. Vor unserer Nase, während unseres Besuchs.«

»Wer ist Barschius? Svoboda, wie Simon vermutet?«

»Zina, ich weiß es nicht. Der Professor war in der Villa tatsächlich für einige Zeit verschwunden. Aber er ist auch derjenige, der am lautesten gegen unsere Reise nach Italien protestiert hat. Ich dagegen wollte sofort hierher. Vielleicht bin ich es ja.«

»Das glaube ich nicht. Aber wer es auch sein mag, wir wissen inzwischen, dass diese mysteriöse Gestalt nicht über meinen alten Computer darüber unterrichtet wird, wo ich bin.«

Perenelle klatscht in die Hände.

»Du hast ihn während dieser ganzen Zeit nicht wieder angestellt.«

»Genau. Darum gibt es keinen Grund mehr dafür, ihn nicht zu benutzen.«

Sie drückt auf den Knopf rechts oben auf der Tastatur und hört das vertraute Geräusch des hochfahrenden Geräts.

Perenelle schaut zur Tür.

»Müssen wir nicht die anderen dazuholen?«

»Das ist genau der Grund, warum ich glaube, dass du nicht Barschius sein kannst. Ich weiß zwar nicht, was er vorhat, aber ich vermute, er würde in einem Moment wie diesem keine Gesellschaft wollen.«

»Du hast gesagt, du hast deinen Knacker irgendwo online gespeichert. Und gut gesichert.«

»Stimmt.«

»Soll ich dann nicht lieber kurz nach draußen gehen, während du dich einloggst oder so?«

»Wenn du nicht gerade mein Gesicht oder meine Stimme hast, darfst du einfach hierbleiben.«

Während Zina sich über das WLAN des Hotels einloggt und die Seite von SaveKeeping aufruft, erklärt sie der anderen Frau die Sicherheitsvorkehrungen.

»Los geht's«, verkündet sie kurze Zeit später.

»Was machen wir jetzt?«

»Wir fangen mit dem Einfachsten an. Für den ersten Teil hatten wir das Datum von Rudolfs Abreise aus Spanien. Jetzt muss der Knacker einen weiteren Schritt vollziehen und die Buchstaben L-U-N-A in Ziffern umwandeln.«

»Wie geht denn das?«

»Jeder Buchstabe verweist auf den Platz, den er im Alphabet einnimmt. Das L ist der zwölfte Buchstabe. Das U der einundzwanzigste. Und so weiter.«

Zina tippt das Wort ein.

»Okay, das ergibt 12-21-14-1. Und ohne die Dezimalstellen 1-2-2-1-1-4-1. Der Knacker berücksichtigt beide Möglichkeiten.«

Zina drückt auf Enter. Perenelle starrt mit weit aufgerissenen Augen auf den Bildschirm, als erwarte sie, dass sich gleich ein Wunder biblischen Ausmaßes vollzieht.

»Wenn du hinguckst, geht es auch nicht schneller.«

»Das ist mir klar. Aber ich kann nicht anders. Was macht er denn jetzt?«

»Er bewältigt eine unglaubliche Menge an Rechnungen. Eine Suche nach Mustern, die natürlicher Sprache ähneln. Und die koppelt er dann an die Liste mit Wörtern, die ich eingegeben habe.«

»Wie schätzt du unsere Chancen ein?«

»Als nicht besonders hoch. Es ist unser erster Versuch.«

»Wir haben ja noch die drei anderen Optionen.«

»Stimmt. Aber diese halte ich für die beste, die wir bisher haben. Gut, dass du hier bist, Perenelle.«

»Heb dir die Komplimente lieber auf, bis …«

Zinas Blick wird vom Bildschirm angezogen.

»Was denn? Ist er etwa schon fertig?

Perenelles Blick schießt von links nach rechts. Sie weiß nicht, wohin sie schauen soll.

»Ja. Er ist fertig. Schneller als beim letzten Mal.«

Zina zeigt auf eine Spalte rechts unten.

*Möglicher Ansatzpunkt in Voynich Sektion zwei: Astronomie und Astrologie*

*Sprache: Deutsch*

*Location: f85rI.*

*E-S-G-I-B-T-V-I-E-L-E-W-E-G-E*

# IV

# 17

Der dritte Teil des Voynich-Manuskripts gilt allgemein als der am wenigsten zugängliche. Der erste Teil enthält Pflanzen, auch wenn man sie nicht bestimmen kann. Der zweite zeigt verschiedene Versionen des Tierkreises mit bekannten Symbolen wie Stieren und Fischen. Aber was soll man von einundzwanzig Seiten halten, die mit verschiedenen organisch geformten Behältern gefüllt sind, die in Teiche oder Bäder münden, die wiederum mit nackten Frauen gefüllt sind oder mit badenden Nymphen, wie Simon sie nennt? Zudem gibt es noch andere Nymphen, die aus Röhren wie mittelalterliche Gleitbahnen zum Vorschein kommen und die Hände wiederum in andere Formen stecken. Die Frauen sind grob gezeichnet, ohne jede künstlerische Finesse. Die Bilder sind einzigartig in ihrer Art, genau wie die Schrift, mit der die Stellen zwischen den Illustrationen vollgeschrieben wurden.

»Wenn ich das richtig verstanden habe, gibt es also kein Voynich-Alphabet in dem Sinne«, stellt Simon fest. »Es ist nicht so, dass jedem der verschiedenen Symbole ein fester Buchstabe zugeordnet werden könnte.«

»Richtig«, antwortet Zina. »Genau wie aus dem ersten Teil haben wir aus dem zweiten nur einen einzigen entschlüsselten Satz herausfiltern können. Beim Rest des Textes handelt es sich um Füllmaterial. Willkürliche Symbole, die aneinandergereiht sind und etwas darstellen, das an Wörter erinnern soll.«

»Und für den zweiten Teil wurde eine andere Verschlüsselung verwendet, oder? Da standen dieselben Symbole diesmal für andere Buchstaben?«

»Ganz genau. Es sieht so aus, als hätte man in jedem Teil eine neue Codierung angewendet. Das ist auch der Grund dafür, dass wir beim letzten Mal nur im ersten Teil ein Resultat hatten. Es handelt sich um ein besonders faszinierendes Mönchswerk. Ich hätte nicht gedacht, dass man damals zu etwas Derartigem in der Lage war. Ein Genie, dieser Drebbel.«

Zina steht auf und streckt sich. Nach den Marathonsitzungen der letzten Tage hat sie das Gefühl, ihr würde die Decke auf den Kopf fallen. Der Hotelbesitzer hat ihnen einen der Versammlungsräume zur Verfügung gestellt. Man hat ein paar Tische in einem Viereck angeordnet. Unangerührte Notizblöcke und Stifte mit dem Logo des Hotels liegen bereit. Auf einem Tisch an der Wand stehen Kannen mit Kaffee, Tee und Wasser. Trotz des sonnigen Wetters hat Currier die Vorhänge zugezogen und als Argument vorgebracht, dass er keine Topfgucker anlocken möchte. Ein Projektor wirft den neuesten Erfolg auf einen großen weißen Bildschirm.

*Es gibt viele Wege*

»Viele Wege.«

»Von der Bedeutung her schließt das an den ersten Satz an«, bemerkt Svoboda. »Die Fahrt beginnt. Es gibt viele Wege. Es führen also viele Wege zur Erleuchtung.«

»Das war auch meine erste Assoziation«, pflichtet ihm Simon bei. »Aber im kräuterkundlichen Teil musste man den Satz mit der dazugehörigen Illustration zusammenbringen, um auf die Lösung zu kommen.«

Svoboda scheint den Namen Perenelle bewusst zu vermeiden.

»Dann haben wir hier ein Problem, denn der entscheidende Satz befindet sich auf einer der wenigen Seiten in diesem Teil ohne Abbildungen. Und diesmal gibt es keinen Drebbel oder irgendeinen anderen Namen wie im ersten Teil.«

»Nein.«

»Ist das denn wichtig?«

Ein kollektives Schweigen setzt ein. Hier sind die größten Experten der Welt versammelt. Jeder Einzelne besitzt ein immenses Allgemeinwissen über das Manuskript und darüber hinaus das Wissen seines eigenen Fachgebiets. Aber jetzt betreten sie alle Neuland.

»Professor Svoboda«, setzt Zina an, »Sie haben gerade gesagt, dass wahrscheinlich ein Zusammenhang zwischen dem Satz und den Illustrationen besteht. Auf dieser Seite gibt es keine Abbildung, aber auf anderen in diesem Teil natürlich schon. Was haben wir hier vor uns?«

»Bäder mit heilender Wirkung. Das sehen wir hier. Die Parallelen zum *Balneis puteolanis* sind überdeutlich.«

»Für die Nicht-Historiker unter uns«, ergänzt Simon, »sollte man hinzufügen, dass das ein mittelalterliches Gedicht über die heilende Wirkung verschiedener Arten von Bädern ist, glaube ich. Und ich weiß auch nicht, ob ich mit dem Professor einer Meinung bin. Man sieht in den Illustrationen, was man sehen will. Niemand kann mit Sicherheit sagen, ob es auch tatsächlich Bäder sind.«

»Was denn sonst?«

»In der Alchemie geht es im Wesentlichen um spirituelle Transformation«, erklärt Perenelle. »Die Illustrationen können auch eine Metapher für innere Reinigung darstellen.«

»Diese Diskussion haben wir schon oft geführt.«

»Stimmt, über mehrere Jahre hinweg zu verschiedenen Aspekten.«

»Und sind wir jemals zu einer definitiven Schlussfolgerung gelangt?«

»Wir waren uns einig, dass wir uns nicht würden einigen können.«

Zina schüttelt den Kopf.

»Ihr sprecht hier von Jahren. Wir haben noch einen einzigen Tag zusammen. Danach verlieren wir die Hälfte unserer Gruppe.«

»Ich würde nur zu gern hierbleiben und weiterarbeiten«, erklärt Svoboda. »Außerdem bin ich gespannt darauf, was dieser Barschius noch für uns in petto hat. Leider wird meine Anwesenheit in Brünn verlangt. Beruflich wie privat. Das ist sicher auch der Grund, warum Sie abreisen, Fräulein Perenelle?«

»Ich habe meine Gründe. Wenn alles nach Plan verläuft, kann ich in ein paar Tagen wieder herkommen. Aber jetzt sollten wir versuchen, unsere Zeit so gut wie möglich zu nutzen.«

»Was denken Sie, Professor?«, wendet sich Zina an Currier, der sich bisher auffällig zurückgehalten hat.

»Im Vergleich zu den Damen und Herren hier bin ich nur ein Amateur. Und Sie, Fräulein Welter, haben in den vergangenen Monaten einen ganzen Berg an Wissen aufgetan. Aber wenn ich den neuesten Hinweis isoliert betrachte, denke ich, dass wir nicht auf der Suche nach einem Wort sind, sondern nach einer Zahl.«

»Es gibt viele Wege«, murmelt Zina. »Aber wie viele?«

# 18

ZINA WELTER,
DIE ERSTEN FRÜCHTE DES ERFOLGES SIND OFT DIE GIFTIGSTEN. DEIN ERSTER COMPUTER WURDE DIR GESTOHLEN. DER ZWEITE BESTIEHLT DICH.
BARSCHIUS

Zina nimmt die Hände vom Laptop, als stünde er unter Strom. Was hat sie da nicht mitbekommen? Ist etwas bei SaveKeeping nicht in Ordnung? Gibt es Softwarefehler? Wird sie doch in irgendeiner Form überwacht? Seine Identität ist noch ungeklärt, aber die Testresultate der neuen Manuskriptseite lassen deutlich werden, dass sie Barschius lieber ernst nehmen sollte.

Einer ihrer Freunde in Princeton, ein absoluter Computernerd, hat ihr einmal ein kleines Schraubenzieherset geschenkt. Nicht gerade der Inbegriff der Romantik, aber sie trägt das Set immer bei sich. Jetzt holt sie es hervor, stellt den Laptop aus und macht die kleinen Magnetschrauben auf der Rückseite los. Sie hebt die Platte hoch und bläst etwas Staub weg.

Eine Hardwareexpertin ist sie nicht. Computer betrachtet sie als Hilfsmittel, mit denen sich Dinge ausrechnen lassen. Um ihre Möglichkeiten, so gut es geht, ausschöpfen zu können, hat sie sich zumindest die Grundkenntnisse angeeignet. Aber was, wenn sie jetzt etwas findet, von dem sie weiß, dass es nicht dorthin gehört? Was würde das bedeuten? Sie schiebt den Gedanken weg, konzentriert sich auf das, was sie gerade tut. Sie nimmt die Festplatte heraus, dann den kleinen Akku. Das gesamte Innenleben des Laptops liegt jetzt ungeschützt vor ihr wie bei einem Patienten auf dem Operationstisch.

Ihr fällt nichts Ungewöhnliches auf. Behutsam ordnet sie die verschiedenen Teile wieder so im Gehäuse an, wie sie sie herausgeholt hat. Die Hardware scheint in Ordnung zu sein.

Zina fährt den Computer wieder hoch. Aus ihrer Zeit bei der Bank hat sie zumindest gelernt, dass man sich gut schützen muss. Auf jedem Computer, mit dem sie arbeitet, befindet sich grundsätzlich die neueste und beste auf dem Markt erhältliche Antivirus-Software. *Der Computer bestiehlt mich.* Barschius scheint anzudeuten, dass ihr etwas entgangen ist. Wenn das stimmt, wird es schwierig werden, dieses Etwas zu finden. Sie überprüft ihre Festplatte. Dann *Dokumente*. Als Nächstes öffnet sie den Ordner mit den laufenden Programmen. Auch hier findet sich auf den ersten Blick nichts Ungewöhnliches.

Es dauert insgesamt fast zwei Stunden, aber dann kommt sie darauf.

Ein *Keylogger*. Ein Programm, das alle Tastaturanschläge speichert und das Dokument anschließend an denjenigen verschickt, der den *Keylogger* auf dem Computer installiert hat. Sehr beliebt bei Arbeitgebern, die ihren Angestellten nicht vertrauen, und bei überbesorgten Eltern pubertierender Kinder. Aber wie ist dieses Programm auf ihren Computer gekommen? Und wer steckt dahinter?

Angst und Bewunderung kämpfen in ihr um die Oberhand. Der *Keylogger* hat sich verborgen gehalten, indem er sich wie eine Art Virus an das Programm geheftet hat, das ihre Software updatet. Als Teil davon ist er beinahe unsichtbar geworden. Erst als Zina sich in den Quellcode vertieft hat, hat sie ihn entdeckt. Ihr Blick fliegt über die seltsamen Zeilen, die sich an den bestehenden Code angehängt haben. Sie entdeckt das Datum, an dem der *Keylogger* aktiviert wurde.

Am 15. Mai 2015. Vor mehr als zwei Monaten.

Das Programm stoppt und schließt sich.

»Warte!«, ruft Zina. »Stopp!«

Schnell fährt sie ihren Laptop wieder hoch. Zu spät. Das Programm ist verschwunden. Spurlos. Sie hämmert mit beiden Fäusten auf die Tastatur ein. Dann klappt sie den Laptop zu, stützt sich mit beiden Ellenbogen auf den Computer und reibt sich die Augen.

Ein Programm, das sich selbst entfernt, wenn man es entdeckt. Sie bezweifelt, dass man so etwas auf dem normalen Markt bekommt. Alle Daten sind verschwunden. Sie hat noch nicht einmal die Dateien mit der Adresse finden können, an die die Informationen geschickt wurden.

Aber eine Information hat sie.

»Fünfzehnter Mai.«

Das laute Aussprechen dieses Datums versetzt Zina in diese Zeit zurück. Einige Wochen nachdem sie nach Rotterdam geflüchtet war. Die dunkelsten Tage in ihrem Leben. Die Aussichtslosigkeit. Das Gefühl, dass ihr gesamtes Leben umsonst gewesen ist. Dass sie an jeder Kreuzung den falschen Weg gewählt hat. Bis zu diesem Moment. Bis zu dem Lichtpunkt, der immer heller gestrahlt hatte.

Ist das möglich? War *er* es?

Schnell öffnet Zina ihr Postfach. Sie bekommt so wenige E-Mails, dass die Nachricht, nach der sie sucht, sogar noch auf der ersten Seite steht, obwohl sie schon vor Monaten eingegangen ist. Zina liest die Mail noch einmal. Diese Nachricht hat den Umschwung bedeutet. Wegen dieser wenigen Zeilen ist sie jetzt hier. Die E-Mail enthält einen Link. Zina erinnert sich, ihn angeklickt zu haben. Obwohl sie die Antwort bereits kennt, überprüft sie das Datum. Es ist der 15. Mai 2015. Andere E-Mails hat sie an diesem Tag nicht bekommen. Sie braucht mehr. Eine zweite Informationsquelle. Eine von der ersten unabhängige, so wie Journalisten das handhaben. Sie schaut in ihre Adressliste. Mathematik ist universell. Dieselbe Sprache überall auf der Welt. Kein Wunder, dass ihre ehemaligen Kommilitonen ungefähr alle zwei Jahre das Land wechseln. Gilbert Peter ist ihr Altersgenosse, und zurzeit arbeitet er in Oxford. Sie greift nach ihrem Handy.

»Hallo? Mit wem spreche ich?«

»Gilbert? Ich bin's, Zina.«

»Zina! Mir wird ›Unbekannte Nummer‹ angezeigt.«

»Neues Telefon.«

»Ach so. Was kann ich für dich tun? Besuchst du uns endlich mal?«

»Nein, tut mir leid.«

Gilbert Peter sitzt wie eine eifrige Spinne im Netz seiner Mathematikabteilung. In regelmäßigen Abständen erhält Zina Einladungen zu Veranstaltungen.

»Gilbert, hat bei euch neulich eine große Riemann-Konferenz stattgefunden?«

»Riemann? Nein, das wüsste ich. Das ist aber eine gute Idee. Warum fragst du?«

»Und weißt du vielleicht, ob vor einer Woche Currier bei euch vorbeigeschaut hat?«

»Unser Professor Currier? Nein, das würde mich sehr wundern. Das hat niemand in der Fakultät erwähnt. Und ich habe ihn auch nicht gesehen.«

»Danke schön, Gilbert. Dann ist alles klar.«

»Gern geschehen, Zina. Wie geht's dir denn?«

»Ich rufe dich bald mal wieder an. Dann quatschen wir. Danke noch mal!«

Sie drückt das Gespräch weg. Keine Riemann-Konferenz in der Woche, die sie in London verbracht hat. Kein Professor Currier in Oxford. Er hat sie angelogen. Mit einem einzigen Mausklick hat sie ihm die Tür geöffnet. Von diesem Moment an konnte er alles sehen. Jeden Anschlag auf der Tastatur. Jede Webseite, die sie besucht hat. Jetzt kennt Zina das Wie. Aber nicht das Warum.

Während sie die wenigen Meter zu Curriers Zimmer zurücklegt, rasen die Gedanken durch ihren Kopf. Sie kennt ihn als hilfsbereiten Dozenten. Als jemanden, der sich nichts auf sein Wissen einbildet. Der die Interessen seiner Studenten immer oben anstellt. Was ist da geschehen? Eine Lebenskrise? Die meisten Durchbrüche in der Mathematik werden von jungen Menschen erreicht. Der Letzte, der nach dem dreißigsten Lebensjahr noch Entscheidendes geleistet hat, war Andrew Wiles, der den Großen Fermatschen Satz bewiesen hat. Der Rest, Gödel, Gauss, Euler – sie waren alle jung gewesen, als sie ihre wichtigsten Arbeiten ablieferten. Ist die Hoffnung nach all den Jahren in Verzweiflung umgeschlagen? Hat er Zina deswegen auf die Spur des Voynich-Manuskripts gebracht? Das ist für sie der einzige vorstellbare Grund. Dass der *Keylogger* dazu dient, ihren Fortschritten zu folgen und ihre Arbeit sehen zu können. Scham überfällt sie. Sie hat Simon und den anderen nicht genug vertraut, um diese Reise mit ihnen anzutreten. Sie hat darauf bestanden, jemanden dazuzuholen, den sie kennt.

Jetzt steht sie vor seiner Tür. Draußen ist es dunkel. Das Schwimmbad wie eine erleuchtete hellblaue Bake. Je länger Zina darüber nachdenkt, desto schlimmer empfindet sie den Verrat. Er hat sie wie ein Anthropologe studiert, nach einer Möglichkeit gesucht, sie zu benutzen. Hat den Augenblick ihrer größten Schwäche ausgenutzt. Als sie nach einem Halt suchte. Und sie hat keinen einzigen Moment über all diese Zufälle nachgedacht. Seine Anwesenheit in London. War ihr die verdächtig erschienen? Nein, wieso auch. Sie war einfach nur froh gewesen, nach den Monaten in ihrem Elternhaus ein bekanntes Gesicht zu sehen.

Mit lauten Schritten auf seiner Veranda kündigt Zina sich an. Die Vorhänge sind zugezogen. Es brennt kein Licht. Seine Tür ist angelehnt. Zina stößt sie weiter auf, bleibt im Türrahmen stehen.

»Professor?«

Zu schüchtern. Zu leise.

»PROFESSOR!«

Keine Antwort. Sie betritt das Zimmer. Niemand. Ein ungemachtes Bett. Sie öffnet den Kleiderschrank. Nichts. Sein Koffer ist weg. Zina geht ins Badezimmer. Auch niemand. Sie nimmt ihr Handy, ruft seine Nummer an. Dann rennt sie die hundert Meter zum Hauptgebäude. An der Rezeption steht eine Frau mittleren Alters. Ihr schwarzes Haar ist auf groteske Weise straff zu einem Dutt nach hinten gekämmt. Eine Art selbst gemachtes Lifting.

*»Yes, how may I help you?«*

»Guten Abend. Ich bin Zina Welter, ich wohne in Nummer 14. Ich gehöre zu der Gruppe von Professor Currier. Können Sie mir sagen, ob er heute Abend abgereist ist?«

Zina legt ihre Schlüsselkarte auf den Tresen.

Die Frau wirft einen Blick darauf.

»Herr Currier hat vor zwei Stunden ausgecheckt. Mir ist aufgefallen, dass er es eilig zu haben schien.«

Zina überlegt. Ein paar Minuten, vielleicht eine Viertelstunde nachdem sie die Nachricht von Barschius bekommen hat. Kein Zufall. Er ist weg. Sie hatte alles schon gedanklich formuliert. Die Fragen, die Vorwürfe. Jetzt gibt es niemanden, dem sie sie entgegenschleudern könnte, außer sich selbst. Tränen der Machtlosigkeit steigen ihr in die Augen. Sie lässt das Kinn auf die Brust sinken. Ein bekanntes Gefühl steigt in ihr auf. Der übermächtige Drang, sich zusammenzurollen, sich in eine dunkle Ecke zu verkriechen, an einem Ort ohne Menschen, ohne Dinge, die einem wehtun. Einem Ort, an dem sie nichts zu tun braucht. Niemand sein muss. Sie nimmt ihr Handy und schickt eine Nachricht an die anderen. Dann läuft sie mit bleischweren Füßen aus dem Hauptgebäude zurück zu Curriers Zimmer. Draußen erwartet sie bereits der Rest der Gruppe. Simon kommt ihr entgegen.

»Wir haben deine Nachricht erhalten. Wo ist Professor Currier?«

»Lasst uns kurz nach drinnen gehen.«

Sie läuft vorneweg, öffnet die Tür.

»Er ist tatsächlich nicht mehr hier«, stellt Perenelle fest, als sie alle im Zimmer stehen. »Was ist denn los?«

»Ich habe euch etwas zu sagen«, antwortet Zina, »und danach werdet ihr entscheiden müssen, was wir mit unserem Wissen anstellen.«

Sie schluckt. »Ich hatte euch ja schon erzählt, wie ich überhaupt von dem Voynich-Manuskript erfahren habe.«

»Von deinem Professor Currier«, sagt Simon. »Der hat dir eine E-Mail geschickt.«

»Stimmt. Allerdings hat er mir mehr geschickt als nur eine E-Mail.«

Sie berichtet von dem Link, den die Nachricht enthalten hat. Davon, wie sie dahintergekommen ist, dass sich ein Programm in ihrem Computer eingenistet hat, das festhält, welche Tasten man drückt, und diese Informationen weiter verschickt. Über die Lügen rund um seine Anwesenheit in London.

»Du liebe Zeit«, sagt Simon und ringt nach Luft. »Hast du irgendeine Idee, warum er das getan hat?«

»Nein. Vielleicht hat er ja selbst versucht, das Voynich-Manuskript zu entschlüsseln. Ohne Erfolg. Und dann hat er beschlossen, das wenn möglich über mich zu erledigen.«

»Hat er Ihren Algorithmus?«, erkundigt sich Svoboda in scharfem Ton.

»Ich weiß es nicht. Der *Keylogger* war auf meinem alten Laptop. Darauf habe ich nicht an dem Knacker gearbeitet. Erst in Italien, auf dem neuen Laptop, habe ich alles eingegeben.«

»Aber Sie wissen nicht, ob da auch so ein Ding drauf ist?«

»Nein«, muss Zina eingestehen. »Ich weiß nur, dass ich auf diesem Computer keine unbekannten Links angeklickt habe. Und ich habe meine ganze Arbeit gründlich von der Festplatte gelöscht.«

»Du hast auf deinem alten Laptop zwar nicht den Knacker geschrieben, aber geöffnet hast du ihn mal von dort aus«, sagt Perenelle.

»Da hast du recht.« Zina überlegt. »Normalerweise schickt ein *Keylogger* nur Informationen über die Tastenbenutzung weiter. Keine Informationen über jedes Programm, das man öffnet. Das wären zu viele Daten. Aber sicher kann ich nicht sein.« Sie schüttelt den Kopf. »Ich kann einfach nicht fassen, dass ich mich derart in diesem Mann getäuscht habe. Er war meine sogenannte Vertrauensperson. Und dann stellt sich heraus, dass er alles andere als vertrauenswürdig ist.«

»Zina, das konntest du doch nicht wissen«, meint Simon und nimmt ihre Hand in seine. »Klingt ganz so, als wäre das alles raffiniert eingefädelt. Du hast jemandem vertraut, und dieses Vertrauen ist enttäuscht worden. Das kann jedem passieren. Aber er ist auf jeden Fall weg. Denkst du, dass er hinter diesem Barschius steckt?«

Sie nimmt sich ein paar Sekunden Zeit, um eine Antwort zu formulieren.

»Er ist nicht die Person, die ich zu kennen geglaubt habe, deswegen finde ich es schwierig, etwas dazu zu sagen. Aber trotzdem glaube ich nicht, dass er es ist. Der wichtigste Grund für diese Annahme liegt darin, dass es Barschius war, der mich vor meinem Computer gewarnt hat.«

»Wirklich?«, ruft Perenelle aus.

»Ohne seine Nachricht wäre ich nie dahintergekommen.«

Simon schaut sie voller Mitgefühl an.

»Glaubst du wirklich, dass er das Voynich-Manuskript für sich will? Ich meine, es wäre natürlich ein Durchbruch. Ein großer sogar. Vielleicht nicht genug für den Nobelpreis, aber genug für Weltruhm.«

Zina zuckt mit den Schultern.

»Vor Kurzem hat er vorgeschlagen, ich solle doch nach

Princeton zurückkommen. Vielleicht weil es dann einfacher für ihn wäre, meine Arbeit zu stehlen. Oder das Ganze ist ein schreckliches Missverständnis.«

»Das glaube ich nicht. Er ist ohne ein einziges Wort abgereist. Ich habe gerade noch mal versucht, ihn anzurufen. Nichts. Wie hat er denn gemerkt, dass du ihm auf die Schliche gekommen bist?«

»Vielleicht enthält das Programm eine Art Warnsystem. Als ich es entdeckt habe, hat es sich selbst gelöscht.«

»Sich selbst gelöscht?«

»Ja, das war ziemlich beeindruckend. Aber er hatte schon ausgecheckt, als ich das Programm gefunden habe. Es ist logischer, dass er auch meine Mail lesen konnte. Und die von Barschius, in der er mir geraten hat, meinen Computer gründlich zu durchsuchen.«

»Und dann hat er keine Zeit mehr verloren«, fügt Simon hinzu. »Das klingt logisch. Aber nun gut, das liegt jetzt hoffentlich alles hinter uns.«

»Gar nichts liegt hinter uns«, sagt Svoboda. »Wenn das stimmt, hat Fräulein Welter einen Verräter in unsere Mitte geholt. Wir sind mit dem Voynich-Manuskript weitergekommen als jemals irgendjemand zuvor. Wenn Currier das Programm hat, ist der Schaden nicht abzuschätzen.«

Ein zitternder Zeigefinger deutet auf Zina.

»Und sie hat das alles in Gefahr gebracht.«

Zina reagiert ruhig.

»Ich würde gerne hierbleiben«, sagt sie leise. »Aber ich verstehe auch, wenn ihr mich wegschicken wollt.«

»So ein Unsinn!«, ruft Simon. »Schimpf und Schande verdient hier nur einer, und zwar Currier. Professor Svoboda, Sie richten Ihre Wut gegen die falsche Person.«

»Ich sehe das ganz genauso«, erklärt Perenelle in für sie auffallend heftigem Ton.

Svoboda holt ein paar Mal ganz tief Luft.

»Bitte entschuldigen Sie, Fräulein Welter. Ich hätte nicht so reagieren dürfen. Es kommt einfach alles zusammen. Diese überaus schlechten Nachrichten und dass ich morgen wegmuss.«

»Entschuldigung angenommen.«

»Was unternehmen wir jetzt wegen Currier?«, will Perenelle wissen. »Zina, ich glaube, das musst du entscheiden.«

»Ich weiß es nicht. Ich werde ihn weiterhin zu erreichen versuchen. Ich weiß nur immer weniger, was ich dann zu ihm sagen soll. Das Beweismaterial gegen sich hat er selbst vernichtet. Er hat mich angelogen, das weiß ich bestimmt. Aber auch das könnte er mit einem Irrtum erklären.«

»Also warten wir ab, bis er Kontakt zu uns aufnimmt und versucht, das alles wieder hinzubiegen?«, fragt Simon.

»Dazu wird es nicht kommen«, antwortet Svoboda. »Er hat sich davongemacht wie ein Dieb in der Nacht. Und das ist er auch tatsächlich, ein Dieb. Wir müssen auf alle Fälle dafür sorgen, dass er nicht länger unsere Nachrichten lesen kann.«

»Dann ist also vorläufig Schluss mit WhatsApp«, meint Simon. »Aus unserer Gruppe kann ich ihn ja entfernen, aber wenn ich Zina so zuhöre, kennt sich unser Mathematikprofessor ziemlich gut mit Computern aus. Altmodische Telefonanrufe scheinen mir da sicherer.«

»Das halte ich auch für vernünftig«, sagt Zina behutsam. »Morgen bleibt uns noch der Vormittag zusammen. Was, wenn wir nichts erreichen?«

»Dann macht jeder für sich weiter«, erklärt Simon.

Svoboda nickt.

»Wir haben noch nicht darüber gesprochen, was wir mit der neuen Seite anstellen sollen. Ich würde sie gern mitnehmen, um sie gründlicher untersuchen zu lassen. Ich vermute, von uns vieren habe ich Zugang zu den besten Möglichkeiten.«

»Das erscheint mir sinnvoll«, stimmt ihm Simon zu, »und vielleicht liefert uns ja Barschius noch mehr. Das hat er uns zumindest versprochen. Und bisher haben sich alle seine Versprechen erfüllt.«

## Prag, Juni 1611

Die Zeit drängte allmählich. Und so empfand de Tepenec es auch. Wie eine physische Kraft, die immer schneller vorwärts wollte, wohingegen er bestrebt war, sie zu bremsen.

Matthias, Rudolfs jüngerer Bruder, war inzwischen zum König von Böhmen gekrönt worden. Damit war Rudolfs Ende nur noch eine Frage der Zeit. Von Monaten, vielleicht Wochen. Wer vermochte das zu sagen? Der Mann lebte inzwischen als Gefangener in seiner eigenen Burg. Nur noch dem Namen nach war er der mächtigste Mann im Heiligen Römischen Reich. Seine Zeit war beinahe abgelaufen. Und damit wahrscheinlich auch die der Vier, wie sie de Tepenec im Stillen nannte. Und das, obwohl ihre Zahl seit Sprangers Tod auf drei reduziert war. Das hatte den Druck auf jeden Einzelnen von ihnen nur größer werden lassen. Einige wie Kepler gingen gebückt unter dieser Last. Heute Abend stattete de Tepenec jenem Mitglied der Gesellschaft einen Besuch ab, das unter den gegebenen Umständen im Gegenteil aufzublühen schien. Der Mann war so eifrig am Werk, dass er die Ankunft de Tepenecs nicht einmal bemerkte.

»Cornelis.«

Drebbel fuhr auf. »Herr de Tepenec, Ihr habt mich erschreckt.«

»Das ist nur allzu deutlich.«

»Ich war in die Arbeit vertieft.«

»Etwas anderes hatte ich auch nicht erwartet.«

»Was führt Euch zu so später Stunde hierher?«

Drebbel hatte ihm einmal erzählt, dass er schon sein ganzes Leben lang in jeder Nacht nur wenige Stunden schlief. Ganz offensichtlich benötigte sein Körper keine längere Ruhepause.

»Verzeiht mir. Ich hätte mein Kommen ankündigen sollen.«

»Willkommen seid Ihr immer. Darum habe ich unser Dienstmädchen auch angewiesen, Euch zu jeder Zeit ins Haus zu lassen. Bitte nehmt Platz.«

Drebbel schob de Tepenec einen groben Holzstuhl hin.

»Ich danke Euch.«

»Was kann ich für Euch tun?«

»Cornelis, mich bedrückt eine Sorge. Und ich halte Euch für die geeignete Person, um diese Sorge zu teilen.«

Drebbel nickte verständnisvoll.

»Betrifft es unsere gemeinsame Tätigkeit? Meines Wissens verläuft alles nach Wunsch.«

»Ja. Und zugleich auch nein. Es geht gar nicht darum, was wir tun, sondern vielmehr um den Grund.«

»Ich fürchte, ich begreife nicht.«

»Könnt Ihr Euch erinnern, was ich Euch vor all diesen Monaten versprochen habe?«

»Wie könnte ich diesen Tag vergessen. Ihr spracht von einem ewigen Sonnenstrahl, mit dem wir die dunklen Wolken der Unduldsamkeit würden durchpflügen können. Und genau das vollbringen wir hier gerade: Wir sichern Kenntnis und Wahrheit für die nach uns kommenden Generationen.«

De Tepenec machte ein betrübtes Gesicht. Auch er war dieser Überzeugung gewesen all die Jahre.

»Ich fürchte, in diesem Punkt sehen wir uns beide betrogen.«

»Betrogen? Was wollt Ihr damit sagen?«

»Unser Auftraggeber hat schon vor einiger Zeit das innere Gleichgewicht verloren.«

»Damit erzählt Ihr mir kein Geheimnis, Herr de Tepenec. Auch mir kommen diese Geschichten zu Ohren.«

De Tepenec seufzte. Es gab keinen einfachen Weg, diese Botschaft zu überbringen.

»Schon seit einiger Zeit suchen wir gemeinsam nach einer Art und Weise, mit der wir dafür sorgen können, dass unsere Anstrengungen nicht vergebens waren. Wir wollen unsere Arbeit vor Matthias und den uns feindlich gesinnten Kräften, die ihn umgeben, verbergen, aber nicht für immer und ewig.«

»Darin liegt in der Tat die große Herausforderung«, erwiderte Drebbel. »Wir müssen Sorge tragen, dass sich alles erst erschließt, wenn die Zeit reif dafür ist, alles der Welt preiszugeben.«

»Der Kaiser hat seine Meinung in diesem Punkt geändert. Er will es wohl vor jedem menschlichen Auge verbergen. Für immer.«

»Für immer? Weshalb um Gottes willen?«

»Was den Grund betrifft, hat er mich nicht eingeweiht, Cornelis. Ich weiß nur, dass ich das nicht mit meinem Gewissen vereinbaren könnte.«

»In diesem Fall bin ich auf Eurer Seite. Ich habe Euch als ehrenwerten Menschen kennengelernt, Herr de Tepenec.«

»Hütet Eure Zunge. Die Macht des Kaisers ist gebrochen, aber mit ihren Scherben kann er noch immer unermessliches Leid bei denjenigen verursachen, die ihm widersprechen. Und das ganz gewiss, wenn es sich um gewöhnliche Sterbliche wie Euch und mich handelt.«

»Was schlagt Ihr also vor?«

»Wir fahren damit fort, den ursprünglichen Plan in die Tat umzusetzen. Wir folgen dem Willen des Kaisers, wie er ihn einst geäußert hat. Dem Willen des Mannes, als den ich ihn kannte und respektierte.«

»Und wenn er davon erfährt?«

»Dann wird sich der Rest unseres Lebens kurz und schmerzhaft gestalten.«

»Was tragt Ihr da bei Euch?«

Unter dem Arm hatte de Tepenec zwei in festes Tuch gewickelte Bündel. Er löste das Tau um eines von ihnen. Letzten Endes hatte ihm die Lösung des Problems den ganzen Tag ins Gesicht gestarrt. Hier am Hof wurde jegliche Wahrheit verschleiert. Scheinbar einfache Worte hatten ein unvermutetes Gewicht. Hier hingen Kunstwerke mit Metaphern und Allegorien im Übermaß.

War es da nicht bloß verständlich, dass er sich in dieser Umgebung, auf der verzweifelten Suche nach einem Ausweg, in der riesigen Bibliothek von Kaiser Rudolf wiedergefunden hatte? War es nicht vorherbestimmt gewesen, dass sein Auge dort auf ein Buch gefallen war, in dem es nur darum ging, wie man die Wahrheit verschleiern konnte, und das bei vollem Tageslicht? Er gab das Buch aus dem ersten Bündel seinem Gegenüber.

»Die *Steganographia* des Trithemius«, sagte Drebbel voller Ehrfurcht. »Ihr wollt unser Werk in Buchstaben auf Papier verbergen.«

»Sowohl seine Essenz als auch den Ort, an dem es verborgen liegt.«

»Und das zweite Bündel?«

De Tepenec zeigte es ihm. Darin befand sich das Vellum, das er sich über von Schwarzenau beschafft hatte. Es kostete ihn nur wenige Augenblicke, den anderen in seinen Plan einzuweihen.

»Wir werden jedoch etwas Besonderes benötigen«, schloss er seine Ausführungen. »Eine Methode, wie sie kein Mensch je gekannt hat. Die Beispiele des Trithemius, die Chiffren der alten Römer, sie alle haben eines gemeinsam.«

»Man hat ihren Sinn entschlüsselt.«

»So ist es. Und oft hat es nur wenige Monate oder Jahre gedauert.«

»Jahre reichen uns nicht?«

»Wir müssen Jahrzehnte anstreben. Womöglich sogar Jahrhunderte.«

Drebbel pfiff durch die Zähne.

»Dann steht mir viel Arbeit bevor.«

»Das stimmt. Willkommen bei einer Verschwörung innerhalb einer Verschwörung.«

# 19

## Ostia, Gegenwart

Zina spreizt die Finger und spürt, wie die sanfte Seebrise daran entlangstreicht. Es ist leicht bewölkt. Pärchen gehen spazieren. Ein Vater und sein Sohn lassen einen Drachen steigen. Zina steht am Ende des Piers mit Simon neben sich.

»Danke schön. Genau das habe ich gebraucht.«

»Aufmunterungsservice Walcott, stets zu Ihren Diensten. Strand und Seeluft. Mehr braucht ein Mensch nicht, wenn die Dinge nicht gut laufen.«

Den Vormittag haben sie im Versammlungsraum des Hotels zugebracht. Zu neuen Einsichten sind sie dabei nicht gelangt. Zina war noch sehr mit den jüngsten Ereignissen beschäftigt. Svoboda und Perenelle waren mit ihren Gedanken wahrscheinlich schon bei der bevorstehenden Abreise. Zusammen mit Simon hat Zina dem kleinen Hotelbus nachgewunken, der die beiden zum Flughafen brachte. Danach sind sie in den Mietwagen gestiegen und an die Küste gefahren.

»Ich habe noch eine Erklärung für Curriers Schweigen. Du kennst doch die Idioten, die immer behaupten, das Voynich-Manuskript sei eine Sternenkarte, die einem den Weg zu einem anderen Universum weist? Was, wenn sie recht haben? Currier hat den letzten Hinweis selbst gelöst und ist danach in einem Wurmloch verschwunden. Und in dem anderen Universum funktioniert sein Handy natürlich nicht.«

»Simon, es gefällt mir nicht, dass du darüber Witze machst.«

»Ich will die ganze Sache nur ein bisschen auflockern.«

»Du willst immer über alles Witze machen. Und das geht mir ganz schön auf die Nerven.«

Simon fährt sich mit der rechten Hand durch seine Locken.

»Autsch.«

»Ich bin Mathematikerin. Wir Mathematiker mögen absolute Wahrheiten.«

»Gut. Das habe ich verstanden. Zurück ins echte Leben. Aber wenn wir sowieso gerade ehrlich sind: Du machst heute einen sehr matten Eindruck. Als ob dein inneres Feuer erloschen wäre.«

Zina senkt den Kopf.

»Ich suche immer nach Mustern. Und das Muster, das ich gerade sehe, gefällt mir nicht wirklich. Ich werfe mich auf eine Sache, werde verraten, rapple mich wieder auf, finde etwas Neues, nur um dann erneut verraten zu werden.«

»Der Algorithmus deines Lebens.«

Sie kann aus seinen Worten nicht die Spur eines Untertons heraushören.

»So sieht es wohl aus. Sollen wir einen Strandspaziergang machen?«

Sie verlassen den Pier und laufen am Strand entlang. Zinas Füße versinken tief im Sand. Sie laufen bis ans Wasser, wo der Sand steifer ist. Keine Geräusche außer dem Rauschen des Windes und der Wellen.

»Zina, damals bei der Bank. Da hast du sie gewinnen lassen, oder?«

»Ich habe einen Deal ausgehandelt. Ich werde mich in der Öffentlichkeit über nichts äußern, das etwas mit der Bank zu tun hat. Kein Wort zur Presse. Die Bank hat als Gegenleistung ihr Rudel juristisch geschulter Haie zurück in den Käfig geschickt. Auf diese Weise hatte ich zumindest Ruhe.«

»Bis jetzt.«

»Bis jetzt.«

»Du bist aber kein Algorithmus, Zina. Keine Gleichung ohne eigenen Willen. Du kannst etwas tun. Dem letzten Konflikt bist du aus dem Weg gegangen. Du hast zugelassen, dass die Bank davonkommt. Ich begreife ja, was Currier dir da angetan hat, aber ich weiß auch, dass du diesmal nicht allein dastehst. Schlag zurück. Für dich selbst. Für uns. Zusammen mit uns.«

Zina reibt sich ein paar Tränen der Müdigkeit aus den Augenwinkeln.

»Sollen wir zurück ins Hotel fahren?«

Auf dem Rückweg denkt sie über seine Worte nach. Sie hat etwas in Gang gesetzt. Und dieses Etwas hat inzwischen an Dynamik gewonnen, an Eigendynamik. Drebbels Traum von einem Perpetuum mobile. Nicht aus Holz, Stahl oder mit kluger Technologie, sondern aus menschlichen Taten. Ein einziger Schritt. Danach ist alles wie von selbst gegangen. Aktionen, die ihre eigene Energie generieren. Energie, die mit der Zeit nur zunimmt. Zina hat sich mitreißen lassen, und sie hat dagegen angekämpft. Es gab eine dritte Lösung. Es kontrollieren. Seine Kraft nutzen. Leichter gesagt als getan. Sie kommen am Hotel an. Zusammen gehen sie zu Zinas Zimmer.

»Dann machen wir morgen weiter?«, fragt Simon an der Tür.

Sie nickt.

»Gute Nacht, Simon.«

Sie küsst ihn auf die Wange, geht in ihr Zimmer und macht die Tür hinter sich zu. Ihr Gesicht glüht. Sie macht sich nicht die Mühe, sich auszuziehen, sondern legt sich sofort hin. Gähnt ausgiebig. Dann schaltet sie das Licht aus, rollt sich zusammen und schließt die Augen.

Als sie die Augen öffnet, ist sie nicht allein. An einem einfachen Holztisch sitzt ein Mann. Er trägt eine Art Mönchskutte. Fahlbraun, zerlumpt und schmutzig. Der Mann hat ihr den Rücken zugewandt. Weißes Haar, mit Hellbraun durchsetzt, reicht ihm bis halb über den Rücken.

»Zina.«

Eine Stimme von beinahe physischer Kraft. Dunkel und voller Lebenserfahrung. Der Mann dreht sich zu ihr um. Ein Schrei bleibt ihr im Hals stecken. Sein Gesicht ist auf unmenschliche Weise alt. Ein ganzes Labyrinth von Falten, die sich ihm tief in die lederne Haut gegraben haben. Eine ausgetrocknete Wüstenlandschaft mit zwei Augen wie kleine azurblaue Oasen. Sein Mund ein dünner Strich, der sich öffnet und zwei Reihen gelblicher Zähne enthüllt.

»Mein Name ist Georgius Barschius.«

»Barschius.«

»Ihr kennt mich.«

»Sind Sie der Barschius, der das Voynich-Manuskript in seinem Besitz hatte, oder der, der mir seit einiger Zeit Nachrichten schickt?«

Zina verspürt kein bisschen Angst. Das ist seltsam, aber ihr bleibt keine Zeit, darüber nachzudenken.

»Warum kann es sich dabei nicht um dieselbe Person handeln?«, fragt Barschius zurück.

»Dann sind Sie vierhundert Jahre alt?«

»Ich bin mit einer Botschaft hier.«

»Wie kommen Sie hier herein?«

»Du hast dich als würdig erwiesen. Und wenn du nicht vorsichtig bist, wird dir die Belohnung dafür entgehen.«

»Was meinen Sie mit würdig?«

Zina geht ruhig auf den Tisch zu.

»Wer sind Sie?«

»Ein Bote.«

»Vierhundert Jahre alt?«

»Wäre das denn so seltsam?«

»Ja.«

»Alles ist vergänglich, außer den Gedanken. Ideen sind unsterblich. Sie können unterdrückt oder begraben werden. Letzten Endes passen sie sich an, sie entwickeln sich und bleiben auf diese Weise immer weiter stehen.«

»Sie sind also kein Mensch, sondern ein Gedanke?«

»Vielleicht sind ja die Menschen nicht echt, sondern nur ihre Gedanken.«

Darüber muss Zina kurz nachdenken.

»Es gibt immer mehr Wissenschaftler, die diese Meinung teilen.«

»Vielleicht heißt das, die Zeit ist gekommen. Ich wünsche Euch viel Erfolg bei Eurer Suche. Das Manuskript besitzt eine besondere Kraft. In gewissem Sinne gleicht es einem Monster. Ihr verschlingt es. Oder es verschlingt Euch.«

Barschius erhebt sich. Er steht ihr gegenüber.

»Nichts ist, wie es scheint. Niemand ist der, der er zu sein scheint.«

»Sie auch nicht.«

Barschius lächelt. Aus dem Lächeln wird ein Lachen. Ein polterndes Lachen. Ein dröhnendes Lachen. Immer lauter, bis es Zina in den Ohren wehtut. Der Mann kommt auf sie zu. Hält sein Gesicht direkt vor ihres. Erst jetzt sieht sie es. Die Falten sind nicht nur Falten. Sie bilden ein Muster. Es sind die Symbole aus dem Voynich-Manuskript, die jeden Zentimeter seiner Haut bedecken. Sie ist wie gelähmt, kann sich nicht bewegen. Sein Gesicht, die Symbole kommen immer näher. Sie fangen an zu glühen. Rauch steigt daraus auf. Ihr Braun verwandelt sich in Schwarz. Der Geruch von verbrennendem Fleisch dringt ihr in die Nase. Immer näher. Sie öffnet den Mund zu einem Schrei, während das Voynich-Manuskript sie verschlingt. Das Geräusch, das sie hervorbringt, ist nicht das, was sie erwartet. Es hält einige Sekunden an. Verstummt. Setzt wieder ein. Hört auf. Setzt wieder ein.

Sie schreckt hoch. Ihr T-Shirt ist schweißnass. Sie greift nach dem Handy auf ihrem Nachttisch.

»Professor Currier?«

»Svoboda hier. Es tut mir leid, dass ich Sie mit meinem Anruf geweckt habe.«

Sie setzt sich gerade im Bett auf.

»Es gibt viele Wege, Fräulein Welter. Zweiundzwanzig, um genau zu sein.«

Sie bewegt den Kopf hin und her, damit sie wach wird.

»Zweiundzwanzig?«

»Eine Kombination des Hinweises und der Abbildung. Genau wie bei den Mondsamen. Ich habe nach etwas Ähnlichem gesucht. Natürlich habe ich dabei die Leidenschaften der Herren Rudolf und Drebbel berücksichtigt. Es hat einen Moment gedauert, aber dann habe ich die Parallelen zwischen den Röhren und dem Baum des Lebens mit all seinen Verästelungen gesehen.«

»Dem Baum des Lebens …«

»Das ist der Baum, der zusammen mit dem Baum der Erkenntnis im Paradies gepflanzt wurde. Durch den großen Mann selbst. Gott als Gärtner. Die Früchte vom Baum der Erkenntnis schenken einem das ewige Leben. Adam und Eva wurden aus dem Paradies vertrieben, um zu verhindern, dass sie davon essen und ewig leben würden. Der Baum des Lebens ist der Mittelpunkt der Kabbala, der jüdischen Mystik. Fräulein Welter, drei Mal dürfen Sie raten, wie viele Pfade von dem Baum abzweigen.«

»Zweiundzwanzig.«

»Eine wichtige Zahl in der Numerologie. Die weiblichste. Man kann sie auch in zwei mal zwei teilen. Dieselbe weibliche Kraft wie die Zahl Vier. Das wird Fräulein Perenelle ganz ohne Zweifel erfreuen. Und es passt zu den Illustrationen in diesem Teil, auf denen nur Frauen oder Nymphen zu sehen sind.«

»Zweiundzwanzig«, wiederholt Zina.

»Genau.«

Ihre Augen gewöhnen sich langsam an die Dunkelheit. Sie erkennt die Konturen im Zimmer. Durch die Fenster kommt noch kein Licht herein.

»Wie spät ist es, Professor?«

»Zeit, zu überprüfen, ob ich recht habe, Fräulein Welter.«

# 20

Zina wähnt sich an einem anderen Ort, in einer anderen Zeit. Nicht in der Gegenwart, sondern fünf Jahre in der Vergangenheit. Nicht am Flughafen von Rom, sondern in Princeton, wo Sport genauso eine Religion war wie im Rest der Vereinigten Staaten. Dutzende Nobelpreisträger, sechs mit der *Fields Medal* für Mathematik Ausgezeichnete, und trotzdem war der ganze Campus in heller Aufregung, wenn dem Football- oder Basketballteam ein wichtiger Wettkampf bevorstand. Das Orange in ihrem ansonsten schwarzen Outfit stellte eine Hommage an Willem van Oranje dar.

Zina hatte sich von diesen Veranstaltungen immer ferngehalten. Sich nie vom Campusleben mitreißen lassen. Sie war nach Princeton gekommen, weil es dort großartige Mathematiker gab und sie das auch werden wollte.

Schon am Ankunftstag hatte sie jedoch begriffen, dass sie zum ersten Mal in ihrem Leben über sich selbst würde hinauswachsen müssen. Auf den verschiedenen internationalen Schulen hatte sie die anderen überragt. Hier, und das begriff sie sofort, war sie nur von solchen herausragenden Personen umgeben. Jeder war mit Abstand Klassenbester oder Klassenbeste gewesen. Sie durfte sich glücklich schätzen, dass man sie überhaupt angenommen hatte. Von dem Augenblick an, als ihr das klar wurde, war ihre Reaktion die einzige ihr bekannte: Sie arbeitete noch härter. Alles wollte sie geben, um dem Mittelmaß zu entkommen. Als Folge davon hatte sie viele Abende in der Bibliothek zugebracht, statt in einer vollen Kneipe zu trinken und die Helden der Universität zu bewundern.

Unter der Woche gibt es nur wenig Aufmerksamkeit für die Fernsehbildschirme in der Sportbar, auf der die amerikanischen Ballsportarten die Überhand haben. Ein paar verirrte Geschäftsleute schauen auf ihre Handys oder schlingen ein Klubsandwich hinunter.

»Zina Welter.«

Simon schaut sie fragend an.

»Was denn?«

»Also Zina Vorname, Welter Nachname. Staatsangehörigkeit?«

»Niederländisch und britisch.«

»Geburtsdatum?«

»Der 25. August 1992.«

»Wunderbar, jetzt fühle ich mich alt.«

Simon nimmt seinen Geldbeutel zur Hand.

»Ich bin gerade dabei, zwei Alitalia-Tickets zu buchen. In drei Stunden geht der Flug.«

»Ist das nicht schrecklich teuer, so kurz vor dem Abflug?«

»Der Preis des Fortschritts«, erklärt Simon leichthin.

Er holt eine Kreditkarte hervor. Schnell gibt er eine Zahlenreihe ein, dreht die Karte um und fügt drei Ziffern hinzu. Dann tippt er ein paar Mal auf das Display seines Telefons, um sich durch die letzten Felder zu arbeiten.

»Erledigt. Prag, *here we come*.«

Er lacht ihr zu. Schweißtropfen glänzen auf seiner Stirn.

»Fühlst du dich nicht gut? Du schwitzt so!«

»Das ist nur die Anspannung.«

»Irgendwo habe ich das immer geahnt. Wenn es einen Ort gibt, der mit dem Voynich-Manuskript verbunden ist, dann dieser.«

»Zurück zur Quelle.«

»Zurück zur Quelle«, wiederholt Simon zustimmend. »Warst du schon mal dort?«

»Nein. Leider noch nicht.«

»Eine gewaltige Stadt. Ihre Lage, ihre Geschichte. Natürlich wimmelt es dort nur so von Touristen. Aber Prag gehört zu den Städten, bei denen das nichts auszumachen scheint. Und das Bier ist billig.«

Vor ihnen liegt der vierte Teil des Voynich-Manuskripts, insgesamt einunddreißig ausgedruckte Seiten. Er wird von Kennern der pharmazeutische Teil genannt und ist weniger unzugänglich als der vorherige. Hier gibt es keine Zeichnungen von grünen Röhren, aber dafür andere Seltsamkeiten. Die Illustrationen von Pflanzen und Kräutern entsprechen vom Stil her denen im kräuterkundlichen Teil. An den Seiten wimmelt es allerdings von kegelartigen Gegenständen. Türme? Verzierte Vasen? Auch darüber wird gestritten. Weil sie neben den Pflanzen abgebildet sind, kam die Idee auf, dass es sich bei den seltsamen Gegenständen um Behälter für die Aufbewahrung handelt.

Nach dem Telefonat mit Svoboda war Zina durch die Sicherheitsvorkehrungen gehetzt. Seine Theorie stellte sich als richtig heraus. Der Satz befand sich auf der Seite mit den geheimnisvollen kegelförmigen Gegenständen. Danach haben sie keine Minute verschwendet. Gepackt. Ausgecheckt. Geflüchtet. Alles in Rekordzeit. Gefolgt von ein paar hastigen Telefongesprächen mit Svoboda und Perenelle auf dem Weg zum Flughafen. Auf einem Bierdeckel notiert Zina den neuesten Hinweis.

T-A-N-Z-T-I-N-D-E-N-P-R-A-G-E-R-W-A-S-S-E-R-N

Tanzt in den Prager Wassern. Tanzt in den Wassern von Prag. Ein Imperativ. Keine Mitteilung, sondern ein Auftrag.

»Die Wasser, hast du dazu irgendeine Idee?«

Simon zieht die Schultern hoch.

»Prag liegt an der Moldau. Vielleicht hat es etwas damit zu tun?«

»Aber kann man in diesen Wassern auch tanzen?«

»Dafür muss man schon Jesus sein.«

# V

# 21

## Prag, Gegenwart

*Privitani o ms Welter & mr Walcott.*

Die Mitteilung auf dem weißen Pappschild ist in einer Kinderschrift geschrieben und wird von einem Jungen und einem Mädchen von etwa acht Jahren hochgehalten. Wie es aussieht, sind sie Geschwister. Der gleiche ernste Blick und das tiefschwarze Haar. Hinter den beiden steht Professor Svoboda, neben ihm eine Frau, die eine überdeutliche Ähnlichkeit mit den zwei Kindern aufweist. Dasselbe dunkle Haar und dieselbe Ausstrahlung. Zina sieht, wie der Junge etwas fragt und ihr dann zuwinkt.

»Hallo!«, erklingt es aus zwei Kehlen gleichzeitig.

»Hallo!«, erwidert Zina zögernd.

Fragend schaut sie den Professor an.

»Guten Abend, Fräulein Welter. Willkommen in Prag. Das sind Alexandr und Agnes. Und das hier ist Loreta.«

Auf dem elfenbeinfarbenen Gesicht der Frau erscheint ein warmes Lächeln.

»Loreta Svoboda. Es ist mir eine Ehre, Sie kennenzulernen.«

Eine tiefe Stimme. Die weibliche Variante von Svobodas eigenem Bass.

Zina riskiert einen schnellen Seitenblick. Simon scheint ebenso überrascht wie sie.

»Wenn mein Mann mit dem Voynich-Manuskript beschäftigt ist, vergisst er alles andere«, erklärt Loreta Svoboda lächelnd. »Wäre es nach Jan gegangen, hätte er Sie allein hier erwartet. Ich habe aber darauf bestanden mitzukommen. Unter anderem auch, weil der Herr gerade erst von seinem letzten Ausflug zurückgekommen war. Wir haben viele Bekannte in Prag. Die haben wir mit den Kindern besucht. Das Nützliche mit dem Angenehmen verbunden.«

»Es ist uns eine Ehre, Ihre Bekanntschaft zu machen, Frau Svoboda«, erklärt Zina. »Und natürlich die Ihrer Kinder. Auf diese Weise erleben wir eine andere Seite des Professors.«

»Ja, das hatte ich mir auch überlegt. Er ist ein ungeduldiger Mensch.«

Das Mädchen wendet sich seiner Mutter zu und sagt etwas zu ihr. Nach einer kurzen Antwort richtet sich Loreta Svoboda wieder an Zina und Simon.

»Diese Ungeduld hat er leider weitervererbt. Wie ich schon sagte, ich habe darauf bestanden, Sie kennenzulernen. Ihnen ist es zu verdanken, dass sich bei dieser völlig außer Kontrolle geratenen Leidenschaft meines Mannes etwas bewegt. Ich habe ihn noch nie so enthusiastisch erlebt.«

Der Begriff »enthusiastisch« in Bezug auf Svoboda sorgt für hochgezogene Augenbrauen. Der Gegenstand ihres Gespräches selbst hat bisher geschwiegen.

»Ich danke dir, Loreta«, durchbricht Svoboda in dem Moment die Stille. »Aber wie ich dir bereits erklärt habe, sind wir noch lange nicht am Ziel.«

Loreta lächelt.

»Seit ich dich kenne, bist du noch lange nicht am Ziel. Jetzt hast du es fast geschafft.«

Sie wendet sich wieder an Zina.

»Wir haben auf alle Fälle ein schönes Hotel für Sie gefunden. Ganz nah an der Altstadt, aber nicht zu teuer.«

»Das hört sich großartig an.«

»Heute Nachmittag werde ich Sie erst einmal in der Stadt herumführen«, kündigt Svoboda an.

Zina und Simon tauschen einen Blick.

»Wir sind davon ausgegangen, Sie würden sofort am Hinweis arbeiten wollen.«

»Dafür bleibt uns immer noch genug Zeit«, erklärt der Professor leichthin. »Ich kann Sie doch nicht sofort in eine Bibliothek zerren, ohne dass Sie etwas von Prag gesehen haben.«

Loreta nickt zustimmend. Ganz offensichtlich hat sie ihrem Mann ausführliche Anweisungen erteilt.

»Sehr gern«, sagt Zina.

»Herzlichen Dank für das Angebot, Professor«, antwortet Simon. »Leider muss ich für heute Nachmittag absagen. Es gibt da zu Hause einige Dinge zu erledigen. Glücklicherweise geht das von hier aus. Morgen bin ich wieder mit dabei.«

»Das bedeutet, wir ziehen alleine los, Fräulein Welter. Vielleicht möchten Loreta und die Kinder aber mit.«

»Das klingt nett.«

»Schön. Es wird ein bisschen eng werden im Auto, aber wir kriegen das schon hin. Wir dürfen beim Express Parking genau fünfzehn Minuten stehen. Danach kostet es mehr. Es wäre also keine schlechte Idee, dieses Gespräch später fortzusetzen?«

Zina nimmt ihren Koffer und folgt der Familie durch die Ankunftshalle. Gänsehaut. Ganz plötzlich. Ein Schauer überläuft ihren ganzen Körper. Ist das der Ort? Wird es hier passieren? Die Zeichen deuten darauf hin. Als hätte das Voynich-Manuskript erst ihr Wissen und ihre Kenntnis getestet und sie dann für würdig befunden. Tanzt in den Prager Wassern. Svoboda kennt Prag wahrscheinlich wie seine eigene Westentasche. Eine Stadt, die die Geschichte seines Landes so entscheidend mitbestimmt hat. Noch dazu Kaiser Rudolf. Der Professor geht jetzt neben ihr.

»Neuigkeiten von Currier?«

»Nichts.«

»Ein Skandal. Ich fand ja, er hat sich immer nur minimal eingebracht, aber das hätte ich von ihm nicht erwartet. Jetzt ist es wichtig, dass wir mit dem letzten Hinweis schnell arbeiten.«

Rasch wirft der Professor einen Blick über die Schulter. Loreta Svoboda schaut ihn streng an.

»Aber das hat Zeit bis morgen«, korrigiert er sich selbst. »Heute steht Entspannung auf dem Plan.«

Der Skoda Octavia bietet tatsächlich Platz für sechs Personen, wenn man nur ein bisschen zusammenrückt. Auf der Rückbank setzt sich Tochter Agnes bei ihrer Mutter auf den Schoß. Auch Zina und Alexandr steigen hinten ein. Simon, der Längste von allen, nimmt auf dem Beifahrersitz Platz.

Svoboda fügt sich zu der Reihe von Autos, Bussen und Taxibussen auf dem Weg in die Stadt.

»Willkommen in der Tschechischen Republik. Zu Ihrem Hotel ist es nicht weit. Etwa zwanzig Minuten Fahrt, schätze ich. Es liegt im Anděl-Viertel, im Zentrum des Bezirks Prag Fünf. Ganz nah an der Metro. Und von dort aus sind es nur zehn Minuten bis zur Altstadt.«

»Kommen Sie oft nach Prag?«, will Zina wissen.

»Regelmäßig. Ich stamme aus einem kleinen Dorf etwas außerhalb von Brünn. Uns gefällt es dort immer noch sehr, sehr gut. Brünn ist eine Art Prag, allerdings kleiner. Etwa vierhunderttausend Einwohner. Ein gut erhaltenes Zentrum. Eine Kathedrale. Und natürlich die Universität.«

»Die Masaryk-Universität, nicht wahr?«

Svoboda nickt.

»Wie läuft es dort so, Professor?«, erkundigt sich Simon.

»Wie meinen Sie das, Herr Walcott?«

»Sie hatten vor einiger Zeit davon gesprochen, dass nicht alles ganz rund läuft.«

»Daran kann ich mich nicht erinnern«, antwortet Svoboda brüsk.

»Wirklich? Dabei haben Sie …«

»Ich bin so neugierig auf Prag«, unterbricht ihn Zina und bedenkt ihn mit einem bösen Blick. »Ist es noch weit?«

Svoboda biegt ab. Ein bewölkter Himmel weicht Kunstlicht.

»Das ist der Strahovsky-Tunnel. Auf seiner anderen Seite liegt Anděl. Wir sind fast da.«

Wenige Minuten später parkt Svoboda das Auto vor dem Hotel Anděl. Alles an diesem Gebäude ist klassisch. Vom Baustil und dem weißen Mauerwerk bis hin zur Schrifttype, in der man den Namen auf die Fassade gemalt hat. Im Erdgeschoss befindet sich ein Restaurant. Durch das Fenster sieht Zina die Konturen eines roten Backsteingewölbes.

Svoboda löst den Gurt und dreht mit einiger Mühe seinen gedrungenen Körper zu Zina um.

»Wir fahren direkt weiter zu unseren Bekannten. Soll ich Sie in einer Stunde abholen?«

Zina überlegt kurz.

»Wir können uns auch irgendwo treffen. Ich finde es ganz nett, selbst ein wenig die Stadt zu erkunden.«

»Wohin möchten Sie denn?«

»Zur Karlsbrücke.«

»Da befinden Sie sich in guter Gesellschaft – mit einigen Tausend anderen.«

»Nicht schlimm. Ich habe gelesen, dass dort immer viel Betrieb herrscht.«

»Sie sind gut informiert. Wir besprechen gleich noch, wo wir uns am besten verabreden.«

»In Ordnung.«

Sie steigen aus dem Wagen und winken der Familie Svoboda zum Abschied zu. Danach wendet sich Zina an Simon.

»Was sollte das denn gerade?«

»Wovon sprichst du?«

»Die ganze Fahrt über sagst du nichts. Und wenn du dann etwas sagst, ist es etwas Unfreundliches.«

»Ich musste einfach daran denken.«

Zina schüttelt den Kopf.

»Ich bin vielleicht auch manchmal etwas direkt, aber sogar ich merke es, wenn eine Frage unhöflich ist.«

»Entschuldige, Zina«, sagt er leise. »Das eben war tatsächlich sehr unhöflich.«

»Okay.«

Er wirft sich die Tasche über die Schulter und geht nach drinnen. Sie checken ein und nehmen schweigend den Aufzug in den vierten Stock. Ihre Zimmer liegen nebeneinander.

»Dann viel Spaß«, sagt er zum Abschied.

»Danke. Und dir viel Erfolg.«

»Das klappt schon.«

Zina öffnet ihre Tür und betritt das Zimmer. Ein Einzelzimmer für eine junge Single-Frau. Kein geschmeidiges Design wie im Hotel in London. Auch kein übermäßiger Luxus wie in Rom. Die Wände sind in einem zarten Gelb gestrichen. Den Fernseher hat man an die Wand montiert. Es gibt einen schwarz glänzenden Kleiderschrank für ihre Sachen und einen weiß lackierten Schreibtisch neben dem Bett, das gerade groß genug ist. Zina streckt sich der Länge nach darauf aus.

Wird ihr Leben in Zukunft immer so aussehen? Von einer Stadt in die andere, von einem Hotel ins andere, getrieben vom Voynich-Manuskript? Viel länger hält sie das nicht aus. Und die anderen auch nicht, vermutet sie. Currier ist weg. Perenelle hat zugesagt, so schnell wie möglich zu kommen. Wann genau, ist noch nicht klar. Svoboda wird wieder zurück an seine Universität müssen. Simon nach London. Und dann befinden sich Svoboda und Simon auch noch auf einer Art Kollisionskurs. Was war da nur gerade mit Simon los? Hat es mit ihr zu tun? Mit Mühe schüttelt Zina den Gedanken ab. Sie ist in Prag, zum ersten Mal im Leben. Das Voynich-Manuskript hat sie hierhergebracht. Warum? Um dahinterzukommen, wird sie erst die Stadt entdecken müssen. Aus der Tasche holt sie einen kleinen Rucksack, steckt ihren neu angeschafften Pragführer hinein. Den Laptop schließt sie in dem Tresor ein, der in die Mauer eingelassen ist.

Kurze Zeit später steht Zina draußen. Zwei verschiedene

Straßenbahnen kommen an und fahren ab. Eine ältere in Rot-Weiß und eine moderne graue. Ihrem neuen Reiseführer zufolge kommt man mit der Metro schneller voran. Neben einem Bürogebäude auf der rechten Seite entdeckt sie ein großes Schild mit einem M darauf. Nach einem kurzen Telefongespräch mit Svoboda lässt Zina die Geschäftsstraße voller Stahl, Glas und Reklame hinter sich und geht in eine Halle voller Bildhauerarbeiten aus rosafarbenem Marmor. An der linken Wand hat man eine Art Skulptur mit den Worten *Moskva* und *Praha* angebracht. Sie nimmt die Rolltreppe nach unten. Die Metro fährt gerade ein. Schnell läuft sie die letzten Stufen nach unten und betritt gerade noch rechtzeitig den Wagen, bevor sich die Türen mit einem leisen Zischen schließen. Es gibt keinen freien Sitzplatz mehr, deshalb bleibt sie an der Tür stehen. Auf einem Display kann man die Haltestellen ablesen.

Karlovo Náměsti. Národní třída.

Unbekannte Namen, die für die Leute um sie herum wahrscheinlich eine ganze Welt an Assoziationen auslösen. Tanzt in den Prager Wassern. Die Wörter sind deutlich, aber was bedeuten sie?

Ein leichtes Vibrieren. Sie greift in ihre Innentasche.

»Hallo, Zina. Ist es gerade günstig?«

Zina erkennt die Stimme des jungen Rechtsanwalts, mit dem sie schon einmal telefoniert hat. Hoffentlich hat er diesmal bessere Neuigkeiten für sie.

»Schon in Ordnung.«

»Vor einigen Tagen haben Sie mir Ihre neue Telefonnummer durchgegeben und darum gebeten, Sie nur anzurufen, wenn sich wichtige Entwicklungen ergeben.«

Zina kramt in ihrem Gedächtnis.

»Ja, das ist richtig.«

»Es gibt eine neue Entwicklung.«

»Das wäre ja ganz was Neues.«

»Pardon?«

Zina seufzt.

»Was ist passiert?«

»Gerade sind die Papiere bei uns eingegangen. Man fordert, dass Sie den Algorithmus und das dazugehörige Computerprogramm innerhalb von vierundzwanzig Stunden der Bank übergeben.«

»Und wenn ich mich weigere?«

»Dann kommt es zur Anklage. Man hat eine Berechnung des Einkommensverlustes vorgenommen. Den Betrag, den die Bank nach eigenen Angaben mit dem Algorithmus hätte verdienen können.«

»Wie viel?«

»Einhundertfünfzig Millionen Dollar.«

»Ich soll der Bank einhundertfünfzig Millionen Dollar bezahlen?«

»Ein rein symbolischer Betrag. Es geht nicht darum, dass Sie ihn bezahlen, sondern dass Sie sich zur Zusammenarbeit überreden lassen.«

»Schlicht Erpressung.«

»Als Ihre Rechtsanwälte möchten wir Ihnen zur Kooperation raten.«

»Nein.«

Sie drückt das Gespräch weg.

»Das Voynich-Manuskript ist ein Monster«, murmelt sie. »Verschlinge es, oder es verschlingt dich.«

Ein paar Mal atmet sie tief ein und aus. Langsam gewinnt sie ihre Ruhe zurück. Die Bank, die sich plötzlich wieder in ihrem Leben bemerkbar macht. Einer der vielen Zufälle, bei denen sich Zina inzwischen fragt, ob es sich tatsächlich um Zufälle handelt. Steckt mehr dahinter? Unlogisch wäre das nicht. Alles, was bei der Bank entstand, gehört ihnen. Das würde man nicht anfechten können. Egal, wie die Bank dahintergekommen ist, es fühlt sich gut an, ihnen nicht zu geben, was sie haben wollen. Zina wundert sich selbst über die Leichtigkeit, mit der sie sich über die möglichen Folgen ihrer Weigerung hinwegsetzt.

Můstek.

Zusammen mit dem größten Teil der Passagiere steigt Zina aus und nimmt die Rolltreppe nach oben in die Altstadt. Ein passender Name trotz des modernen Angebots an Geschäften, das sie um sich herum wahrnimmt. Die Wohnhäuser stehen dicht nebeneinander und bilden eine Art Spalier, durch das eine Touristenhorde strömt. Je näher sie der Karlsbrücke kommt, desto größer wird der Betrieb. Autos verschwinden aus dem Straßenbild.

Sie kommt auf den Altstädter Ring, das klopfende Herz der Stadt. Ihrem Reiseführer zufolge ist das Denkmal in der Mitte Jan Hus gewidmet, einem Prediger, der radikale Reformen in der durch und durch korrupten römisch-katholischen Kirche durchsetzen wollte. Dafür war er auf dem Scheiterhaufen gelandet. Zina läuft über den Platz, an der astronomischen Uhr vorbei, die außer der Zeit die Bewegung der Planeten rund um die Sonne wiedergibt. Vorbei an der gotischen Kirche, dem alten Rathaus. Sie erreicht die Stelle, an der sie mit Svoboda verabredet ist. Die dunkelbraunen Mauern des Hauses zur Minute sind voller Abbildungen. Hinter ihr ertönt eine bekannte Stimme. »Bei den meisten handelt es sich nur um die Sgraffito-Malereien mit Geschichten aus der griechischen Mythologie.«

Es ist Svoboda. Er stellt sich neben sie und zeigt ihr etwas.

»Aber von da oben, dicht unter dem Dach, von da aus schauen die Habsburger Kaiser auf uns nieder. Und wenn man genau hinschaut, entdeckt man noch mehr. Alchemie, biblische Szenen, irdische Herrscher, alles kommt zusammen. Eigentlich ist dieses Haus das Symbol für Prag.«

»Beeindruckend.«

»Das ist es tatsächlich.«

»Und hier hat Kafka gewohnt?«

»Stimmt. In seinen ersten Lebensjahren. Wollen wir weitergehen?«

Sie schließen sich der Masse an, die sich auf die Karlsbrücke zubewegt.

»In Prag kann man sich leicht eine Überdosis holen.«

»Was meinen Sie damit?«

»Es gibt zu viel. Zu viele Geschichten. Zu viel zu sehen. Wenn man das alles in ein paar Tagen in sich hineinzustopfen versucht, *sieht* man es noch, aber man *spürt* es nicht mehr.«

»In der Beschränkung zeigt sich der Meister.«

»Ganz genau, Fräulein Welter. Sind Sie mit Ihrem Hotel zufrieden?«

»Oh ja. Alles wunderbar.«

»Schön. Schade, dass Herr Walcott uns nicht begleiten wollte.«

»Ja.«

Svoboda bleibt stehen und schaut Zina forschend an.

»Fräulein Welter, ich befinde mich in einem Dilemma. Es geht um Herrn Walcott. Aber wegen Ihrer persönlichen Situation zögere ich, davon anzufangen.«

»Hat es mit dem Voynich-Manuskript zu tun?«

»Ja.«

»In diesem Fall will ich es wissen.«

»Wie Sie meinen. Wollen wir weitergehen?«

Im Schritttempo machen sie sich wieder auf den Weg.

»Ich habe die Vermutung, dass Herr Walcott Informationen vor uns zurückhält.«

»Was wollen Sie damit sagen? Über das Manuskript?«

»Nichts Inhaltliches. Über andere Dinge.«

Zina muss an den erregten Wortwechsel zwischen den beiden denken. Ist das wirklich erst ein paar Tage her?

»Sie haben damals etwas gerufen. Hatte das mit seiner Webseite zu tun?«

»Ja, mit der Finanzierung. Und mit dem Geld für die Voynich-Wochenenden. Ich möchte gern wissen, woher es stammt.«

»Das Geld.«

»Ihre Reisekosten und die Ausgaben für Ihr Hotel in London wurden Ihnen doch erstattet, oder?«

»Ja, das ist richtig.«

»Und die Teilnahme an der Veranstaltung ist kostenlos. Aber es gibt keine Sponsoren. Woher kommt das Geld?«

»Was meint denn Simon dazu?«

»Spender, sagt er. Vermögende interessierte Personen, die anonym bleiben wollen, es aber gerne sähen, wenn man das Voynich-Manuskript entschlüsseln würde.«

»Sie glauben das nicht.«

»Nein. Aber ich kann auch nicht beweisen, dass es nicht stimmt. Das hier ist übrigens die Karlsgasse, unsere Touristenschmiede. Es wird jetzt ganz kurz unangenehm, aber die Karlsbrücke müssen Sie einfach sehen, Fräulein Welter.«

»Dann los.«

Sie lassen sich mit der Meute an einer unendlich langen Reihe von Restaurants, Souvenirläden und Kleidergeschäften entlangtreiben.

»Meine zweite Sorge gilt der Webseite«, spricht Svoboda weiter. »*Voynichvoices* ist fantastisch, ganz ausgezeichnet. Die Art, wie den Mitgliedern die Informationen präsentiert werden. Das Interface zwischen den beschreibenden Teilen und den Seiten des Manuskripts selbst, das Forum. Ganz außergewöhnlich, dass es so etwas gibt.«

»Aber das ist doch gut?«

»Fräulein Welter, Sie kennen sich doch technologisch ein wenig aus.«

»Ja.«

»Wie viel kostet es Ihrer Meinung nach, eine solche Webseite zu erstellen und zu betreiben?«

»Ich habe keine Ahnung.«

»Ich schon. Ich habe es nämlich durch eine unabhängige Instanz schätzen lassen. Etwa einhundertfünfzigtausend Euro, hieß es.«

»Das ist viel Geld.«

»Sehr viel Geld. Und auch da möchte ich wissen, woher es kommt. Und dann die Zeit. Wenn ich mir anschaue, was er so alles treibt, reichen vierundzwanzig Stunden pro Tag nicht aus. Woher nimmt er die Zeit?«

»Er hat keine Familie.«

»Aber einen eigenen Laden. Und da gibt es auch einiges an Seltsamkeiten.«

»Sie waren noch an diesem Abend auch da?«

»Um diesen einen Abend geht es mir gar nicht. Meine Frau liebt London. Wir verbringen jedes Jahr ein langes Wochenende dort. Im selben Hotel, und das liegt zufällig ganz in der Nähe der Buchhandlung von Herrn Walcott. Von den vier Malen, die ich dort in den vergangenen Jahren vorbeigekommen bin, war der Laden bei dreien geschlossen.«

»Vielleicht hat er sich ja gerade zu diesen Zeiten um die Webseite gekümmert.«

»Die Berechnung von Wahrscheinlichkeiten fällt in Ihr Gebiet, Fräulein Welter.«

Zina schweigt. Svoboda hat diese Dreistufenrakete ganz offensichtlich gut vorbereitet. Entspannendes hat sie nicht zu erwarten. Die Webseite, das Wochenende und sein Wunderladen. Die drei Ws. Geht es hier um persönliche oder professionelle Animositäten? Mag Svoboda Simon einfach nicht? Auch sie konnte in Svobodas Verhalten Frustration und den Wunsch nach Anerkennung spüren. Ein Mann, der sich schnell ungerecht behandelt fühlt, diesen Eindruck hat sie von ihm gewonnen. Seine Fragen sind allerdings legitim.

»Haben Sie denn eine Idee davon, was dahintersteckt?«, will sie wissen.

»Ja, aber mehr auch nicht. Wenn ich Ihnen das so erzähle, werden Sie mich für verrückt erklären. Ich weiß noch nicht einmal, ob ich es selbst glauben soll. Verzeihen Sie mir, Fräulein Welter. Sobald ich es schwarz auf weiß habe, sind Sie die Erste, die davon erfährt.«

»Die wovon erfährt?«, wagt Zina den Versuch.

Ihr durchsichtiges Manöver misslingt. Svoboda verzieht keine Miene.

»Die Karlsbrücke.«

Zina schaut nach vorn. Zuallererst fallen ihr die Statuen Dutzender Heiliger an beiden Seiten der Brücke auf, die über die Touristen hinausragen. Die Brücke selbst ist nicht zu sehen, wie begraben unter den Menschen, die Schritt für Schritt darübergehen. Von dem Hügel an der gegenüberliegenden Seite blickt die majestätische Prager Burg wohlwollend auf die Szene herab.

»Einfach überwältigend.«

»Manchmal kann etwas überwältigend und schrecklich zugleich sein. Kommen Sie mit, ich zeige Ihnen, was ich meine.«

Sie gehen weiter über die Brücke. Svoboda bleibt bei einer der Statuen stehen. Es zeigt einen Mann mit einem schmerzvollen Blick, ein Kreuz mit Jesus in den Armen. Um sein Haupt schwebt ein Heiligenschein mit Sternen.

»Sankt Johannes Nepomuk. Ein tiefgläubiger Mann und Prediger hier in Prag. Er hatte so viele Jünger, dass König Wenzel ihn gern an den Hof binden wollte.«

»Und das wollte Johannes nicht?«

»Nein. Wegen des Gesichtsverlusts war der König tief beleidigt. Sankt Johannes wurde mit glühend heißen Haken bearbeitet und danach durch die Straßen hierher gezerrt.«

»Nicht, um die Aussicht zu genießen, nehme ich an.«

»Man band ihm den Kopf an den Füßen fest. Dann wurde ihm ein Stück Holz in den Mund geschoben, sodass dieser aufriss.«

»Wie abscheulich.«

»Danach wurde er von der Brücke geworfen.«

»Ertrunken in den Prager Wassern.«

»Tatsächlich, alles andere als Tanzen. Macht und Herrschaft, Fräulein Welter. Ob es nun um Weltliches oder um Religiöses geht, all diese Bollwerke der Macht scheinen sich in Ungetüme zu verwandeln. An diesem Stückchen Machtmissbrauch gibt es allerdings eine positive Seite. Der Legende zufolge bringt es Glück, das Standbild des Sankt Johannes anzufassen.«

»Glück können wir gut gebrauchen.«

Zina geht auf die Statue zu, stellt sich auf die Zehenspitzen und berührt das Kunstwerk ganz leicht.

»So. Jetzt kann nichts mehr schiefgehen.«

»Wir wollen es hoffen.«

## Prag, 20. Januar 1612

Es endete dort, wo es begonnen hatte. Die ausgedünnte Gruppe lief durch die Gärten der Straka-Akademie, die in den vergangenen Tagen von einer bis dato ungekannten Kälte gegeißelt worden waren. Wo für gewöhnlich das Leben brodelte, war es nun tot und kahl.

»Wart Ihr dabei?«, fragte Kepler.

»Nur seine beiden Kammerdiener. Die letzten Tage stellten eine Prüfung dar. Geschwollene Füße. Die größte Mühe mit dem Atemholen. Hitze- und Kälteschauer. Glücklicherweise scheinen seine letzten Worte beruhigende gewesen zu sein. Er war nicht betrübt. Zu seiner himmlischen Wohnung ohne Verabschiedung, Veränderungen oder Böswilligkeit.«

Der Mann, der selbst ein Jahr zuvor seine Frau zu Grabe getragen hatte, schüttelte betrübt den Kopf.

»Ich hatte allem zum Trotz auf eine Art der Anerkennung für die gewaltige Arbeit gehofft, die wir verrichtet haben.«

»Er war ein schwieriger Mensch«, sprach de Tepenec tröstend. »Aber in seinem Wesen ein guter. In der Stadt spricht man schon ganz anders über ihn. Der Einsiedler ist plötzlich der gute Hirte, der Prag für beinahe dreißig Jahre Fortschritt, Frieden und Eintracht gebracht hat.«

»Aber Ihr geht davon aus, dass es damit ein Ende haben wird.«

»Das ist der Grund dafür, warum all das hier begonnen hat. Wie ich höre, hat Matthias seinen Blick schon gierig auf Rudolfs Besitztümer gerichtet. Und der Rest seiner Familie ebenfalls. Es ist nur eine Frage von Tagen, bis das große Rauben einsetzt.«

Er sah die drei Männer an. Aufgrund ihres gehobenen Status in der Hierarchie der Stadt und des Hofes waren sie nervös. Kam ein anderer an die Macht, waren es die Symbole, die weichen mussten. Die Dinge und die Menschen, die das vergegenwärtigen, wofür der vorherige Herrscher gestanden hatte. Zu jenen gehörten sie, daran gab es keinen Zweifel.

Angst war in ihren Blicken zu lesen. Sprach aus seinem eigenen Blick dieselbe Panik? Das war nur zu gut möglich.

»Was ratet Ihr uns, Herr de Tepenec?«, erkundigte sich Bürgi angespannt.

»Das fragt Ihr mich? Was, wenn mein Ratschlag für Euch das Todesurteil bedeutet? Das will ich nicht auf dem Gewissen haben.«

Drebbel schüttelte den Kopf.

»Einige Tage der Folter in den Kerkern, und ich bekenne all meine Sünden. Begangene und nicht begangene.«

»Ich bitte Euch, das Erträgliche zu ertragen, weiter nichts.«

»Das habe ich auch gewiss vor«, erwiderte Drebbel. »Wie sieht es bei Euch aus? Werdet Ihr Prag verlassen? Das erwäge ich nämlich ernsthaft.«

»Ich bleibe hier.«

»Weshalb, wenn ich Euch das fragen darf?«

»Wer flüchtet, hat etwas zu verbergen. Ich werde das Gegenteil tun.«

Die beiden verstummten, während die anderen ihre Lage überdachten.

»Und selbst wenn ich mich für die Flucht entscheiden würde, wo sollte ich hin? Matthias ist der Kaiser des Heiligen Römischen Reiches. Es gibt keinen Ort, den man aufsuchen könnte.«

»Britannien«, sagte Drebbel.

»Ihr habt mich überzeugt, Herr de Tepenec«, erklärte Kepler. »Ich bleibe hier.«

»Ich ebenfalls«, rief Bürgi, »aber damit uns kein Verdacht trifft, denke ich, es ist besser, wenn wir nicht mehr als Gruppe zusammenkommen.«

»Das ist in der Tat vernünftig«, stimmte ihm de Tepenec zu, »doch es reicht noch nicht. Die Bedingungen, die ich Euch damals vorgelegt habe, gelten noch immer. Ihr dürft mit niemandem darüber sprechen, was wir in den vergangenen Jahren bewerkstelligt haben. Auch nicht untereinander.«

»Aber Herr de Tepenec, der Kaiser lebt nicht mehr.«

»Umso wichtiger ist es, mit äußerster Vorsicht zu handeln. Rudolf hat vor seinem Tod selbst die letzten Sakramente verweigert. Jetzt, da Matthias an der Macht ist, wird der Einfluss der Kirche rasch zunehmen. Unter seiner Regentschaft reicht das, was wir verborgen hielten, für ein Todesurteil.«

»Ich bin inzwischen beinahe beglückt darüber, dass Ihr uns all diese Male die Augen verbunden habt«, erklärte Bürgi. »Was ich nicht weiß, kann ich auch nicht versehentlich enthüllen.«

De Tepenec nickte.

»Dann bleibt uns nur noch, Abschied voneinander zu nehmen.«

»Lebt wohl, Herr de Tepenec«, sprach Kepler. »Kommst du mit, Jost?«

»Ich begleite dich. Reist Ihr mit uns, Herr Drebbel?«

»Ich bleibe noch einen Augenblick hier. Auf Wiedersehen und womöglich ein Lebewohl.«

De Tepenec blickte dem sehnigen Kepler und dem unruhigen Bürgi nach, bis die beiden Männer außer Sicht waren.

»Glaubt Ihr, sie werden sich retten können?«

»Da bin ich guter Hoffnung.«

»Und was uns betrifft?«

»Ebenfalls.«

»Sie kennen den Ort nicht. Wir hingegen schon. Wie viele Menschen noch außer uns?«

»Der Kaiser war trotz allem ein gründlicher Mann. Aber wenn Ihr wollt, könnt Ihr zu Sicherheit hingehen und nachsehen.«

»Ich? Nie im Leben. Ich bin stolz auf unser Werk, doch ist es auch das Gefährlichste, was ich jemals geschaffen habe. Wie Ihr bereits gesagt habt, ist es besser, sich so weit wie möglich davon entfernt zu halten.«

»Ihr seid nicht nur ein brillanter, sondern auch ein vernünftiger Mann, Drebbel.«

Dass er und Drebbel in diesem Augenblick noch lebten, durfte als ein Wunder betrachtet werden. Ganz offensichtlich war der Kaiser blind davon ausgegangen, seine Geheimnisse wären bei de Tepenec sicher. Die Arroganz eines absoluten Herrschers. Oder war der Mann während seiner letzten Tage dermaßen verwirrt gewesen, dass er vergessen hatte, die letzten Zeugen aus dem Weg zu räumen? De Tepenec wusste es nicht. Ebenso wenig wusste er genau, warum der Kaiser gefordert hatte, dass der Ort, an dem man so hart gearbeitet hatte, für immer geheim bleiben sollte.

Er dachte an das, was sich in diesem Augenblick in seinem Arbeitszimmer befand.

Sie hatten das Vellum von Schwarzenaus in etwas ganz Besonderes verwandelt. Drebbel hatte das Leben des Kaisers als Quelle gebraucht. Seine Wahnbilder und Visionen. Seine Vorliebe für das Außergewöhnliche. Das Ergebnis bestand in einer zeitlosen Schöpfung, in der alles fortleben sollte, wofür Rudolf stand.

»Ob es seinen Weg finden wird, unser Manuskript?«, sinnierte Drebbel. »In gewissem Sinne ist dies mein Meisterwerk.«

»Ich kann Euch nur versprechen, dass ich mein Bestes tun werde. Wenn es Euch recht ist, werde ich es bei mir behalten, solange das nötig ist.«

»Bei Euch ist es in guten Händen. Ich wüsste zumindest keine besseren.«

# 22

## Prag, Gegenwart

Prag liegt ihnen zu Füßen. Unmöglich, sich vorzustellen, was dieser Ausblick in jemandem auslöst, dem man von Geburt an zu verstehen gibt, dass er über alle anderen Menschen erhaben ist. Jeder Blick von seinem Palast aus oder während eines Spaziergangs in seinen Gärten wird zur Bestätigung, dass Rudolf der rechtmäßige Herrscher über das Heilige Römische Reich ist.

Nach einem kurzen Besuch des Veitsdoms, ein paar Minuten in der überwältigenden Pracht der Wenzelskapelle und einem Blick in das Mausoleum, in dem unter anderem Rudolf begraben liegt, haben sie den Garten betreten. Hier herrscht weniger Betrieb, und der ungeduldige Svoboda kann endlich seine Gedanken zum letzten Hinweis erläutern.

»Wasser ist das Symbol der Fruchtbarkeit. Das hat mich an Giuseppe Arcimboldo erinnert, einen der bekanntesten Künstler am Prager Hof. Er hat Rudolf als Vertumnus porträtiert, als den römischen Gott der Fruchtbarkeit.«

»Sie meinen das Gemälde, auf dem Rudolfs Gesicht aus Obst und Gemüse zusammengesetzt ist?«, fragt Simon.

»Genau. Und Fruchtbarkeit wird seit dem Altertum mit Erntefesten gefeiert. Da wurde natürlich getanzt.«

»Diesen letzten Schritt finde ich etwas gewagt«, antwortet Simon nachdenklich. »Ich hatte da eher an etwas Einfacheres gedacht. Wasser ist eines der vier Elemente. Von essenzieller Bedeutung in der Alchemie. Vielleicht finden wir die Antwort dort. Im Namen des Elements oder in dem der drei anderen. Feuer, Luft und Erde. Schade, dass Perenelle erst morgen Abend kommen kann. Sie ist schließlich die Alchemistin unter uns.«

»Ich kann Ihren Gedankengang im Hinblick auf die Elemente nachvollziehen, aber damit kommen wir nicht weiter. Bisher war der korrekte Code immer ein einziges Wort oder eine Zahl. Dann ist ein Verweis auf die Bibel wahrscheinlicher.«

»Zum Beispiel?«

»Prediger Kapitel drei, Vers vier. Weinen hat seine Zeit, Lachen hat seine Zeit, Klagen hat seine Zeit, Tanzen hat seine Zeit. Dann wäre der Code etwas mit drei und vier.«

Simon wirft in einer Geste der Ohnmacht die Hände zum Himmel. »Wenn wir anfangen, in der Bibel nach Wasser und Tänzern zu suchen, ergeben sich Dutzende von Möglichkeiten.« Zina zeigt auf den Fluss unter ihnen.

»Habt ihr die einfachste Antwort schon in Erwägung gezogen?«

»Die Moldau? So simpel soll das sein?«

»*Vltava* auf Tschechisch«, ergänzt Svoboda. »Möglich wäre es.«

Simon schüttelt den Kopf.

»Ich bin auch fürs Einfache. Aber damit entgeht einem eines der drei Elemente.«

Er streckt einen Finger in die Luft. »Wasser haben wir.« Der nächste Finger folgt. »Prag auch.«

Dann der letzte Finger. »Leider hat der Name des Flusses nichts mit Tanzen zu tun.«

»Und die Abbildungen in diesem Teil?«, fragt Zina. »Helfen die uns vielleicht weiter?«

»Solange wir nicht sagen können, was sie darstellen, wüsste ich nicht, wie«, erwidert Svoboda.

Die Sonne erreicht den Zenit. Wahrscheinlich erwartet sie ein sehr heißer Tag. Das Wasser des Flusses sieht herrlich kühl aus.

»Vielleicht müssen wir es auch nur tun«, meint Zina. »Einfach im Fluss tanzen. Manche der wichtigsten Wunder haben sich in oder auf dem Wasser ereignet. Denkt doch an Moses und das Rote Meer.«

»Wir sind keine Propheten, Fräulein Welter«, ermahnt sie Svoboda. Ganz offensichtlich nimmt er ihre Idee ernst.

»Das stimmt, Professor. Aber es gibt außer der Moldau doch noch mehr Wasser in Prag? Eine unterirdische Quelle. Heilende Bäder. Das würde auch zu den Bildern der badenden Nymphen passen.«

»Die Quellen sind aber in Karlsbad, nicht in Prag.« Svoboda runzelt die Stirn. »Da wäre noch etwas, der Tunnel«, erklärt er zögernd. »Der Wassertunnel.«

»Wassertunnel?«

Svoboda deutet auf die Stadt unter ihnen.

»Ein Tunnel, der die Moldau mit dem Stromovka-Park verbindet. Zu Rudolfs Zeiten das kaiserliche Jagdgebiet. Er wollte über den Tunnel Wasser für Teiche und Springbrunnen dorthin leiten.«

»Wurde der Tunnel jemals errichtet?«

»Nein, Rudolf ist das Geld ausgegangen.«

»Hatte der Tunnel einen Namen?«

Svoboda schüttelt den Kopf. »Für seine Zeit war er von der Baukunst her sehr fortschrittlich. Das Einzige, was man als Code verwenden könnte, ist das R, Rudolfs Zeichen. Er ließ es oft auf Bauwerken anbringen, deren Errichtung er befohlen hatte. Auch hier.«

»Ein Teil fehlt uns immer«, wiederholt Simon. »Tanzen und Wasser, aber kein Prag. Oder Wasser und Prag, aber ohne Tanzen.«

Zina kann dazu nichts weiter sagen. Die ganzen Jahre an der Schule und an der Universität helfen ihr in diesem Augenblick kein Stück weiter. Auch die anderen scheinen in einer Art Sackgasse zu stecken.

»Hat noch jemand eine Idee?«, fragt sie vorsichtig.

Eine Antwort bleibt aus.

»Ich glaube, wir haben noch keine Einigung erzielt, was eine mögliche Lösung betrifft. Das ist auch nicht so ungewöhnlich. Wenn man sich überlegt, wie tief wir ins Voynich-Manuskript vorgedrungen sind, kann es sehr gut sein, dass es sich hier um den letzten Hinweis handelt. Das ist selten der am leichtesten zu entschlüsselnde. Vielleicht müssen wir uns noch einmal in die Bücher vergraben. Möglicherweise kommen wir dann weiter.«

»Ich denke, es wäre effektiver, wenn wir alle unabhängig voneinander weitersuchen«, wendet Svoboda ein.

»Da stimme ich Ihnen zu«, erklärt Simon sofort. »Allein weitersuchen. Dann verabreden wir uns morgen erneut. In unserem Hotel? Nach dem Frühstück?«

Svoboda nickt feierlich.

»Ich gehe ins Stadtarchiv. Vielleicht finde ich etwas zu einem Ereignis in der Zeit, die Rudolf in Prag verbracht hat. Etwas, das im Zusammenhang mit dem Hinweis stehen könnte.«

»Gute Idee«, sagt Simon in einem Tonfall, dem man sehr deutlich entnehmen kann, wie wenig er davon hält. »Ich werde mich in den digitalen Datenbanken über die Stadt herumtreiben. Zina, hast du Lust, dir den Veitsdom noch mal anzuschauen? Wir sind da gerade ziemlich durchgerannt.«

Svoboda läuft rot an.

»Es schien mir geboten, so schnell wie möglich anzufangen.«

»Gute Idee, Simon«, meint Zina schnell. »Professor, ganz herzlichen Dank für Ihre Ideen. Wir sehen uns dann morgen wieder. Und wenn Sie etwas finden, lassen Sie uns das bitte sofort wissen.«

»Bis morgen dann, Fräulein Welter. Genießen Sie Ihren Aufenthalt.«

Mit den Augen folgt Zina dem kleinen Mann, der zum

Ausgang läuft. Simon hat den Blick schon wieder auf die Stadt gerichtet.

»Beeindruckend, oder?«

»Wunderschön«, pflichtet ihm Zina bei, während sie noch immer dem Professor nachschaut.

Auch Simon richtet jetzt den Blick auf Svoboda, der inzwischen etwa hundert Meter von ihnen entfernt ist.

»Genau genommen gibt es einen anderen Grund dafür, dass ich dich gebeten habe, noch kurz hierzubleiben, Zina.«

»Du wolltest also nicht nur den Veitsdom besichtigen?«

»Natürlich, das auch. Aber ich muss dir etwas sagen.«

Er beißt sich auf die Unterlippe. »In den letzten Tagen war ich ziemlich oft abwesend. Im wörtlichen wie im übertragenen Sinne. Dafür möchte ich mich entschuldigen.«

»Du warst nicht nur abwesend.«

»Kurz angebunden, gereizt. Unhöflich. Unverschämt. Ich weiß es. Und es tut mir leid, wie schon gesagt. Es gibt einen Grund dafür. Keine Entschuldigung, aber immerhin einen Grund. Mir liegt schon seit einiger Zeit etwas im Magen. Es geht um Professor Svoboda. Ich fürchte, nein, ich weiß, dass er uns betrügt.«

Zina bewegt den Kopf und kneift kurz die Augen zusammen, als wollte sie Simons letzte Worte abschütteln. Es funktioniert nicht. Sie riskiert einen raschen Blick in Richtung Ausgang. Svoboda ist inzwischen außer Sicht.

Simon klopft auf seinen kleinen Rucksack.

»Ich habe hier einige Dokumente – Mails, die du sehen solltest, denke ich.«

»Was denn für Mails? Von Barschius?«

»Nein. Hör zu, ich kenne Svoboda schon seit einigen Jahren. Du hast natürlich mitbekommen, dass zwischen uns eine gewisse Spannung herrscht.«

»Ich mache mir Sorgen deswegen, Simon. Wir wollen doch hier zusammen etwas erreichen.«

»Er will nichts zusammen erreichen.«

»Simon, sag mir jetzt bitte einfach, was du zu sagen hast.«

»Okay. Der Professor verfügt über ein immenses Wissen. Das ist uns allen klar. Nur an eigenen Ideen fehlt es ihm. Er weiß mehr über das Voynich-Manuskript als irgendjemand sonst, hat aber in den ganzen Jahren nie eine neue, spannende Perspektive entwickelt. Svoboda kann Dinge bis ins Kleinste analysieren, aber er ist nicht kreativ. Und genau diese Eigenschaft braucht man für das Voynich-Manuskript. Darum war ich auch so froh, als du zu uns gestoßen bist.«

»Ist es das, was du mir erzählen wolltest?«

»Wenn es nur so wäre. Ich weiß aus sicherer Quelle, dass Svobodas akademische Karriere denselben Makel aufweist.«

»Makel? Er ist Professor!«

»Und in einer Sackgasse gelandet. Das Voynich-Manuskript stellt seine Chance dar, der Wissenschaftler zu werden, der er immer sein wollte.«

»Das erinnert mich sehr an unsere Theorie über Currier.«

»Bei ihm ist und bleibt es Theorie. Was Svoboda betrifft, habe ich Beweise.«

Aus seinem Rucksack holt Simon ein paar zusammengefaltete A4-Blätter und übergibt sie Zina. Schnell überfliegt sie den Inhalt.

»Wo hast du das her?«

»Svoboda macht sich leichter Feinde als Freunde.«

Vor sich hat Zina zwei verschiedene E-Mail-Korrespondenzen vor sich, die erste mit einem amerikanischen Professor in Yale. Nach einer kurzen Einleitung, in der es darum geht, dass das Voynich-Manuskript dort in der Bibliothek einsehbar ist, teilt ihm Svoboda mit, dass er nach jahrelangen Forschungen den entscheidenden Durchbruch erreicht hat. Ohne ein Wort über Zina, Simon und die anderen behauptet Svoboda, er habe sich die Identität des Autors und die Entstehungsgeschichte erschlossen und befinde sich ganz kurz vor der Entschlüsselung des Inhalts. Außerdem berichtet er, dass ihm bei seinen Forschungen eine bisher unentdeckte Seite des Manuskripts zugespielt wurde, die sich nun in seinem Besitz befindet. Zu einer direkten Bewerbung fehlt nicht viel. Der Adressat kann ganz offensichtlich zwischen den Zeilen lesen und antwortet, man werde Svobodas Fortschritte mit besonderem Interesse verfolgen. Der andere Briefwechsel ist auf Tschechisch.

»Nächste Seite«, erklärt Simon. »Ich habe die Nachricht übersetzen lassen.«

Diesmal handelt es sich um einen Austausch mit einem Kollegen an der Universität von Prag. Hier geht es Svoboda um die bewiesene Behauptung, dass Kaiser Rudolf das Voynich-Manuskript käuflich erworben hat. Endlich, nach vielen Jahren der Forschung, kennt Svoboda den tatsächlichen Ablauf. Seine Enthüllung wird Prag noch mehr als das Zentrum unterstreichen, in die das Manuskript gehört. Zina hält im Lesen inne, starrt vor sich hin.

»Es tut mir leid, Zina.«

»Erst Currier und jetzt Svoboda.«

»Ja.«

»Ich weiß nicht so richtig, was ich von all dem halten soll. Ich muss nachdenken.«

»Sollen wir ins Hotel zurück?«

Zina nickt. Sie verlässt die Prager Burg ohne einen einzigen Blick zurück. Das imposante Bollwerk kann sie nicht mehr fesseln. Sie nehmen die Linie 22 zurück in die Stadt und steigen dort in die Metro Richtung Anděl um.

»Möchtest du darüber sprechen?«, fragt Simon.

»Jetzt gerade nicht.«

»Das verstehe ich.«

Zina schaut aus dem Fenster, sieht die betriebsamen Straßen von Prag an sich vorbeiziehen. Aus ihrer Tasche erklingt das vertraute Geräusch, das den Eingang einer Mail ankündigt. Sie holt ihr iPhone hervor. Barschius. Sofort setzt sich Zina aufrecht hin und liest, tief über das Display gebeugt.

ZINA WELTER,
GROSSE VORSICHT IST GEBOTEN. AM 1 SEPTEMBER 1991 IST WILLIAM PRESCOTT CURRIER IN DEN DIENST DER NSA EINGETRETEN. SEINE MITGLIEDSNUMMER LAUTET 154674. ER ARBEITETE FUER DAS DIREKTORAT S, SIGNALS INTELLIGENCE; ABTEILUNG S31, AUCH BEKANNT ALS KRYPTOLOGIEABTEILUNG. CURRIER BEFINDET SICH IN PRAG.
BARSCHIUS

Barschius. Seit ihrem Traum hat Zina nicht mehr an ihn gedacht. Die Aufregung um ihre neue Entdeckung hat die Möglichkeit, er könnte noch etwas Wertvolles für sie haben, verdrängt. Sie liest die Mail noch einmal, Wort für Wort.

»Was ist los, Zina? Du siehst aus, als hättest du ein Gespenst gesehen.«

Schweigend reicht sie ihm das Handy.

»Shit«, murmelt Simon schon ein paar Sekunden später. »Die NSA, das ist dieser amerikanische Geheimdienst.«

Er schaut sie an.

»Die Information ist sehr spezifisch.« Sie kann ihre Stimme nur mit Mühe ruhig halten.

»Deswegen ist es noch nicht zwingend wahr.«

»Da hast du recht. Und er hat ganz normal in Princeton seine Vorlesungen gehalten. Ich war dabei. Jeden Tag.«

»Ein Doppelleben?«, meint Simon.

»Ich weiß es nicht«, antwortet Zina verwirrt. »Ich weiß es wirklich nicht.«

Simon schaut wieder auf ihr Handy.

»Der Text ist teilweise in der Vergangenheit geschrieben.

Man kann nicht daraus ableiten, ob Currier immer noch dort arbeitet. Wenn das alles so stimmt.«

Wenn das alles so stimmt. Wenn Barschius ihnen nichts vorlügt. Was bedeutet das dann? In Zinas Kopf fügen sich die möglichen Konsequenzen zu einem Bild zusammen.

»Stell dir vor, er arbeitet tatsächlich für die NSA«, sagt sie zögernd. »Die WhatsApp-Gruppe, unsere E-Mail-Adressen, Telefonnummern. Er weiß alles.«

»Du denkst, er hört uns ab?«

»Ich denke, wir müssen davon ausgehen, dass er es könnte. Oh shit, unser Hotel.«

»Das hat Svoboda auf eigene Faust geregelt«, antwortet Simon. »Mails haben wir deswegen keine ausgetauscht. Aber wenn sein Telefon abgehört wird, sieht die Sache natürlich anders aus. Und denk an die Flüge, die Kreditkarten.«

»Sind wir womöglich paranoid?«

»Wahrscheinlich«, sagt Simon ruhig. »Es ist nur eine Mail. Vielleicht stimmt es auch gar nicht.«

»Nein, nein. Vielleicht nicht.«

»Du klingst nicht besonders überzeugt.«

»Nein.«

»Was meinst du, suchen wir uns ein anderes Hotel?«

»Damit würde ich mich wohler fühlen.«

»Dann machen wir es so. Wie lange brauchen wir noch?«

»Noch ein paar Minuten, glaube ich.«

Nervös liest sich Zina immer wieder die Nachricht auf ihrem Display durch.

»Zina.«

Sie schaut auf. Neben der Metrostation Anděl fährt ein schwarzer SUV. Drei Leute steigen aus. Zwei hochgewachsene, muskulöse Männer in Anzügen. Jung, vielleicht fünfundzwanzig. Die dritte Person ist älter. Schlohweißes Haar. Eine kerzengerade Haltung. Er schaut sich um. Zina und Simon ducken sich. Einige Passagiere sehen sich befremdet nach dem Paar um, das sich so zu verstecken scheint. Die Türen öffnen sich. Leute steigen ein. Sie fahren weiter. Erst an der nächsten Haltestelle wagt Zina wieder einen Blick durch das Fenster. Kein SUV. Kein Currier. Langsam richten sie sich auf.

»War das Currier?«, fragt Simon atemlos.

Zina nickt.

»Und er hatte zwei Männer bei sich.«

»Currier ist hier. In Prag.«

»Barschius hatte recht.«

Einen Augenblick lang sagt keiner von ihnen etwas.

»Was machen wir jetzt?«, fragt Simon. »Unsere Rucksäcke haben wir, aber alles andere ist noch im Hotel. Wo sollen wir hin?«

»Wir müssen erst zu Svoboda.«

»Zu Svoboda? Nach dem, was ich dir gerade gezeigt habe?«

»Er hat ein Recht darauf, es zu erfahren. Er ist mit seiner Familie hier. Wir können nicht zulassen, dass die da hineingezogen wird.«

»Vielleicht ist es dafür schon zu spät.«

# 23

Im Pizza-Go-Home, nur wenige Minuten vom Prager Stadtarchiv entfernt, gibt es ein paar Plastiktische für Kunden, die ihre Bestellung lieber selbst abholen wollen. In der Küche werden wie am Fließband Pizzen zusammengestellt und jungen Männern übergeben, die sie auf Scootern wegbringen.

*»Do prdele!«*, ruft Svoboda aus. »Currier in Prag. Und Sie sagen, er arbeitet für die NSA?«

»Wir haben ihn ganz in der Nähe unseres Hotels gesehen. Er weiß also wahrscheinlich, wo wir übernachten.«

Die E-Mail von Barschius. Das plötzliche Auftauchen ihres Dozenten. Die beiden Ereignisse sind so kurz nacheinander eingetreten, dass bei Zina Panik einsetzte. Ohne nachzudenken, hat sie sich versteckt. Erst jetzt fragt sie sich, ob diese Angst wirklich begründet ist.

»Simon, Professor. Urteilen wir nicht zu vorschnell? Vielleicht ist er ja hergekommen, um uns zu helfen?«

»Warum hat er dann nicht einfach angerufen?«, hält Svoboda dagegen.

»Und er war nicht allein«, fügt Simon hinzu.

»Dafür kann es auch eine andere Erklärung geben.«

Simon schaut sie an.

»Was ist los, Zina? Zweifelst du noch an Barschius' Worten?«

Zina schüttelt den Kopf. Es gibt zu viele unbekannte Faktoren. Sie weiß immer noch nicht, wo Curriers Motive liegen. Geht es um Persönliches, wie sie das bisher dachte? Oder hat es mit der NSA zu tun? Aber warum sollte sich ein Geheimdienst für ein mittelalterliches Manuskript interessieren?

Sie stellt diese Frage den anderen.

»Ich habe keine Ahnung«, lautet Simons zögernde Antwort. »Es klingt tatsächlich verrückt. Aber nimm mal an, es ist so, dann würde es eine ganze Reihe von Ereignissen erklären. Den Einbruch in dein Hotelzimmer zum Beispiel und den Überfall in Rom. Und denk mal an das Super-Programm auf deinem Computer, das sich selbst gelöscht hat.«

»Du meinst, dahinter stecken die?«, fragt Zina nach. Das Gefühl der Angst, das kurz schwächer geworden war, überfällt sie erneut.

»Walcott hat nicht ganz unrecht«, brummt Svoboda. »Es würde tatsächlich eine ganze Reihe seltsamer Ereignisse erklären. Ich begreife auch nicht, was die verfluchten Amerikaner überhaupt mit dieser Handschrift wollen. Aber ich weiß, genau wie jeder Zeitungsleser, dass diese Leute seit ein paar Jahren vor nichts mehr zurückschrecken. Ich schlage vor, wir gehen sicherheitshalber davon aus, dass Barschius recht hat. Bis sich das Gegenteil herausstellt.«

»Aber warum?«, wiederholt Zina verzweifelt. »Warum sollte sich die NSA wegen so etwas wie dem Voynich-Manuskript dermaßen viel Mühe machen?«

»Das ist die große Frage«, sagt Simon. »Ich habe allerdings eine Theorie dazu, wie Currier hierherkommt. Den letzten Hinweis haben wir telefonisch mit Ihnen, Professor, und mit Perenelle besprochen. Was, wenn er diese Gespräche abgehört hat?«

»Das ist sicher eine Möglichkeit.«

»Oder …«

»Oder was?«

»Ist er eventuell auch im Besitz des Knackers? Hat er den Hinweis selbst entziffert und eingegeben?«

»Möglich wäre es«, räumt Zina ein. »Aber ich will noch immer nicht glauben, dass Currier eine Art … Spion sein soll.«

Simon zieht die Schultern hoch.

»Wir können es nicht mit Sicherheit wissen. Aber wir haben die Wahl. Glauben wir Barschius, der bisher all seine Behauptungen bewiesen hat? Oder jemandem, der plötzlich verschwunden ist und unangekündigt wieder auftaucht? Noch dazu in der Gesellschaft zweier Unbekannter. Ich habe die beiden nur ganz kurz gesehen, aber wie Akademiker haben sie nicht auf mich gewirkt. Eher wie Bodyguards.«

»Angesichts der jüngsten Ereignisse stimme ich Herrn Walcott zu«, erklärt Svoboda düster. »Und wie dieser Barschius schon sagt, müssen wir dann extrem vorsichtig sein. Davon ausgehen, dass unsere sämtlichen elektronischen Geräte, Handys, Computer, wahrscheinlich abgehört werden. Was können wir jetzt tun? Was *machen* wir?«

Inzwischen hat Zina ihre Gedanken teilweise geordnet.

»Wenn hier wirklich die NSA mitmischt, sollten wir lieber aufhören. Heimfahren und hoffen, dass nichts weiter passiert.«

»Ausgeschlossen«, schreit Svoboda.

Der Junge an der Kasse blickt kurz auf.

»Ich mache weiter«, erklärt Simon. »Wir sind schon so weit gekommen. Aber Zina, ich verstehe es auch, wenn du nach Hause willst.«

Die beiden Männer schauen sie an.

»Es ist so viel passiert ...«, setzt Zina zögernd an.

Sie zweifelt. Möglicherweise reicht die ganze Sache sehr viel weiter als bis zu anonymen E-Mails und einem frustrierten Akademiker, der ihre Arbeit stehlen will. Wenn Barschius recht hat, sind die Risiken und die möglichen Konsequenzen nicht zu überblicken. Sie könnte sogar ganz konkret in Gefahr geraten. Die Alternative ist ebenso unattraktiv. Aufgeben. Den Mann gewinnen lassen, der sie verraten hat. Zurück nach Rotterdam, ohne das Rätsel gelöst zu haben.

»... aber ich bin der gleichen Meinung wie ihr. Ich will weitermachen. Ich muss wissen, was hinter dem Voynich-Manuskript steckt, was Currier will und wer er ist. Dasselbe gilt für Barschius, auch wenn ich nicht sagen kann, wie wir dahinterkommen sollen. Wir müssen vor allem vorsichtig sein. Und wir müssen sehen, was wir mit Perenelle anstellen, wenn sie in ein paar Stunden hier eintrifft.«

»Falls er sie abhört, können wir sie nicht anrufen.« Zina und Simon haben schon in der Metro ihre Handys ausgeschaltet. Svoboda ist ihrem Vorbild gefolgt, als sie ihn im Archiv getroffen haben.

»Da fällt uns schon etwas ein. Inzwischen sollten wir nicht vergessen, warum wir hier sind. Wir müssen den Hinweis entschlüsseln.«

»Bevor Currier das schafft«, fügt Simon hinzu.

In den folgenden Minuten entwerfen sie einen Plan. Svoboda wird zu seiner Familie zurückkehren und die drei noch heute Abend nach Brünn fahren. Zina und Simon werden Perenelle abfangen und einen neuen Ort zum Übernachten finden. Der Professor verabschiedet sich schnell und eilt nach draußen.

»Ich glaube, wir sollten uns aufteilen«, erklärt Simon sofort.

»Meinst du nicht, wir sollten zusammenbleiben?«

»Wir können Currier nur einen Schritt voraus sein, wenn wir mehrere Strategien zugleich haben. Ich schlage vor, ich suche uns einen Platz zum Übernachten.«

»Ein anderes Hotel?«, fragt Zina.

»Darüber habe ich schon nachgedacht. Bei einer gewöhnlichen Buchung landen wir im Computersystem. Das scheint mir keine gute Idee. Currier stand schließlich gerade bei uns vor der Tür.«

»Du hast recht.«

»Ich überlege mir was. Konzentriere du dich auf Currier. Du kennst dich doch mit Computern aus. Schau mal, was du noch herausfinden kannst. Oh shit, wir können unsere Laptops ja nicht benutzen. Wie wirst du das anstellen?«

»Ich überlege mir was.«

Er grinst. »Dann los. Ich sehe dich heute Abend zur verabredeten Zeit und am verabredeten Ort.«

Zusammen verlassen sie das Pizza-Go-Home. Zina winkt Simon nach, der die Metro zurück ins Zentrum nimmt. Sie selbst geht in die andere Richtung. Auf dem Weg vom Stadtarchiv hat sie etwas entdeckt, was ihr jetzt sehr viel nutzen kann. Zum Glück ist der internationale Telefonladen geöffnet. An den Fenstern kleben Poster mit glücklich aussehenden Männern und Frauen, und der Betrachter wird ermutigt, für wenig Geld daheim anzurufen oder seiner Familie in der Ferne Geld zu schicken.

Sie überquert die Straße und betritt den Laden. In der Mitte steht ein alter Holztresen, an dem hinter Plexiglas ein gelangweilt aussehender Inder sitzt. Zina legt ihm fünfzig Kronen hin und erhält einen Zettel mit einem Passwort.

Auf jeder Seite des Raumes gibt es fünf Verschläge. Sie läuft zu dem einzigen freien hin, zieht die schmierigen Gardinen hinter sich zu und setzt sich. Vor ihr steht ein fahlbeiger, mindestens zehn Jahre alter Computer. Nicht gerade das schnellste Gerät, aber das ist jetzt auch nicht notwendig. Zina loggt sich ein. Aus dem Verschlag neben sich hört sie leises Stöhnen, begleitet von einem rhythmischen Geräusch, das keinen Zweifel daran lässt, was hier gerade passiert. Sie konzentriert sich auf den Bildschirm vor sich.

Barschius' E-Mail enthält genug Einzelheiten, um wahr sein zu können. Aber es ist und bleibt die Nachricht eines anonymen Absenders. Von jemandem, dessen wahre Motive sie noch nicht kennt. Sie braucht mehr. Zina ist keine Hackerin. Und selbst wenn sie das wäre – die NSA hacken geht nicht. Sie muss andere Quellen auftun.

Wo soll sie suchen? Welche öffentlich einsehbaren Informationen gibt es? Wozu bekommt sie Zugang? Sie hat Glück. Auf dem Desktop entdeckt sie ein Zwiebel-Icon. Jemand mit Durchblick hat TOR schon installiert.

Eine halbe Stunde später weiß Zina genug. Einen definitiven Beweis hat sie nicht. Kein *quod erat demonstrandum*. Aber mehr als genug, um sie davon zu überzeugen, dass Barschius' Behauptung der Wahrheit entspricht.

Currier hat selbst auch in Princeton studiert und 1987 sein Examen mit *cum laude* abgelegt. Dann hat er einige Jahre für das *Institute for Advanced Study* gearbeitet. Ab 2005 hat er Vorlesungen gehalten. Dazwischen liegen beinahe fünfzehn Jahre. Fünfzehn Jahre, die in seinem Online-Lebenslauf fehlen. Und zwar in allen Dokumenten. Als hätte es sie nie gegeben. Ein großer blinder Fleck. Allerdings ist Zina dahintergekommen, dass er während dieser ganzen Zeit etwas außerhalb von Baltimore gewohnt hat. Das ist nicht weit weg von Fort Meade, dem Hauptquartier der NSA. Außerdem hat Zina ein Gespräch mit der Unizeitung gefunden, die ihn kurz nach seiner Rückkehr nach Princeton interviewt hat. Darin ist Currier herausgerutscht, dass er während dieser ganzen Jahre für die Regierung gearbeitet hat.

Jetzt der nächste Schritt. Während Zina Informationen zu Currier gesucht hat, konnte sie ein nagendes Gefühl nicht loswerden. Bei der NSA verfügt man über mehr als nur Wissen und Fertigkeiten. Sie hat lange genug in den Vereinigten Staaten gewohnt, um zu wissen, dass diese Organisation über einen enormen politischen Einfluss verfügt. Warum ist das wichtig? Currier ist Mathematiker. Sie weiß, wie Mathematiker denken. Sie sind immer auf der Suche nach der einfachsten Lösung für ein Problem. Was ist für ihn die einfachste Lösung, wenn er eine solche Organisation hinter sich hat? Sie reißt die Augen auf. In Panik lässt sie die Finger über das Keyboard rasen. Eine einzige Suchanweisung reicht aus. Es steht auf verschiedenen Blogs und Nachrichtenwebseiten. Sie klickt direkt auf den obersten Link. Der Artikel wurde heute Morgen veröffentlicht.

*SaveKeeping und die Regierung kurz vor einem Cyberkrieg.*

Schnell liest Zina weiter. Schon im ersten Absatz steht das Wichtigste. Die Regierung hat ein Eilverfahren veranlasst, um Zugang zu den Servern von SaveKeeping zu bekommen. Den Behörden zufolge gibt es Hinweise auf die begründete Annahme, dass sich darauf Informationen befinden, die die nationale Sicherheit gefährden könnten. Zina überfliegt den Artikel. Der Vertreter der Firma berichtet wütend über Hunderte von Millionen Kunden, die davon ausgehen, dass ihre Daten bei SaveKeeping sicher verwahrt werden, und sagt, SaveKeeping werde dieses Vertrauen niemals enttäuschen. Eine richterliche Entscheidung soll innerhalb einiger Tage erfolgen.

*Innerhalb einiger Tage.*

Eine innere Stimme sagt Zina, dass es keine Tage mehr dauern wird. Sie klickt sich direkt zu SaveKeeping. Zum Glück hat dieser Computer auch eine Webcam. Sie lässt die Kamera ihr Profil mit dem Vergleichsfoto überprüfen.

Ein Knopf leuchtet grün auf. Die erste Hürde ist überwunden. Auch der eingesprochene Satz wirft keine Probleme auf. Sie ist im System. Mit ein paar Klicks lädt sie eine Kopie des Knackers herunter. Danach ist es an der Zeit, das Original zu löschen. »Sind Sie sicher?«, fragt SaveKeeping.

*Ja, ich bin sicher.*

Das war der wichtigste Schritt. Der Knacker befindet sich auf dem Rechner vor ihr. Ist das sicher? Gibt es irgendwo auf der Welt einen Ort, von dem sie weiß, dass niemand Zugriff darauf hat?

Zina kann beinahe spüren, wie die Neuronen in ihrem Kopf schneller feuern. Sie kaut auf ihren Fingernägeln herum und starrt vor sich hin. Den Einbruch in ihr Hotelzimmer, der Umstand, dass man ihren Laptop gestohlen hat, das alles sieht sie inzwischen als Versuche, sich des Knackers zu bemächtigen. Einbruch und Diebstahl sind Verbrechen. Wie weit würden diese Leute gehen? Die Gefahr setzt sich aus zwei miteinander verbundenen Teilen zusammen, physischen und virtuellen. Für beide muss sie sich etwas überlegen. Und zwar schnell.

Sie öffnet eine TOR-Sammelseite, deren Adresse sie auswendig kennt. Es dauert nicht lange, bis sie gefunden hat, was sie sucht. Sie hinterlässt dem Verkäufer eine Nachricht. Zehn Minuten später bekommt sie eine Antwort. Zina liest sie und schickt eine Nachricht zurück. So geht es hin und her, bis sie zu einem Deal gelangt sind. Zina verwendet ihre letzten Bitcoins, um den vereinbarten Betrag zu überweisen. Bitcoins, digitales Geld aus Einsen und Nullen. Verschiedene Webseiten, auf denen man sie bekommt, sind schon abgestürzt, die Besitzer mit ihrem digitalen Vermögen geflüchtet. Allerdings hat man die meisten bereits wieder gefasst. In der digitalen Welt hinterlässt man immer Spuren.

Zina lehnt sich zurück. Plötzlich ist ihr klar, was sie mit dem Knacker tun muss. Sie braucht nicht länger darüber nachzudenken. Sie beugt sich wieder nach vorn. Ein paar Klicks, und es ist vollbracht. Ganz offensichtlich hat die Person neben ihr auch beendet, was sie zu erledigen hatte. Zina nimmt ihre Tasche und geht nach draußen. An der Metrostation ist ein Taxistand. Dort wartet ein einziger Wagen. Das Fenster auf der Beifahrerseite wird nach unten bewegt. Ein Mann von etwa fünfzig Jahren mit einem blonden Bart und dunkelbraunen Haaren ist zu sehen.

»Konopišťská? Prague ten?«

Sie weiß nicht, ob ihre Aussprache gut genug ist, aber er nickt. Drinnen sieht Zina auch, warum. Er gibt den Namen in sein Navi ein. Dann schaut er sie fragend an.

Zina nickt. Dort muss sie hin.

Zehn Minuten später hält das Taxi an einer kleinen Grünfläche zwischen Hochhäusern. Zina bezahlt und läuft bis etwa zur Hälfte des armseligen Parks. Setzt sich auf die einzige Bank. Eine Frau im Trainingsanzug und mit zwei Skistöcken in den Händen läuft vorbei. Dann ist Zina allein. Sie steht auf, kniet sich hin, tastet mit einer Hand unter der Sitzfläche entlang und entfernt mit einem Ruck die Plastiktüte, die jemand mit Klebeband auf der Unterseite befestigt hat. Obendrauf ist ein Umschlag mit einem Zettel darin.

Zina liest die Nachricht von Icepick, einem Händler auf *Armory,* dem größten anonymen Marktplatz der Gegenwart. Zina wollte extra jemanden finden, der von Prag aus operiert. Das ist ihr gelungen. Die Stärke dieser Art von Marktplätzen liegt in ihrer Anonymität, ihre Schwäche darin, dass man Absprachen treffen muss. Normalerweise werden solche Dinge in einem anonymen Umschlag verschickt, hat Icepick ihr mitgeteilt. Es hat Zina einige zusätzliche Bitcoins gekostet, ihn zu überreden, es diesmal anders zu handhaben. Auch dass es so schnell gehen musste, hat den Preis in die Höhe getrieben. Auf eine persönliche Begegnung wollte sich der Händler nicht einlassen. Zina liest die Anleitung sorgfältig, bevor sie anfängt. Icepick zufolge ist das Teil komplett aufgeladen. Zina verlässt den Park und geht in Richtung Metro. Wenn man eine Waffe besitzt, kommt das dem Entschluss gleich, sie auch zu nutzen. Würde sie das wagen, wenn es nötig wäre?

Was treibst du da eigentlich, Zina?, fragt sie sich selbst.

Eine Antwort bekommt sie nicht.

# 24

Zwei Haltestellen vor dem Hotel Anděl steigt Zina aus. Nach ihren Informationen wird Perenelle ungefähr um zehn Uhr abends ankommen. Ihr Plan ist einfach. Sie haben sich dafür entschieden, alles so weit möglich verlaufen zu lassen wie geplant. Zina und Simon werden sich versteckt postieren, in sicherem Abstand zum Hotel. Wenn sie sehen, dass Perenelle ankommt, wollen sie sie abfangen, sobald sie aus dem Wagen steigt, und dann alle zusammen damit wegfahren.

Zina ist fast bei dem Torbogen angekommen, den sie sich als Versteck ausgesucht hat. Ob Simon wohl einen Schlafplatz für heute Abend gefunden hat? Und was soll mit Svoboda passieren? Wann werden sie ihn mit dem konfrontieren, was Simon gefunden hat? Simon hat die Entscheidung ihr überlassen.

Wie aus dem Nichts tauchen zwei Männer neben Zina auf. Beide packen sie am Arm, heben sie halb hoch und schleppen sie in eine dunkle Seitenstraße. Eine Ewigkeit scheint zu vergehen, bis Zina reagieren kann. Sie schreit. Versucht sich loszuwinden.

»Lasst sie los«, ertönt eine Stimme.

Einen Augenblick später sind ihre Arme wieder frei. Langsam gewöhnen sich ihre Augen an die Dunkelheit. Angst. Zina hat dieses Gefühl noch nie derart stark erlebt. Der Zwischenfall in Rom, das war keine Angst. Damals gab es eine akute Gefahr. So hat sie darauf auch reagiert. Das hier ist anders. Wie eine Kälte, die jede Faser ihres Körpers erobert. Zehn Meter weiter hinten endet die Straße in einer Sackgasse. Direkt vor der Mauer steht ein Mann.

»Hallo, Fräulein Welter«, begrüßt sie Currier.

Zina ist sprachlos.

»Haben Sie keine Angst. Sie sind nicht in Gefahr.«

Zitternd schaut Zina zu den beiden Männern hin, die sich am Eingang zu der Seitenstraße aufgestellt haben. Sie hat sie vor einigen Stunden zusammen mit Currier aus dem Auto steigen sehen.

»Bitte entschuldigen Sie die etwas grobe Behandlung. Ich wollte mit Ihnen sprechen.«

Zina bringt immer noch kein Wort heraus.

»Sie haben ein Recht auf Antworten, Fräulein Welter. Und die will ich Ihnen geben. Danach habe ich meinerseits eine Frage an Sie.«

»Ich stelle Fragen, und Sie beantworten sie?«, bringt Zina mit Mühe heraus.

»Ja.«

Zina nimmt ihren ganzen Mut zusammen. Wie es aussieht, ist sie nicht unmittelbar in Gefahr. Und er hat ihr angeboten, ihre Fragen zu beantworten. Also kann sie jetzt über etwas nachdenken. Das beruhigt sie unter den gegebenen Umständen.

»Warum haben Sie mich auf die Spur des Voynich-Manuskripts gebracht?«

»*Medias in res.* Etwas anderes hatte ich von Ihnen auch nicht erwartet.«

»Antworten Sie.«

»Es ist eine etwas längere Geschichte.«

»Fangen Sie einfach an.«

Der Professor lächelt herablassend.

»Vor kurzer Zeit haben Sie herausgefunden, dass ich Verbindungen zu den Geheimdiensten habe.«

»Zur NSA.«

»Zur National Security Agency. Ich wurde Anfang der Neunzigerjahre rekrutiert, wenn man das so nennen möchte. Die Arbeit war interessant. Und in jener Zeit sprach mich auch die patriotische Seite an. *Keeping America safe,* diese

Dinge. Ich habe dort ehemalige Kollegen wieder getroffen, einer wie der andere brillante Mathematiker. Exzentrische Figuren, die manchmal exzentrische Hobbys haben.«

»Das Voynich-Manuskript zum Beispiel.«

»In der Tat. Bald nach dem Zweiten Weltkrieg kamen die Kryptologen aus dem Heer und der Marine zurück, vom Dienst im Fernen Osten und in Europa. Eine Woche verbrachten sie zusammen in New York. Und jetzt dürfen Sie raten, was man während dieser Woche getrieben hat.«

»Sich mit dem Voynich-Manuskript auseinandergesetzt? Wirklich?«

Er nickt.

»William Friedman, einer der Gründer der NSA, war der Initiator. Der Mann war von dem Manuskript in hohem Maße fasziniert. Auf diese Weise bestand innerhalb der Organisation immer Interesse dafür. Eine Mitarbeiterin, Mary D'Imperio, bekam sogar ein Jahr Urlaub, um die erste sorgfältige Studie zu der Handschrift durchführen zu können. Als sie ihre Arbeit vorstellte, saß ich in der ersten Reihe. Damit war mein Interesse geweckt.«

»Mary D'Imperio? Diesen Namen kenne ich.«

»Ihre Studie ist seit einigen Jahren öffentlich zugänglich. Das passt vielleicht nicht unbedingt zu dem Bild einer Organisation wie der unseren. Schaden konnte es allerdings nicht. Schließlich ging es nicht um chinesische Codierungstechniken. Ich habe mich selbst dafür eingesetzt, sie öffentlich zu machen. Damit erreichte man größere Bekanntheit für das Phänomen des Voynich-Manuskripts, und das würde vielleicht Talente anlocken. Talente mit neuen Ideen. Mit neuen Herangehensweisen an die Entschlüsselung des Manuskripts.«

»Das Voynich-Manuskript als Rekrutierungsinstrument.« Das Ganze klingt schlicht absurd.

»Nicht direkt. Unser Interesse gilt vor allem der Tatsache,

dass man den Code nicht knacken kann. Bei der NSA mag man keine Texte, die man nicht lesen kann. Sie machen uns nervös. Ein Kommunikationssystem, das bereits seit mehr als vierhundert Jahren unentschlüsselt geblieben ist, verdient unsere Aufmerksamkeit. Wenn wir als Einzige den Schlüssel zu einem solchen System in den Händen hätten, wäre das eine überaus mächtige Waffe. Darum hat man in all den Jahren so viele Versuche unternommen, hinter den Code zu kommen. Vergeblich. Bis Sie auftauchten.«

Zina fühlt, wie Wut in ihr aufsteigt.

»Von Auftauchen kann ja wohl keine Rede sein. Sie haben mich manipuliert!«

»Und Sie haben diese Chance nur zu gern ergriffen. Ohne jede Zurückhaltung. Sie haben in London sogar gesagt, dass Sie dem Manuskript viel verdanken. Das Voynich-Manuskript war genau das, was Sie nötig hatten. Ihre Formulierung.«

»Ich weiß.«

»Wie ich bereits erklärt habe, unsere Aufmerksamkeit galt immer dem Manuskript. Was lässt sich daraus lernen? In letzter Zeit hat sich diese Aufmerksamkeit vom Manuskript auf Ihren sogenannten Knacker verlagert.«

»Das Voynich-Manuskript ist nicht länger interessant?«

»Nein. Wir wissen jetzt, wie es funktioniert. Und das ist, zusammengefasst, simpel, aber umständlich. Simpel, weil es sich letzten Endes um einen einfachen Substitutionscode handelt. Wenn man den Schlüssel hat, geht es nur noch ums Zählen und Rechnen. Nein, viel interessanter ist Ihr Algorithmus und wie man ihn mit der Applikation kombiniert, die Sie geschrieben haben. Wie Information aus Unsinn herausgefiltert wird, ist besonders beeindruckend. Sie haben mir nicht viel darüber erzählt, aber ich vermute, der Algorithmus enthält eine Lernkomponente.«

Zina hüllt sich in demonstratives Schweigen.

»Wie auch immer, Ihr Knacker ist ganz außergewöhnlich. Und meine Vorgesetzten wollen ihn haben.«

*Wollen ihn haben.* Sie haben den Knacker also noch nicht. Zina ist dabei, eine Erwiderung zu formulieren, als Currier die Hand hebt.

»Fräulein Welter, bevor Sie antworten. Dieses Gespräch zwischen uns beiden stellt ein Entgegenkommen unsererseits dar. Ich habe dafür kämpfen müssen. Um die Gelegenheit, Sie zu bitten, uns den Knacker freiwillig zu übergeben.«

Zina muss nicht lange über eine Antwort nachdenken.

*»Fuck you.«*

»Ich habe schon befürchtet, dass Sie so reagieren würden. Sie haben die Neigung, gute Ratschläge zu ignorieren. Wir haben es auf verschiedene Arten versucht.«

Zina überlegt.

»Zum Beispiel?«

»Die letzten Gespräche mit Ihrer Anwaltskanzlei haben Sie nicht mit einem Rechtsanwalt geführt, sondern mit einem unserer juristisch versierten Mitarbeiter.«

Zina stockt der Atem.

»Aber man hat mich doch angerufen. Ich habe immer noch die Nummer. Die E-Mail-Adresse.«

»Wenn es um digitale Kommunikation geht, gibt es nur wenig, was wir nicht können.«

»Es gibt also überhaupt keinen Rechtsstreit?«

»Nein. Wir hatten gehofft, diese Drohung würde Sie überzeugen. Dann hätten wir die Übergabe des Algorithmus inszeniert.«

»Ich begreife einfach nicht, wie Sie so denken können.«

Zina hört den Unglauben in ihrer eigenen Stimme.

Currier schüttelt müde den Kopf.

»Operationen. Ein anderer Teil davon. Nicht meine Idee.«

»Aber Sie haben diese Leute darauf hingewiesen, dass es mich gibt.«

»Und dafür möchte ich mich bei Ihnen entschuldigen. Ich weiß, dass Sie über besondere Fertigkeiten verfügen. Das ist auch der Grund, warum ich Sie auf die Spur des Voynich-Manuskripts gebracht habe. Ich habe aber unterschätzt, wozu Sie letzten Endes in der Lage sind. Ebenso wie die Hartnäckigkeit, mit der sich mein Arbeitgeber in diese Sache verbissen hat.«

»Während dieser ganzen Jahre in Princeton waren Sie eigentlich ein Spion.«

»Ein Informant. Nach einigen Jahren in Maryland wollte ich dorthin zurück. Aber ich bin der Operation immer auf Projektbasis verbunden geblieben.«

»Ich bin also ein Projekt.«

»In den Augen der NSA sind wir das alle.«

»Man will meinen Knacker haben.«

»Freiwillig, wenn das möglich ist. Sonst werden wir andere Methoden einsetzen.«

»Wie den Einbruch in mein Hotelzimmer.«

»Zum Beispiel.«

»Und der Überfall damals in Rom?«

»Nein, das waren wir nicht.«

»Und das soll ich glauben? Aus Ihrem Mund? Nach all dem hier?«

»Glauben Sie, was Sie wollen. Ich habe Ihnen schon viel mehr erzählt, als ich eigentlich darf.«

Zina schaut sich den Mann, der ihr gegenübersteht, ganz genau an. Er hat ihr tatsächlich viel erzählt. Und was er sagt, klingt aufrichtig. Sie kann keine unmittelbaren Lücken in seinen Behauptungen erkennen.

»Wenn Sie es nicht waren, wer dann?«

»Wir haben da unsere Vermutungen. Auf die Bestätigung warte ich noch.«

Zina betrachtet den Professor, der sie jahrelang begleitet hat. Freundlich, interessiert. Ein Teil von ihr kann immer noch nicht glauben, dass er einer solchen Organisation verbunden ist.

»Wenn ich Ihnen den Knacker gebe, was werden Sie dann damit tun?«

»Die Welt sicherer machen.«

»Weniger frei, meinen Sie.«

Currier zieht die Schultern hoch.

»Die Gefahren sind real. Terrorismus ist real.«

»Die Gefahren eines Blankoschecks für Leute wie Sie sind genauso real«, sagt Zina heftig. »Genauso bedrohlich. Sie können mir nicht versprechen, dass das, was ich da geschaffen habe, nur Leben retten wird.«

»Das kann ich wirklich nicht«, gibt er zu.

»Schön, dass Sie zumindest ehrlich sind, was das betrifft.«

»Eine andere Antwort hätten Sie mir auch nicht abgenommen.«

»Das stimmt. Und meine Antwort lautet Nein. Sie bekommen den Knacker nicht.«

»Das ist bedauerlich, Fräulein Welter. Damit lassen Sie uns keine andere Wahl, als ihn uns zu holen.«

Currier schaut an ihr vorbei zum Ausgang der Seitenstraße hin. Zina dreht sich um. Die beiden Männer blockieren den Durchgang. Allerdings hat sich ihre Körperhaltung verändert. Ihre Beine sind nicht mehr gerade, sondern leicht gebeugt. Ihre Arme hängen nicht mehr an den Seiten herunter, sondern sind vor den Körper erhoben. Die Attacke erfolgt weniger als eine Sekunde später. Vier Männer. Sie greifen an, zwei auf jeder Seite, und springen auf Curriers zwei Handlanger. Zina registriert es, bleibt aber wie angewurzelt dort stehen, wo sie ist. Da bewegt sich zu viel, als dass sie den Überblick hätte. Eine Faust fliegt auf einen Kopf zu, verfehlt ihn, wird mit einem Schlag aufgehalten und dann in eine seltsame Richtung weggedreht. Zwei der Angreifer liegen bewusstlos auf der Erde. Die anderen beiden haben allerdings einen von Curriers Männern überwältigt und laufen nun in die Straße, auf Zina und den Professor zu. Sie schaffen es bis zur Hälfte. Dann werden die Angreifer blitzschnell von dem verbliebenen NSA-Mann überwältigt. Er schlägt gnadenlos auf die beiden ein, bis sie sich nicht mehr bewegen. Blut auf weißen Hemden. Es ist vorbei. Keuchend steht der Mann auf.

»Alles in Ordnung, Professor?«

Currier nickt. Zina schaut voller Entsetzen auf die beiden Männer, die dicht neben ihr auf der Erde liegen. Sie sind schrecklich zugerichtet, aber einen von ihnen erkennt sie. Die hohe Stirn. Das kurze braune Haar.

»Das ist einer der beiden Männer, die mich in Rom überfallen haben.«

Currier und sein Kollege tauschen einen Blick.

»Wir erledigen das auf unsere Weise, Professor«, erklärt der andere. Zum ersten Mal kann Zina ihn gut sehen. Er ist noch jung, etwa in ihrem Alter. Ein Babygesicht auf dem Körper eines Bodybuilders.

»Das ist nicht nötig. Gibt es keine …«

Der Mann ignoriert Currier und nähert sich Zina.

»Fräulein Welter, Sie werden uns jetzt begleiten.«

»Was? Nein!«

»Keine Diskussion. Sie kommen mit. Ihre Tasche, sofort.«

»Warum wollen Sie meine Tasche?«

»Der Algorithmus. Ist er auf Ihrem Computer gespeichert?«

Zina schüttelt den Kopf.

»Wo ist er?«

Der Mann schaut sie an. In seinem Blick kann sie kein Mitleid lesen.

Ihr Blick geht in die Richtung ihrer Innentasche. Currier hat es bemerkt.

»Ihr Handy. Ist der Algorithmus auf Ihrem Handy gespeichert?«

Zina schweigt.

»Fräulein Welter, Ihr Handy«, fordert der Mann. »Ich wende nur ungern Gewalt gegen Sie an.«

Zina nickt. Langsam holt sie ihr iPhone hervor. Es ist dicker als sonst. Sie hofft, dass das in der Dunkelheit nicht auffällt. Ihr rechter Zeigefinger berührt leicht einen Knopf an der Seite. Sie geht auf den Mann zu. Er streckt die Hand aus, um das Gerät entgegenzunehmen. Mit einer schnellen Bewegung presst Zina die Vorderseite gegen seine Hand und drückt auf den Knopf. Das *Yellow Jacket Case* tut genau das, was ihr Icepick versprochen hat: Der Elektroschocker im Gehäuse ihres iPhones produziert einen kurzen Blitz und einen mehrere Hundert Volt starken Stromstoß. Mit einem Schrei, gefolgt von einem ungläubigen Stöhnen, sackt der Mann in sich zusammen, das iPhone noch in der Hand. Sie lässt los und rennt in Richtung des Lichts, das von der Straße kommt. Ihr Herz hämmert. Wo soll sie hin? Ins Hotel? Dort werden sie zuallererst nach ihr suchen. Ihr fällt kein anderer Ort ein. Wo steckt nur Simon? Sie rennt weiter. Vor sich erkennt sie das Schild des Hotels. Sie ist fast da.

Der Speichel brennt Zina in der Kehle. Sie schaut sich um. Die Straße liegt verlassen vor ihr. Nur das Geräusch ihrer eigenen Atemzüge ist zu hören. Jemand kommt aus dem Hotel. Die blonden Haare der Frau glänzen im Licht der Laterne. Ihr weißer, eleganter Rock und ein überwältigendes Gefühl der Erleichterung erledigen den Rest. Ein Engel ist vom Himmel herabgestiegen, um sie zu retten.

»Zina!«

»Perenelle …«

Zina stürzt sich ihr in die Arme. Die Tränen laufen ihr über die Wangen.

»Aber Liebes, was hast du denn?«, flüstert Perenelle. Zina lässt sie los, holt tief Luft.

»Wir müssen hier weg.«

»Wie meinst du das? Ich bin doch gerade erst angekommen.« Von der anderen Seite läuft ihnen ein Mann entgegen.

»Simon!«, ruft Perenelle überrascht aus. »Warum rennt ihr denn so?«

»Das erkläre ich dir gleich. Wo steht dein Auto?«

»Da.«

Ein Mini-Cooper mit beeindruckend großen Reifen und Felgen steht vor dem Hotel.

»Komm«, sagt Zina und greift Perenelle am Arm.

»Was ist denn nur los?«

»Das erzähle ich dir gleich.«

Panisch sucht Perenelle nach dem Autoschlüssel. Die Lämpchen blinken auf.

Zina rennt zur Beifahrerseite. Sie schaut durchs Seitenfenster. Simon hat den Wagen inzwischen erreicht. Er öffnet die hintere Tür. Ohne ein Wort steigt er ein. Perenelle startet den Motor.

»Wohin?«

»In die Richtung, aus der Simon gekommen ist.«

Perenelle stößt zurück, wendet und tritt aufs Gas. Zina schaut in den Rückspiegel.

»Bitte mach so schnell wie möglich.«

Das Auto gewinnt an Tempo. Zina schaut immer weiter nach draußen. Erst als sie das Stadtviertel verlassen haben und auf die Autobahn stoßen, lehnt sie sich zurück. Sie spürt, dass Simon sie anschaut, bringt aber immer noch kein Wort heraus.

»Wohin fahren wir?«, will er von Perenelle wissen.

»Keine Ahnung«, antwortet sie, »ich habe auf dem Weg hierher das Navi benutzt.«

»Wenn mich nicht alles täuscht, ist das hier der Weg zum Flughafen. Willst du da hin?«, fragt Simon Zina.

»Nein. Ich weiß es nicht.«

»Was ist passiert, Zina?«

Sie setzt sich aufrecht hin.

»Warum bist du aus dem Hotel gekommen?«

»Warum? Was meinst du damit?«

»Beantworte erst meine Frage.«

»Ich hatte euch allen eine Nachricht geschickt, dass ich angekommen bin. Eine Antwort habe ich nicht bekommen. Das fand ich sehr merkwürdig, aber ich hatte auch eine lange Reise hinter mir. Ich wollte noch kurz etwas zu essen und zu trinken kaufen und mit auf mein Zimmer nehmen.«

»Und dann haben wir dich entdeckt.«

»Was ist passiert?«

Zina sucht nach Worten.

»Es hat einen Kampf gegeben … Die NSA … Currier.«

»Jetzt komm erst mal wieder zu dir«, sagt Perenelle ruhig. »Ich fahre einfach weiter. Sobald du bereit bist, erzählst du uns alles.«

Langsam gewinnt Zina ihre Fassung wieder. Es ist so viel passiert. Was hat Perenelle eigentlich alles verpasst? Sie muss ganz von vorne anfangen. Ab und zu sucht sie nach Worten, als sie der Freundin von Barschius' Nachricht erzählt. Davon, wie sie und Simon Currier vor dem Hotel gesehen und sich einen Plan überlegt haben, um Perenelle abzufangen. Dann beschreibt sie so ruhig wie möglich, wie Currier und seine Männer sie festgehalten haben und was danach geschehen ist.

»Mein Gott, Zina«, stößt Perenelle atemlos hervor.

Simon legt Zina eine Hand auf die Schulter.

»Mir geht es den Umständen entsprechend ganz gut«, versichert sie den beiden.

»Und der Knacker?«, will Perenelle wissen. »Ist der sicher auf dieser Webseite gespeichert?«

»Nein, den habe ich da weggeholt. Und zwar gerade rechtzeitig, wie sich herausgestellt hat. Ich vermute, Currier versucht, sich Zugang zu SaveKeeping zu verschaffen.«

»Dann war er also auf deinem Laptop?«, fragt Simon weiter.

»Nein.«

»Auf deinem Handy?«

»Nein.«

»Wo denn dann? Auf einem Stick?«

»Ich habe lange überlegt, was wohl ein sicherer Ort wäre. Letzten Endes wollte mir einfach keiner einfallen. Deswegen habe ich ihn gelöscht. Den Algorithmus, jede einzelne Zeile: weg.«

Perenelle fällt die Kinnlade herunter.

»Aber Zina … Wie sollen wir jetzt weitermachen?«

»Ich bin zu dem Schluss gekommen, dass es nur einen einzigen wirklich sicheren Ort gibt.« Zina klopft sich mit dem Fingerknöchel an den Schädel.

»Du hast ihn im Kopf? Ganz und gar?«

»So habe ich ihn mir ja auch ursprünglich ausgedacht. Eine Zeile nach der anderen. Er war fast fertig, bevor ich mit dem richtigen Schreiben angefangen habe.«

Perenelle lacht.

»Einfach genial, Zina.«

»Danke.«

Das fröhliche Gesicht neben ihr verdunkelt sich wieder.

»Was jetzt? Soll ich Svoboda anrufen?«

»Wenn alles nach Plan verläuft, ist er samt seiner Familie auf dem Weg nach Brünn. Morgen früh kommt er zurück. Es ist besser, wenn wir bis dahin keinen telefonischen Kontakt haben.«

Zina beschließt, für den Moment nicht auf die anderen Fragen zu Svoboda einzugehen. Auch Simon scheint wegen der Ereignisse mit Currier so erschrocken, dass er nichts sagt.

»Ich habe heute schon eine ganz schöne Strecke hinter mir«, erklärt Perenelle. »Ewig kann ich nicht mehr weiterfahren.«

Zina versucht nachzudenken trotz des Stroms an Adrenalin, der ihr den Kopf vernebelt. Was brauchen sie? Wo können sie hin?

»Ich muss wieder ganz von vorn beginnen. Ich brauche also einen Ort, an dem ich in aller Ruhe den ganzen Tag vor der Tastatur verbringen kann.«

»Ist das alles?«

»Am liebsten einen Ort mit gutem Empfang.«

»Und einen, der so sicher ist, dass nicht einmal Currier und seine Freunde dorthin kommen«, bemerkt Simon. Damit stockt das Gespräch. Die Bedingungen sind deutlich, aber weder Perenelle noch Simon schlagen eine Lösung vor. Zina kennt eine. Gibt es noch einen anderen Weg?

»Ich wüsste einen Ort«, erklärt sie schließlich, »aber das wird eine ganz schöne Strecke.«

Sie fahren die Nacht durch. Zina und Simon wechseln einander immer wieder am Steuer ab. Gegen Morgen halten sie, um zu tanken. Der schwache Lichtschein am Himmel kennzeichnet den Übergang von der Nacht zum Tag. Zina hat ausgerechnet, wie viel Benzin sie brauchen werden, um an ihr Ziel zu kommen. Nachdem Perenelle und Simon ihr letztes Geld zusammengelegt haben, ist gerade noch genug übrig, um ein paar belegte Brote und etwas zu trinken zu kaufen. Während Simon das erledigt, nutzt Zina die Gelegenheit, um sich die Beine zu vertreten.

»So ein Auto hätte ich bei dir gar nicht erwartet.«

Perenelle lacht.

»Du dachtest sicher, ich würde einen rostigen Volvo fahren?«

»So was in der Art.«

»Das Auto ist ein Überbleibsel aus meiner Zeit bei Jung & Friends, einer der größten Werbeagenturen in Deutschland. Ich war damals Account Managerin.«

»Lustig, das entspricht so gar nicht meinem Bild von dir.«

»Ich bin nicht immer in Sommerkleidern mit Blumenmuster herumgelaufen. Damals waren es figurbetonte Businessanzüge. Ich war direkt aus meinem Studium der Kommunikationswissenschaften in diesen Job geraten. Erst studierte ich über sechzig Stunden in der Woche und hatte einen Nebenjob von zwanzig Stunden, und dann bin ich zu achtzig bis hundert Stunden übergegangen. Jede Woche, das ganze Jahr hindurch. Und ich bin immer in diesem Auto herumgefahren.«

»Wie lange hast du das gemacht?«

»Zu lange. Ich war ziemlich dicht an meiner Grenze.«

»Hast du einen Burn-out bekommen?«

»Nein, das nicht. Es ist etwas vorgefallen, und da habe ich mich geweigert, noch weiter zu arbeiten.«

»Darüber war man bei Jung & Friends sicher nicht begeistert.«

»Nein. Ihr ganzes Geschäftsmodell ist auf junge Leute ausgerichtet, die sich ein paar Jahre durch die Arbeit völlig zugrunde richten und dann wieder verschwinden.«

»Das klingt nicht unbekannt.«

»Ja«, erklärt Perenelle mit einem Lächeln. »Ich bin genau wie viele andere in diese Falle getappt. Ich gehörte da nicht mehr hin, deswegen haben sie versucht, mich loszuwerden. Daraus ist ein Rechtsstreit entstanden, der sich lange hingezogen hat. Und währenddessen stand mein gesamtes Privatleben auf dem Kopf.«

Zina schaut, ob Simon schon zurückkommt. Er ist noch nicht in Sicht.

»Was ist passiert, Perenelle?«

»Mein Freund Karl, den ich vom Job her kannte, hatte einen Autounfall.«

Zina zögert. Sie schaut auf die Autobahn, wo der Verkehr vorüberrast. Soll sie weiterfragen?

»Als Folge davon ist er in ein Koma gefallen«, erzählt Perenelle.

»Ist er gestorben?«

»Nein. Karl hat es überlebt. Aber er ist nicht wieder aufgewacht.«

»Er lebt also noch?«

»In einer Art Dämmerzone zwischen Leben und Tod. Und das schon seit fast zehn Jahren.«

»Im Koma? So lange?«

»Seine Familie ist sehr gläubig.« Bitterkeit klingt aus Perenelles Stimme. »Sie weigern sich, ihm ein Ende zu gönnen.«

»Aber du würdest das wollen?«

»Erst schon. Ich habe versucht, sie davon zu überzeugen, aber ohne Erfolg. Danach bin ich zusammengebrochen. Ich habe mir Hilfe gesucht, um wieder zu mir zu kommen. Medikamente, psychologische Gespräche. Nichts hat geholfen. Letzten Endes habe ich in der alternativen Szene jemanden gefunden, der mich wieder auf den richtigen Weg gebracht hat. Oder vielleicht sollte ich sagen, auf meinen eigenen Weg. Diese Person hat mich so sehr beeindruckt, dass ich festgestellt habe, das will ich auch machen. Also tue ich es jetzt. Ich spreche mit Menschen, die es schwer haben, weil sie das Gefühl quält, alles tun zu müssen, ohne dass sie wissen, was sie nun eigentlich wollen.« Sie lächelt. »Mit Menschen wie dir, Zina.«

»Und dein Freund, Karl?«

»Um ihn kümmere ich mich noch jeden Tag.«

»Du besuchst ihn.«

»Natürlich. Das ist auch der Grund, warum ich nach Hause wollte. Aber eigentlich möchte ich sagen, dass ich immer noch nicht die Hoffnung aufgegeben habe, dass irgendwann alles wieder gut wird. Daran halte ich mich fest. Es gibt ein Ziel. Daher meine Faszination für die unbekannte Heilkraft von Pflanzen und Kräutern. Ich hoffe auf etwas Wunderbares. Und wo wir gerade von Wundern sprechen, dieser Hinweis …«

Simon kommt mit einer kleinen weißen Plastiktüte in der Hand angelaufen.

»Damit müssen wir auskommen, fürchte ich.«

»Vielen Dank, Simon. Gutes Timing. Perenelle wollte gerade etwas zum letzten Hinweis sagen.«

»Zu den Prager Wassern?«, fragt Simon gespannt.

»Während ihr euch am Steuer abgewechselt habt, hatte ich Zeit, mich auszuruhen. Und dann bin ich darauf gekommen. Je länger ich nachdenke, desto mehr bin ich überzeugt, dass es stimmt. *Aab e hayaat.*«

»Pardon?«

»Die Suche nach dem ewigen Leben ist mit der Alchemie untrennbar verbunden. Jede Zivilisation in der Geschichte hat sich damit befasst. Und jede Zivilisation hatte eine andere Bezeichnung dafür. Die eine poetischer als die andere. Die Perser nannten es *Aab e hayaat*. Tanzwasser.«

## Mělník, 1622

Gift. Ein Messer im Rücken, von einer namenlosen Hand hineingestoßen. Alter. Folter. Wenn es um den Tod ging, hatte de Tepenec verschiedene Szenarien erwogen. Ein Sturz vom Pferd war nicht darunter gewesen. Mit siebenundvierzig Jahren. Zu jung, um zu sterben.

Und doch konnte er spüren, dass ihm dieses Schicksal innerhalb nicht allzu langer Zeit bevorstand. Viele Menschen, Reiche und Arme, hatte er im Laufe seines Lebens geheilt. Sich selbst vermochte er nicht zu helfen. In seinem Inneren war etwas zerbrochen. Etwas, das nicht mehr heilen sollte.

Noch einige Stunden, und seine Brüder vom Jesuitenorden würden ihn holen kommen. Der Gedanke an die Höllenfahrt zurück nach Prag, die ihm ohne Zweifel bevorstand, erfüllte ihn nicht mit Freude. Offiziell war die Reise dafür bestimmt, ihn an den Ort zu bringen, an dem ihm die bestmögliche Pflege zuteilwerden würde. Genau genommen erwies man ihm die Ehre, ihn im Klementinum sterben zu lassen, dem Bollwerk der Jesuiten nahe der Karlsbrücke. Er hatte seinen Frieden damit gemacht. Prag hatte ihm Glück gebracht. Es gab weit schlimmere Orte zum Sterben. Bevor die letzte Reise seines Lebens ihren Anfang nehmen konnte, blieb ihm noch eine einzige Aufgabe. Ein leises Klopfen erklang an der Tür. De Tepenec war zu schwach, als dass er das Bett hätte verlassen können.

»Kommt herein.« Jedes Wort schmerzte ihn.

Ein Mann mittleren Alters öffnete die Tür. Der Staub der Reise klebte ihm noch im Gesicht. Er nahm den Hut ab, sodass ihm langes graues Haar über die Schläfen fiel.

»Hier bin ich. Es tut mir leid, dass es so lange gedauert hat.«

»Entschuldigt Euch nicht. Das Wichtigste ist, dass Ihr nun hier seid.«

»Wie geht es Euch?«

»Nicht besonders gut. Aus diesem Grund habe ich Euch hergebeten. Wie war die Reise von Prag aus?«

»Sie ist ohne besondere Vorkommnisse verlaufen. Ich habe gehört, man wird Euch auch dorthin bringen.«

»Das ist richtig. Die letzte Reise eines Sünders.«

»Ihr habt ein aufrechtes Leben geführt.«

»So mag es scheinen.«

Nach Rudolfs Tod hatte de Tepenec sein Bestes gegeben, um das Vertrauen von dessen Bruder Matthias zu gewinnen. Dieser hatte trotz seiner Vorbehalte das Wissen und Können des Hofbotanikers erkannt und ihn zum Hauptmann von

Mělník ernannt, einer kleinen Gemeinde etwa fünfzig Kilometer außerhalb Prags. De Tepenec hatte die letzten Jahre in dem Schloss verbracht, das zu der Gemeinde gehörte. Währenddessen hatte der Vatikan im Kielwasser von Matthias seinen Einflussbereich vergrößert. In all diesen Jahren hatte de Tepenec ihre forschenden Blicke gespürt. Außerdem wusste er, dass man Fragen über einen kleinen Kreis um Rudolf gestellt hatte, der sich mit gotteslästerlichen Dingen beschäftigt haben sollte. Dank seines Könnens war es de Tepenec gelungen, ein eigenes Netzwerk an Informanten aufzubauen, das ihm alles zutrug. Trotz dieser Hilfe gab es noch viele Fragen. Wusste man, wer zu dem engen Kreis gehört hatte? Wusste man von der Existenz des Buches? Sicher konnte er sich nur der großen Entschlossenheit seiner Gegner sein. Inzwischen waren jedoch beinahe zehn Jahre vergangen, ohne dass man de Tepenec beschuldigt hätte. Oder verhört. Das erfüllte ihn mit Hoffnung. Auf seine eigene Art und Weise hatte er auch eine falsche Spur für sie hinterlassen. Nach Rudolfs Tod hatte er das Leben eines ergebenen Katholiken geführt. Mit Drebbel, Kepler oder Bürgi hatte er nie wieder auch nur ein Wort gewechselt.

»Ich habe eine Bitte an Euch, Georgius Barschius.«

»Ich werde alles tun, was in meiner Macht steht. Ich bin dankbar für unsere jahrelange Freundschaft.«

»Mir geht es ebenso. Und als Dank habe ich ein Geschenk für Euch.«

»Das ist wahrhaftig nicht nötig.«

»Den größten Teil meines Vermögens werde ich meinen Brüdern und dieser Gemeinde hinterlassen, die so gut für mich gesorgt haben. Aber für Euch habe ich auch etwas. Es liegt dort auf dem Tisch.«

Am Morgen dieses Tages hatte er einen seiner Diener, dem er vertraute, das Manuskript aus der Bibliothek holen lassen. Das war ein Anzeichen der Kapitulation. Zehn Jahre lang hatte er es aufbewahrt. Die Zeit war gekommen, es aus den Händen zu geben.

»Worum handelt es sich?«, begehrte Barschius zu wissen.

»Um ein Manuskript. Einige Jahrhunderte alt, so vermute ich. Ein Freund hat es mir gegeben, und er hat mir versichert, es sei von großer Bedeutung.«

»Und wie lautet Euer eigenes Urteil?«

»Ich habe kein Urteil, denn ich habe keine einzige Seite davon zu lesen vermocht.«

Barschius blinzelte.

»Ihr gestattet?«

Der Mann erhob sich und ging zum Tisch. De Tepenec schaute zu, wie sein Freund behutsam einige Seiten umblätterte. Der faszinierte Gesichtsausdruck war genau das, worauf de Tepenec gehofft hatte. Barschius blickte auf.

»Ganz außergewöhnlich. Und es ist Euch nicht gelungen, diese Symbole zu entziffern?«

»Nein, trotz unzähliger Versuche.«

»Wenn dies einem so brillanten Mann wie Euch nicht geglückt ist, zweifle ich daran, dass es mir jemals möglich sein wird.«

»Ihr unterschätzt Euch. Ihr seid ein großer Alchemist. Ein Liebhaber der Wahrheit. Genau diese Eigenschaften sind erforderlich, um Licht auf dieses Mysterium zu werfen. Gerne würde ich länger mit Euch reden, doch ich befürchte, dass unser Gespräch mich erschöpft hat. Es ist Zeit für Euch, zu gehen.«

Barschius nickte, nahm das Manuskript vom Tisch und drückte es gegen die Brust.

»Und wenn es mir nicht gelingt?«, fragte er scheu.

De Tepenec zwang sich zu einem müden Lächeln.

»Dann gebt Ihr es an jemanden weiter, dem Ihr Vertrauen und Hochachtung entgegenbringt. So, wie ich es getan habe.«

# VI

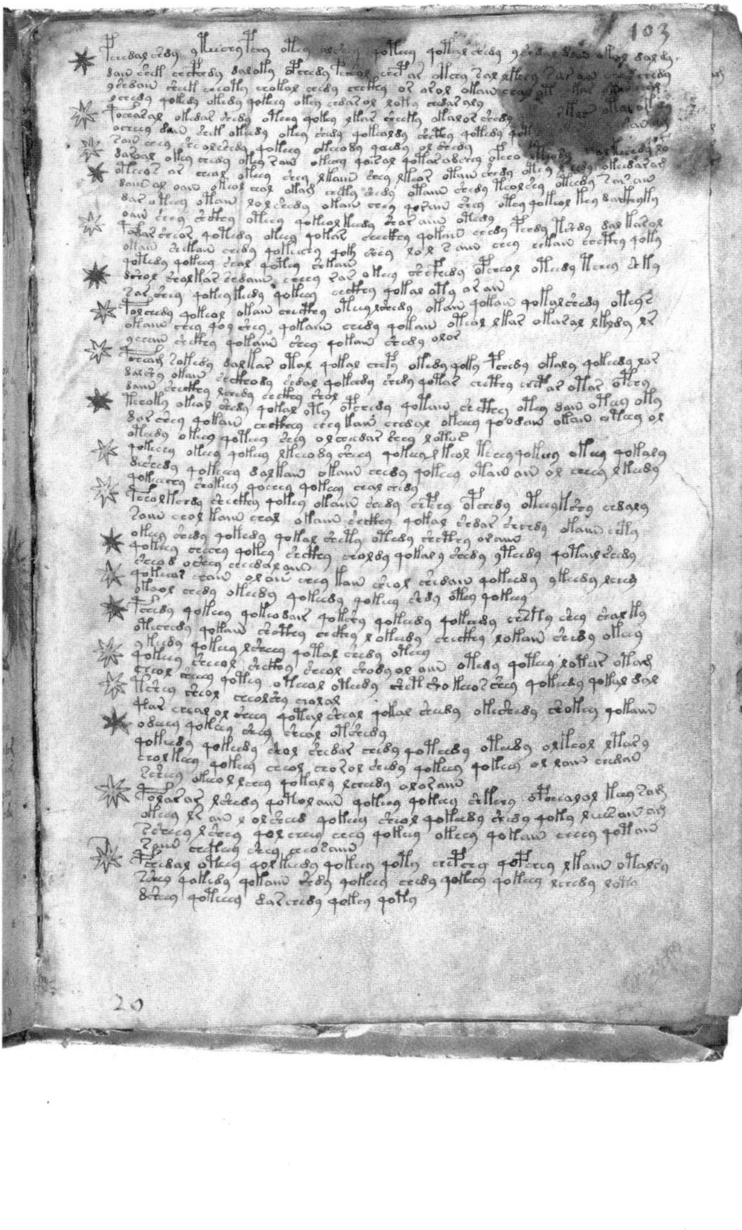

# 25

## Meyrin, Gegenwart

Tausende von Menschen stehen rund um den Altstädter Ring. Dicht gedrängt. Bis auf Zina ist die Mitte des Platzes relativ leer. Sie kann sich nicht rühren. Ihre Gliedmaßen sind wie gelähmt. Ihre Arme und Beine werden im gleichen Winkel festgehalten wie bei da Vincis vitruvianischem Menschen. Nur den Kopf kann sie bewegen. Deshalb sieht sie auch die vier Männer, die jetzt auf sie zukommen, jeweils zu zweit.

Currier und sein muskulöser Kollege mit dem Babygesicht. Daneben zwei der Männer, die Zina in Rom überfallen haben. Der Mann mit dem kurzen braunen Haar und der hochgewachsene, bleiche Fahrer des Autos. Sie kommen immer näher. Das Gemurmel der Menschen verwandelt sich in einen ohrenbetäubenden Applaus. Zina spürt, wie man ihr die Füße und Handgelenke losmacht. Ein Augenblick der Erleichterung. Sie kommen, um sie zu befreien. Dann wird sie an Füßen und Handgelenken gepackt. Hochgehoben.

»Nein!«, schreit sie. »Nein!«

Der Schmerz setzt unmittelbar ein. Jeder der vier Männer hält einen Arm oder ein Bein fest und zieht in seine Richtung. Sie spannt aus aller Kraft die Muskeln an, um auf diese Weise das Unvermeidliche hinauszuzögern. Ihre Kräfte vergehen. So schnell. Der Schmerz nimmt zu. Ihre Gelenke werden langsam, aber sicher losgerissen. Ein Schrei der Verzweiflung.

Zina sitzt aufrecht da. Befühlt ihre Arme, ihre Beine. Kein Schmerz. Keine Verletzungen. Wo ist sie? Es ist dunkel. Sie tastet um sich herum. Langsam gewöhnen sich ihre Augen an die Dunkelheit. Sie liegt auf einem Sofa.

Zina öffnet den Reißverschluss ihres Schlafsacks und klettert hinaus. Auf wackeligen Beinen sucht sie nach dem Lichtschalter, findet ihn neben der Tür. Die Beleuchtung flackert auf. Ein Büro. Aber kein gewöhnliches. Ein kleiner Kühlschrank steht an der Wand. In der Ecke gibt es sogar eine einfache Dusche. Über dem Rand hängt ein Handtuch.

Ein paar Minuten später hat sie sich den größten Teil der Überbleibsel von zehn Stunden im Auto, einer durchwachten Nacht und eines weiteren bizarren Traums vom Körper gespült.

Zina fühlt sich fast wie neugeboren, als sie sich anzieht und die Tür aufmacht, die auf einen anonymen Flur führt. Sie biegt nach rechts ab. An der dritten Tür klopft sie an.

»Herein.«

Das Zimmer ist schlicht eingerichtet. Es gibt einen riesigen Aktenschrank. Einen Schreibtisch. Eine einzige Pflanze. Eine Wand wird ganz und gar von einer weißen Tafel mit verschiedenen Berechnungen und Formeln eingenommen. In einer Ecke sitzt eine Frau mit dem Rücken zur Tür am Computer. Zina geht auf sie zu. Die Frau hat halblanges schwarzes Haar und ist konservativ, aber untadelig gekleidet. An ihrer Hautfarbe kann man ihre asiatische Abstammung erkennen.

»Hallo, Mama.«

»Hallo, Zina«, antwortet die Frau, ohne den Blick vom Computer zu nehmen. Typisch ihre Mutter. Das beenden, woran man gerade arbeitet. Einen Gedanken, eine Zeile, einen Absatz, eine Formel. Was auch immer. Und erst dann das Nächste. Das Klappern der Tastatur verstummt. Carol Welter-Chu steht von ihrem Stuhl auf und geht auf Zina zu. Eine etwas ungeschickte Umarmung folgt.

»Hast du gut geschlafen?«

Ihrer Mutter gelingt es, sogar die unschuldigen, wohlwollenden Fragen ernst klingen zu lassen.

»Ja. Wie spät haben wir es denn?«

»Fünf Uhr nachmittags. In einer Stunde gehen wir essen.«

Zina nickt. Dass alle um sechs Uhr am Tisch sitzen, ist ein Naturgesetz.

»Danke, dass ich das Büro benutzen durfte.«

»Kein Problem. Das ist wirklich sehr nützlich, wenn es hier mal hektisch wird.«

»Schläfst du da öfters?«

»Es geht so. Ein oder zwei Nächte im Monat.«

»Und was macht Papa dann?«

»Er geht natürlich einfach nach Hause.«

»Schläft er auch manchmal hier?«

»Das ist mehr für die Wissenschaftler gedacht.«

»Er ist doch auch Wissenschaftler.«

»Hier ist er Projektleiter. Also schon etwas anderes. Er hat auch administrative und finanzielle Aufgaben. Er arbeitet in solchen Fällen übrigens lieber eine Nacht durch, steigt dann ins Auto und schläft zu Hause.«

»Wo ist Papa jetzt?«

»In einem Meeting. Und das wird wahrscheinlich noch eine Weile dauern. Ich hoffe, er schafft es bis zum Essen.«

»Und meine …«

Wie soll Zina sie nennen? Kollegen? Schicksalsgenossen?

»… Freunde?«

»Die sind ein bisschen früher wach geworden. Sie bekommen gerade eine Führung.«

Für viele Leute ist das CERN im Schweizer Meyrin einer der interessantesten Orte auf der ganzen Welt. Tausende Wissenschaftler, Dutzende von Kilometern unterirdischer Tunnel. Elementarteilchen, die mit Lichtgeschwindigkeit zusammenstoßen. Hier sehen Wissenschaftler das Universum, wie es in den Augenblicken nach dem Urknall war. Hier suchen ihre Eltern zusammen mit so vielen anderen nach den Antworten auf die Grundfragen des Daseins.

»Wollen wir irgendwo etwas zusammen trinken?«

»Ich muss das hier noch fertigbekommen, Zina. Wir reden beim Essen weiter.«

Die ersten positiven Auswirkungen der Dusche lassen schon wieder nach. Nach dieser Nacht hat Zina ein riesiges Bedürfnis nach frischer Luft.

»Dann gehe ich ein bisschen spazieren.«

»Gute Idee. Bis gleich.«

Es ist erst Zinas dritter Besuch an diesem Ort, seitdem ihre Eltern hier angefangen haben. Wenn man die Außenwand des Gebäudes sieht, würde man sich nicht vorstellen, dass hier besonders interessante Dinge geschehen. Ein unauffälliges Bürogebäude aus weißem Stein und dunklem Glas, umgeben von einem sorgfältig gepflegten Rasen. Das einzig Auffällige ist ein Bild von Shiva, der tanzenden indischen Gottheit, dicht beim Eingang. Ihre Mutter hat Zina einmal erklärt, was das Bild für sie und ihre Kollegen bedeutet. Etwas über ein kosmisches Ballett, in dem Materie und Antimaterie nie wirklich im Gleichgewicht sind.

Zina läuft über einen fast verlassenen Campus. Die Stille hat keinen beruhigenden Effekt. In ihr baut sich Ungeduld auf, Schicht für Schicht. Es gibt noch so viel zu tun. So viel zu entdecken.

Zinas Eltern haben ihren unangekündigten Besuch sehr gut aufgenommen. Es gab ein paar überraschte Blicke, als sie darum gebeten hat, mit niemandem über ihre Anwesenheit zu sprechen. Mehr nicht. Aber aufgeschoben ist nicht aufgehoben. Ihre Mutter stellt wahrscheinlich gerade jetzt im Kopf eine Fragenliste zusammen, die sie Schritt für Schritt durcharbeiten wird. Die meisten Erwachsenen, die Zina kennt, schalten unauffällig zwischen zwei Persönlichkeiten hin und her. Es gibt eine Arbeitspersönlichkeit: hart, ehrgeizig, strebsam und ernst. Und eine private Persönlichkeit, mitfühlender und flexibler. Manchmal sogar ausgesprochen sanft. Mehr auf

Harmonie und Geborgenheit gerichtet. Ihre Eltern verfügen nicht über einen solchen Schaltknopf. Aufmerksamkeit bekommt man von ihnen nicht einfach so, man muss sie erzwingen. Zina hat versucht, das zu erreichen, indem sie hervorragende Leistungen erbrachte. So viele und so häufig wie möglich. Es ist zur einzigen Konstante in ihrem Leben geworden. Schulen, Lehrer, Häuser, all das wechselte immer wieder, während die Familie von der einen Eliteuniversität zur anderen eilte. Zina kennt sämtliche Argumente. Eine einmalige Gelegenheit. Ein guter Lehrplan. Eine Beförderung. Die Möglichkeit, an ganz besonderer Forschungsarbeit teilzunehmen. Immer die nächste, höhere Stufe auf der wissenschaftlichen Karriereleiter.

Erst in den vergangenen Monaten hat sich Zina gefragt, ob der Weg ihrer Eltern tatsächlich nach oben führt. Sind sie nicht einfach auf der Flucht? Unternehmen sie damit keinen rastlosen, zum Scheitern verurteilten Versuch, dem Vergessen und der Stagnation zuvorzukommen? Getrieben durch eine tief wurzelnde Angst vor einem Leben, das nicht in all seinen Facetten außergewöhnlich ist. Vielleicht ist es wirklich eine Falle, wie Perenelle das genannt hat. Wie dem auch sei, Zina hat jedenfalls eine neue Methode gefunden, sich die Aufmerksamkeit ihrer Eltern zu sichern.

Das Abendessen heil überstehen, dieses Anliegen hat zunächst einmal Priorität für Zina. Für die Zeit danach hat sie schon genaue Vorstellungen. Einen Programmiermarathon. Eine Wiederholung ihrer Sitzung in Rom. Damals hat sie über zwei Tage verteilt fast vierzehn Stunden gebraucht. Schon beim Gedanken daran tun ihr beinahe die Handgelenke weh.

Allerdings beschäftigt sie sich jetzt vor allem mit dem bevorstehenden Kreuzverhör.

Wie viel wird sie ihren Eltern erzählen können? Alles? Nichts? Etwas dazwischen? Als sie wieder auf das Gebäude zugeht, hat sie noch keine Entscheidung getroffen. Das CERN ist eine internationale Organisation, bei der vierundzwanzig Stunden am Tag und sieben Tage in der Woche Mitarbeiter aktiv sind. Das hat den Vorteil, dass das Restaurant rund um die Uhr Essen serviert und alle Küchen dieser Welt einen Platz auf der Speisekarte gefunden haben. Das Gemurmel Hunderter von Menschen erfüllt den riesigen Raum. Nach einigem Suchen findet Zina ihre Eltern, Simon und Perenelle an einem runden Tisch in der hintersten Ecke, in ein eifriges Gespräch vertieft. Ihr Vater steht auf. Thomas Welter ist hochgewachsen und wirkt steif, reserviert. In dieser Hinsicht erinnert er ein wenig an Currier. Ihr Vater ist allerdings nicht so athletisch. Unter seinem blauen Hemd zeichnet sich ein Bauchansatz ab. Hinter der Brille mit den kleinen, runden Gläsern sind seine blaugrünen Augen ständig in Bewegung.

»Zina.« Er drückt sie an sich. »Setz dich doch.«

Sie tut es. Simon lacht ihr zu.

»Zina, ich habe deiner Mutter gerade erzählt, wie beeindruckt wir vom LHC waren. Es fühlt sich an, als wäre man Teil eines Science-Fiction-Films.«

»Allerdings nur mit Science und ohne Fiction«, ergänzt Perenelle. »Vielen Dank, dass Sie eine Führung für uns organisiert haben, Frau Welter.«

»Gern geschehen.«

Zina hat denselben Rundgang schon zwei Mal mitgemacht. Der *Large Hadron Collider* ist das teuerste Spielzeug auf der ganzen Welt. Dreißig Kilometer Tunnel, die Protonen bis auf nahezu Lichtgeschwindigkeit bringen und sie dann miteinander kollidieren lassen.

»Und Sie sind Zinas Kollegen?«

»Wir arbeiten zusammen an einem Projekt«, sagt Zina. »Wollen wir bestellen? Mir knurrt schon der Magen.«

Noch ein Vorteil in einer Umgebung voller Wissenschaftler in ständiger Zeitnot und schweizerischer Effizienz: Zehn Minuten später stehen fünf dampfende Teller vor ihnen. Zina stürzt sich auf ihren. Perenelle und Simon folgen ihrem Beispiel und essen fast genauso schnell. Erst als die Teller halb leer sind, räuspert sich Zinas Mutter zum Zeichen, dass es wieder angemessen ist, das Gespräch fortzusetzen.

»Dieses Projekt, über das du gerade gesprochen hast, musstest du dafür nach Wien? In deiner letzten E-Mail hast du erwähnt, dass du nach Wien wolltest.«

»Ich war dort«, erwidert Zina einsilbig.

»Und um was für ein Projekt geht es da? Ich wusste nicht, dass du zurzeit überhaupt eines hast. Etwas im finanziellen Sektor?«

»Nein.«

»Ach«, sagt ihre Mutter in hoffnungsvollem Ton. »Etwas Wissenschaftliches? Ein Forschungsinstitut?«

»Es geht um eine Handschrift, das Voynich-Manuskript.«

»Das was?«

Zina braucht einige Minuten, um ihren Eltern die Grundzüge zu erklären. Minuten, in denen jede Reaktion ihrerseits ausbleibt. Das macht die Sache nicht leichter. Ein paar Mal stockt Zina, und Simon oder Perenelle müssen ihr helfen. Als sie fertig ist, inspiziert sie das Gesicht ihrer Mutter. Man kann deutlich sehen, dass sie noch dabei ist, sich eine Meinung zu bilden. Sie wendet sich an Simon und Perenelle.

»Und Sie beide beschäftigen sich ebenfalls damit?«

»Das ist richtig«, sagt Simon.

»Und für welche Universitäten forschen Sie da?«

»Ich betreibe eine Buchhandlung in London.«

»Ah. Und Sie?«

»Ich bin spirituelle Therapeutin. Ich habe eine Praxis in einem kleinen Dorf in der Nähe von Berlin.«

Zinas Eltern tauschen einen nervösen Blick. Ihr ganzes Erwachsenenleben haben sie in dem kleinen, vertrauten Kreis von Akademikern verkehrt. In einem Eliteverein. Mit gutem Gehalt, aber nicht von Geldgier getrieben. Intelligent, aber selten subversiv.

»Und du hast dafür also einen Algorithmus entwickelt, Zina?«, erkundigt sich ihr Vater vorsichtig. »Für dieses Manuskript?«

»Ihrer Tochter haben wir den größten Durchbruch aller Zeiten zu verdanken«, erklärt Simon, und aus seiner Stimme klingt Stolz. Perenelle fügt noch mehr Lob hinzu.

»Schon seit hundert Jahren wird über die Bedeutung des Manuskripts spekuliert. Zina ist es nun als Erster gelungen, den Code zu knacken.«

Die dunklen Augen ihrer Mutter verraten noch immer nichts.

»Das ist schön für dich, Schatz.«

Zina weiß, wie viel Mühe es sie kostet, Komplimente zu machen. Etwas Besseres kommt da nicht mehr.

»Danke schön, Mama.«

»Und du bist fertig damit, oder?«, fragt ihre Mutter im selben Atemzug. »Hast du schon Pläne für die nächste Zeit?«

»Fertig sind wir noch nicht. Eine Hürde müssen wir noch nehmen.« Der Augenblick, vor dem sich Zina gefürchtet hat, ist gekommen. »Und dafür brauche ich eure Hilfe.«

»Selbstverständlich«, antwortet ihr Vater sofort. »Wir sind immer für dich da. Soweit wir können, natürlich. Wir haben im Moment sehr viel Arbeit.«

»Ihr habt immer sehr viel Arbeit.«

»Zina, müssen wir dieses Gespräch jetzt noch mal führen? Das hier ist sehr, sehr wichtig.«

»So wie euch ALICE wichtiger war als mein Studienabschluss.«

Simon und Perenelle wechseln einen Blick des Unverständnisses.

»ALICE ist ein Messinstrument«, erklärt Zinas Mutter.

»Damit wird gemessen, was geschieht, nachdem zwei Teilchen miteinander kollidiert sind.«

Ein paar Sekunden lang herrscht Schweigen.

»Zina, was ist los?«

»Ich würde euch lieber hier heraushalten. Aber es geht nicht anders.«

»Heraushalten aus was?«

Simon und Perenelle sagen nichts. Sie machen neutrale Gesichter. Das hier muss Zina erledigen.

»Papa, Mama, ihr müsst mir glauben: Es ist besser, wenn ihr so tut, als wären wir nie hier gewesen.«

»Was ist los?«, fragt Zinas Mutter, diesmal in drängendem Tonfall. Die permanente Beherrschtheit ist aus ihrem Gesicht verschwunden. »Bei eurer Ankunft hast du auch schon etwas in dieser Art gesagt. Bist du in Gefahr?«

»Warum glaubst du das?«

»Du erscheinst hier unangekündigt. Völlig erschöpft. Ohne Gepäck. Niemand darf wissen, dass du hier bist. Dann bittest du uns um Geld, um Bargeld. Wir wollten dir ein bisschen Ruhe gönnen. Aber jetzt hätten wir gern eine Erklärung.«

»Die NSA.« Zina kann nur im Flüsterton antworten.

»Die NSA? *Die* NSA?«

»Man will den Algorithmus und das Programm, die ich entwickelt habe, um das Manuskript zu entschlüsseln.«

Zina weiß, dass ihre Eltern sie weiter bedrängen werden. Sie sind viel zu klug, um komplizierte Lügen zu schlucken. Eine vereinfachte Version der Wirklichkeit ist die beste Option.

»Warum?«

»Weil beide sehr, sehr gut sind. Und alles, was sehr, sehr gut ist, wenn es um das Entschlüsseln unlesbarer Texte geht, interessiert sie. Eine lange Geschichte, aber so lässt sie sich zusammenfassen.«

Dass Zina die NSA erwähnt hat, ist ein kalkuliertes Risiko.

Einerseits werden sich ihre Eltern Sorgen um ihre Sicherheit machen. Andererseits herrscht in der Intelligenzija nur wenig Sympathie für die Abwehrbestrebungen der amerikanischen Regierung. Außerdem möchte sie ihre Eltern ganz einfach nicht anlügen.

»Sie wollen also deinen Algorithmus. Sonst?«

»Sonst holen sie ihn sich. Das haben sie gesagt.«

»Zina, du machst mir Angst. Das klingt wie eine Drohung.«

»So war es auch gemeint.«

»Und was ...« Ihre Mutter beendet den Satz nicht.

»Was wirst du jetzt tun?«, ergänzt ihr Vater.

»Den letzten Teil des Codes knacken, damit ich weiß, was das Voynich-Manuskript ist. Wozu es dient. Und dann schauen, wohin mich das führt. Der Schöpfer dieser Handschrift, jemand namens Drebbel, hat sich unglaublich große Mühe gegeben, die wahre Beschaffenheit des Voynich-Manuskripts zu verhüllen. Ich will, ich muss wissen, warum.«

»Kommt überhaupt nicht infrage«, reagiert ihr Vater. »Du bleibst hier. Wir haben ganz ausgezeichnete Kontakte zur amerikanischen Regierung. Die werde ich einsetzen, um zu schauen, wie sich dieses Missverständnis bereinigen lässt.«

»Nein.«

Als hätte man mit einem riesigen Sauger den Sauerstoff aus der Luft geholt. Atmen, Geräusche, alles ist für einen Augenblick lang verschwunden.

»Wie meinst du das, nein?«

Zinas Herz klopft. »Ich werde das Rätsel lösen«, erklärt sie entschlossen. »Mit oder ohne euren Segen. Mit oder ohne eure Hilfe. Ich bin zu euch gekommen, weil ich hier den letzten Schritt vollziehen kann. Aber wenn es nötig ist, tue ich das woanders. Ihr habt die Wahl.«

Perenelle und Simon starren auf ihre Teller. Nacheinander schaut Zina ihre Eltern an. Vor nicht allzu langer Zeit hätte sie noch nachgegeben. Hätte auf ihre Ratschläge gehört, egal, ob sie nützlich für sie gewesen wären oder nicht. Der Plan ist vielleicht gefährlich. Unklug. Nicht durchführbar. Aber es ist Zinas Plan.

»Wenn du es so formulierst«, sagt ihre Mutter vorsichtig. Sie wirft einen kurzen Blick zur Seite. Zinas Vater nickt.

»Was brauchst du?«

# 26

In dem Zimmer, in dem sie vor ein paar Stunden aufgewacht ist, stehen jetzt ein Schreibtisch und ein Computer mit immenser Rechenleistung. Es ist ein ruhiger Ort. Als Treibstoff dienen Zina belegte Brötchen und Getränke. Sie arbeitet mit denselben Tricks wie vorher. Mit regelmäßigen Pausen. Übungen, damit ihre Handgelenke geschmeidig bleiben. Mit möglichst augenschonenden Bildschirmeinstellungen. Trotzdem fällt ihr das Programmieren schwerer als gedacht. Beim ersten Mal hat sie sich auf das Resultat gefreut. Nach einem monatelangen Prozess fand endlich alles, was sich Zeile für Zeile in ihrem Kopf aufgebaut hatte, den Weg nach draußen. Damals konnte Zina es gar nicht erwarten, damit anzufangen. Diesmal kann sie es gar nicht erwarten, dass es vorbei ist.

Drei Uhr nachts. Zina steht auf, läuft über den verlassenen Flur. Sie geht zur Toilette, wo sie den Kopf unter den Wasserhahn hält. Wieder zurück. Ein leichter Druck auf die Tastatur, und der Bildschirm leuchtet auf.

*Da bist du ja wieder. Ich habe schon auf dich gewartet.*

»Bald haben wir's geschafft«, flüstert Zina. »Dann bist du wieder ganz.«

Bei jedem Teil des Codes, den sie aufschreibt, gibt es einen Augenblick, in dem die Arbeit vor ihr zum Leben erwacht. Imaginäre Gespräche sind allerdings etwas Neues. Ob sie langsam den Verstand verliert? Ihre Träume sind bizarr, surreal. Wenn es sich mit der Wirklichkeit ähnlich entwickelt, wird sie bald nicht mehr zwischen Fantasie und Realität unterscheiden können. Zina schreibt weiter. Den Alarm, der alle zwei Stunden für Pausen sorgt, hat sie ausgestellt. Sie nimmt wieder Schmerzmittel. In ihrem Kopf hämmert es. Ihre

Handgelenke flehen förmlich um Erlösung. Die Schüssel mit dem Essen ist leer. Zina hat keinen Hunger. Will nicht schlafen. Weitermachen.

Die Zahlen rechts oben auf dem Bildschirm sind verschwommen. Mit Mühe konzentriert sich Zina. Acht Minuten vor zehn am Morgen. Ein Teil ihres dumpfen Gehirns stellt fest, dass sie sogar schneller gearbeitet hat als in Rom. Zum letzten Mal drückt sie auf Speichern. Unerträglich träge kommen ihre Handlungen ihr vor. Sie klickt zwei Mal auf den Voynich-Knacker 2.0. Nimmt wahr, dass das Programm auf alle Fälle startet. Das ist schon einmal viel wert. Zum Glück hat sie das Interface dieses Mal einfacher gestaltet und braucht nicht mehr manuell Wörter in Zahlen umzuwandeln. Das erledigt der Knacker für sie. Zina wählt den letzten Teil des Voynich-Manuskripts aus. Dann platziert sie den Cursor in der Suchmaske.

A-A-B-E-H-A-Y-A-A-T

Zina drückt auf Enter, steht auf, schwankt zum Sofa und zieht den Schlafsack über sich.

# 27

Die schmalen nackten Schultern bewegen sich auf und ab. Tränen strömen wie ein Fluss aus den blauen Augen nach unten, finden ihren Weg über die Haut. Perenelles Weinkrampf wirkt wie eine Kombination aus Kummer, Freude und Erleichterung.

»All die Jahre habe ich es gespürt«, erklärt sie mit erstickter Stimme. »Ich habe es gewusst. Dass das Voynich-Manuskript etwas ganz Besonderes in sich verbirgt. Ich habe gehofft … und gehofft. Und jetzt scheint es, als wäre meine Hoffnung berechtigt gewesen. Es gibt Hoffnung! Für Karl. Für mich. Für uns.«

Zina beißt sich auf die Unterlippe. Sucht Unterstützung bei Simon, der die Schultern hochzieht.

»Perenelle, es tut mir furchtbar leid. Aber ist das nicht ein wenig weit hergeholt?«

»Vielleicht nicht so weit hergeholt, wie du glaubst, Zina«, sagt Simon. »Rudolf hat seine ganze Existenz der Suche nach dem ewigen Leben gewidmet. Die besten Alchemisten der Welt kamen zu diesem Zweck nach Prag. Alchemisten nennen es das Elixier. Oder den Stein der Weisen. *Lapis philosophici.*«

»Ich weiß, wie man das nennt.« Zina schüttelt ungläubig den Kopf. »Aber Leute, das hier ist doch kein Abenteuerfilm. Wir haben ein historisches Dokument vor uns.«

»Zina«, sagt Perenelle und wischt sich die Tränen aus dem Gesicht. »Ich weiß, dass das unglaublich klingt. Und das ist es auch. Aber wenn der Stein der Weisen jemals entdeckt wurde, dann damals. Und wenn das irgendwo geschehen konnte, dann dort. Simon hatte recht. Maier, Drebbel, Agrippa, die Liste geht immer weiter.«

Simon nickt. »Der Hof Rudolfs II. war eine Art Los Alamos. Die größten Geister der Welt, zusammengeführt an einem Ort, mit einem einzigen Ziel.«

Zina ist zu sehr Wissenschaftlerin, als dass sie das ganz einfach so akzeptieren könnte.

»Unmöglich. Etwas Derartiges gibt es nicht.«

»Magie ist Technologie, die wir noch nicht begreifen«, sagt Simon milde.

»Wissen kann erworben worden und dann wieder verloren gegangen sein«, fügt Perenelle hinzu.

Zina ist todmüde. Nicht gerade die ideale Voraussetzung für das ewige Leben.

»Nur damit ich das alles auch richtig verstehe: Wir wissen fast sicher, dass Rudolf, Habsburger, Kaiser des Heiligen Römischen Reiches, das Gehirn hinter dem Voynich-Manuskript ist. Und dass er dabei die Hilfe einer Anzahl Getreuer in Anspruch genommen hat, zu denen Cornelis Drebbel gehörte. Wir wissen, dass er dieses Buch hat anfertigen lassen. Mit einem Code darin, der seiner Zeit Jahrhunderte voraus war.«

Die beiden Menschen ihr gegenüber nicken enthusiastisch.

»Und was dieses Manuskript verhüllen sollte, ist, dass er den Stein der Weisen gefunden hatte?«

Aus ihrer Stimme klingt der Unglauben laut und deutlich.

»Zina, lies doch! Lies, was dein eigener Knacker aus dem letzten Stück des Voynich-Manuskripts herausgefiltert hat! *Wer oben sucht, findet unten das ewige Leben.* Das ewige Leben! Da steht es!«

»Denk doch an die Hinweise, die wir bisher bekommen haben«, fügt Simon hinzu. »Die Himmelfahrt fängt hier an. Der Lebensbaum. Das persische Wort für die Flüssigkeit, die das ewige Leben verleiht. Alles dreht sich um dasselbe Thema. Und Rudolfs Experimente sind gut dokumentiert. Der Pulverturm in seiner Burg stand rund um die Uhr im Zeichen dieser Suche.«

Perenelle legt Zina beide Hände auf die Schultern.

»Wer oben sucht, findet unten das ewige Leben. Wir haben das Gefühl, man hat es gefunden. Und der Schöpfer des Manuskripts will, dass wir es wiederfinden.«

»Aber warum wir?«

Ein Lächeln erscheint auf Simons Gesicht.

»Darüber habe ich nachgedacht. In vielen Geheimgesellschaften gibt es ein komplexes Initiationsritual. Anwärter erwerben einen Grad nach dem anderen. Und jedes Mal wird wieder ein neues Stückchen der Erkenntnis geboten. Die höchste Erkenntnis bleibt denjenigen vorbehalten, die sich als wert und vertrauenswürdig erwiesen haben.«

»Das Voynich-Manuskript ist also ein Test.«

»Das kann man sicher sagen. Nur Menschen, die Rudolfs Leidenschaften teilen, können die Rätsel lösen. Kenntnisse über Astrologie, Numerologie, Alchemie.«

»Aber wenn er wirklich so etwas wie den Stein der Weisen gefunden hätte, warum sollte er ihn dann verbergen wollen? Warum?«

»Leute«, sagt Simon und wirft die Hände zum Himmel, »darüber können wir stundenlang spekulieren. Und das werden wir ganz ohne Zweifel auch tun. Aber wir sind noch nicht am Ziel. Ob es sich wirklich um den Stein der Weisen oder um etwas anderes handelt, etwa einen erhalten gebliebenen wichtigen Text über den Stein der Weisen – der Punkt ist, dass wir es noch finden müssen. Also Frage eins: Suchen wir immer noch in Prag?«

»Der vorherige Hinweis hat uns nach Prag geführt.«

»Und der letzte hier verweist nicht auf einen anderen Ort.«

»Stimmt. Also immer noch Prag.«

»Wer oben sucht, findet unten das ewige Leben«, wiederholt Perenelle mit einem Seufzer. »Wie oben, so unten.«

Dieser Ausspruch kommt Zina bekannt vor.

»Hermes Trismegistos feiert sein Comeback«, sagt Simon.

»So lautet sein berühmtestes Axiom aus der *Tabula Smaragdina*. Es ist unserem letzten Hinweis tatsächlich sehr ähnlich.«

»Was meint er damit?«, will Zina wissen.

»Daran lassen sich verschiedene Bedeutungen festmachen«, erklärt Perenelle enthusiastisch. »Sogar eine naturwissenschaftliche. Es geht um die Gleichstellung von Himmel und Erde. Von Mikrokosmos und Makrokosmos. Die Hermetik hat damit dem Menschen einen neuen Platz in der Schöpfung zugewiesen. Mensch und Gott in derselben Kategorie.«

»Unsterblich?«

»Das hat Rudolf bestimmt so interpretiert. Wir müssen so schnell wie möglich zurück nach Prag. Wenn es etwas gibt, was auch immer das ist, finden wir es dort.«

»Ist das wirklich eine kluge Entscheidung?«, fragt Simon nachdenklich. »Ich meine, damit beweisen wir Mut und Durchhaltevermögen, aber vergesst ihr auch nicht, wer da auf uns wartet? Vielleicht ist es gar keine dumme Idee, wenn wir hier anfangen. Auch wenn ich mich frage, ob wir vor Currier und dieser anderen Gruppe Bösewichte sicher sind, um wen es sich auch immer handelt.«

»Ich wüsste keinen sichereren Ort«, meint Zina. »Das Ziel dieser Organisation ist vielleicht universell, aber das muss nicht heißen, dass man allen seine Türen öffnet. Das hier ist im Wesentlichen eine europäische Organisation. Darum will man sich durchaus vor den Chinesen und Amerikanern abschirmen. Die Leute vom CERN nehmen ihre Sicherheitsvorkehrungen ziemlich ernst.«

Zina deutet auf die Besucherpässe, die sie alle drei mit Sicherheitsnadeln an der Kleidung tragen.

»Die bekommt man nicht ohne Weiteres. Ich glaube, physisch sind wir sicher.«

»Und virtuell?«

»Gute Frage. Im Moment läuft das mit dem Datenschutz auch über Cyberangriffe. DDoS. Solche Sachen. Gruppen wie *Anonymus*. Ich müsste mich da hineinvertiefen, vielleicht meine Eltern fragen, aber es muss möglich sein, hier sicher surfen zu können.«

»Das klingt gut«, meint Perenelle. »aber erst mal legst du dich hin.«

»Wieso?«

»Du bist leichenblass. Kannst dich kaum auf den Beinen halten, und deine Augen sind so rot, dass man Angst bekommen könnte.«

»Das geht schon. Solange ich für eine Weile nicht auf einen Bildschirm zu schauen brauche.«

»Wir recherchieren weiter«, sagte Perenelle in energischem Ton. »Du gehst jetzt erst mal ein paar Stunden in unsere Gästeunterkunft. Es war sehr lieb, dass du uns da gestern hast schlafen lassen und dich in diesem Büro auf das Sofa gelegt hast, aber jetzt brauchst du ein richtiges Bett. Dort stehen zwei. Such dir einfach eins aus.«

»Perenelle hat völlig recht«, sagt Simon. »Wir sind noch nicht am Ziel. Und wir wollen nicht, dass der Stern unserer Gruppe jetzt seine Strahlkraft verliert.«

»Ich gehe nicht ins Bett. Da komme ich nicht wieder raus, und ich will hier weitermachen.«

»Dann eben doch das Sofa«, befiehlt Perenelle. »Für mindestens zwei Stunden.«

Zina gibt sich geschlagen. Ein paar Stunden ausruhen, das klingt gut. Und danach weiter.

# 28

Oben und unten. Keine voneinander unabhängigen Einheiten, sondern miteinander verbunden wie Yin und Yang. Das Eine kann ohne das Andere nicht existieren. Was ist oben, was ist unten? Eine Frage der Perspektive. Unten kann oben sein und andersherum, wie der berühmteste niederländische Mathematiker in seinen bekannten Zeichnungen so eindrücklich gezeigt hat.

Zina befindet sich in einem Labyrinth, das von M. C. Escher stammen könnte, irgendwo zwischen unten und oben. An den Wänden Werke von Rudolfs Lieblingskünstlern, herrliche gewebte Teppiche, Schädel mythischer Fabeltiere. Jede Treppenstufe, die Zina nach oben nimmt, führt nach unten. Sie steigt herab und kommt so auf einem Turm an, der eine fantastische Aussicht über Prag bietet. Ihrem Gefühl nach läuft Zina schon stundenlang herum. Einen Ausgang hat sie noch nicht gefunden. Sie schaut nach unten. Rund um den Komplex liegt eine friedliche Rasenfläche, etwa fünfzehn Meter unter ihr. Ist das die Lösung? Keine Treppen hinauf- oder hinunterzulaufen, sondern das Vertrauen zu haben, dass alles gut wird? Es ist schließlich nur ein Traum. Sie macht einen Schritt vom Turm weg. Als würde sie ins Wasser springen. Nach einigen Metern wird sie langsamer. Die Luft trägt Zina, und so schwebt sie nach unten. In dem Moment, als sie unten anlangt, öffnet sie die Augen.

Ein leises Stöhnen kommt über Zinas Lippen. Alles tut ihr weh. Der Nacken, die Schultern, der Rücken. Sie fühlt sich wie gerädert. Der Traum steht ihr noch deutlich vor Augen. Genau wie der vorige. Und der davor. Früher hat sie immer alles vergessen, sobald sie die Augen aufschlug. Warum erinnert sie sich jetzt an ihre Träume? Es scheint, als würden ihr

Unterbewusstsein und ihr Bewusstsein immer mehr ineinander übergehen. Der Geist des Voynich-Manuskripts? Die Hirngespinste von Alchemisten, die sich in ihrer Seele festsaugen? Zina schiebt den Gedanken von sich. In der vergangenen Woche ist sie beraubt und bedroht worden, und trotzdem will sie in die Höhle des Löwen zurückkehren. Wegen dieser bisher ungekannten Spannungen hat sie im Schlaf mehr zu verarbeiten als gewöhnlich. Das ist es, mehr nicht.

Zina steht vom Schlafsofa auf und streckt sich. Ihr Körper verlangt schon wieder heftig nach Essen. Im Restaurant füllt sie ein ganzes Tablett. Dann fährt sie mit dem Aufzug in den fünften Stock. Der Raum, in dem Zina ihren Marathon hinter sich gebracht hat, ist luxuriös im Vergleich zu der Besenkammer, die ihre Eltern für Perenelle und Simon ergattern konnten. Diese Überlegung ist nicht ganz fair. Die beiden haben die Nacht immerhin nicht vor einem Bildschirm zugebracht.

Drei kleine Schreibtische, jeder vor einer anderen Wand. Einfache Bürostühle und kompakte HP-Laptops. Zwei Schreibtische sind schon mit leeren Kaffeetassen und Tellern übersät. Simon und Perenelle schauen von ihren Monitoren auf.

»Zina! Schön, dass du wieder aufgetaucht bist.«

»Danke. Schon was gefunden?«

»Noch nicht wirklich. Aber es gibt ein paar interessante Überlegungen.«

»Und die wären?«

»Der Veitsdom, der höchste Punkt von Prag. Vielleicht darunter?«

»Okay, das wäre möglich. Es wird uns aber ziemlich viel Mühe kosten, die Zustimmung zu bekommen, da drauflos-zuschaufeln.«

»Stimmt. Aber passen würde es schon. Die königliche Krypta, ein schöner Ort. Aber gut, sehr viel weiter sind wir noch nicht gekommen. Zum Glück bist du jetzt da.«

Zina lässt sich auf den leeren Stuhl fallen und stellt das Tablett auf den Schreibtisch. Sie isst, ohne nachzudenken, und starrt auf den Laptop vor sich. Beim Gedanken daran, ihn gleich aufklappen zu müssen, bricht sie beinahe in Tränen aus. Sie kaut weiter, hofft, dass das Gefühl vergeht. Nein. Es wird mit jeder Sekunde schlimmer. Das Klappern um sie herum hört auf.

»Zina, alles in Ordnung?«

»Nein. Ich glaube, ich kann das hier gerade nicht.«

»Wundert dich das?«, will Perenelle wissen. »Innerhalb einer Woche hast du zwei Mal Gott weiß wie viele Stunden hinter einem Bildschirm gesessen. Mach was anderes.«

»Was denn?«

»Entspann dich! Geh joggen. Mach Yoga. Hier gibt es doch bestimmt ein Fitnessstudio.«

»Ich bin zu müde. Und meine Sachen habe ich auch nicht dabei.«

Zina will etwas tun. Mithelfen. Sie schaut zu Simon hinüber. Es passt nicht zu ihm, hinter einem Computer zu sitzen. Sie sieht ihn lieber mit der Nase in einem Buch. Er steht auf, wühlt in seiner Jackentasche und gibt Zina einen Schlüssel.

»Die Gästeunterkunft. Da ist es ruhig. Eine kleine Küche gibt es auch. Ein Sofa, ein Bett und ein Bad.«

»Weiß ich. Ich habe da auch schon geschlafen.«

»Prima. Da gehst du jetzt hin. Schau fern. Schlaf. Mach irgendwas. Bis zum Abendessen will ich dich hier nicht mehr haben.«

»Ja, aber …«

»Keine Diskussion.«

Zina nickt. Sie kann ganz einfach keine Pixel mehr sehen.

»Dann viel Erfolg. Treffe ich euch in ein paar Stunden beim Restaurant?«

»Ja. Und jetzt mach, dass du hier rauskommst.«

Zina zwingt sich zu einem Lächeln und überlässt die beiden dann ihrer Arbeit. Sie fühlt sich ganz leicht im Kopf, als sie durch den Flur geht. Da, das Büro ihrer Mutter. Sie klopft an, öffnet die Tür. Niemand. Sie macht die Tür wieder zu und geht weiter nach draußen.

Die Gästeunterkunft ist ein einfacher Backsteinbungalow, ein Stück vom Hauptgebäude entfernt.

Nachdem sie die Tür hinter sich abgeschlossen hat, geht Zina direkt ins Badezimmer. Dann, während sie die Wanne volllaufen lässt, ins Schlafzimmer. Ihr Blick fällt auf Simons Rucksack und Perenelles Wochenendtasche. Zina kann nicht anders, sie muss einfach irgendetwas zu tun haben. Sie geht zu dem Rucksack und leert ihn über dem Bett aus. Ein paar Bücher fallen heraus. Typisch. So, wie sie ihren Computer überallhin mitnimmt, tut er das mit gebundenen Blättern. Sie sieht, dass er sogar ein Exemplar des Voynich-Manuskripts hat binden lassen. Schlau. Sie wählt zwei Bücher aus. *The City of Light*, über Prag in den verschiedenen Jahrhunderten. Und *Imperial Magic*, über Kaiser Rudolf und seine besondere Art, einen Hof zu führen. Mit einem Buch in jeder Hand geht Zina zurück ins Badezimmer. Schnell zieht sie sich aus und steigt in die Wanne, die erst zu einem Drittel gefüllt ist. Sie beginnt mit dem Buch über Rudolf selbst. Tinte ist schonender für die Augen als ein Bildschirm. Trotzdem hat sie Mühe, ihre Aufmerksamkeit auf den Text zu richten. Es wird eher ein Scannen als ein Lesen. Rasch blättert Zina weiter, während ihre Augen nach Wörtern suchen, die eine Bedeutung im Zusammenhang mit unten, oben, Hermetik oder dem ewigen Leben haben könnten. Lange dauert das nicht. Rudolfs Suche nach dem Stein der Weisen war alles andere als geheim. Verschiedene Passagen behandeln seine Obsession, die Menschen, die ihn dabei unterstützten, und die Reaktionen. Der Vatikan betrachtete ihn sogar als eine Art Antichrist. Alles interessant, aber das hilft ihr nicht weiter.

Zina dreht den Hahn zu, legt das Buch kurz weg und verschwindet einen Augenblick lang unter Wasser. Dann kommt sie wieder nach oben. Zugegeben, es war eine gute Idee, dass Simon gesagt hat, sie soll hierher gehen. Sie trocknet sich die Hände ab und nimmt sich das andere Buch. Die ganze blutige Geschichte Prags zieht an ihr vorüber. Von der Römerzeit über den Dreißigjährigen Krieg bis zu den Jahrhunderten danach. Rudolf kommt nur nebenbei vor, vor allem in den Kapiteln über die Prager Burg. Zina blättert sich durch detaillierte Gebäudebeschreibungen. Es scheint wirklich, als hätte jedes Haus seinen eigenen Namen. Das Rote Lamm. Der Weiße Schwan. Das Goldene Rad. Und so geht es in einer unendlichen Parade von Häusern, Kirchen, Villen immer weiter.

Auch dieses Buch legt Zina zur Seite. Sie lässt sich zurücksinken, aber irgendetwas verhindert, dass sie sich wirklich entspannen kann. Etwas, das ihrer Aufmerksamkeit bisher entgangen ist. Sie richtet sich auf und steigt aus der Wanne. Mit einem Handtuch um die Hüften geht sie ins Schlafzimmer. Sie nimmt sich die Kopie des Voynich-Manuskripts, schlägt den letzten Teil auf, den man den Rezepteteil nennt. Kurze Absätze. Auf der linken Seite jedes Absatzes das kleine Bild eines Sterns. Dasselbe Symbol. Immer wieder. Der Hinweis und die Illustrationen – zusammen enthalten sie immer wieder die Antwort. Zina läuft zurück ins Bad, hebt das Buch über Prag vom Boden auf. Sucht mit zitternden Fingern nach der richtigen Seite. Da. Da muss es sein. Alles stimmt. Das Voynich-Manuskript hat gerade sein letztes Geheimnis preisgegeben.

# 29

## Prag, Gegenwart

Zina ist müde und gleichzeitig hellwach. Unendlich bedrückt und gleichzeitig ausgelassen. Sie beugt sich vor, wartet darauf, dass die bekannten Konturen von Prag vor ihr erscheinen. Vom Autorücksitz aus hat sie ungeduldig die Stunden gezählt. Jetzt, wo sie ihr Ziel beinahe erreicht haben, wird es Zeit, Entscheidungen zu treffen.

»... Leute?«

»Was gibt's, Zina?«

»Professor Svoboda. Wenn er noch hier ist, müssen wir versuchen, ihn zu finden.«

»Was?«, ruft Simon. Für einen Augenblick scheint er die Kontrolle über das Steuer zu verlieren.

»Vorsicht!«, zischt Perenelle.

»Sorry. Geht schon wieder. Ich war nur kurz überrascht.«

»Ich halte das für eine gute Idee«, erklärt Perenelle.

»Was? Du auch? Der Mann will das Resultat unserer ganzen harten Arbeit für sich in Anspruch nehmen!«

»Und deswegen hat er im Moment auch rein gar nichts«, erklärt Zina. »Wir sind vom Erdboden verschwunden, ohne ein einziges Wort.«

»Er hat es nicht anders verdient«, beschwert sich Simon.

»Da hast du natürlich recht. Und was er getan hat, ist ein Skandal. Sogar unverzeihlich. Aber ich habe kein gutes Gefühl dabei, ihn überhaupt nicht mehr einzubeziehen. Er hat uns geholfen, so weit zu kommen.«

»Gut gesagt«, kommentiert Perenelle lachend. »Du wächst als Mensch über dich hinaus, Zina. Ich bin stolz auf dich.«

»Wie willst du das angehen?«, fragt Simon. »Willst du vielleicht sagen: Das war ganz böse von dir, mach das nur ja nie wieder?«

»So in etwa«, antwortet Zina ruhig.

»Keine angenehme Konfrontation. Es wird ihm nicht gefallen, dass ich mir die Korrespondenz zwischen ihm und den Universitäten beschafft habe.«

»Wir müssen alle Entscheidungen treffen. Ich entscheide mich dafür, darüber hinwegzusehen. Er wird vor derselben Wahl stehen. Niemand kennt Prag besser als er. Wir haben noch nichts in der Hand. Wer weiß, welches Wissen wir noch brauchen.«

»Da hast du recht«, räumt Simon nach einigen Sekunden ein. »Sein Wissen kann uns noch sehr viel nutzen.«

»Ich bin froh, dass du das auch einsiehst.«

»Dann los. Begeistert bin ich nicht gerade, aber für das größere Ziel muss alles andere hintanstehen. Wenn wir nur nicht ganz Prag durchkämmen müssen. Ich will keine Minute länger dort verbringen als nötig. Bei deinen Eltern waren wir sicher und konnten in aller Ruhe arbeiten. Hier laufen wahrscheinlich zwei gegnerische Parteien herum, und keiner von beiden will ich noch mal begegnen.«

»Wisst ihr schon, wo wir suchen sollen?«, fragt Perenelle.

Beim Abschied von Svoboda haben sie vereinbart, sich am nächsten Tag am Archiv wiederzutreffen. Das ist inzwischen Tage her.

»Ich hatte an die Bekannten gedacht, bei denen er übernachtet hat. Die Adresse haben wir.«

»Ein ziemliches Risiko«, sagt Simon sofort. »Was, wenn Currier dahintergekommen ist?«

In den folgenden Sekunden hört man nur den Verkehr. Beim Abschied hatten Zinas Eltern erst Argumente gegen eine Rückkehr nach Prag vorgebracht. Dann folgten Bitten. Tränen. Wutausbrüche. Schließlich nur noch Bitten. Ob Zina auch wirklich sehr, sehr vorsichtig wäre? Und sie wissen lassen würde, wie es ihr gehe? Und sich beim ersten Anzeichen von Gefahr sofort in Sicherheit bringen würde? Zina hat all das versprochen und vor, dieses Versprechen auch zu halten.

»Wir machen einen Versuch«, erklärt Zina schließlich. »Wir fahren hin und klingeln. Wenn er nicht da ist, Pech gehabt.«

»Dann ist es vielleicht besser, wenn wir uns auch diesmal aufteilen«, schlägt Simon vor.

»Willst du mich vielleicht loswerden oder so? Das letzte Mal, als wir das getan haben, bin ich geradewegs Currier in die Arme gelaufen.«

»Das ist wahr. Aber auf diese Weise verteilen wir das Risiko. Und die Aufgaben. Ich kann telefonisch Kontakt mit dem Hotel aufnehmen. Nachfragen, was mit unseren Sachen passiert ist. Und vielleicht haben sie ja dort noch irgendetwas oder irgendjemanden gesehen.«

»Ich weiß nicht, Simon.«

»Außerdem erscheint es mir besser, wenn wir nicht alle gleichzeitig und auf dieselbe Weise bei Svoboda antanzen. Und dasselbe gilt für unser nächstes Ziel.«

»Glaubst du, Currier weiß davon?«

»Wir können nicht vorhersagen, was wir zu erwarten haben. Und darum erscheint mir das eine gute Idee. Wie wir Briten sagen: *Don't put all your eggs in one basket*, nicht alles auf eine Karte setzen.«

Zina schaut auf die Schilder am Straßenrand. Sie sind fünf Kilometer vom Prager Stadtzentrum entfernt.

»Wie gehen wir das Ganze jetzt an?«

»Lasst es uns wie im Film machen und erst mal unsere Uhren vergleichen.«

Als Ersatz für ihre Mobiltelefone haben sie im Souvenirladen des CERN drei identische Armbanduhren gekauft. Zina überprüft, ob sie exakt die gleiche Zeit angeben. Danach gehen sie Schritt für Schritt ihren Plan durch. Bei der nächsten Metrostation, an der sie vorbeikommen, stellt Simon den Motor aus und nimmt seinen Rucksack.

»Dann viel Erfolg, die Damen.«

»Dir auch.«

»Bis in einer Stunde.«

Simon steigt aus. Perenelle klettert auf den Fahrersitz.

»Zina, sollen wir losfahren?«

»Ja, ja«, sagt Zina abwesend, während sie mit dem Blick Simon folgt, der, ohne sich umzuschauen, in Richtung Metro läuft.

»Zina«, sagt Perenelle wieder.

»Ja, lass uns losfahren.«

Laut Navi haben sie noch zehn Minuten vor sich. Den Rest der Fahrt über herrscht angespannte Stille. Sogar Perenelle wirkt nervös. Noch ein paar Hundert Meter, verkündet die Navistimme.

»Ob er wohl dort ist?«

»Wir waren beinahe drei Tage weg. Da ist die Wahrscheinlichkeit groß, dass er nach Brünn zurückgekehrt ist.«

»Oder er glaubt, wir wären entführt worden.«

»Das wäre ohne Weiteres möglich. Immerhin hat er keinen Kontakt mit uns aufnehmen können.«

»Was tun wir, wenn er nicht da ist?«

»Vielleicht können wir ihm über diese Bekannten eine Nachricht zukommen lassen. Ich denke nicht, dass wir auf ihn warten sollten.«

»Das sehe ich auch so. Dann fahren wir sofort weiter.«

Nieselregen und die einsetzende Dämmerung heißen die beiden willkommen, als sie aus dem Wagen steigen.

»Da brennt Licht hinter den Vorhängen.«

»Also ist jemand zu Hause.«

Sie klingeln. Aus dem Augenwinkel sieht Zina, wie sich der Vorhang kurz bewegt.

Der Regen wird stärker. Nervös schaut sich Zina um. Es gibt nichts zu sehen, aber das heißt nichts. Die Tür öffnet sich. Svoboda.

Bevor Zina etwas sagen kann, stürmt er auf sie zu und schlingt seine kurzen, dicken Arme um sie. Zögernd folgt sie seinem Beispiel. Er lässt sie los, und ohne etwas zu sagen wiederholt er das Ritual bei Perenelle.

»Ich bin ja so froh.« Seine Stimme klingt gepresst. »Ich habe mir solche Sorgen gemacht. Sogar die Polizei habe ich angerufen, aber wegen drei Erwachsenen wollte man nichts unternehmen. Wo ist Walcott?«

»Den treffen wir später.«

»Dann nur herein, herein!«

Alle betreten den Flur.

»Die Hausbesitzer, meine Freunde, sind arbeiten. Ich habe Loreta und die Kinder zurück nach Hause gefahren. Dann bin ich sofort wieder hergekommen. Ich sitze hier schon zwei Tage lang. Sie sind nicht zum Archiv gekommen, und da wusste ich nicht, was ich davon halten sollte. Ich hatte schon vermutet, dass Sie mich wegen der Amerikaner nicht anrufen würden. Lassen Sie uns ins Wohnzimmer gehen.«

Ein wunderschönes Fischgrätparkett bedeckt den ganzen Boden. Eine Ecke wird von einer Küchenzeile aus rostfreiem Stahl eingenommen. Am Fenster stehen zwei moderne Sofas.

»Setzen Sie sich, setzen Sie sich doch. Möchten Sie etwas trinken?«

»Nein, vielen Dank.«

»Was ist passiert?«, will Svoboda wissen. »Ich habe mir schreckliche Sorgen gemacht.«

»Currier. Er war hier, in Prag. Das wussten wir ja schon. Aber er war nicht allein.«

Kurz berichtet Zina von den Ereignissen, die sie aus der Stadt getrieben haben, und erzählt, was während der vergangenen achtundvierzig Stunden geschehen ist.

»Nicht zu fassen. Sind Sie auch nicht verletzt?«

»Nein. Alles in Ordnung.«

»Und wo ist Walcott?«

»Es schien uns besser, uns aufzuteilen. Vielleicht weiß Currier ja, dass Sie hier untergekommen sind.«

Die Veränderung vollzieht sich in weniger als einer Sekunde. Ein emotional berührter Mann macht dem alten Svoboda Platz.

»Wessen Idee war das?«, fragt er mit scharfer Stimme. Sein Blick schießt zwischen Zina und Perenelle hin und her.

»Simons, aber wir fanden alle, dass …«

»Er ist also nicht hier.«

»Nein. Wie schon gesagt, wir sind für später verabredet. An dem bestimmten Ort.«

»An dem bestimmten Ort«, wiederholt er. Er reißt die Augen weit auf. »Sie haben den letzten Hinweis entschlüsselt?«

*»Aab e hayaat«*, verkündet Perenelle. »Persisch für Tanzwasser. Das Elixier des Lebens.«

Svoboda schließt die Augen.

»Natürlich. Natürlich. Und den Knacker, den haben die Amerikaner nicht bekommen?«

»Nein, das glauben wir zumindest. Zina hat ihn erst überall gelöscht und dann Zeile für Zeile erneut eingegeben. Sie hat Wunder bewirkt. Auch wieder bei diesem letzten Hinweis.«

»Gab es noch eine Botschaft im Rezepteteil?«

»Wer oben sucht, findet unten das ewige Leben.«

Zina sieht wieder, wie sich im Gehirn des Professors die Rädchen drehen.

»Die *Tabula Smaragdina.*«

»Genau.«

»Das ewige Leben? Stand das wirklich da?«

»Kaiser Rudolfs Lebensziel. Er wollte auf jeden Fall, dass wir etwas finden.«

»Wer oben sucht«, murmelt Svoboda. »Wo denn oben?«

Perenelle deutet in Zinas Richtung.

»Da hat unser Wunderkind wieder Fantastisches vollbracht. Sie hat die Antwort wohlgemerkt in einem von Simons Büchern gefunden. Der konnte gar nicht glauben, dass es ihm nicht aufgefallen war.«

Svoboda erhebt sich und ballt die Hände zu Fäusten.

»Die Sterne in den Seitenrändern des Rezepteteils«, fängt Zina an. »Die einzige Illustration in diesem Teil. Der entschlüsselte Teil beginnt an der Stelle des ersten Sterns. Also dachte ich, was, wenn ich den ersten Stern als ›oben‹ betrachte und den nächsten als ›unten‹.«

»Das klingt logisch«, sagt Svoboda vorsichtig.

»Ich bin in der Alchemie und mit Metaphern nicht so bewandert«, fährt sie fort. »Wenn ich also einen Stern vor mir habe, sehe ich nichts vor mir, was als Symbol für die Elemente steht oder so etwas. Ich sehe einen Stern als Form.«

Svoboda scheint zu erstarren.

»Eine Form«, wiederholt er atemlos. »Die Form eines Sterns. *Letohrádek Hvězda,* Schloss Stern.«

»Schloss Stern«, bekräftigt Zina. »Mit der Form eines sechszackigen Sterns, erbaut von Ferdinand II. Mitten in Liboc, etwa sieben Kilometer westlich der Altstadt.«

»Kaiser Rudolfs Lieblingsplatz«, ergänzt Svoboda, und mit jedem Wort wird seine Stimme lauter. »Der Ort, an dem er sich am wohlsten fühlte.«

Er schüttelt lachend den Kopf.

»Wussten Sie, dass der Surrealist und Reporter André Breton so sehr von der Konstruktion des Schlosses beeindruckt war, dass er behauptete, es sei aus Steinen der Weisen erbaut worden?«

»Und weil das Gebäude zugänglich ist, schien es uns eine gute Idee, dort nachzusehen.«

»Lassen Sie uns sofort losgehen! Nein, warten Sie, wir brauchen einen Röntgenapparat, um den Boden untersuchen zu können. Und um zu schauen, ob sich unter dem Keller noch ein Raum befindet.«

Zina und Perenelle tauschen einen Blick. Der weniger angenehme Teil des Gesprächs steht ihnen unmittelbar bevor. Es wäre klüger gewesen, das zuerst abzuhandeln, denkt Zina. Dafür ist es inzwischen zu spät.

»Bevor wir losziehen, Professor … Gibt es da vielleicht noch etwas, das Sie uns sagen wollen?«

»Sagen? Was meinen Sie damit? Los, wir sollten uns auf den Weg machen.«

»Simon hat mir vor ein paar Tagen einige E-Mails gezeigt«, sagt Zina leise und schaut Svoboda dabei an.

Der Mann scheint nicht zu verstehen, wovon sie spricht.

»E-Mails, die Sie nach Yale und an die Universität von Prag geschickt haben.«

»Nach Yale? Wovon sprechen Sie?«

»In diesen Mails behaupten Sie, dass Ihnen ein Durchbruch beim Voynich-Manuskript gelungen ist und Sie an einer Publikation zu diesem Thema arbeiten. Außerdem sprechen Sie von der neuen Seite.«

»Wir alle wissen, dass Sie einen wichtigen Beitrag zu unserer Suche geleistet haben«, kommt Perenelle Zina zu Hilfe. »Aber Sie werden verstehen, dass wir das so nicht akzeptieren können. Wir bitten Sie, nein, wir verlangen eine Entschuldigung von Ihnen. Und dass Sie nicht wieder versuchen werden, alles für sich selbst zu vereinnahmen.«

»Außerdem, dass die Publikation gemeinschaftlich stattfindet, in welcher Form auch immer«, fügt Zina hinzu. »Auf alle Fälle in Zusammenarbeit mit uns.«

Svoboda hat sich alles mit versteinerter Miene angehört. Er schaut kopfschüttelnd auf den Boden.

»Und diese Mails«, fragt er heiser, »haben Sie von Walcott bekommen?«

»Ja.«

»Wir müssen sofort ins Schloss Stern. Ich hoffe, es ist noch nicht zu spät.«

»Moment, erst müssen wir das hier zu Ende besprechen.«

»Fräulein Welter, man hat Sie getäuscht. Ich habe diese E-Mails nie geschrieben.«

»Ich habe sie doch mit eigenen Augen gesehen«, antwortet Zina ärgerlich. »Je schneller Sie damit aufhören, sich Ausflüchte auszudenken, desto schneller können wir weitermachen.«

»Aber, Fräulein Welter, ich habe diese Nachrichten nie geschrieben. Das versuche ich Ihnen doch gerade zu erklären. So etwas würde ich nie tun. Wie kann ich Sie nur von meiner Unschuld überzeugen? Sie dürfen meine Mailbox von oben bis unten durchsuchen. Ich versichere Ihnen, dass Sie keine solchen E-Mails finden werden.«

»Die können Sie gelöscht haben.«

»Dann rufen Sie die Leute an, mit denen ich angeblich korrespondiert habe. Fragen sie Sie.«

Zina schüttelt den Kopf.

»Die würden es abstreiten. Und dafür haben wir keine Zeit.«

»Da haben Sie völlig recht, Fräulein Welter.« Die Dringlichkeit in Svobodas Stimme wirkt echt. »Ich befürchte, jetzt zählt jede Sekunde. Erinnern Sie sich an unseren ersten gemeinsamen Abend in London?«

»Natürlich.«

»Walcott sprach damals von einem Historiker an der Universität von Freiburg, wo man die Korrespondenz der von Schwarzenaus finden konnte.«

»Dort hat er den Brief von Calloway entdeckt.«

»Ja, zumindest hat er uns das erzählt. Aber während ich hier auf Sie gewartet habe, habe ich ein paar Telefongespräche geführt. Ich kenne um ein paar Ecken einen Historiker, der an dieser Universität arbeitet. Walcott ist nie in Freiburg gewesen. In den Archiven dort findet man nichts über die von Schwarzenaus.«

»Wie erklären Sie sich dann den Brief?«

»Ich fürchte, den hat er schon einige Zeit in seinem Besitz.«

»Aber warum? Wieso sollte er lügen?«

»Dieser Brief, die angebliche E-Mail-Korrespondenz, über die Sie gerade gesprochen haben, das sind einfach nur einige Beispiele für die Art und Weise, wie er uns alle manipuliert hat. Und ich vermute, dabei hatte er Hilfe.«

»Von wem?«

»Ich glaube, ich weiß es. Und zum ersten Mal im Leben hoffe ich, dass ich mich täusche.«

## Rom, 1773

Von jemandem aus dem eigenen Orden verraten zu werden. Der Schock schnitt Ettore di Maio durch die Seele. Hier, am Collegium Romanum, war er vom Jungen zum Mann herangewachsen. Er stammte aus einem kleinen Dorf bei Neapel, und beim Orden war man schon früh auf ihn aufmerksam geworden, weil er sich selbst das Schreiben beigebracht hatte. Er besaß die Wissbegierde, nach der sie immer suchten. Letzten Endes wurde sein Traum wahr, und er durfte im fernen Rom studieren. Er hatte sich wie ein Auserwählter gefühlt. Zwischen Hunderten anderer hatte er sich in eine Welt des Wissens versenkt. Religion, Mathematik, Philosophie, Sprachen. Gierig hatte er alles aufgesogen, jede freie Stunde in der Bibliothek des Collegiums zugebracht. Dieser Ort übte auf ihn eine besondere Anziehungskraft aus. Während andere Jesuiten in die Welt hinauszogen, um das Wort Gottes unter den Menschen zu verbreiten, war er hiergeblieben. Danach begann das Lernen von Neuem. Der Bestand der Bibliothek war riesig. Tausende von Werken über zahllose Themen. Im Laufe der Jahre hatte er sie Stück für Stück in den Händen gehalten.

Es fühlte sich seltsam an, an einem Ort, den er so gut kannte, im Dunkeln herumzulaufen. Wie ein Einbrecher in seinem eigenen Haus. Eile war geboten. Nicht mehr lange, und Lazzari und Zeleda würden hier erscheinen. Und dann war es zu spät. Lazzari, wohlgemerkt der Bibliothekar des Collegium, hatte sich mit Kardinal Zeleda eingelassen, einem notorischen Gegenspieler der Jesuiten. Mit jemand, der den Orden am liebsten hätte verschwinden sehen. Hochverrat. Ein anderes Wort wollte Ettore nicht dafür einfallen. Was hatte man Lazzari wohl versprochen, damit er sich zu so etwas in der Lage sah? Ein bloßer Zufall, dass Ettore das Gespräch zwischen den beiden belauscht hatte. Der Kardinal schaute mit einem schrägen Blick auf die Besitztümer des Ordens. Das war nichts Neues. Viele neideten ihnen das, was sie im Laufe der Jahre zusammengetragen hatten. Aber in Zeledas Worten klang an, dass es ein Manuskript im Besonderen war, auf das man es so sehr abgesehen hatte. Woher der Mann von dessen Existenz wusste, warum er gerade dieses suchte, das konnte Ettore nur vermuten.

Es war auch nicht von Bedeutung. Von Bedeutung war in diesem Augenblick nur, dafür zu sorgen, dass dieser schreckliche Mann das Buch nicht in die Hände bekam. Auch in einer derart einzigartigen Kollektion wie dieser gab es Werke, die besonders auffielen. Die etwas derart Außergewöhnliches waren, dass sie nicht einmal im Katalog standen, den er täglich auf den neuesten Stand brachte. Im Laufe der Jahre war er langsam in die Geheimnisse eingeweiht worden. Das Manuskript, auf das der Kardinal lauerte, kannte er gut. Der Überlieferung zufolge war es Athanasius Kircher selbst gewesen, der Begründer der Bibliothek, der ihm hier ein Zuhause gegeben hatte. Kircher hatte es angeblich von dem berühmten Johannes Marci erlangt und dieser wiederum von einem gewissen Barschius. Danach verlor sich die Spur. Die Bedeutung des Werks war seitdem von einem Mann zum anderen weitergegeben worden, wenngleich niemand seine wahre Bedeutung in Erfahrung hatte bringen können. Lazzaris Vorgänger hatte ihn sogar gewarnt. Es könnte ein Tag kommen, an dem jemand von außen versuchte, sich der Handschrift zu bemächtigen. Dieser Tag war nun angebrochen.

Er blieb vor einem der vielen Regale stehen. Nichts deutete darauf hin, dass es anders war als die anderen. In der Dunkelheit tastete er hinter eines der Bücher und drückte gegen die Hinterwand. Ein leises Klicken ertönte. Neben dem Regal öffnete sich eine Luke, die geschickt in der Wand verborgen war. Der *ripostiglio*. Hier wurde aufbewahrt, was geheim bleiben sollte. Mit beiden Händen durchsuchte er die Werke, die dort lagen, bis er fand, was er suchte.

Hatte er gerade etwas gehört, befanden sie sich schon im Raum? Geräusche waren in diesen Sälen weithin vernehmbar.

Gegen Mitternacht würden sie kommen, hatte Ettore dem Gespräch entnehmen können. Wenn die Studenten schon in ihre Dormitorien zurückgekehrt waren und sich nur noch sehr wenige Leute vor Ort befanden. Über Stunden hatte er sich gefragt, was zu tun wäre. Er wusste, dass er körperlich nicht so mutig war wie viele andere seiner Brüder. Aus diesem Grund hatte er sich für ein Leben zwischen den Büchern entschieden. Ob er es wagen sollte, die Pläne dieser beiden mächtigen Männer zu durchkreuzen? Erst im allerletzten Augenblick hatte er sich entschieden und war hierher geeilt. Hoffentlich war es nicht zu spät und er vermochte noch zu verhindern, dass Lazzari und Zeleda einen triumphalen Sieg davontragen würden.

Schnell griff er nach dem Manuskript. Seine Ohren hatten ihn nicht getrogen. Sie waren da. Laute Stimmen, die ganz offensichtlich Zugang forderten. Proteste, die überstimmt wurden. Höchste Zeit, sich davonzumachen. Aber wohin? Die einzigen Orte, die er kannte, gehörten dem Orden. Die einzigen Menschen, denen er vertraute, gehörten zum Orden. Musste er ihnen nun den Rücken zukehren? Alles in ihm wehrte sich gegen diesen Gedanken. Nein. Jeder Korb enthielt faule Äpfel wie Lazzari. Es musste zwischen den vielen Häusern und Archiven einen Ort für dieses Werk geben. Seine Aufgabe war es, diesen Ort zu finden.

# 30

## Prag, Gegenwart

Wie es scheint, kann Svoboda nur mit Anspannung fertigwerden, indem er sein enzyklopädisches Wissen mit anderen teilt. So gut es geht, versucht Zina die Informationen in sich aufzunehmen.

»Schloss Stern wurde vom Erzherzog Ferdinand erbaut, Rudolfs Onkel. Die Grundsteinlegung fand am 28. Juni 1555 statt. Das Datum hatte man wegen seiner günstigen astrologischen Bedeutung ausgewählt.«

Sie haben den Mini zurückgelassen, und Svoboda fährt sie in seinem Skoda so schnell wie möglich durch den starken Verkehr auf dem Weg zum Schloss Stern. Zähneknirschend bremst er an der zigsten Ampel. Seine Unruhe ist ansteckend. Von Zinas Euphorie über das Wiedersehen mit Prag ist inzwischen nur noch wenig übrig.

»Das Erdgeschoss besteht aus zwei sich überschneidenden Dreiecken, die zusammen einen sechszackigen Stern formen«, fährt Svoboda fort. »Das Siegel Salomons. Ein magisches Symbol von großer Macht.«

Grün. Svoboda fährt an. Der Motor heult auf.

»Es gibt vier Stockwerke, wahrscheinlich in Analogie zu den vier Stufen des alchemistischen Prozesses. Schwarz, weiß, gelb und rot. Im Erdgeschoss ist eine zentrale Halle. Von dort aus zweigen Flure ab.«

Laut hupend startet Svoboda ein Überholmanöver.

»Vorsicht!«, ruft Zina.

»Ich weiß schon, was ich tue«, reagiert Svoboda gereizt. »Und wir haben es eilig.«

Sie lassen den betriebsamen Teil der Stadt hinter sich. Die Zahl der Autos auf der Straße nimmt ab.

»Sie haben vorhin erwähnt, dass es einen Keller gibt«, sagt Perenelle, während der Skoda weiter über den Asphalt rast.

»Stimmt. Es ist schon Jahre her, dass ich Schloss Stern zuletzt besucht habe, aber ich weiß noch, dass es in diesem Keller nicht viel zu sehen gab. Ein kahler Raum war es. Alles, was sich dort befand, wurde nach Rudolfs Tod weggeschafft.«

»Wenn er denn tot ist«, antwortet Perenelle mit hochgezogenen Augenbrauen.

Zum ersten Mal seit zehn Minuten schweigt Svoboda.

»Ich meine, stellen wir uns einmal vor, er hat das Geheimnis des ewigen Lebens entdeckt, warum sollte er es dann nicht einsetzen?«

Svoboda bremst und biegt nach rechts ab, in eine schmale Straße mit Bäumen auf beiden Seiten.

»Ich kann Ihren Gedankengang nachvollziehen, Fräulein Perenelle, auch wenn er absurd ist. Es stimmt, dass sich Rudolf sein ganzes Leben lang mit der eigenen Sterblichkeit auseinandergesetzt hat. Das sieht man nicht allein daran, dass er die Arbeit der Alchemisten gefordert hat. Auch an seinem unstillbaren Sammeltrieb. Tausende von Kunstwerken, Kuriositäten und Büchern. Alles Dinge, um fortbestehen zu können. Aber das ist etwas anderes als irgendein magisches Mittelchen.«

Das Auto hält mit quietschenden Reifen an.

»Wir sind da.«

Sie stehen auf einem Parkplatz neben einem großen Weiher. Rundherum sieht Zina nichts als Bäume.

»Ich kann nirgends ein Schloss entdecken.«

»So ist es kürzer, durch den Wald. Über den offiziellen Eingang muss man einen Spaziergang von fast zwei Kilometern machen. Von hier aus, durch den Wald, dauert es keine fünf Minuten. Unter den gegebenen Umständen ist es wahrscheinlich besser, den Schleichweg zu nehmen.«

Zina steigt aus und folgt Svoboda in den Wald. Ein leichter Sommerregen sorgt dafür, dass ihre Hosenbeine rasch nass sind. Die Bäume stehen hier dicht nebeneinander. Durch die Zweige wird ein grauer Himmel sichtbar. Svoboda keucht, während er durch den Wald stapft, als hinge sein Leben davon ab.

»Sind Sie denn sicher, dass dieser Weg stimmt?«

Svoboda deutet gen Himmel. Etwa hundert Meter weiter entdeckt Zina ein spitzes, dunkelgraues Dach, das zwischen den Bäumen hervorlugt. Sie gehen schneller und landen am Gebäude.

Das Schloss macht seinem Namen alle Ehre. Die weißen Wände und die einfachen Fenster sind nicht besonders beeindruckend, aber durch die sechseckige Form gleicht das Gebäude einer Rakete kurz vor dem Start. Rund um das Schloss verläuft ein Zaun von etwa zwei Metern Höhe. In der einzigen Öffnung, die Zina von hier aus erkennen kann, steht ein Mann. Kurz schaut sie zu den anderen hinüber. Ob sie sich trauen werden? Fast gleichzeitig machen alle den ersten Schritt. Seite an Seite überbrücken sie die letzten Meter. Der Mann in der Öffnung ist etwa fünfundvierzig Jahre alt. Er hat eine Glatze und ein breites Kinn. Svoboda spricht ihn auf Tschechisch an. Keine Reaktion.

»Dürfen wir bitte vorbei«, versucht er es nun auf Englisch. »Wir haben es eilig.«

Der Mann schüttelt den Kopf.

Svoboda tritt einen Schritt nach vorn und versucht, an ihm vorbei zu kommen. Der Mann bewegt sich ein wenig zur Seite und blockiert den Durchgang.

»Der Haupteingang ist auf der anderen Seite«, erklärt Svoboda nervös. »Lassen Sie es uns dort versuchen.«

Sie gehen um den Zaun herum. Die Auffahrt kommt in

Sichtweite. Schnurgerade und unendlich lang. Normalerweise würde Zina stehen bleiben, um die Aussicht zu bewundern. Jetzt hat sie nur Augen für das geschlossene Tor.

»Nein«, murmelt Svoboda.

»Aber es müsste doch noch geöffnet sein«, sagt Perenelle erstaunt. Sie rüttelt am Tor. Svoboda legt eine Hand auf das dicke Kettenschloss.

»Gibt es noch einen weiteren Eingang?«, will Perenelle wissen.

Svoboda nickt bekräftigend. »Eine Öffnung wie die von gerade eben. Aber auf der anderen Seite.«

»Dann probieren wir es dort.«

Hastig gehen sie weiter. Sie kommen tatsächlich an einen Durchgang wie den anderen. In jeder Hinsicht, denn auch hier steht jemand. Dieser Bewacher ist kleiner als sein Kollege auf der anderen Seite. Eine hohe Stirn, kurzes braunes Haar. Ein erschöpftes, fast ausgemergeltes Gesicht. Ein lilablauer Fleck um das linke Auge. Auf der rechten Wange klebt ein Pflaster. Während Svoboda einen Schritt auf ihn zumacht, weicht Zina zurück.

»Guter Mann, lassen Sie uns vorbei.«

Der Angesprochene schüttelt den Kopf, holt ein Funkgerät aus der Tasche und sagt etwas, das Zina nicht verstehen kann.

Svoboda wendet sich um und bemerkt den Blick in Zinas Augen.

»Was ist los?«

»Das ist der Mann, der mir meine Tasche gestohlen hat. Und er war in dieser Seitenstraße. Wir müssen die Polizei anrufen.«

»Das wäre wenig sinnvoll, Zina.«

Der kleine Mann macht einen Schritt zur Seite. In der Öffnung erscheint Simon.

Zinas Blick schießt zwischen den beiden Männern hin und her. Warum stehen sie nebeneinander?

»Walcott, was soll das?«, fragt Svoboda.

»Es dient zu eurer eigenen Sicherheit«, erwidert Simon.

»Wie bitte?«

»Gibt es da etwas im Gebäude?«

»Das weiß man noch nicht. Darum stehen diese Herren hier.«

»Das ist der Mann, der mich überfallen hat!«, ruft Zina. »Der *uns* überfallen hat.«

»Das stimmt«, antwortet Simon ruhig, »und in Rom ist das Ganze sicher viel zu grob abgelaufen. Das hat man ihm auch gesagt. Sie mögen keine Gewalt.«

In der Öffnung erscheint noch jemand. Ein hochgewachsener, knochiger Mann. Die Schultern vornübergebeugt. Ein bleiches, rundes Gesicht. Der Mann, der am Steuer des Fluchtautos saß. Zum ersten Mal kann ihn Zina gut erkennen. Er ist ganz in Schwarz gekleidet. Dann weiß Zina es wieder. Er war auf dem Voynich-Wochenende. Als einer der Zuhörer.

»Das ist Padre Vincente.«

*Padre*. Ein Geistlicher.

»Ich hatte schon einige Jahre lang meine Vermutungen«, sagt Svoboda mit mühsam beherrschter Wut, »aber es erschien mir zu weit hergeholt. Zu unglaubwürdig.«

»Da sieht man's mal wieder«, antwortet Simon leichthin. »Ich wusste, dass Sie mir auf der Spur waren. Deswegen musste ich mir eine Gegenoffensive einfallen lassen. Etwas, damit alles, was Sie tun würden, verdächtig erschien. Darum habe ich die E-Mails fälschen lassen.«

»Es stimmt also?«, ruft Svoboda aus. »*Voynichvoices,* die Wochenenden. Das Geld.«

»Ich bin während der letzten Jahre tatsächlich von einem externen Geldgeber unterstützt worden«, sagt Simon und wirft Vincente einen Seitenblick zu. »Von einer Partei, die ein besonderes Interesse am Voynich-Manuskript und vor allem an möglichen Fortschritten beim Entziffern dieser Handschrift hat.«

Zina fällt die Kinnlade herunter.

»Die NSA? Du auch?«

Simon schüttelt lächelnd den Kopf. »Das Interesse meiner Auftraggeber reicht weiter zurück als ein paar Jahrzehnte. Ich spreche hier von Jahrhunderten.«

»Jahrhunderten«, wiederholt Perenelle wie ein Echo.

Simon holt sein Portemonnaie zum Vorschein und klappt es auf. Mit Daumen und Zeigefinger holt er eine Plastikkarte heraus und überreicht sie Zina. Sie erkennt die Kreditkarte, mit der er die Tickets nach Prag bezahlt hat. Drei Buchstaben, IOR, gefolgt von einer Anzahl beiger Streifen. Daneben steht in kleiner Schrift der vollständige Name. *»Instituto per le Opere di Religione«*, liest Zina halblaut.

Svoboda beugt sich nach vorn und reibt sich die Augen.

»Die Vatikanbank«, sagt Simon.

»Herr Walcott hat Aufgaben für einen kleinen Teil davon übernommen«, erklärt Vincente in feierlichem Ton. »Einen kleinen, aber wichtigen Teil namens ›Kongregation für die Glaubenslehre‹.«

»Bis etwa vor einem Jahrhundert kannte man sie unter einem anderen Namen«, meint Svoboda sarkastisch. »Fräulein Welter, wir haben es hier mit der Inquisition zu tun.«

Vincente wirkt wenig erfreut.

»Ein Ruf, der uns leider bis zum heutigen Tag verfolgt.«

Zina schaut Simon ungläubig an. »*Du* arbeitest für die Inquisition?« Sie fängt an zu lachen. Das Ganze klingt völlig absurd.

»Ich bin selbstständig«, antwortet Simon ruhig. »Vor ungefähr fünf Jahren ist man an mich herangetreten. Man wusste alles. Über meine Leidenschaft für das Voynich-Manuskript. Wie schlecht es mit meinem Buchladen lief. Von meinen Plänen für eine Online-Plattform, die sich damals noch im Anfangsstadium befanden.«

»Geld«, sagt Svoboda voller Bitterkeit. »Wie viel hat man Ihnen für Ihre Seele gezahlt?«

Simon schaut zu Vincente hinüber.

»Keine großen Summen. Aber genug, um die Seite zu erstellen und mich damit täglich beschäftigen zu können. Und zudem für die Organisation der jährlichen Treffen.«

»Und was haben Sie dafür tun müssen?«, will Svoboda wissen, der das Verhör übernommen zu haben scheint. Zina kann nur alles in sich aufnehmen.

»Informationen. Aus erster Hand. Sobald etwas passierte, ein Durchbruch, musste ich das sofort weitergeben. Das ging jahrelang gut. Ich konnte das tun, was meiner Leidenschaft entsprach, und alle waren zufrieden.«

»Bis Zina gekommen ist«, meint Perenelle.

Simon fährt sich mit einer Hand durchs Haar, rückt kurz seine Brille gerade.

»Sie präsentierte einen völlig neuen Ansatz. Ich habe sofort Informationen über sie einholen lassen. Das können die Leute beim Vatikan immer noch ziemlich gut. Und es war genau das, wovor sie Angst haben. Eine wirklich brillante Person mit einer neuen Idee. Sie sahen darin eine reale Gefahr, und deswegen hat man beschlossen, ein Ablenkungsmanöver zu starten. Etwas, das Zina in eine andere Richtung schicken sollte.«

»Barschius?«, ruft sie aus. »Das warst du?«

»Diese Entscheidung wurde ohne das Wissen von Herrn Walcott getroffen«, sagt Vincente beschwichtigend.

»Ich habe dich nicht als jemanden eingeschätzt, der wegen einer Drohmail sofort aufgeben würde«, erklärt Simon. »Darum hatte ich auch einen Plan B. Ich wollte dich ablenken und gleichzeitig unter unseren Einfluss bringen. In Rom operiert die Kongregation etwas einfacher. Das konnte nur funktionieren, wenn ich dich in die Gruppe aufnehmen würde. Indem ich dir etwas Wesentliches zeigte.«

»Den Brief von Calloway. Die fehlende Seite aus dem Manuskript.«

»Der Brief ist echt. Er befindet sich schon sehr lange im Besitz des Vatikans. Die Seite ist eine unter meiner Aufsicht angefertigte Fälschung. Dieses ganze Wissen über alte Bücher war in diesem Zusammenhang sehr nützlich. Ich wusste, dass du nicht ohne Weiteres mit mir auf Reisen gehen würdest. Deswegen habe ich die anderen gebeten, mitzukommen. Dann ging es nur noch darum, dich zu isolieren. Und das ist mir ziemlich gut gelungen.«

»Wie viel wusstest du damals schon?«

»Nicht so viel, wie du vielleicht annimmst. Du kannst stolz auf dich sein. Den Durchbruch beim Voynich-Manuskript verdanken wir allein dir. Wir waren allerdings schon vorher in Schloss Schwarzenau gewesen, ohne dass die Gebrüder Kloss davon wussten. Dort hatten wir den Namen de Tepenec gefunden.«

Zina denkt an ihre Suche im Schloss zurück. Daran, wie Simon ihr das Haushaltsbuch zugeschoben hat.

»Bei meinem zweiten Besuch brauchte ich nur dafür zu sorgen, dass du das richtige Buch in die Hände bekamst«, fährt er grinsend fort. »Das hat wunderbar funktioniert. Und zu unserer großen Überraschung ist es dir auch tatsächlich gelungen, Fortschritte zu machen. Das hat für einige Aufregung gesorgt, das kann ich dir versichern. Von diesem Augenblick an war es bei jedem folgenden Schritt eine Frage der Improvisation. Ich schrieb die Nachrichten und ließ sie in den richtigen Momenten durch Dritte schicken.«

»Currier«, flüstert Zina.

»Ja, natürlich, Currier. Ich hatte schon in London so meine Vermutungen. Dass er dort auftauchte. Der Einbruch in dein Zimmer – ein Zeichen dafür, dass wir nicht die einzige interessierte Partei waren. Während wir herauszufinden versuchten, ob er aus Eigeninteresse oder für eine andere Organisation handelte, tat ich, was ich konnte. Ich habe dafür gesorgt, dass du dir einen neuen Laptop und ein neues iPhone angeschafft hast. Das war schon etwas. Als du deinen alten Laptop wieder aktiviert hast, hast du mich damit zum Handeln gezwungen. Ich vermutete, dass du auf die eine oder andere Weise überwacht wurdest, aber sicher wusste ich es nicht. Dabei war entscheidend, dass Barschius allwissend erschien. Zum Glück hat sich meine Einschätzung als richtig herausgestellt.«

Vincente tritt einen Schritt nach vorn. »Erst danach kamen wir dahinter, für wen Currier arbeitete. Wir haben die Leute durch Prag verfolgt.« Er deutet auf den Mann mit dem kurzen braunen Haar. »Aber wie Sie am Gesicht meines Mitarbeiters erkennen können, haben wir die Fähigkeiten der Gegenseite unterschätzt. Ihren Voynich-Knacker hatten wir immer noch nicht. Und nur Ihrer eigenen Erfindungsgabe ist es zu verdanken, dass ihn die NSA nicht in die Hände bekommen hat.«

»Warum.« Es klingt nicht wie eine Frage, sondern wie eine Forderung. »Wozu diese ganze Mühe. Es ist nur ein altes Manuskript. Warum.«

»Fräulein Welter, es gibt noch sehr viel, was Sie nicht wissen und nicht begreifen. Wir vermuteten schon seit Hunderten von Jahren, dass Kaiser Rudolf und das Voynich-Manuskript miteinander in Verbindung stehen.«

»Wir haben es hier mit ängstlichen Menschen zu tun, Zina«, erklärt Simon. »Für sie ist das Voynich-Manuskript mehr als ein mysteriöses altes Manuskript.«

»Wir haben keine Angst, Herr Walcott«, fällt ihm Vincente scharf ins Wort. Ein verärgerter Blick folgt. »Angst können wir nicht zulassen, wenn wir es mit etwas aufnehmen, das vom Teufel selbst verfasst wurde.«

»Sie glauben, dass das Voynich-Manuskript Teufelswerk ist?«, fragt Zina ungläubig. »Dass es seine … Handschrift ist, seine Handschrift trägt?«

»Ich glaube, junge Dame, Sie sind da in etwas hineingeraten, ohne zu begreifen, worum es geht. Dass Sie einfach nur Dinge herausfinden wollen, ohne über die möglichen Konsequenzen Ihrer Entdeckung nachzudenken. Eine unselige Eigenschaft, die Sie mit fast allen Ihrer Wissenschaftlerkollegen teilen.«

»Irrsinnig«, sagt Svoboda kopfschüttelnd.

»Der Kongregation geht es um den Glauben, Professor Svoboda. Um etwas, das Sie nie besessen haben. Den Glauben an Gut und Böse. Wenn man daran glaubt, dass es einen Gott gibt, glaubt man auch an seinen Gegenpol. Und Rudolf, der Verfluchte, war ein Faust. Jemand, der alles dafür gegeben hätte, das eigene Leben zu verlängern. Egal, wie verwerflich die Mittel auch waren. Er konnte es sich erlauben, sich mit dem Abschaum der Menschheit abzugeben.«

»Es waren Alchemisten!«, schreit Perenelle. Zina hat sie noch nie so wütend erlebt. »Menschen auf der Suche nach einer tieferen Wahrheit!«

»Magier«, erwidert Vincente düster. »Sie praktizierten schwarze Magie, riefen die Hilfe von Wesen mit unvorstellbaren Kräften auf sich herab. Ich habe die Zeugenaussagen gelesen, die die Anhänger des wahren Glaubens damals zusammengetragen haben. Rudolf war eine Gefahr. Für sich selbst, den Glauben und die Welt.«

»Eine Gefahr?«

»Wir wussten, dass sich Rudolf gegen sein Lebensende mit irgendetwas beschäftigte. Mit etwas Großartigem und Geheimem. Es war nicht schwer, das Ziel zu erraten. Allerdings hat es Jahre gedauert, bis wir dahinterkamen, wer dabei involviert war. Von de Tepenec über Drebbel bis zu Kepler.«

»Du hast es selbst gesagt, Perenelle«, meint Simon lächelnd. »Wenn es jemals einen Augenblick gab, dann war es damals. Und wenn es jemals einen Ort gab, dann war es dort. Oder soll ich sagen, hier? Es hat Jahrzehnte gedauert, aber schließlich entdeckte man, dass es das Manuskript gab. Von diesem

Augenblick an ist die Kongregation damit befasst gewesen, es in ihren Besitz zu bringen.«

»Das wäre uns auch einige Male fast gelungen«, fügt Vincente hinzu.

»Und trotzdem, trotz all ihrer Versuche, gelangte es schließlich an die Öffentlichkeit«, spricht Simon weiter. »Lange Zeit schien das folgenlos zu sein. Aber die Zeiten ändern sich. Über das Internet hat heute jeder Zugang zum Voynich-Manuskript. Die Zahl der Menschen, die sich damit befassen, explodiert förmlich. Computer verfügen über eine immer größere Rechenleistung. Und dadurch wird die Wahrscheinlichkeit, dass jemand das Manuskript entziffert, größer.«

»Das hast du ihnen so gesagt?«

»Ja. Und meine Worte haben sich als wahr erwiesen.«

»Wir befinden uns auf tschechischem Boden«, verkündet Svoboda. »Sie haben hier keinerlei Rechte. Verlassen Sie augenblicklich diesen Ort, oder ich rufe die Polizei.«

»Damit werden Sie wenig erreichen, Professor. Die tschechischen Behörden sind darüber informiert, dass Rudolf neu aufgetauchtem Beweismaterial zufolge möglicherweise einen Raum unter dem Schloss hat bauen lassen. Eine heikle Operation, das herauszufinden. Eine Operation, die selbstverständlich zur Gänze vom Vatikan finanziert wird. Und daher ist Schloss Stern vorübergehend für Besucher geschlossen.«

»Sie Schuft.«

»Die besten Lügen bleiben dicht bei der Wahrheit.«

»Lassen Sie uns herein. Sie brauchen uns. Wer weiß, was Sie da unten finden werden.«

»Genau aus diesem Grund dürfen Sie nicht hinein«, erklärt Vincente. »Die Kongregation hat ein paar Tausend Jahre Erfahrung mit dem Bösen in all seinen Erscheinungsformen. Sie nicht.«

»Sie glauben wirklich, dass sich da unten etwas Dämonisches verbirgt?«

»Beim Voynich-Manuskript handelt es sich um Teufelswerk. Unsere besten Gelehrten haben es über Hunderte von Jahren studiert, ohne Ergebnis.«

»Ihr Vorgehen dient also unserer eigenen Sicherheit?«, erkundigt sich Zina in zynischem Tonfall.

»Genau.«

»Verzeihen Sie, aber ich bezweifle, dass Sie aus noblen Motiven heraus handeln.«

»Die Motive der Kirche sind nur allzu deutlich«, meint Svoboda voller Bitterkeit. »Und die haben nichts mit dem Teufel zu tun, sondern mit der Prämisse des Glaubens.«

»Wie meinen Sie das?«

»Das Jenseits. Ein Himmel. Der Ort, an den die Gläubigen gelangen, wenn sie ein gutes Leben geführt haben.«

Zina begreift immer noch nicht, worauf er hinauswill.

»Menschen, die ewig leben, sterben nicht«, erklärt Svoboda. Er deutet auf Vincente.

»Ein Stein der Weisen, Tanzwasser, wie man es auch nennen mag. Ewiges Leben würde den Glauben seines Fundaments berauben. Es bliebe im wahrsten Sinne des Wortes nichts von der Kirche übrig. Seien Sie wenigstens Manns genug, das zuzugeben, Vincente oder wie auch immer Sie heißen mögen.«

Eine Antwort bleibt aus.

»Warum tust du das, Simon?«, fragt Zina. »Wie konntest du uns derart verraten? Wenn sich da unten das Geheimnis des ewigen Lebens befindet, dann werden diese Leute das um jeden Preis zu verheimlichen versuchen.«

»In diesem Fall wird es wahrscheinlich wirklich niemand erfahren. Das stimmt. Aber in jedem anderen Fall, wenn für den Glauben keine Gefahr droht, bekomme ich alles. So lautet die Vereinbarung. Und der Vereinbarung vertraue ich.«

»Alles?«

Zina betrachtet den Mann, den sie zu kennen glaubte.

Denkt an seinen Humor, seine Bescheidenheit. Sein Relativierungsvermögen. Alles nur ein Deckmantel für etwas anderes.

»Schau mich nicht so an, Zina. Du weißt nicht, wie es ist, wenn man scheitert. Nicht gut genügt in dem, was man tut. Wenn einen die eigene Familie ignoriert. Selbst beim Voynich-Manuskript, mit Fliegengewichten wie Svoboda und Perenelle, wurde ich kaum ernst genommen. Das Voynich-Rätsel zu lösen, war mein Traum. Ein Traum, von dem ich nicht hatte hoffen dürfen, dass er jemals Wirklichkeit werden würde. Bis sie kamen. Die Kongregation war bereits weiter als jeder andere. Sie wussten längst mehr als die sogenannten Gelehrten. Dadurch wusste *ich* plötzlich mehr. Das hat mich in Euphorie versetzt. Und das ist noch nichts im Vergleich zu dem, was noch kommen wird. Denn was da unten auch wartet, ich, Simon Walcott, werde es als Erster wissen.«

»Ich kann nicht glauben, diese Worte aus deinem Mund zu hören«, meint Zina.

»Es wird Zeit, dass ihr geht.«

# 31

Zina erinnert sich, dass es einen Sommersturm gab. Vor einiger Zeit hat sie ihn in Rotterdam vorbeirasen sehen, und er hat in ganz Europa eine Spur der Verwüstung hinterlassen. Wahrscheinlich war auch Prag damals nicht verschont geblieben. Auf einem umgestürzten Baum ist Svoboda in sich zusammengesunken. Er stützt den Kopf in die Hände. Perenelle ist außer sich. Sie geht auf und ab und immer wieder wiederholt sie dieselben Worte wie ein Mantra.

»So kurz davor, so kurz davor.«

Zina ist noch nicht bereit für Emotionen wie Wut oder Verzweiflung. Um weiter funktionieren zu können, richtet sie ihre Aufmerksamkeit darauf, eine Lösung zu finden. Simon Walcott darf nicht auf diese Weise gewinnen. Diese Überzeugung ist das Einzige, an dem sich Zina festhalten kann. Der einzige übrig gebliebene Fels in einer Brandung, die ansonsten alles mit sich fortgerissen hat.

»Was können wir tun?«

Svoboda schaut auf.

»Es ist hoffnungslos, Fräulein Welter. Begreifen Sie das doch. Sie haben einen Vorsprung. Hinter Walcott steht eine Organisation mit Geld. Mit Beziehungen. Die Geschichte erinnert sich nur an die Sieger. Und wir haben verloren.«

»Nein. Das ist inakzeptabel. So darf es nicht enden.«

»Zina, das hier ist keine von deinen Gleichungen. Das hier ist die Realität.«

Sie schaut zu Perenelle hinüber, die aus leblosen Augen vor sich hin starrt. Zina tadelt sich selbst wegen ihres Mangels an Einfühlungsvermögen. In ihrer Freundin war die Hoffnung auf ein Wunder aufgekeimt. Etwas, das vielleicht ihren Partner retten würde. So dicht dran. So kurz davor.

»Es tut mir leid, Perenelle.«

Keine Reaktion.

»Es muss etwas geben, das wir tun können. Wer weiß, wie lange es dauert, bis sie etwas finden. Wir können hier warten, bis es dunkel wird.«

»Ohne Essen und Trinken?«, fragt Svoboda verzweifelt. »Ohne Geräte? Und was ist mit den Bewachern?«

»Meinen Sie, die stehen die ganze Nacht hier?«

»Leider habe ich daran nicht den geringsten Zweifel. Sie haben doch gehört, wie wichtig das hier für diese Leute ist. Sie werden es jetzt nicht aus den Händen geben.«

»Wenn das hier der richtige Ort ist.«

»Er muss es sein.«

»Ja, natürlich. Sie haben recht. Und trotzdem …«

»Was?«

»Ich wollte das nicht vorher sagen, aber es scheint mir beinahe zu glatt zu gehen. So ein Gebäude wie dieses hier und darunter der Schatz. Das ist einfach zu perfekt. Was, wenn uns das Voynich-Manuskript die richtige Richtung gewiesen hat, aber von hier aus geht es noch weiter?«

»Sie meinen, einen Hinweis im Schloss Stern?«

»Ja. Etwas an der Architektur. Der Einrichtung.«

»Dafür müssten wir uns drinnen umsehen können. Und genau darin liegt das Problem. Sie glauben wirklich, dass die Schöpfer des Voynich-Manuskripts noch etwas anderes hinterlassen haben?«

»Ich hätte das auf alle Fälle getan«, sagt Zina mit Bedacht. »Bücher sind vergänglich. Gebäude auch. Rudolf wollte weiterleben. Dafür brauchte er etwas, das die Zeit überdauert. Etwas, von dem man weiß, dass der Zahn der Zeit ihm nichts anhaben kann.«

Svoboda steht abrupt auf. Mit einem Ruck dreht er den Kopf nach rechts.

Zina folgt seinem Blick.

»Professor? Was ist denn? Haben Sie etwas entdeckt?«

»Oben, unten«, murmelt er vor sich hin. »Groß, klein.«

Er rennt los. Bevor Zina reagieren kann, ist er schon außer Sicht, verschluckt von dem dichten Wald. Sie folgt ihm, so schnell sie kann; ihre Schritte federn auf dem weichen Untergrund. Unter ihren Füßen zerbricht ein Zweig.

»Professor!«

Hinter sich hört sie Perenelle.

»Zina, warte doch!«

Sie bleibt nicht stehen, rennt weiter. Wo ist er? In welche Richtung ist er gelaufen? Zina hält kurz inne, um zu lauschen. Ob er vom Weg abgebogen ist? Oder zu seinem Auto gerannt? Zinas Orientierungssinn sagt ihr, dass diese Route nicht auf den Parkplatz führt. In ihrem linken Gesichtsfeld bewegt sich etwas. Sie passt ihre Richtung entsprechend an. Im Laufschritt bewegt sie sich weiter. Sie zwängt sich durch ein paar hohe Sträucher und kommt auf eine kleine Lichtung.

Zuerst hat Zina den Eindruck, Svoboda würde bei einem Grabstein knien. Im Näherkommen stellt sie fest, dass es sich wahrscheinlich um etwas anderes handelt. Die klassische rechteckige Form fehlt. Der Stein hat die Form eines Sterns und ist etwa zehn Zentimeter dick. Svoboda kniet davor und lehnt sich vornüber, sodass sein Gesicht nur wenige Zentimeter von dem Stein entfernt ist.

»Ich bin hier oft mit meiner Frau spazieren gegangen. Vor allem früher. Es ist schön hier und nicht weit bis in die Stadt. Wir haben diesen Stern einmal entdeckt und uns gefragt, was der wohl hier verloren hat, mitten im Wald.«

Vorsichtig kommt Zina näher.

»Was ist das?«

Perenelle stößt zu ihnen. Sie beugt sich vor, stützt die Hände auf den Oberschenkeln ab.

»Was meinen Sie damit, was ist das?«, fragt sie keuchend.

»In Schloss Stern steht hinter allem ein Hintergedanke«, erklärt Svoboda mit leiser Stimme. »Alles hat eine Bedeutung. Das Datum der Grundsteinlegung. Aber auch die besondere Bauweise. Einer der Zacken weist genau gen Norden, ein anderer nach Süden.«

Er steht wieder auf. Deutet auf einen Punkt über den Bäumen.

»Schauen Sie mal zur Villa hinüber.«

Ein Teil des Gebäudes ragt über die Bäume empor.

»Können Sie sehen, dass wir von hier aus genau auf einen Zacken schauen? Das ist der auf der Südseite. Ich möchte wetten, dass man, wenn man von dort aus eine gerade Linie zieht, durch den Wald hindurch, hier landet.« Er weist auf den Stern vor ihnen. »Wie oben, so unten – da geht es um viel mehr als um die unmittelbare Bedeutung der Wörter. Es sind auch Makrokosmos und Mikrokosmos gemeint. Das sehr Große gleicht dem sehr Kleinen. Vincente hat gerade von Johannes Kepler gesprochen, dem berühmten Astronom. Ich weiß über Kepler, dass es ihn faszinierte, dass beinahe alle Sterne, die er am Himmel sehen konnte, sechs Spitzen hatten, eine simple Schneeflocke jedoch auch.«

»Wer also oben etwas sucht, wird es unten finden, kann auch bedeuten …«

»Wer das Große sucht, wird es im Kleinen finden.«

Drei Augenpaare starren auf den sternförmigen Stein herunter. In der Mitte ist ein kleines, aber deutlich lesbares R eingraviert.

»Wie fangen wir das jetzt an?«, fragt Zina mit heiserer Stimme.

»Wir heben den Stein hoch!«, ruft Svoboda aus. »Und wenn ich das mit den Fingernägeln tun muss und mit meinen bloßen Händen grabe.«

»Das meine ich nicht. Ich meine Simon. Und vor allem seine Freunde. Schloss Stern ist nur ein paar Hundert Meter von hier entfernt. Jetzt kann er uns nicht sehen, aber ein einfacher Waldspaziergang, und alles ist vorbei.«

Svoboda ist wieder zu sich gekommen.

»Wir können abwarten«, schlägt Perenelle vor. »Eine Woche, zwei Wochen. Stell dir vor, wir haben recht, dann werden sie in Schloss Stern nichts finden. Ewig können sie es doch nicht geschlossen halten.«

Zina schüttelt den Kopf.

»Wir haben es hier mit Fanatikern zu tun. Wenn sie in der Villa nichts finden, werden sie sich fragen, warum nicht. Und sie wissen eine ganze Menge.«

»Wir brauchen Hilfe«, erklärt Svoboda. »Ich kann Leute um Unterstützung bitten. Meine Bekannten, Kollegen, Freunde. Wenn ich ihnen erkläre, was hier los ist, weiß ich ganz bestimmt, dass sie kommen werden.«

Zina denkt an die Männer, die ihnen den Zugang zur Villa verwehrt haben. Die harten, mitleidlosen Gesichter. Der Blick in ihren Augen. Das sind keine sanften Kirchenhirten. Handelt es sich um eine Spezialabteilung der Schweizer Garde? Um angemietete Bewacher? Sie weiß es nicht. Es ist auch egal. Sie sehen gefährlich aus und danach, als wüssten sie, was sie tun.

»Wir brauchen keine Freunde, sondern Feinde.«

# 32

Eine sternklare Nacht. Goldglitter, verstreut über das unermessliche schwarze Laken über ihren Köpfen. Als müsste es so sein. Stille herrscht in Svobodas Auto, jeder von ihnen ist in seine eigene Welt versunken. Zwei Uhr nachts auf einem ausgestorbenen Parkplatz. Zina beißt noch einmal von ihrem Brötchen ab.

Sie sind zum Auto zurückgelaufen. Dann hat sie Svoboda zu einem großen Supermarkt außerhalb der Stadt gefahren. Taschenlampen, Essen, Trinken, Regenkleidung, alles haben sie in zwei große Einkaufswagen geladen. Auf dem Gelände gab es einen McDonald's, wo sie schweigend etwas zu sich genommen haben, das Ähnlichkeit mit einer Mahlzeit hatte. Zina musste sich zum Essen zwingen. Dann hat sie Svobodas Telefon benutzt. Erst kam ein Anruf bei ihren Eltern, um ihnen mitzuteilen, dass alles in Ordnung ist. Dann war da noch das andere Gespräch. Sie sind zum Parkplatz zurück. Dort haben sie abgewartet. Aus Sekunden wurden Minuten. Und die Minuten fügten sich zu Stunden zusammen.

Licht. Das Geräusch sich nähernder Autos. Zina holt tief Luft.

»Alles oder nichts.«

»Oder Tod«, meint Svoboda.

Sie steigen aus. Zina schützt ihre Augen vor dem gleißenden Licht der vier Scheinwerfer. Sie werden ausgeschaltet. Das Motorengeräusch verstummt. Sechs Personen steigen aus, und drei davon erkennt Zina wieder.

Professor Currier sieht müde aus. Genau wie die anderen trägt er einen schwarzen Parka.

»Fräulein Welter, guten Abend.«

»Guten Abend, Professor.«

»Ich muss zugeben, dass mich Ihr Anruf überrascht hat. Ich war nicht davon ausgegangen, noch einmal von Ihnen zu hören.«

»Ich hatte auch nicht vor, mich noch einmal zu melden. Aber die Dinge ändern sich.«

»Ganz offensichtlich. Was kann ich für Sie tun?«

»Zuallererst können Sie uns beruhigen. Professor Svoboda hat Angst davor, dass Sie uns alle töten und im Wald verscharren werden.«

Er lacht bitter.

»Sie haben etwas, das wir haben wollen. Etwas, wegen dem wir viel Mühe aufzuwenden bereit sind und in das wir schon viel investiert haben. Aber Sie brauchen sich nicht zu fürchten. Wenn wir Gewalt anwenden wollten, hätten wir das schon längst tun können.«

»Das hatte ich schon vermutet«, antwortet Zina. Sie versucht sich ihre Erleichterung so wenig wie möglich anmerken zu lassen.

»Jetzt sind Sie am Zug, Fräulein Welter. Was sollen wir hier?«

»Wir brauchen Ihre Hilfe.«

»Unsere Hilfe.«

»Es hat sich herausgestellt, dass ich mit den Männern in meinem Leben nur wenig Glück habe.«

»Richtig, Herr Walcott und sein heimlicher Arbeitgeber. Ich muss zugeben, ich war selbst überrascht. Ich weiß es auch erst seit Kurzem. Ehe ich zustimmte, mit Ihnen auf Reisen zu gehen, habe ich selbstverständlich eine Hintergrundsüberprüfung zu allen Beteiligten durchführen lassen. Ohne auffälliges Resultat. Dann hat Herr Svoboda einige Bedenken gegenüber Herrn Walcott geäußert. Darauf folgte die Enthüllung dieses Barschius' über meine Vergangenheit. Darum habe ich so darauf gedrängt, die Wege des Herrn Walcott gründlicher erforschen zu lassen.«

»Dann wissen Sie auch, dass sich diese Leute gerade im Schloss Stern aufhalten.«

»Ich fürchte, das lässt sich nicht ändern, Fräulein Welter. Wenn Ihre Frage lautet, ob wir sie von dort verjagen können, lautet die Antwort Nein. Obwohl ich sehr neugierig darauf bin, ob sie etwas finden werden.«

Zina tauscht einen Blick mit den anderen beiden. Noch können sie zurück.

»Mach weiter«, sagt Perenelle.

Svoboda nickt.

Zina schaut wieder Currier an.

»Wir vermuten, dass die anderen an der falschen Stelle suchen.«

»Und Sie kennen die richtige?«

»Ja.«

»Wozu brauchen Sie dann uns?«

»Die Stelle befindet sich einige Hundert Meter von der Villa entfernt. Und dort wollen wir in aller Ruhe suchen können.«

Currier nickt. Er begreift, worum es geht.

»Schutz.«

»Eine Absperrung. Leute, die uns warnen, wenn jemand vom Schloss aus in diese Richtung geht.«

»Ich nehme an, dass Sie uns im Gegenzug etwas bieten werden.«

»Ich habe Ihnen tatsächlich ein Angebot zu machen.«

»Den Algorithmus? Ihren Knacker?«

»Den gibt es nicht mehr.«

Sie sieht, wie Currier diese Information abwägt.

»Sie haben ihn gelöscht. Deswegen haben wir auf Ihren Geräten oder bei SaveKeeping nichts finden können.«

»Er existiert nur noch in meinem Kopf«, erklärt Zina voller Überzeugung. »Und ich bin bereit zu versprechen, dass er da auch bleibt. Für immer.«

Currier schüttelt den Kopf.

»Das reicht nicht.«

»Sie werden ihn nicht bekommen. Aber die anderen Parteien auch nicht. Darauf haben Sie mein Wort. Außerdem verspreche ich, dass ich nie mit Ihren diversen Verbrechen an die Öffentlichkeit gehen werde, etwa dem Einbruch und dem Versuch der Freiheitsberaubung, den Sie unternommen haben, um den Knacker zu bekommen. Und wenn Sie wollen, bin ich auch bereit, Ihnen das schriftlich zu geben.«

»Ein Pyrrhussieg«, stellt er fest.

»Besser als eine Niederlage«, gibt Zina zurück.

Er wendet sich einem seiner Kollegen zu. Dem Mann aus der Seitenstraße. Trotz seines kindlichen Gesichts ist er ganz offensichtlich der Anführer der Gruppe. Der Mann zuckt mit den breiten Schultern. Currier richtet sich wieder an Zina.

»Ich bin einverstanden, Fräulein Welter.«

Eine seltsame Prozession, die sich da durch den stockdunklen Wald vorarbeitet. Zina hatte schon beim Kauf der Taschenlampen ihre Bedenken. Curriers Kollegen haben eine bessere Alternative bei sich. Durch das Nachtsichtgerät nimmt sie die Welt vor sich in einem grünen Schimmer wahr. Auf diese Weise verliert sie das Gefühl für Tiefe, was aber immer noch besser ist, als im Dunkeln durch den Wald zu laufen. Man hat ihnen die Regeln erklärt. Kein Licht. So wenig Lärm wie möglich. Ein paar simple Handzeichen wurden abgesprochen. Wenn Gefahr droht, erwartet man von Zina, Svoboda und Perenelle, dass sie ohne Protest die Anweisungen befolgen.

Svoboda, der ganz vorne läuft, bleibt plötzlich stehen. Sie sind am Ziel. Zina geht vorsichtig auf ihn zu. In der Hand hat sie eine kleine Schaufel. Svoboda und Perenelle auch. An drei Seiten beginnen sie vorsichtig, das Gras und die Erde rund um den Stein zu entfernen. Der Stein erweist sich als dicker als gedacht. Etwa zwanzig Zentimeter. Zusammen heben sie den Stern von seinem Platz und legen ihn in einiger Entfernung hin. Sie graben weiter. Das Loch wird langsam größer. Kurz richtet sich Zina auf und schaut sich um. Nur Currier steht noch bei ihnen. Der Rest der Männer hat sich wahrscheinlich im Wald verteilt. Wieder stößt sie die Schaufel in den Boden. Ein dumpfer Schlag. Sie hat etwas getroffen. Sie zieht die Schaufel zurück. Wieder dieses Geräusch. Dieses Mal an der Stelle, an der Svoboda gerade gräbt. Zina geht in die Knie. Mit beiden Händen schiebt sie die Erde weg. Holz. Sie erfühlt einen Rand. Etwas Rundes. In der Mitte ist ein Griff. Sie legt die Finger darum, aber nichts bewegt sich. Die Hände von Svoboda und Perenelle gesellen sich zu ihrer, und zusammen ziehen sie die Luke auf.

Das Loch, das sie auf diese Weise freilegen, ist viereckig, ungefähr ein Meter auf einen Meter in der Fläche. Groß genug, dass ein Erwachsener hindurchsteigen kann. Zina späht nach unten. An den Seiten gibt es kleine Holzbretter. Zum Abstützen. Das ist ein Tunnel. Sie kann nicht sehen, wie tief er in den Erdboden hineinreicht.

Ein Schrei durchbricht die Stille. Von überall her sind Stimmen zu hören, die rasch näher kommen. Zina hebt das Nachtsichtgerät. Männer, zwischen den Bäumen um die kleine Lichtung verteilt. Sie lassen sich grob in Gruppen einteilen. Rechts von Zina die Angehörigen der Kongregation. Links die Leute von Currier. Alle stehen unbeweglich da. Die Hände an den Seiten. Currier nur einige Meter von Simon Walcott entfernt. Wie zwei Anführer, die nach vorn getreten sind, um ihre Gruppe zu repräsentieren.

»Da sind wir wohl gerade rechtzeitig gekommen.«

»Gerade zu spät, meinen Sie«, reagiert Currier.

»Du hast also die Hilfstruppen herbeigerufen, Zina. Was hast du ihnen dafür versprochen? Den Algorithmus?«

»Walcott«, ruft Currier in scharfem Tonfall. »Sie unterhandeln mit mir.«

Simon deutet auf das Loch in der Erde.

»Dafür sind Sie hergekommen, Currier. Und für uns gibt es nichts Wichtigeres.«

»Herr Walcott. Ich habe eine Vereinbarung mit Fräulein Welter. Ich kenne sie lange genug, um zu wissen, dass sie sich an diese Vereinbarung halten wird. Sie kenne ich gerade lange genug, um zu wissen, dass Ihnen nicht zu vertrauen ist.«

»Kennen Sie das Sprichwort von dem Esel, der den anderen Langohr schimpft?«

»Herr Walcott, ich wiederhole mich nur ungern. Diese Leute stehen unter meinem Schutz.«

»Als die Messungen ergeben haben, dass sich unter dem Keller von Schloss Stern nichts als Erde befand, war ich einen Augenblick lang verzweifelt«, erklärt Simon nachdenklich, als würde ihm der Ernst der Situation völlig entgehen. »Es hat uns ein paar Stunden gekostet, aber uns sind eine ganze Reihe möglicher Erklärungen eingefallen.«

»Wie Sie uns gefunden haben, interessiert mich nicht, Herr Walcott. Sie tragen Waffen bei sich. Wir auch. Zur allgemeinen Sicherheit fordere ich, dass Sie und Ihre Leute sich zurückziehen. Umgehend.«

Vincente ergreift das Wort.

»Sie lassen sich auf Kräfte ein, die Sie nicht begreifen. Was sich hier abspielt, übersteigt Ihr Vorstellungsvermögen. Wir sind für solche Konfrontationen ausgebildet. Darin besteht unser Existenzrecht. Sie bringen sich selbst und andere in Gefahr. Lassen Sie uns das erledigen.«

»Woran Sie zu glauben wünschen, bleibt Ihnen überlassen«, erklärt Currier in eisigem Ton. »Ich werde meine Anordnung zum letzten Mal deutlich aussprechen. Gehen Sie. Jetzt.«

»Und dann?«, ruft Simon panisch aus. »Soll ich etwa dabei zusehen, wie diese Leute vor meiner Nase den größten Fund der Geschichte bergen? Nie und nimmer!«

Zina hat ihn die Geste Dutzende Male machen sehen, und zwar in den Augenblicken, wenn er nervös ist. Da ist der Körper, der sich ein wenig vorbeugt. Die rechte Hand, die sich zu seinem Kopf bewegt, um einige Male durchs Haar zu fahren.

»Nein!«, ruft sie noch aus.

Plopp. Plopp. Plopp.

Die Geräusche sind nicht laut. Man hört sie kaum. Simons Mund öffnet sich langsam. Mit beiden Händen greift er sich an die Brust. Aus weit aufgerissenen Augen schaut er auf die dunkle Flüssigkeit, die ihm durch die Finger läuft.

»Oh shit«, stöhnt er. Er macht ein paar Schritte nach hinten, bis er mit dem Rücken an einen Baum stößt. Dort sinkt er in sich zusammen. Niemand kommt ihm zu Hilfe. Jeder, der eine Waffe hat, hat sie sofort auf jemanden von der Gegenpartei gerichtet. Wer hat geschossen? Ist das überhaupt wichtig? Zina hockt wie versteinert auf dem Boden. Sie hat gerade gesehen, welche Folgen eine falsche Bewegung haben kann. Sie schaut zu Simon hinüber, der jetzt hustet.

»Helft mir«, flüstert er. »Helft mir doch.«

Blut läuft ihm aus dem Mund und tropft von seinem Kinn nach unten. Der Glanz schwindet aus seinen hilflosen Augen. Langsam, Zentimeter für Zentimeter, kippt er zur Seite.

Es ist still.

Curriers Hände, die neben seinem Körper hingen, bewegen sich langsam nach oben.

»Mein Vorschlag lautet folgendermaßen«, verkündet er, und dabei klingt seine Stimme unglaublich ruhig, wenn man die Umstände bedenkt.

»Ich werde meinen Leuten befehlen, ihre Waffen sinken zu lassen. Dann werden Sie Ihre auf den Boden legen. Ich schlage vor, dass vier von Ihnen sich des Herrn Walcott annehmen. Der Fünfte kann inzwischen uns im Auge behalten.«

Alle Blicke sind auf Vincente gerichtet. Nach einer Ewigkeit nickt er kaum merklich. Seine Männer stecken nacheinander die Waffen weg. Sie gehen zu Simon hinüber, heben ihn zusammen vorsichtig hoch. Kein Schmerzensschrei. Sein Körper ist schlaff wie der einer Lumpenpuppe. Sie verschwinden zwischen den Bäumen. Zuletzt bleibt der Mann mit dem kurzen braunen Haar übrig. Mit seiner Waffe vor sich geht er langsam rückwärts, bis auch er zwischen den Bäumen verschwunden ist.

## Florenz, 1912

»In der Tiefe Ihres Herzens sind Sie ein Revolutionär. Habe ich nicht recht, Herr Voynich?«

Wilfrid Voynich schaute von den Aufzeichnungen vor sich auf dem Schreibtisch auf. Sein Gegenüber war ein regelmäßiger Besucher seines Antiquariats am Certosa del Galluzzo.

»Pater Strickland, willkommen zurück. Wie schön, Sie wiederzusehen.«

»Es ist schön, wieder hier zu sein.«

Sie sprachen Englisch miteinander. Italienisch wäre auch gegangen, wusste Voynich. Während eines seiner früheren Besuche hatte Strickland ihm von seinem bemerkenswerten Stammbaum erzählt. Die Familie seines Vaters lebte schon jahrhundertelang im englischen Lake District. Seine Mutter war die letzte Überlebende einer langen Reihe maltesischer Adeliger.

»Ein Revolutionär? So könnte man es wohl ausdrücken. Ich habe mich in meinem Heimatland jahrelang gegen die Unterdrückung eingesetzt. Ich glaube an die Freiheit des Individuums. Die Freiheit des Geistes.«

»Und für diese Überzeugung haben Sie einen Preis bezahlt.«

»Mehr als das. Es hat mich fürs Leben gezeichnet.«

»Sprechen Sie jemals darüber oder begehe ich gerade eine Indiskretion?«

»Ich habe keine Geheimnisse vor Ihnen, Pater. Schließlich hat mich die russische Polizei wegen meiner revolutionären Aktivitäten verhaftet und nach Sibirien geschickt. Ein schrecklicher Ort. Die Kälte dort ist unvorstellbar. Sie ergreift Besitz von den Menschen. Ich wusste, ich würde dort nicht lange überleben können.«

»Sie sind entkommen?«

»Unter allergrößten Mühen. Letzten Endes hat es mich nach Peking verschlagen. Von dort bin ich nach einigen Irrfahrten in London gelandet. Dort habe ich meine Frau Ethel kennengelernt. Zusammen eröffneten wir unser erstes Antiquariat. Und jetzt sind wir hier.«

»Ein Mann mit besonders starkem Überlebenswillen und einem Hang zur Wahrheit.«

»Das sind Ihre Worte, Pater. Im Augenblick bin ich nichts als ein Mann, der alte Bücher kauft und verkauft.«

Strickland nickte, als wäre ihm soeben die Lösung eines großen Rätsels gelungen.

»Sie sind die richtige Person.«

»Wofür genau, wenn ich fragen darf?«

»Wie Sie wissen, führen mich meine Aufgaben immer wieder nach Florenz. Sie kennen den Ort in Italien, an dem ich mich normalerweise aufhalte und Vorlesungen anbiete?«

»Die Villa Mondragone.«

»Ein Gebäude mit einer Geschichte. In vielerlei Hinsicht. Eine große Anzahl der Bücher und Manuskripte des Ordens wurden dorthin zusammengetragen.«

»Davon haben Sie mir schon früher berichtet. Ich würde mir diese Bücher gerne ansehen.«

»Dann werden Sie sich beeilen müssen. Die gesamte Sammlung soll an den Vatikan verkauft werden.«

»Tatsächlich?«

»Leider ja. Dort ist man schon seit Jahren hinter diesen Büchern her. Bis jetzt ist es mir gelungen, den Verkauf zu verhindern, aber mein Einfluss innerhalb des Ordens wird immer schwächer. Und seit einiger Zeit scheint sich Papst Pius persönlich um die Unterhandlungen zu kümmern. Der Verkauf wird also bald eine Tatsache sein.«

»Der Papst selbst? Das ist ungewöhnlich.«

»Es ist ganz besonders ungewöhnlich, Herr Voynich.«

Strickland schaute sich misstrauisch um.

»Was halten Sie von der Idee, selbst einen Teil zu erwerben?«

Voynich runzelte die Stirn.

»Glauben Sie denn, der Vatikan wird dafür seine Zustimmung erteilen?«

»Darf ich ehrlich zu Ihnen sein?«

»Wir befinden uns hier in meinem Laden. Alles, was in diesen vier Wänden besprochen wird, bleibt innerhalb dieser vier Wände.«

Strickland seufzte. Sein aufgedunsenes Gesicht nahm eine warme Glut an.

»Ich brauche Geld.«

Voynich war alles andere als überrascht. Im Laufe der Jahre hatte er sie alle hier gesehen. Familien, die sich durch unselige Investitionen ruiniert hatten. Frauen untreuer Ehegatten, die hier erschienen, um ihm ganze Bibliotheken anzubieten. Was war wohl mit Strickland los? Hatte er sein Vermögen beim Spielen verprasst? Hatte er den fleischlichen Versuchungen nicht widerstehen können und brauchte nun Schweigegeld?

»Natürlich würde ich Ihnen gerne helfen.«

»Ja, ja. Es quält mich, dies tun zu müssen. Und das in mehr Hinsichten, als Ihnen vielleicht bewusst ist. Es befinden sich Werke von unvorstellbarem Wert unter den Büchern.«

»Trotzdem werde ich eine Schätzung vornehmen müssen.«

»Das begreife ich.«

»Soll ich mal sehen, wann ich die Villa werde besuchen können?«

»Nein!«, rief Strickland aus. Er schluckte. »Bitte verzeihen Sie diesen Ausbruch, aber das wäre eine sehr schlechte Idee. Diese ganze Vereinbarung muss unter uns bleiben.«

»Was schlagen Sie stattdessen vor?«

»Zufällig habe ich bereits etwas bei mir. Als Vorgeschmack, sozusagen.«

Strickland griff nach seiner Tasche und öffnete sie. Er überreichte dem anderen ein Buch mit unbeschriftetem Umschlag. Voynich öffnete es.

*»Ex Libris Jacobus de Tepenec«*, las er laut.

»Es befindet sich bereits seit Jahrhunderten in unserem Besitz.«

Wilfrid Voynich wandte die Seiten um und starrte für einige Sekunden auf die unbekannten Symbole. Langsam blätterte er das gesamte Manuskript durch, wobei er immer wieder bei einer Illustration innehielt. Schließlich klappte er das Buch zu und schaute dem nervösen Mann vor sich ins Gesicht.

»Kurios.«

»Die Herkunft ist unbekannt. Innerhalb des Ordens gibt es niemanden, der auch nur einen Teil hätte entschlüsseln können. Das Einzige, was ich aus unserer Überlieferung weiß, ist, dass es als wichtiges wissenschaftliches Werk betrachtet wird, das einen ganzen Schatz an geheimem Wissen enthält.«

»Und das verkaufen Sie lieber mir als dem Papst?«

Strickland schwieg.

»Es ist nicht nötig, dass Sie darauf antworten.«

Voynich überlegte einige Sekunden und nahm das Manuskript nochmals vom Tisch.

»Wie viel wollen Sie dafür haben?«

# 33

## Prag, Gegenwart

Zina und Perenelle sitzen da und haben die Arme umeinander geschlungen. Jemand hat eine Art Aluminiumfolie über die beiden gelegt. Die Tränen laufen ihnen über die Wangen. Zina kann nicht aufhören zu zittern. Wie lange ist es jetzt her, dass man Simon weggetragen hat? Jedes Zeitgefühl ist ihr abhandengekommen. Svoboda kniet sich zu den beiden Frauen.

»Vielleicht sollten wir lieber zu einem anderen Zeitpunkt zurückkommen.«

Zina will gerade zustimmen.

*Simon ist tot.*

Perenelle schaut auf und wischt sich die Tränen aus dem Gesicht.

»Kommt gar nicht infrage!«, ruft sie heftig. »Das alles hat uns schon so viel gekostet. Ich muss wissen, ob es das alles wert war. Ich muss wissen, was das Voynich-Manuskript mir zu sagen hat.«

»Zina?«

Sie schaut Perenelle an.

*Simon ist tot.*

Perenelle steht auf. Currier, der Abstand zu ihnen gehalten hat, nähert sich der Gruppe.

»Viel Erfolg«, sagt er zu Svoboda. Er streckt einen Arm aus und öffnet die Hand. Darin liegt eine Art kleiner Stift.

»Nehmen Sie den hier mit. Das Signal durchdringt alles. Wenn Sie auf die Rückseite drücken, kommen wir sofort.«

*Simon ist tot.*

Svoboda nimmt den Stift an. Zusammen mit Perenelle geht er zu dem Loch im Boden.

»Wartet.«

Zina rappelt sich auf.

»Wartet auf mich.«

Die beiden bleiben stehen.

»Nach Ihnen, Fräulein Welter.«

Zina nickt, nimmt ihre Taschenlampe und leuchtet in den Tunnel hinein. Die Holzplanken, die zur Verstärkung dienen, haben noch eine weitere Funktion, erkennt sie jetzt. Ein Teil davon wurde horizontal angebracht und bildet auf diese Weise eine Leiter nach unten. Sie dreht sich um und beginnt, in den Tunnel hineinzugleiten, sucht mit den Füßen nach der ersten Stufe. Während die anderen ihr leuchten, steigt sie Stufe für Stufe nach unten, bis ihre Füße den Boden berühren. Sie schätzt, dass sie sich drei Meter unter der Erde befindet. Der Lichtschein von oben reicht aus, um sehen zu können, dass dort mehr ist als nur dieses Loch. Vor ihr befindet sich ein mannshoher Raum von etwa zwei Metern Breite. Sie schaltet ihre Taschenlampe ein. Leuchtet vor sich und dann wieder nach oben. Svoboda und Perenelle befinden sich einige Meter über ihr.

»Ihr könnt nach unten kommen.«

Sie läuft ein Stück nach vorn, um Platz für die beiden zu machen. Kurze Zeit später stehen Svoboda und Perenelle neben ihr. Einen kleinen Schritt nach dem anderen treten sie nach vorn. Wie sich herausstellt, ist der Raum ein Gang. Drei Lichtbündel gleiten über Malereien, die die Wände von oben bis unten verzieren.

»Die vier Elemente, die zwölf Monate«, murmelt Svoboda. »Genau wie bei seiner Kunstkammer und doch ganz anders.«

Zina erkennt die Verweise auf Wasser, Feuer, Erde und Luft wieder. Die Zeichen des Tierkreises. Und noch viel mehr. Es ist, als hätte der Künstler den Auftrag erhalten, in diesen Wandmalereien alles wiederzugeben. Sex, Mythen, Astrologie, Fabeltiere. Über ihren Köpfen kämpfen Götter mit Sterblichen. Es wird gegessen, getrunken, der Liebesakt vollzogen. Verrat, Rache, das Himmlische und das Irdische. Was einem auch einfällt, es hat einen Platz in diesem hypnotisierenden, pulsierenden Ganzen.

»Wir sind am Ziel«, verkündet Svoboda.

In der Mitte der Wand vor ihnen befindet sich eine Tür, die aus zwei Teilen besteht. Von einer breiten Basis aus verläuft sie spitz nach oben. Das Mauerwerk bildet eine Art Rahmen rundherum, wuchtig und zugleich einladend.

»Die Symbolik ist überdeutlich«, erklärt Svoboda. »Indem man durch diese Tür tritt, vollzieht man eine umgekehrte Wiedergeburt. Eine Zurückkehr zum Ursprung. Zum heiligsten Weiblichen.«

»Professor, was werden wir hinter dieser Tür vorfinden?«, fragt Zina.

»Wir werden es gleich sehen.«

»Ich habe eine Vision von einem Mann mit einer großen Nase, einem kräftigen Kinn und einer Krone auf dem Kopf, der auf einem Thron sitzt.«

»Fräulein Welter …«

»Ich weiß ja selbst, dass es lächerlich ist. Aber mit dem Stein der Weisen wollte Rudolf nicht die Menschheit retten. Wenn ich das richtig verstehe, war der Stein nur für eine einzige Person bestimmt. Für ihn selbst.«

»Kaiser Rudolf II. ist am 20. Januar 1612 gestorben.«

»Waren Sie dabei?«

»Sie haben doch selbst an seinem Sarkophag gestanden.«

»Ich habe an *einem* Sarkophag gestanden.«

»Diese Art Gerede kenne ich von Fräulein Perenelle, nicht von Ihnen. Warum sollte jemand, der das ewige Leben hat, dieses Leben unter der Erde verbringen wollen?«

»Fragen wir ihn.«

Zina richtet ihre Lampe auf den alten Teil der Tür. Der ist verrostet. Sie lehnt sich mit einer Schulter dagegen und drückt. Unter Ächzen und Knarren öffnet sich die Tür. Drei Augenpaare starren in die Dunkelheit. Zina spürt, dass der Raum ziemlich groß sein muss. Die Luft fühlt sich anders an. Sie hört ein mechanisches Geräusch. Danach Flüssigkeit, die irgendwo einfließt. Sie nimmt sich ihre Taschenlampe.

»Was ist das?«

»Keine Ahnung.«

Die erste Fackel, die lebendig wird, befindet sich auf der linken Seite. Eine Sekunde später folgt eine weitere auf derselben Höhe rechts. Dann noch mehr auf beiden Seiten. Von den Fackeln aus verlaufen kleine Röhren und führen in zwei an der Decke befestigte Fässer direkt rechts und links von ihr. Die Fässer sind wiederum über eine Art Konstruktion mit der Tür verbunden. Das Öffnen der Tür hat einen Mechanismus in Gang gesetzt und so die Fackeln entzündet. Das Licht breitet sich im ganzen Raum aus.

Zinas Blick fliegt von links nach rechts, von oben nach unten. Sie sieht einen Weg durch das All vor sich. Der Raum ist etwa zehn Meter tief. Alle Wände und die Decke sind schwarz angestrichen und mit goldfarbenen Pentagrammen übersät. Im Raum verteilt hängen Globen. Ganz kurz sieht es aus, als würden sie dort schweben. Einige Sekunden später erkennt Zina, dass die Kugeln mit dünnen Drähten an einer Mechanik in der Decke befestigt sind, die aussieht wie ein Uhrwerk. Einige Kugeln haben einen Durchmesser von einem Meter, andere sind kleiner. Sie haben verschiedene Farben. Es dominiert ein großes Exemplar aus Bronze, größer als alle anderen zusammen.

»Die Planeten«, erklärt Svoboda. Er deutet darauf. »Erde. Mond. Jupiter. Saturn.« Er zeigt auf die größte. »Die Sonne.«

Vor Zina befindet sich eine Art Holztreppe, die einige Meter nach unten führt. Sie stellt einen Fuß auf die erste Stufe, und die gibt unter ihrem Gewicht nach. Sofort zieht sie den Fuß wieder zurück. Hat sie da gerade aus dem Augenwinkel wahrgenommen, dass sich ein Planet bewegt? Svoboda hat es auch gesehen. Er tritt ebenfalls auf die Stufe und rührt sich nicht, als diese ein paar Zentimeter nach unten sinkt. Weiter oben bewegt sich einer der Planeten.

»Faszinierend«, meint Svoboda atemlos und beginnt den Abstieg.

»Professor, warten Sie!«

Zina schaut zu, wie er eine Stufe nach der anderen betritt. Jedes Mal sinkt er ein Stückchen weiter in die Tiefe. Und mit jeder Stufe bewegen sich die Planeten immer mehr. Perenelle und Zina folgen seinem Beispiel. Die Planeten vollziehen eine Reise durch den Raum, auf dem Weg zu der riesigen Sonne aus Bronze.

»Sie bewegen sich in einer Ellipse!«, ruft Zina aus. »Wusste man das denn damals schon?«

Svoboda gibt ihr Antwort: »Wenn ich das richtig im Kopf habe, hatte Kepler damals gerade eine seiner wichtigsten Arbeiten beendet, in der er die elliptischen Bahnen beschreibt. Und die Sonne als Mittelpunkt, um den sich die Erde dreht. Dafür konnte man damals noch auf dem Scheiterhaufen landen.«

Die Treppe geht in eine Art hölzernen Weg aus rechteckigen Platten über. Auch diese sinken nach unten, als Zina darauftritt. Unter der Sonne bleibt sie stehen, den Blick nach oben gerichtet. Ihre Augen folgen den Planeten, die über ihr ihre Bahnen ziehen.

Svoboda ist begeistert.

»Einfach prächtig.«

»Und das ist noch nicht alles.«

»Wie haben sie das nur hierherbekommen?«, fragt sich Perenelle erstaunt.

»Die Öffnung muss einmal größer gewesen sein. Sonst hätte man auch die Erde nicht nach oben schaffen können. Und dann hat man alles wieder geschlossen, um den Eingang besser verbergen zu können.«

Die Planeten büßen langsam an Geschwindigkeit ein.

»Ich glaube, wir müssen uns bewegen, damit sie das tun.«

»Das denke ich auch«, stimmt ihr Svoboda zu. »Wollen wir weiter? Ich denke, es gibt noch mehr zu entdecken.«

Der hölzerne Weg führt noch einige Meter weiter. Dann kommen sie zu einer schwarz angestrichenen Wand mit einem Durchgang. Auch der ist mit einer Tür verschlossen. Dieses Mal stößt Svoboda die beiden Flügel auseinander. Wieder weicht die Dunkelheit dem Licht.

»Dasselbe System wie in dem anderen Raum«, stellt Perenelle fest, während sie auf die Fackeln deutet, die sich entzünden.

»Wie das wohl mit der Ventilation ist?«, überlegt Svoboda. »Die Luft ist abgestanden, aber man kann gut atmen.«

»Professor«, sagt Zina, »können Sie bitte die Ventilation für einen Moment vergessen und Ihre Aufmerksamkeit auf das richten, was wir hier vor uns haben?« Sie zögert. »Auf diese Bibliothek.«

Ein besseres Wort fällt ihr nicht ein. Auch in diesem Raum verläuft ein Weg durch die Mitte. Auch hier erstreckt sich der Raum etwa zehn Meter vor ihnen. Die sandfarbenen Wände sind mit Texten, Formeln und Zahlen übersät. Jeder Zentimeter scheint gefüllt zu sein. Links und rechts von ihnen stehen Bücherregale. Vier auf jeder Seite. Etwa zwei Meter hoch, aus dunklem, geöltem Holz mit schönen Verzierungen. Jedes Regal hat vier Bretter, und jedes Brett ist voll. Einige mit Papyrusrollen, andere mit Büchern. Die sind oft dick und die Einbände dunkel.

Svoboda zögert keinen Augenblick. Er läuft die Regale ab, eines nach dem anderen, und hin und wieder dreht er den Kopf. Er verwendet die Holzenden, um ein Pergament teilweise auszurollen, und legt es anschließend mit äußerster Vorsicht wieder an seinen Platz. Dann nimmt er ein Buch, blättert es durch. Legt es zurück.

»Das *Picatrix*«, verkündet er entzückt. »Die ersten hermetischen Texte: Agrippa, Pico della Mirandola.«

»Alte Bücher und Manuskripte.«

»Die vollständigste Sammlung esoterischer Schriften auf dieser Welt«, korrigiert sie Svoboda. »Das wäre meine erste vorsichtige Einschätzung. Schon dieser Raum an sich ist das achte Weltwunder. Und hier befinden sich Texte, die wir nur vom Hörensagen kennen. Die Originale sind im Laufe der Jahrhunderte verloren gegangen. Wir haben eine Goldmine vor uns.«

»Sind wir hier in einer Art zweiter Kunstkammer?«, will Perenelle wissen. »So wirkt es jedenfalls. Als hätte Rudolf alles aus seinem Schloss hier unten nachgebaut.«

Svoboda schüttelt den Kopf.

»Das hier ist keine Kunstkammer. Die Kunstkammer war die ungefährliche Variante dessen, was wir hier sehen. Natürlich wimmelt es dort nur so von Kuriositäten und besonderen Gegenständen, aber das hier ist mehr. Hier gibt es Werke, die eigentlich nicht im Besitz des Mannes mit der höchsten Macht im Heiligen Römischen Reich sein sollten. Das hier ist Wissen ohne Unterschied. Ohne Dogma.«

»Erstaunlich gut erhalten.«

»Hier unten ist es dunkel und kühl. Und ganz offensichtlich wurden diese Räumlichkeiten mit ganz besonderem Expertenwissen geschaffen.«

»Sollten wir weitergehen, Professor?«

»Natürlich, natürlich.«

Mit begehrlichen Blicken auf die vollen Regalbretter geht Svoboda hinter Perenelle zum nächsten Durchgang. Zina folgt ihnen als Letzte. Perenelle legt beide Hände auf die Türflügel und drückt sie in den dahinter liegenden Raum.

»Das hier ist eine Art Gang«, kündigt sie an. »Diesmal ohne Fackeln. Ich schalte meine Taschenlampe an.«

Zina sieht, wie der Lichtkegel von links nach rechts schweift.

»Schaut euch das an«, hört sie Perenelle sagen.

Schnell nimmt sie sich ihre eigene Taschenlampe und folgt den beiden anderen nach. Es ist wirklich nur wenig Platz hier. Gerade breit genug, dass zwei Menschen nebeneinander hindurchkönnen. Ein paar Meter weiter vorn wiederum eine Tür. Ihre Reise ist noch nicht zu Ende. An beiden Seitenwänden entlang verläuft auf Hüfthöhe ein breites Holzbrett, auf dem ein Dutzend Objekte ausgestellt sind. Es handelt sich um eine Art bauchige Köcher. Sie stehen aufrecht, werden von vergoldeten Stützen in dieser Position gehalten. Einige sind aus einem Stück gegossen, andere bestehen aus mehreren braunen und grünen Teilen. Bescheidene Verzierungen in leuchtenden Mustern verlaufen darum herum. Zina erkennt sie sofort.

»Die stammen aus dem Voynich-Manuskript. Aus dem pharmazeutischen Teil.«

Sie steht vor einem der Köcher. Auf der Oberseite befindet sich ein rundes, gewölbtes Stück Glas. Svoboda entdeckt es schneller als sie und schaut durch die Oberseite eines der anderen Exemplare.

»Sie hatten recht«, lacht er, »es sind Mikroskope.«

*»Sie?«*

»Eine kleine, aber hartnäckige Fraktion innerhalb des Voynich-Universums. Schon seit Jahren weisen sie auf Übereinstimmungen zwischen den ersten Mikroskopen und diesen Formen im Voynich-Manuskript hin. Niemand, auch ich nicht, hat sie ernst genommen. Mikroskope um 1400, die Idee schien einfach absurd. Aber um 1600, das ist eine andere Geschichte.«

»Sicher bei jemandem wie Drebbel«, ergänzt Zina, während sie in Gedanken das Revue passieren lässt, was sie über den Mann gelesen hat. »Wenn ich mich richtig erinnere, hat er sich auch sehr für Optik interessiert.«

»Das stimmt. Ich denke nicht, dass es zu weit hergeholt ist anzunehmen, dass er diese Geräte im Auftrag des Kaisers hergestellt hat. Vielleicht mithilfe einiger anderer am Hof. Dort gab es viele talentierte Instrumentenmacher, wie wir in diesem ersten Raum gesehen haben.«

»Das wirft vielleicht auch ein neues Licht auf den kräuterkundlichen Teil«, meint Svoboda und schaut dabei Perenelle an.

»Sicher«, meint die. Sie fängt Zinas fragenden Blick auf und lacht.

»Du weißt, dass man die Pflanzen und Kräuter aus dem Voynich-Manuskript eigentlich nicht bestimmen kann. Nur eine Handvoll übersteht einen kritischen Test. Der Rest ist nur das, was man darin sehen will. Aber wenn sich der Schöpfer des Voynich-Manuskripts die Pflanzen durch eines der Mikroskope angesehen und sie entsprechend gezeichnet hat, ergibt sich wieder eine ganz neue Perspektive. Auch wenn wir jetzt wissen, dass der Text um sie herum nichts bedeutet.«

Zina deutet auf eine Wand.

»Da ist noch eine Tür. Mit einer Gravur darauf, wie es aussieht.«

»Eine Geiß mit einem Fischschwanz«, sagt Svoboda sofort. »Und ein Adler. Wenn es überhaupt noch Zweifel gab, gehören sie schon jetzt der Vergangenheit an. Die Symbole von Rudolf. Und wenn das hier sein Gebiet ist, dann fehlt noch das Wichtigste.«

»Was denn?«

»Das werden wir gleich sehen«, meint Svoboda und öffnet die Tür. Dieser Raum ist größer. So groß wie der erste, schätzt Zina. Inzwischen hat sie schon so viel Wunderbares gesehen, dass sie den genialen Erleuchtungsmechanismus einfach hinnimmt. Ungeduldig wartet sie darauf, dass die Fackeln ihr Werk verrichten und sie sehen kann, welche Geheimnisse dieses vierte Zimmer vor ihnen verbirgt. Sie wird nicht enttäuscht.

»Kunst!«, ruft Svoboda und fuchtelt mit den Armen. »Immer hat er sich mit Kunst umgeben. Sie war seine einzige echte Leidenschaft.«

Der Raum ist mit Hunderten von Gemälden gefüllt. Sie stehen und hängen dort. Sind aufgestapelt. An der Decke befestigt. Auf diversen Staffeleien aufgestellt. Einige liegen auch einfach auf dem Boden.

»Ich bin kein Kunsthistoriker, aber ich erkenne auf einen Blick, dass diese Kollektion Hunderte von Millionen Euro wert sein muss.«

»Von wem stammen die Gemälde?«

»Das kann ich nicht sagen, Perenelle. Rudolf hat während seines Lebens viele Maler bei sich am Hof gehabt. Spranger, Dürer, Arcimboldo. Aber er hat auch existierende Werke aufgekauft.«

»Zina, Professor«, unterbricht sie Perenelle. »Euch entgeht das wichtigste Objekt in diesem Raum.«

Zina folgt dem Finger, mit dem Perenelle auf ein kleines, rundes Podium deutet. Etwa einen Meter hoch. In der Mitte steht ein Sessel, die Lehne ist ihnen zugewandt. Auf grünem und rotem Samt prangt das Bild eines goldenen Adlers. Zögernd läuft Zina an den Kunstwerken entlang.

»Ich glaube, man kann es drehen«, sagt Svoboda mit zitternder Stimme. Perenelle geht auf das Podium zu, legt die Hand darauf. Die Zeit steht still. Zina versucht sich auf das vorzubereiten, was sie in wenigen Sekunden möglicherweise sehen wird.

Einen unsterblichen habsburgischen Kaiser. Ein Skelett, dessen Schädel noch das letzte Grinsen gefangen hält. Nichts.

Etwas Unvorstellbares. Perenelle gibt ihm einen Stoß. Das Podium beginnt, sich knarrend zu drehen. Zina hält den Atem an. Langsam dreht sich der Sessel auf sie zu.

Leer.

Nichts.

Niemand.

Im Sessel sitzt niemand.

Zina atmet aus. Erleichtert. Enttäuscht. Perenelle steigt auf das Podium und stellt sich vor den leeren Sessel, als würde sie erwarten, dass doch noch jemand erscheint.

»Perenelle.«

»Er ist nicht da.«

Ihre Stimme klingt tonlos. Als könnte sie es noch nicht fassen. Sie sinkt in sich zusammen, hält sich die Hände vor die Augen. Zina eilt auf sie zu, kniet sich zu ihr und legt einen Arm um sie.

»Ich schaue mich noch einen Moment um, vielleicht finde ich ja etwas«, murmelt Svoboda.

»Danke schön, Professor«, sagt Zina.

Ist das möglich, ist das Geheimnis des ewigen Lebens wirklich noch hier irgendwo zu finden? Möglich ist es, aber eine innere Stimme sagt Zina, dass Svobodas Suche vergeblich sein wird. Wer oben sucht, findet unten das ewige Leben. Sie haben viel gefunden, aber nicht das. Minutenlang sitzt Zina einfach nur da. Perenelle schaut sie an. Ihre hellblauen Augen sind rot vom Weinen.

»Ich habe ihn enttäuscht. Ich habe ihn im Stich gelassen.«

Zina braucht gar nicht erst zu fragen, um wen es hier geht.

»Das hast du nicht. Jahrelang hast du für ihn gekämpft. Bist deiner Intuition gefolgt, als die dir sagte, dass das Voynich-Manuskript etwas Besonderes enthält. Und du hast recht bekommen.«

»Habe ich nicht. Hier gibt es kein Mittel für das ewige Leben. Rudolf hat es letzten Endes nicht gefunden.«

Svoboda ist inzwischen zurück. Mit leeren Händen und nachdenklichem Blick.

»Warum?«, flüstert Perenelle. »Warum hat er uns diesen ganzen langen Weg zurücklegen lassen? All die Mühe. Die ganzen Hinweise. Selbst den Vatikan konnte er überzeugen.« Ihre Stimme bricht.

»Wahrscheinlich glaubte er selbst auch daran bis zum letzten Augenblick«, sagt Svoboda ruhig. Die vergangenen Minuten hat er ganz offensichtlich dafür genutzt, seine Gedanken zu ordnen.

»Wir wissen aus zuverlässigen Quellen, dass er bis zum letzten Atemzug auf der Suche war, zusammen mit seinen Alchemisten. Was Vincente gesagt hat, stimmt: Er war ein Faust. Zu allem bereit.«

»Und dann hätte er da gesessen, auf diesem Stuhl, bis in alle Ewigkeit?«, fragt Zina.

Svoboda nickt.

»Heute würden wir Rudolf als manisch-depressiv bezeichnen. Er hasste die Menschen und das Regieren. Am liebsten umgab er sich mit Schönheit. Hier hätte er das tun können. Ungestört.«

»Der Vatikan hätte einen ewig lebenden Kaiser nicht zu schätzen gewusst, vermute ich.«

»Das ist auch ein Teil der Geschichte. Rudolf war besessen von Metaphern. Alles hatte mehrere Lagen. Und dieser Ort wahrscheinlich auch. Das meine ich übrigens im übertragenen Sinne. Man wird hier ganz ohne Zweifel noch intensiv nach weiteren Räumen suchen, aber was ich meine, ist, dass dieser Schatzkeller mehreren Zwecken dienen kann. Hier würde er allein sein können, sicher vor der Inquisition und sicher vor der Verurteilung als Teufelskünstler. Ich vermute aber, dass er nicht nur sich selbst in Sicherheit bringen wollte.«

»Wissen«, sagt Zina.

»Es sieht ganz danach aus. Rudolfs Bruder Matthias war ein aufrechter und fanatischer Katholik. Sein Ehrgeiz galt von jeher dem Thron. Wenn er den bestieg, würde das das Ende von allem bedeuten, was Rudolf so sehr schätzte. Prag war eine Oase der Toleranz. Jeder durfte denken, laut sagen und aufschreiben, was er wollte. Und wenn es um Alchemisten, Wissenschaftler oder Künstler ging, ermutigte Rudolf sie sogar, dies zu tun. Nach seinem Tod würde all das zu einem großen Teil verloren gehen.«

»Also hat er das hier bauen lassen«, meint Perenelle. Sie sitzt immer noch auf dem Podium. Inzwischen jedoch aufrecht. Mit einer Hand wischt sie sich die Tränen ab.

»Ja, das vermute ich. Wenn die Ewigkeit nicht erreichbar wäre, würde er auf alle Fälle so weiterleben. Er hat eine Schatzkammer an Wissen und Schönheit geschaffen. Und er hat recht bekommen. Seine ursprüngliche Kunstkammer wurde im Laufe der Jahre völlig ausgeraubt. Viele der Werke hier hätten sonst nie überlebt.«

»Und das Manuskript?«

»Ja, das bleibt ein Rätsel. Einerseits wollte Rudolf einen Ort für sich allein, andererseits hat er dieses Manuskript anfertigen lassen und uns damit hierhergeführt. Diese beiden Entscheidungen stehen zueinander im Widerspruch.«

»Haben Sie dafür eine Erklärung?«

»Nicht wirklich. Vielleicht wartete er auf Menschen, die dachten wie er. Auf eine andere Zeit. Das Voynich-Manuskript hat über Jahrhunderte nur die richtigen Menschen angezogen. Neugierige Geister. Mit weitem Horizont. Dieser Drebbel war ein Genie. Das Voynich-Manuskript ließ sich nur von jemandem entschlüsseln, der die Welt auf dieselbe Art und Weise betrachtete wie sie. Und auch in der Lage war, all diese unbezahlbare Pracht auf die richtige Weise nach außen zu tragen. Unglaublich, dass es Rudolf gelungen ist, das hier geheim zu halten. Sie müssen das gewusst haben.

Drebbel, seine anderen Helfer. Diejenigen, die das gebaut haben.«

»Aber Rudolf ist doch 1612 verstorben?«

»Danach sieht es aus.«

»Ich weiß sicher, dass Drebbel noch etwa zwei Jahrzehnte gelebt hat. Auch de Tepenec lebte noch ein weiteres Jahrzehnt. Und zweifellos gilt das auch für andere, die von dem Manuskript wussten.«

»Die Rache eines Kaisers hat einen langen Arm«, sagt Svoboda vorsichtig. »Wahrscheinlich sogar über seinen Tod hinaus. Sie dürfen nicht vergessen, dass viele dieser Menschen aus ihren Herkunftsländern geflüchtet waren. In unseren Zeiten bedeutet Wissen Macht. So eindeutig war das damals nicht. Wer sich daran beteiligte, so etwas wie das hier zu schaffen, befand sich in Lebensgefahr. Ein solches Geheimnis würde ein Mensch mit ins Grab nehmen.«

Mit diesem letzten Gedankensprung scheint der Professor seine Kräfte zurückgewonnen zu haben. Mühsam steht Perenelle auf. Auch über Zina senkt sich die Müdigkeit herab wie eine Decke. Schweigend machen sie sich auf den Rückweg. Zina läuft durch die Räume, ohne sich umzuschauen. Sie hat genug gesehen. Mit letzter Kraft steigt sie die Holzleiter hoch. Starke Arme ziehen sie nach oben. Sie blinzelt. Die Sonne ist dabei, über die Baumwipfel emporzusteigen. Frische Luft.

Currier steht vor ihr.

»Willkommen zurück. Was ist da unten?«

»Ich glaube nicht, dass Sie davon etwas haben werden, Professor. Aber der Rest der Welt schon, vermute ich.«

# Epilog

Der Gedenkstein wirkt wie für einen Herzog. Wuchtig, reich verziert und auf einem der schöneren Friedhöfe Londons. Nicht wie das Grab eines einfachen Buchhändlers. Ganz offensichtlich verfällt innerhalb der britischen Aristokratie der Status des schwarzen Schafs, sobald es ans Abschiednehmen geht. Zina und die anderen wurden nicht zur Beerdigung eingeladen. Simons Familie hat erst mit einem Rechtsstreit gedroht, sich aber letzten Endes für eine finanzielle Abfindung entschieden. Ein offizieller Prozess, bei dem alles an die Öffentlichkeit käme, war den Walcotts dann doch ein Schritt zu weit. Zina legt den mitgebrachten Blumenstrauß auf das Grab.

»Mach's gut, Simon.«

Perenelle folgt ihrem Beispiel. Die Stille um sie herum empfinden beide nach der Hektik der vergangenen Tage als wohltuend. Wie Heuschrecken sind die NSA, die tschechischen Behörden und ein ganzes Heer von Rechtsanwälten über Rudolfs Schatz hergefallen. Currier hat sich von seiner besten Seite gezeigt und den Fundort gesichert. Zinas Rechtsanwälte befinden sich noch in Unterverhandlungen über einen Finderlohn, aber sie weiß schon jetzt, dass sie nie wieder wird arbeiten müssen. Mit Universitäten und Museen überall auf der Welt wurde vereinbart, dass Rudolfs Erbe ihnen jeweils ein Jahr zur Verfügung steht. Das Interesse ist überwältigend. Die Pläne, aus dem Ort eine Touristenattraktion zu machen, liegen bereits vor. Zina weiß nicht genau, was sie davon halten soll. Soll es ein Rijksmuseum werden oder ein Disneyland?

»Wie geht es dir, Perenelle?«

»Gut. Eine Organisation, die überall auf der Welt Ökohöfe

plant, ist an mich herangetreten. Sie möchten wissen, ob ich investieren will.«

»Und willst du?«

»Ich war mal eine gute Geschäftsfrau. Ich glaube, diese Seite ist wieder ein bisschen lebendig geworden. Vielleicht ist das sogar gut für mich. Solange es einem guten Zweck dient.«

»Schade, dass Professor Svoboda nicht hier sein kann.«

Perenelle lacht. »Der ist viel zu sehr mit seiner bahnbrechenden wissenschaftlichen Publikation über das Manuskript beschäftigt. Und das wird auch noch ein paar Jahre lang so bleiben.« Sie schaut Zina an. »Wäre das nichts für dich?«

»Ehrlich gesagt, nein.«

»Weißt du schon, was du machen willst?«

»Eine Schule.«

»Zurück in die Schule?«

»Nein, ich denke ernsthaft darüber nach, selbst eine zu eröffnen. Eine Universität mit fantastischen Dozenten. Mit großzügigen Stipendien für Studierende aus weniger reichem Elternhaus. Ich habe mich während der letzten Wochen noch mehr mit Rudolf beschäftigt. In gewissem Sinne stand er an der Wiege der modernen Wissenschaften. Das Kennenlernen der Natur. Pharmazie, Chemie. Alles hat da angefangen, in Prag. Nicht sorgfältig nach Disziplinen unterschieden, sondern einfach als Versuch, die Welt zu begreifen. So etwas sehe ich vor mir. Einen Ort, an dem man sich in Dinge vertiefen kann, gleichzeitig aber auch verpflichtet ist, sich auf breiter Basis zu entwickeln.«

»Du willst jungen Leuten dabei helfen, die Welt zu verstehen? Klingt nach einem ehrgeizigen Plan.«

Zina lächelt.

»Du hast recht. Und trotzdem, heutzutage ist alles so lächerlich stark spezialisiert, dass niemand mehr die Übersicht hat. Viel Wissen, aber wenig Weisheit. Je länger ich darüber nachdenke, desto mehr glaube ich, dass die beiden einander benötigen. Mathematik und Geschichte. Philosophie und Chemie. Das Harte und das Weiche. Unten und oben.«

Die Ideen reifen noch in Zina. Und sie weiß noch nichts mit Sicherheit. Bisher hat sie sich auf ausgetretenen Pfaden bewegt. Wie die meisten. Sie ist so vielen klugen Menschen begegnet, die sich an dieselben vorgezeichneten Routen gehalten haben. Die wirklichen Durchbrüche erreichen diejenigen, die nichts auf Konventionen geben. Die nicht nur das tun, was man von ihnen erwartet. Menschen, die alles loslassen können. Erwartungen und Schuld. Von dem Gefühl, das einem dieser befreiende Akt schenkt, hat Zina inzwischen kosten dürfen. Es schmeckt nach mehr.

# Nachwort

Genau wie mein erster Roman beruht auch *Kryptogramm* teilweise auf Fiktion, teilweise auf Fakten und teilweise auf Spekulationen. Das Voynich-Manuskript ist kein Produkt meiner Fantasie. Es existiert und wird von vielen als eines der größten Rätsel der Geschichte betrachtet. Wiederholten Behauptungen zum Trotz ist es bis heute nicht entschlüsselt worden.

Wenn Sie einen Versuch wagen wollen, gibt es online verschiedene digitale Versionen. Die ins Buch aufgenommenen Bilder stammen von der Webseite der *Beinecke Library* (beinecke.library.yale.edu), wo das Manuskript aufbewahrt wird. Außerdem gibt es viele Dokumentationen und Webseiten zu dem Thema, zum Beispiel das ausgezeichnete voynich.nu, wo alle Facetten des Manuskripts beleuchtet werden.

Obwohl über die tatsächliche Herkunft des Manuskripts noch immer Unklarheit herrscht, führen die meisten Hinweise an den Hof Kaiser Rudolfs II., an den Beginn des siebzehnten Jahrhunderts. Der Name Jacob de Tepenecs steht auch wirklich auf dem Manuskript. Am Prager Hof kam in dieser Zeit eine einzigartige Gruppe von Menschen mit verschiedenen Talenten zusammen, zu denen Cornelis Drebbel, Johannes Kepler und viele andere gehörten. Interessierte, die mehr erfahren möchten, werden Peter Marshalls Buch *The Magic Circle of Rudolf II* nützlich finden.

Dass sich die NSA für das Manuskript interessiert, ist gut dokumentiert. Das von Mary D'Imperio darüber verfasste Werk *(The Voynich Manuscript: An Elegant Enigma)* kann man auf der Webseite der NSA, NSA.gov, gratis herunterladen.

Ich habe mein Bestes gegeben, um sowohl diesem einzigartigen Manuskript als auch den besonderen historischen Figuren rund um Rudolf II. gerecht zu werden. Unvollständigkeiten und Fehler gehen selbstverständlich allein auf mein Konto.

Donald Nolet, im April 2016

# Dank

Wenn man einmal das erste Buch geschrieben hat, wird das zweite sicher einfacher. Das dachte ich zumindest. Das schien logisch, stellte sich aber als alles andere als wahr heraus. Deswegen möchte ich Chris Kooi und Thomas Ross meinen Dank aussprechen, die mir während des Schreibens mit Rat und Tat zur Seite gestanden haben. Nienke Beeking, danke für all deine Hilfe. Und dieses Buch wäre ohne Rowena Timmerman nie entstanden – sie ist die große Stütze in meinem Leben.

*Nichts ist so bewegend wie die Wahrheit.*

ADRIAAN VAN DIS

# DAS VERBORGENE LEBEN MEINER MUTTER

Roman

Nach einem langen, von Schweigen und Distanz geprägten Leben beginnt eine Mutter plötzlich, mit ihrem Sohn zu reden – zögerliche Bekenntnisse über grenzüberschreitende Liebe, Verrat und drei Kriege. Der Sohn, ein Schriftsteller, darf ihre Lebensgeschichte aufzeichnen, aber es gibt eine Bedingung: Er soll seiner Mutter dafür einen sanften Tod schenken. Eine eindringliche, autobiographische Chronologie der Annäherung eines Sohnes an seine Mutter.

»Faszinierende Erlebnisse, Erinnerungen, Gedankenfetzen, Bilder, die dem Leser lange im Gedächtnis haften. Adriaan van Dis zeigt das Beste, das er literarisch zu bieten hat.«
*Vrij Nederland*

DROEMER